보름달 아래 붉은 바다

満月の下の赤い海

지은이
김석범 金石範, Kim Sok-pum
1925년 10월 일본 오사카에서 태어났다. 1957년에 일본어소설 「간수 박 서방」, 「까마귀의 죽음」을 발표하며 작품활동을 시작했다. 1970년에 발표한 「만덕유령기담」이 신인작가의 등용문이라 할 수 있는 아쿠타가와상 후보작에 오르며 많은 일본 독자들에게 이름을 알리게 되었고, 이후 본격적으로 창작 활동을 시작했다. 대하소설 『화산도』를 비롯하여 『까마귀의 죽음』, 『만덕유령기담』, 『1945년 여름』, 『과거로부터의 행진』, 『바다 밑에서』, 평론집 『언어의 굴레-재일조선인문학과 일본어』 등이 있다. 오사라기지로상, 마이니치예술상, 제주4·3평화상, 이호철통일로문학상을 수상했다.

옮긴이
조수일 趙秀一, Cho Su-il
한림대학교 일본학과 조교수. 건국대학교 일어교육과와 도쿄대학 대학원 총합문화연구과에서 공부했다. 저역서로는 『金石範の文学―死者と生者の声を紡ぐ』, 『만덕유령기담』 등이 있다.

보름달 아래 붉은 바다

초판발행 2025년 8월 20일

지은이 김석범
옮긴이 조수일

펴낸이 박성모
펴낸곳 소명출판
출판등록 제1998-000017호
주소 서울시 서초구 사임당로14길 15 서광빌딩 2층
전화 02-585-7840
팩스 02-585-7848
이메일 somyungbooks@daum.net
홈페이지 www.somyong.co.kr

ISBN 979-11-5905-992-6 03830
정가 17,000원

ⓒ 소명출판, 2025

잘못된 책은 구입처에서 바꾸어드립니다.
이 책은 저작권법의 보호를 받는 저작물이므로 무단전재와 복제를 금하며,
이 책의 전부 또는 일부를 이용하려면 반드시 사전에 소명출판의 동의를 받아야 합니다.

보름달 아래 붉은 바다

満月の下の赤い海

김석범 소설집
조수일 옮김

"MANGETSU NO SHITA NO AKAI UMI"
© Kim Sok-pum, 2022
All rights reserved.
Originally published in Japan by CUON Inc.
Korean translation rights arranged with CUON Inc. through BESTUN KOREA AGENCY
Korean translation rights © 2025 Somyong Publishing Co.

이 책의 한국어판 저작권은 베스툰코리아에이전시를 통해
일본 저작권자와 독점 계약한 '소명출판'에 있습니다.
저작권법에 의해 한국 내에서 보호를 받는 저작물이므로
무단전재나 복제, 광전자 매체 수록 등을 금합니다.

일러두기

- 소설과 대담에 붙인 각주는 모두 번역자 주이다.

한국어판 서문

죽은 자는 지상에서 살 수 있는 우리들 안에 함께 있다.

도대체 세상에 4·3이라는 사태는 떠올릴 수 없는 참극이며, 작품으로 떠올릴 수 있다 하더라도 내용의 현실은 영원히 떠올릴 수 없는 것이다.

이것이 역사다.

역사적 현실은 현실을 떠나서 어울릴 수 없다.

선악을 떠나서 이것이 사실이며 역사다.

허구이면서 밑에 도사리고 있는 사실성을 면할 수 없다.

이 작품 「보름달 아래 붉은 바다」—역자은 작중의 작품으로서 이중구조로 되어 있다. 하나의 작품이 동시에 둘이 되어 있는 셈이다.

해상에 돌출한 암석 모양으로, 한 작품으로 어울리지 않는 두 작품이다.

도대체 4·3이란 사태는 지상에서 어울릴 수 없는 참극이며, 작품으로서 어울려 있다 하더라도 내용의 현실은 영원히 어울릴 수 없는 것이다.

이것이 역사다. 역사의 이중구조인 것이다.

역사적 현실은 현실을 떠나서 어울릴 수 없다. 선악을 떠나서 사실, 이것이 사실이며 역사다.

4·3은 사실로서 진실이다.

모든 것은 역사적 사실에 대한 인공적 작업이다.

인공적 가공의 밑에 깔려 있는 사실, 이것이 진짜 진실이다.

4·3은 글로 표현할 수 있는 것일까.

그림이나 음악이나 표현 자체의 인공적 솜씨인 가공이 가능한 것일까.

작품 속 작품으로, 인공적 가공의 솜씨로서 기술상 문제로 넘길 수 있을까.

단지 기술성이 아니라 역사적 표현의 요구성, 4·3에 대한 역사 표현의 가능성조차 없애버리면 역사인식 자체가 무無로 돌아간다.

역사인식이 무無, 無 자체가 無.

김석범

차례

한국어판 서문 · 3

소거된 고독 · 7

보름달 아래 붉은 바다 · 73

땅의 동통 · 197

대담―이것만은 꼭 써야 한다 · 363

역자 후기 · 383

消された孤独

1

소거된 고독

'밑바닥'이었을 거네, 까만 페인트로 크게 써놓은. 아, 찾았다. 여기야. 여기가 대학 나온 안경잡이 인텔리가 하는 포장마차. 어디서 들어본 적 있는 이름일 걸세. 아주 꼴값이지. 포장마차 건너편 도로 한가운데쯤에서 '밑바닥'을 입에 올린 취한의 목소리가 K의 귀에 들려왔다. 그만 마신다니 무슨 소리, 한 잔 더 해야지! 밑바닥 인텔리가 하는 포장마차에 가서 주인 얼굴이라도 보고 가자고. 혼잣말인가? 혼잣말이라면 취했더라도, 아니 취했으니 아주 어지간하다. 나도 과음을 하면 혼자 뭐라고 떠들어대는 버릇이 있다. 아니야, 안돼, 이미 돌아갈 시간이 지났어. 나는 먼저 가겠네. 포장마차 주인 얼굴 들여다보는 데 얼마나 시간이 걸린다고 그러나. 아, 알겠네, 알겠어. 진짜 잠시만 들렀다 가겠네……. '밑바닥' 이름만 안 나왔다면 그저 고주망태가 지나가나 보다 했을 것이다.

헛기침 소리가 나더니, 20대 후반쯤 되어 보이는 안경을 쓰고 코트를 걸친 청년이 포장마차 비닐 막을 머리로 제끼며 들어와 카운터 앞 둥근 의자 왼쪽 끝에 걸터앉았다. 그리고 카운터에 턱을 괴더니, 앞치마를 하고 아무 말 없이 손님을 기다리던 K의 얼굴을 잠시 관찰하듯 들여다봤다.

"술 한 잔 주게!"

젊은 놈이 말투가 거칠다. 그는 내장 꼬치를 늘어놓은 큰 그릇을 응시했다.

"염통 꼬치 하나."

K는 꼬치에 양념을 발라 숯불 위에 올린다. 유리잔을 기울여 단숨에 절반가량 술을 들이켠 청년은 작은 접시에 올려진 염통 꼬치를 빠르게 헤치우고는 남은 술을 죽 들이켰다.

청년은 주머니에서 '히카리^{光}*'를 꺼내 한 개비 입에 물고 불을 붙여 한 모금 내뿜는다. 술 한 잔에 취기가 돌았는지, 어이, 안경 아저씨, 손님한테 싹싹한 맛이 없구만. 술 한 잔 더 주쇼. 이놈, 술을 꽤 마셨군. 적당히 마시면 얼굴 근육이 늘어지는 법인데, 얼굴도 창백하고 눈도 안 움직이네. 술버릇이 고약한 것 같군. 꽤 취한 거 아니야? 그만 마시지 그래, 하는 말이 나오려던 것을 꾹 목구멍으로 삼켜 넘겼다. 그리고는 한 되들이 병을 기울여 컵에 술을 따른다.

청년은 쭉 들이켜 한 번에 절반쯤 마시나 싶더니, 4분의 1정도만 마시고는 컵을 탕 내려놓아 그 반동 때문에 술이 넘칠 뻔했다.

"이보슈, 주인 아저씨(대여섯 아래인 듯 싶은데, 이 녀석 눈엔 내가 아저씨로 보이나? 뭐, 포장마차 주인이니 아저씨겠지), 듣자 하니 아저씨는 좋은 대학을 나왔다던데. 대학에서 공부? 연구? 뭘 했소? 좋은 대학 나와서 이런 포장마차밖에 못 하나? 한심해, 안경도 끼고 인텔리 같은 얼굴을 하고선 포장마차는 안 어울려. 저기, 아저씨, 부끄럽지 않소? 대학 나온 조선인 얼굴에 먹칠하고 말이야."

"손님은 조선인이오?"

---

* 1936년부터 1965년까지 판매되며 서민에게 사랑받은 필터 없는 담배.

"맞소."
"아, 그래? 어디 대학 나왔소?"
"어디든 좋잖소. 트집 잡을 셈이오?"
"날 잘 아나 보네. 어느 대학 나왔는지, 연구다 뭐다. 그래서 묻는 것 같은데."
"알고 싶어서 아는 게 아니란 말이오. 소문이 저쪽에서 이쪽 귀로 들어온 거지."
"아아, 그래?"
말 상대를 더 해주면 싸움으로 이어진다. K는 이놈이 진짜, 하고 부아가 치밀어올라 옆에 있던 맥주병을 들어 머리통을 아주 묵사발로 만들어 줄까 싶어 오른팔을 움직였지만, 그렇게 할 수는 없는 노릇이다.
그런데 이놈은 웬걸 손에 컵을 들더니 남은 술을 바닥에 버렸다.
"어이, 날 봐!"
어라, 뭐라? 창백한 얼굴이 일그러지더니 이를 빡빡 간다. 그리고 느닷없이 빈 유리컵을 입에 가져가더니, 컵 테두리를 크게 벌린 입안에 넣었다. 얼굴을 일그러뜨리자마자 와드득 와드득 딱딱한 과자라도 씹어먹듯, 사람을 물끄러미 응시하며 컵을 씹기 시작했다. 소리를 내며 유리 조각을 씹어 먹는가 싶더니 컵에 남아 있던 술로 입을 헹군 후 뒤돌아서 바닥에 퉤퉤 뱉어 버렸다.
본인에게는 보이지 않지만, 깨진 컵 테두리와 손가락 끝에 피가 흐르고 있었다. 그는 핏빛 입술을 한번 날름 핥고 손끝을 응시하더니 코트 주머니에서 손수건을 꺼내 입 주변의 피를 닦아냈다. 여전히 피가 묻어 있었지만, K는 잠자코 지켜봤다.

"이봐, 안경 아저씨, 무슨 말을 좀 하오!"

K는 그릴에 숯을 더 채워 넣고 부채질을 할 뿐 상대를 하지 않았다. 이 남자는 다른 손님이 오면 얌전해질 것이다.

아저씨, 귀 안 들려……? 청년은 혼잣말로 뭐라 했지만 그건 아무래도 좋다. 깡패도 아닌 것이 깡패 흉내를 내며 으름장을 놓았던 걸까. 주눅 든 철사처럼 휘어진 목소리가 들릴 뿐이다.

"한심한 사내구먼. 대학까지 나와서 말이야. 대학이 울겠어. 조금은 정신을 차리셔야지……. 얼마요?"

"250엔."

"훌륭해! 계산이 아주 정확하군."

청년은 동전 지갑에서 100엔짜리 동전과 50엔짜리 동전을 천천히 꺼내더니 카운터에 장기를 두듯 늘어놓았다.

쳇, 한심한 사내구먼! 술을 마셔 안색이 창백한 청년은 일어선 순간 몸을 휘청거렸지만, 머리에 닿은 포렴*을 기세 좋게 걷어 올리며 가게 밖으로 나갔다.

이내 가게 밖에서 왁자지껄하는 소리와 발소리가 들려오더니 차가운 밤공기를 안고 친구들이 들어왔다.

---

* 포렴 : 일본에서는 노렌(暖簾)이라 부르는데, 선술집이나 라멘, 초밥 가게 등 영업중인 음식점이나 상점 출입구에 쳐놓는 발을 가리킨다. 주로 베나 천을 사용하는데 여기에 가게의 상호를 새겨 넣기도 한다.

이야, 오랜만이야……. 친구들이 딱 네 사람 몫의 의자에 앉았다. 청년이 나간 뒤라서 다행이었다. 이 자리에서 잘못 꼬이면 그는 뭇매를 맞을 판이었다. 아니, 그런 일은 있을 수 없지만, 그가 컵을 씹어먹는 대신 자리를 떠나지도 않고 눌러앉아 새로 온 손님 중 한 명이라도 노려보며 술주정이라도 했다면, 발차기로 한 대 맞고 더는 아무 짓도 못 한 채 고꾸라졌을지도 모른다. 여하간 다행이다 싶었다.
"지금 나간 녀석은 뭐 하는 놈이야? 입에 피를 흘리고 있던데."
"몰라. 처음 온 손님이야. 처음이자 마지막, 다신 안 올 거야."
네 사람 앞에 컵이 줄지어 놓였고, K도 자기 컵에 맥주를 채웠다. 일제히 서로 컵을 쨍그랑 맞추며, 건배, 건배!

K는 아흔 살의 현역 소설가다. 30대 중반이었을 때 오사카大阪의 국철 쓰루하시鶴橋역 근처에서 1960년 12월부터 다음 해 3월까지 4개월 정도였지만, 포장마차를 운영한 적이 있다.
서두의 포장마차 광경은 K의 머릿속 스크린에 또렷이 맨 먼저 떠오르는 장면이다.
K는 이제까지 그 무렵에 왜 포장마차를 했는지 특별히 생각해본 적이 없었다. 뭐, 백수라서 할 일이 없었으니까, 생활을 위해서, 먹고 살기 위해서 했던 일이었을 것이다.
당시 지인과 친구들이 K에게 왜 포장마차 따위를 하느냐며 의아해했고, 빈축 사는 일은 빨리 접고 다른 일을 하라는 등 이런저런 말을 하곤 했다.

　포장마차를 하기 몇 년 전에 차르메라*를 불며 야식 라면 '요나키소바夜鳴きそば' 파는 얘기를 소설로 쓴 적이 있었고, 그 후에 K가 실제로 꼬치구이 포장마차를 운영한 경험을 문예지에 수필로 쓴 바 있다. 그것이 독자의 눈에 띄기도 했고 K가 소설로 창작한 얘기가 아니라 실제로 포장마차를 운영한 경험이 있다는 것을 사람들이 알게 됐다. 독자들과 지인들은 젊은 시절의 K가 왜 포장마차를 했는지, 설마 재미 삼아 한 일은 아닐 거라며 궁금해했다. 그리고 뭔가 복잡한 사정이 있었던 것이 틀림없다고 억측을 하곤 했다.

　K는 그저 돈이 없었고 할 일도 없었기 때문에 해본 것뿐이지만, 그래도 고개를 갸웃하는 사람들을 이해시키려면 뭔가 그럴싸한 한마디가 더 필요했다. 개중에는 몇 년 정도 포장마차를 했냐고 묻는 이들도 있었는데, 몇 년까지는 아니고, 4개월…… 이라는 대답에, 겨우 4개월……, 뜻밖이라는 반응을 보이며 크게 웃는 이도 있었다.

　'요나키소바' 얘기를 담은 소설은 주인공도 그렇고 무대도 그렇고 실제로 작가 K가 운영한 포장마차와는 전혀 다른 것이었다. 포장마차가 나오니, 관심 있는 사람들은 과거 K의 포장마차 운영 경험이 소설의 바탕이라고 여기며 소설을 읽고 수긍하곤 했다.

---

*　일본의 피리. 우리나라의 태평소 같은 느낌의 악기. 참고로 묘조(明星)식품이 1966년 9월에 발매한 인스턴트라면의 이름 또한 차르메라(チャルメラ)로 현재도 판매중이다.

그러다 이 소설과 실제로 포장마차를 운영한 경험의, 앞뒤가 바뀐 관계가 K 자신도 신기하게 느껴지기 시작했다.

K는 도대체 왜 포장마차를 했던 걸까. 생활을 위해서였다 해도, 왜 굳이 포장마차였을까.

'요나키소바' 얘기를 그린 소설 「밤의 목소리」*는 K의 체험과는 무관하다. K가 포장마차를 한 1960년 초부터 7, 8년 거슬러 올라가 한 동인지에 실은 것이었다. 그것을 1970년대에 창작에 전념하게 되면서 개작……이라기보다는 주인공의 이름도 무대도 같고 내용도 같은 스토리에 디테일과 에피소드 등을 덧붙여 부풀린 것이었다.

그런데 이 「밤의 목소리」는 K가 왜 포장마차를 했는지에 대한 계기를 보여주는 것도 아니고, 독자들이 생각하듯 포장마차를 한 후의 체험을 바탕으로 해서 쓴 소설도 아니다. 오히려 그 반대다. 「밤의 목소리」의 원형은 포장마차를 하기 7, 8년 전 그러니까 1950년대 초와 그 수년 후의 소설에 있다. 그것이 수년 후에 '요나키소바'가 아닌, 다른 형태의 꼬치구이 포장마차가 되어 K와 함께 현실로 나오게 된 것이다. 뭔가 묘한, 눈에 보이지 않는 지하의 수맥이 있었고, 그것이 그 무엇인가의 계기로 표면에 나온 것일까. 좋은 광맥이라도 캐낸 멋진 일과는 무관하지만 뭔가 신기한 느낌이 든다.

따라서 후에 실제로 운영한 포장마차의 뿌리를 K 자신의 소설에서 찾고자 한다면 20년 전에 쓴 18장짜리 단편으로 거슬러 올라

---

* 원제는 「夜の声」로 잡지 『분게(文芸)』 1974년 4월호에 발표되었고, 고단샤(講談社)에서 간행된 소설집 『사기꾼(詐欺師)』(1974)에 수록되어 있다.

가야 한다. 거기에 K가 포장마차를 하게 되는 내적 동기의 뿌리, 지하 수맥의 원천이 있을 것이다.

K의 뇌리를 스친 것은 포장마차를 하게 된 직접적인 계기가 있었다는 사실이다. 포장마차 운영이 현실화하는 사실로서의 동기가 된다. 그 계기가 없었다면, 기초가 전혀 없는 아마추어가 애당초 포장마차를 열지 않았을 것이다.

후에 K가 하게 될 포장마차는 근처에 원래 그 포장마차가 있었고, 그곳은 K의 집에서 국철 쓰루하시역으로 가는 길목이었다. K는 거기에 가끔 들러 꼬치구이에 술을 한 잔 걸치곤 했었다. 때로는 친구들과 함께 들르기도 하는, 이른바 안면이 있는 포장마차였다. 우연히 키가 크고 말상의, 마흔 살 먹은 동포 마馬 씨가 포장마차를 그만두게 됐다.

그래서 K가, 내가 하고 싶으니 포장마차를 넘기지 않겠느냐고 했다. 그게 농담이 아닌 진심이라는 것을 알게 된 마 씨는 선생님, 말도 안 됩니다, 농담이라도 말이 되는 말씀을 하세요, 라며 깜짝 놀란 표정을 지었다. K가 봐도 좀처럼 빈틈이 없는 마 씨는 K를 선생님이라고 불렀다. 같이 다니는 친구 중에는 학교 선생님과 연구자가 있었고, 룸펜은 K 혼자였지만 그는 K를 '선생님'이라고 불렀다.

그런데, K가 얘기를 꽤 구체적이고 진지하게 진행하자, 음, 두 손 두 발 다 들었습니다. K는 선생이 포장마차를 한다고 하는 게 그렇게나 이상한 일인가 싶었지만, 마 씨는 어쨌든 결국 알겠다고 했고, 내심 호기롭게 기뻐했을 것이다. K의 제안을 받아들인 그는

K가 포장마차를 운영할 수 있게끔 준비를 도왔고 조리 방법을 가르쳐주는 '선생님' 역할을 해줬다.

이 포장마차는 2만 엔 넘게 하는데 반값인 만 엔에 넘기겠습니다. 좀 낡았지만…… 하면서 얘기가 홀가분하게 진행됐다. K의 마음뿐 아니라 실제로 포장마차 영업 준비를 비롯해 주류 및 육류 거래처 등을 소개받아 수고를 꽤 덜 수 있었다. 이리하여 상호 우연의 일치지만, 마 씨가 느닷없는 K의 제안을 받아들였고 K는 포장마차를 시작하게 된 것이다.

이것이 포장마차 현실화의 동기가 된다. 그 계기가 없었다면 생초짜가 기초도 없는 상태에서 포장마차를 시작할 수 없었을 것이다. 포장마차를 하기 위한 목적의식을 갖고 그 공부를 하거나, 포장마차 수레를 찾는 등 여러 준비는 도저히 할 수 있는 일이 아니다.

그때는 이미 12월이 다 돼 갔기 때문에 기존에 없던 텐트를 좌우, 뒷면에 쳤다. 뒷면에는 양쪽으로 벌어지는 텐트를 치려고 했는데 그 작업이 쉽지 않았다. 두껍고 무거운 천막지, 검정과 빨강을 섞기 위한 페인트와 솔을 사 와서 좌우 천막에 굵은 글씨로 '밑바닥'이라고 썼다. 페인트가 마르는 데 시간이 꽤 걸렸는데, 며칠간 페인트 냄새가 난다고 주변 가정집에서 상당한 항의가 들어와 대응하는 데 골머리를 앓았다.

K는 1984년 한 문예지에 이런 수필*을 썼다.

---

* 이 수필은 김석범이『스바루(すばる)』1984년 3월호에 발표한「밑바닥(どん底)」으로, 이와나미서점(岩波書店)에서 간행된 평론집『전향과 친일과(転向

왜 포장마차 따위를 시작했는가. 달리 할 일이 없었기 때문이겠지만, 확실한 동기는 모르겠다. 포장마차 포렴과 양쪽에 친 천막지 막에도 상호인 '밑바닥'을 붉은 페인트로 써넣었을 정도니 틀림없이 어떤 절박한 심정이 있었을 것이다. 원래 나는 돈과는 인연이 없는 사람으로 여전히 가난한 삶을 살고 있었고, 당시 우리 집안 사정이 '밑바닥'이었던 것도 사실이다. 그럼에도 나는 거의 매일 밤 술을 마셨고, 그것이 횟술도 아니었기 때문에 도저히 밑바닥이라 할 수 있는 상황도 아니었다. 지금 생각하면 '밑바닥'이라는 이름은 좋지 않다. 부끄럽지만 그것은 일종의 '젠체'였던 것 같다. 예수는 제자들에게 금식할 때 슬픈 표정을 짓지 말라고 하는데, '밑바닥'이란 이름은 그 슬픈 표정에 해당하는 게 아닐까. 그 무렵 나는 이제 떨어질 데가 없으니 세상에 무서울 게 없다는 느낌이라고 말하곤 했는데, 이는 '밑바닥'이라는 상호와 마찬가지로 일종의 '젠체'였을지 모른다. 나는 꽤 낙천적으로 했다고 생각하지만, 내심 어딘가에서 어떤 태세를 취하며 다소 비장해져 있었던 게 아닐까…….

그런데 K는 이 수필을 다시 읽으며 잘못된 점을 발견했다. 하나는 페인트로 쓴 '밑바닥'이라는 글자는 빨간색이 아니라 검은색에 가까웠다는 점, 다른 하나는 예수의 말을 인용한 것인데, 금식할 때 "슬픈 표정을 짓지 말라"는 것은 나름대로 앞뒤 의미를 압축한 결과로, 원래는 "금식할 때에 너희는 외식하는 자들과 같이 슬

과 親日派)』(1993)에 수록되어 있다.

폰 기색을 보이지 말라. 그들은 금식하는 것을 사람에게 보이려고 얼굴을 흉하게 하느니라……".^{마태복음 6장} 다소 길지만, 이쪽이 '밑바닥'다운 일그러진 '젠체'가 아닐까.

국철 철교에 인접한 집들 뒤편, 역으로 가는 도로변에 가게가 늘어서 있고, 맨 끝 모퉁이가 다방 '캣'이었다. 그 모퉁이 옆에 움푹 패인 공터가 있었는데 그곳이 철교에 인접한 집들의 뒤편이었다. 공터 모퉁이에 자리 잡은 '캣'은 클래식 음반이 빼곡한 음악다방이었다. K는 지나는 길에 가끔 들러 커다란 전축의 사운드박스 옆자리에서 음반을 듣곤 했다. 그 다방 옆이 마침 공터 구석 자리였다. K는 놀라는 여주인에게 부탁해서 거기로 포장마차를 옮겼다. 다방 밖에는 수도도 있어 쓴 만큼 요금을 내고 쓸 수 있었고 포장마차 지붕 밑에 매달아 놓은 전구도 '캣'에서 전기를 끌어와 불을 켰다.

그리하여 K는 그 의욕의 뿌리, 내적 근거의, 보이지 않는 허공의 오솔길을 걸으며 포장마차를 하기 전인 20대에 쓴 습작에 다다랐다. 그 무렵 도대체 왜 그런 소설을 썼던 걸까. 그 소설에 후년 K가 포장마차를 할 만한 어떤 내적 근거가 있었는지, 어느새 K 자신이 추구해야 할 테마 같은 느낌이 들었다.

왜 20대에 「요나키소바」를 썼을까. 그것을 쓰게 된 그 무엇인가의 동기, 그것을 쓸 무렵 어디서 무엇을 했고, 왜 거기에 있었는지, 다시금 생각하게 됐다.

집 어딘가에 자료 같은 것이 남아 있을까 싶어, 낡은 책장과 옛날 서류 등이 쌓여 있는 선반과 서랍을 뒤져 봤지만 헛수고였다.

아무것도 찾지 못했다.

「밤의 목소리」가 게재된 잡지는 남아 있지 않았지만, 단행본에 실려 있었다. 수필「밑바닥」역시 다른 단행본에 수록되어 있었고, 거기에「밤의 목소리」에 관해 쓴 부분도 있어 겨우 대략적인 감을 잡아 편집자와 재일조선인문학사 관련 연구자에게 자료를 찾아 달라고 부탁했다. 꽤 읽기 어려운, 지면이 어두운 복사본이었지만 여하간 손에 넣어 읽어볼 수 있었다.

최초의「요나키소바」는 K가 도쿄東京에 있는 재일조선인문학회라는 작은 문학단체에 잠시 몸을 담았을 무렵 발행한『문학보文學報』라는 수 호로 끝난 타블로이드 4쪽짜리 기관지에 실린 400자 원고지 18장 정도의 단편이었다. 그 몇 년 뒤에, K가 동인으로 참여하고 있지는 않았지만, 한 동인지에 쓴 소설이「이제부터」*라는 18장짜리 단편이었다.

등장인물이 늘고 디테일이 가필되어 전체 분량이 점차 늘어났고, 그것이 제3작에 해당하는 80장 정도 분량의「밤의 목소리」로 연결되는데, 줄거리는 대체로 비슷하다.

농부였던 40대의 주인공 박영팔朴永八은 동란이 일어난 고향 섬을 떠나 일본으로 밀항, 몇만 엔을 들여 겨우 외국인등록증을 만들었고, 일본에 머무르며 안심. 매일 밤 거리에서 차르메라를 불며 야식 라면 '요나키소바'의 포장마차 수레를 끈다. 어느 날, 일본인 아

---

* 「이제부터(これから)」는『분게슈토(文芸首都)』1958년 11월호에 발표되었다.

내와 다툰 후 낮부터 거리로 나와 포장마차를 끌었다. 아내는 영팔이 일용직 도로청소부를 할 때 청소 트럭을 같이 타고 다니던 억척스러우면서도 사람을 잘 챙기는 동료였다. 그녀에게 눈이 양 같고 엉덩이가 오름처럼 크다고 칭찬했던 것이 인연이 되어 결혼했다.

집을 나와 가장 두려운 경관의 검문을 받고 내심 흠칫하면서도 당당히 외국인등록증을 내밀어 통과. 질이 안 좋은 손님에게 라면 값을 제대로 받지 못하기도 하고 그러다가 부슬부슬 이슬비가 내리는 밤이 됐다. 고향의 아내는 게릴라인 사촌 동생의 협력자라는 이유로 체포되어 아마도 사망, 그 화가 자신에게 미칠 것을 우려하여 고향을 탈출, 일본으로 밀항한 영팔은 고향에 홀로 남겨둔 딸을 떠올리며 슬픔에 잠긴다. 지금의 아내와 다투고 집을 나온 것과 이 슬픔이 겹치며 뜻대로 되지 않는 하루가 됐다. 밤이 깊어 오자 아내에 대한 화도 사그라들었고, 아내에게 의지하는 자신을 새삼 느끼며 집으로 돌아간다는 큰 줄거리는 공통적이다.

K는 겨우 모은 세 작품의 마지막 몇 줄을 차례로 비교해 보았다.

동시에, 영팔의 뜨거워진 마음 밑바닥에 싸늘한 바람을 일으키는 구멍이 입을 떡 벌렸고, 영팔의 눈에는 똑똑히 간파할 수 없는 차가운 고독의 감정을 그는 느끼고 있었다.「요나키소바」

동시에, 영팔의 뜨거워진 마음 밑바닥에 싸늘한 바람을 일으키는 구멍이 입을 떡 벌렸고, 영팔의 눈에는 똑똑히 간파할 수 없는 고독의 감정을 그는 느끼고 있었다.「이제부터」

　동시에, 영팔의 뜨거워진 마음 밑바닥에 나락에서 싸늘한 바람을 보내오는 구멍이 떡하니 입을 벌렸고, 그는 기다리고 있었다. 그것을 영팔은 느끼고 있었다. 그 구멍은 아무나 메울 수 있는 게 아니라고도 느끼고 있었다. 코끝에서 비에 젖어 빛나는 차르메라를 응시하며 영팔은 한 번 더 크게 불었다. 손님을 끌기 위한 게 아니라, 그저 자신을 위해 열심히 불고 또 불었다.「밤의 목소리」

　「밤의 목소리」에서는 결말 부분의 서술이 앞의 두 작품에 있었던 '고독'이 소거되고 '나락……차르메라를……한 번 더'로 바뀌었다. 그저 자신을 위해 열심히 불고 또 불었다, 마음 밑바닥에 뻥 뚫린 아무나 메울 수 없는 구멍. 그것은 전작에 있었던 '고독'이라는 것일 터이다. K는 약간 으스스한 느낌이 들었다.
　여기서 소거된 '고독'이란 무엇인가. K는 절망이라고 생각한다. 영팔이라는 인물상에는 작자가 형이상적인 의미를 부여하고 싶은 '고독'이나 '절망'이라는 표현이 맞지 않을 것이다.
　60년 전, 20대 후반 K의 도쿄 생활, 그것은 절망을 끌어안은 채 절망의 밑바닥에 빠지지 않고 견뎌낸 과도기였다. 수필에 '밑바닥'이라는 상호는 부끄럽지만 일종의 '젠체'일 거라고 썼다. 그런데 센다이仙台에서 도쿄로의 이동, 거기에서의 생활, 그 생활이란 무엇일까. 사는 것, 적어도 지금 살아 있다는 것은 무슨 의미일까. 바닥

없는 밑바닥, 어째서인지 떨어지지도 않았고 어중간하게 있었는 지조차 도통 알 수 없는, 도저히 젠체하는 표현이 끼어들 수 없는 밑바닥의 공간이었다.

싸늘한 바람을 보내오는 입을 떡 벌린 나락. 아무도 메울 수 없는 구멍. 손님을 부르기 위해서가 아닌, 오직 자신을 위해 계속 불어대는 밤비에 빛나는 차르메라.

이것은 센다이에서 목적지 없이 도쿄로 넘어온, 20대 후반에 막 접어든 당시의 젊은 K였다.

도쿄에 온 K는 낯선 길을 걷는다.

1992년에 쓴 「작렬하는 어둠」*에 이런 구절이 있다.

"걸어 가는 한 걸음, 한 걸음 앞에 어둡고 투명한, 바닥이 보이지 않는 구멍이 있고, 언덕 위 전체가 여기저기 생긴 구멍으로 지금이라도 함몰될 것 같은 느낌에 사로잡혔다. 나는 땅에 쭈그리고 앉아 한동안 눈을 감은 채 가만히 있었다. 눈을 뜨면 언덕길 자체가 곳곳의 구멍 가장자리부터 부드럽게 녹듯이 무너져 그 구멍으로 빠져든다. 아이고, 떨어진다. 내가 떨어진다. 투명하고 어두운 구멍으로 곧장 땅 밑바닥으로, 지구 중심부를 향해, 지축을 뚫고. 나는 언덕길 바로 옆, 녹음으로 물든 나무로 무성한 절 경내로 간신히 도망쳤다. 갑자기 경내 한가운데 땅속 구멍에서 검은 새의 그림자가 튀어나와 날아올랐다. 나는 나무 밑동에 양손으로 얼굴을 묻고 주

---

* 원제는 「炸裂する闇」, 『스바루』 1993년 9월호에 발표된 소설로, 슈에이샤(集英社)에서 간행된 소설집 『땅그림자(地の影)』(1996)에 수록되어 있다.

저앉았다. 까악, 까악…….'"

이것은 센다이에서 도쿄로 넘어온 직후를 그린 소설의 한 장면이다.

K는 아흔의 생애 동안 가장 정신적으로 존재의 중심이 녹아내려 붕괴한 시기가 센다이에 있었을 때였다고 느낀다. 그것은 생활의 패배, 자기 자신과의 싸움에서 패배한 시기였다고, 지금도 그렇게 여기고 있다. 어떻게 그 위기를 견뎠고 또 거기서 벗어날 수 있었을까. 아흔 살에 이르는 K의 인생길에 있어 포장마차 '밑바닥'은 일종의 '젠체'였다고 수필에 썼듯, 그것은 진정한 밑바닥이 아니었다. 가장자리가 스스로 녹아 무너져 내리는 구멍 없는, 평탄한 지상을 사는 삶의 도상에 생긴 요면이었다고 생각한다. 포장마차 '밑바닥'은 K의 인생에 있어 존재의 정신적 위기, 센다이에서의 바닥없는 밑바닥에 도달하지 않은 '밑바닥', 굳이 말하자면 젠체하는 가면을 쓴 치유의 '밑바닥'이었을지도 모른다.

1951년 초, 20대 중반의 K는 오사카에서 일본 정부와 GHQ에 의해 강제 해산된 재일본조선인연맹조련*의 후신인 재일조선통일민주전선민전** 조직의 일에 관여하며 친구들과 문화협회를 설립,

---

* 1945년 10월에 결성. 재일조선인의 귀국과 생활 문제, 어린이들의 교육 문제 해결을 위해 결성된 재일조선인에 의한 전국적 조직이었다. 냉전의 대립이 심화되는 가운데, 1948년 이후 조련에 대한 GHQ와 일본 정부의 탄압이 강화되었고, 1949년 9월에 GHQ의 '단체 등 규정령'에 의거 강제해산되었다.

** 조련의 후계 단체로서 1951년 1월에 결성된 대중단체. 재일본조선인총연합회, 이른바 조총련의 전신이다. 조련과 마찬가지로 일본공산당의 영향 아래 조국의 통일과 방위, 일본의 민주혁명을 표방했다. 1955년 5월에 해산되었고,

기관지*를 창간, 그 편집에 종사하고 있었다. 제3호의 편집을 끝내고는 그 원고를 한때 기숙하고 있던 고베神戸의 친구 집에서 간접적으로 오사카의 협회 편집부에 보내고 일본공산당 탈당계를 관계자에게 제출한 후 아무에게도 알리지 않고 오사카에서 자취를 감췄다.

센다이에는 당시 북한과 관계하고 있는 작은 지하조직이 있었는데, 수 명 단위의 서너 그룹이 활동하는 듯했다. 하지만 서로를 알 길이 없었고, 또 알 필요도 없었다. 한국전쟁 중이었고, 조직은 일본으로부터의 출병과 공중폭격기가 이륙하는 미군기지의 관련 정보를 수집하는 한편, 경제활동을 통해 얻은 자금을 북한에 보내는 일을 하고 있었다.

K는 오사카의 조선인학생동맹 당시의 친구였던 고한—그는 2, 3년간 행방불명 상태였는데, 알고 보니 센다이에서 한 그룹의 책임자를 맡고 있었다—의 간접적인 권유로 비밀리에 센다이로 향했다. 지방신문의 편집부에 취직하기로 되어 있었으나, 예정이 일 년 뒤로 밀리며 광고를 수주해오는 광고부에 들어가 외근을 하게 됐다. K가 속한 지하조직 그룹에는 네댓 명이 있었다지만 K가 직접 만난 것은 가네코뿐이었고 다른 멤버들과 접촉한 적이 없었기

바로 조총련이 결성되었다.
* 1951년 12월, 오사카조선인문화협회가 창간한 일본어 잡지 『조선평론(朝鮮評論)』이다. 김석범은 1952년 2월에 발행된 2호까지 '편집 겸 발행인'으로 참여한 것으로 확인되며, 『조선평론』은 1954년 8월에 발행된 9호를 끝으로 종간되었다.

때문에 조직의 전체상을 파악할 수 없었다. 몇 개 그룹의 전체 책임자, 보스가 있어 두세 번 만난 적이 있긴 하지만 인사를 나눈 정도였다. 고한의 말에 따르면, 이 보스는 예전에 중국 동북부에서 활동, 항일전에도 참전, 전 중국 공산당 간부, 현재는 북한의 당에 소속되어 있다고 했다.

이 광고부의 일이 K에게는 일종의 저승길이었다. 처음부터 광고 수주를 위한 외근이라는 것을 알았다면, 신神의 나라, 혁명으로 가는 길의 입구라 해도 센다이에 가는 일은 없었을 것이다.

본래 대인기피증, 적면증赤面症 증상이 있는 K는 사교적인 일을 하지 못했다. 그리고 낯선 땅에서 그에게 맡겨진 일은 협찬 광고 수주하기, 창간 5주년 기념 캠페인을 벌이고 있어 독자 확장을 겸한 광고 활동이었다. 어쨌든 용기를 내 구독자이기도 한 어느 가게에서 겨우 광고를 수주한 K는 잠시 휴식을 취하다가, 다음 가게나 사무실로 향한다. 그러나 목표한 가게가 몇 걸음 앞으로 가까워지면, 순간 심장 고동이 빨라지며 호흡 곤란, 다리가 그대로 굳고 만다.

K는 찻집 유리창 너머로 보이는, 화로를 사이에 두고 연로한 부부가 얘기를 나누는 듯한 모습을 힐끗 봤을 뿐, 문을 열고 들어가지도 못한 채 도로 건너편 전봇대 밑에서 30분 정도 내내 서 있다가 결국 가게 앞을 그냥 지나친다. 그리고 사람들 시선을 신경 쓰며 가게 주변을 서성이다가, 다시 마음을 먹고 가게로 향하는 순간 유리창 너머에서 이쪽을 바라보는 시선에 부딪히곤 순간 움츠러들며 이내 그곳을 벗어난다.

가게 한 곳, 사무실 한 곳을 방문할 때마다 K는 똑같은 일을 반복하며 시간을 허비했고, 신경을 갉아 먹으며 심신이 지칠 대로 지쳤다. 가게에 들어가 지역 신문의 광고를 권유할 뿐인데 왜 이렇게까지 시간과 긴장이 필요한 걸까. 눈이나 비가 내리는 엄동설한 거리에서 어디에도 들어가지 못하고, 갈 곳을 잃은 K는 서류봉투를 손에 든 채 어느 처마 밑에 서서 행인의 모습을 바라보거나 수목에 눈이 쌓인 인기척 없는 공원을 걷는다. 어떻게든 남들만큼 광고를 받아오긴 했지만, 이까짓 일로 남들의 몇 배나 되는 노력과 고통을 요하는 자신이 한심스럽기 짝이 없다. 다른 광고부원들이 아무렇지도 않은 얼굴로 여러 곳을 돌아다닐 수 있다는 것이 K에게는 그저 경이로울 따름이었다.

그리하여 불면증의 밤이 깊어졌고, K는 광고 권유에 나설 생각만 하면 아침이 밝아도 몸이 굳어 일어날 수 없었다. 이윽고 신경증에 걸려 일을 견디지 못하고 센다이를 떠났다.

> 죽은 자들로 자기의 죽은 자들을 장사하게 하고 너는 가서 하나님의 나라를 전파하라. 마태복음 8장·누가복음 9장

전도 중인 예수가 자신의 죽음을 예지하면서 제자들과 예루살렘으로 향하던 도중, 따르는 자 중 한 사람이 아버지의 장례식에 가게 해달라고 청하자 예수 가로되, 죽은 자들로 하여금 죽은 자를 장사 지내게 하고 너는 가서 하나님의 나라를 전파하라.

K는 성경의 이 구절에 충격을 받았고 삶의 모토로 삼았다. 예를 들어 충보다 효를 중시하는 동방예의지국 조선에서 아버지가 돌아가셨을 때 이럴 수 있겠는가. 식민지 시기의 조선에서는 부모가 돌아가시면 지하 활동을 하던 혁명가들도 슬그머니 모습을 드러낸다. 이를 탐지한 일본 경찰은 상갓집을 에워싸고 잠복해 아들의 출현을 기다려 체포한다. 이로 인해 상갓집의 장례식은 풍비박산, 대성통곡은 원망과 복수의 목소리로 바뀐다.

사면이 텅 빈 니힐리즘에 빠져 있던 K는 그것으로부터 탈피하는 길을 찾아 공산당에 입당, 죽은 자들로 하여금 죽은 자를 장사 지내게 하고, 죽은 자에 대해서는 죽은 자에게 맡기고, 너는 하나님의 나라, 혁명의 길을 가라고, 자기 안에서 하나님의 나라를 혁명의 길에 빗대어 살아가고자 한 것, 그것이 바로 센다이로 향하는 길로 이어졌다. 그것은 성경 말씀을, 허무 또한 스스로 장사 지내게 하는 죽은 자에 빗대어 스스로에게 맡기는 일이었다.

전쟁 중이던 1943년에 해산한 코민테른의 일국일당주의 원칙이 아직 해소되지 않았던 전후 일본공산당의 당시黨是는 일본의 혁명이자 조선의 혁명, 남북통일은 그에 준하는 것이기도 하고, 일본공산당의 조선인 당원들은 조선의 혁명이 아니라 일본의 혁명을 우선시해야 한다는 활동방침 아래 움직이고 있었을 때였다. 센다이에 있는 북한계 지하조직에 참가하면 조선인으로서 당연히 조국 조선의 혁명사업에 종사할 수 있다는 포부를 갖고 센다이에 입성했다.

그러나 K는 신경증을 앓게 되면서 광고 수주 일을 따라가지 못하게 됐고 석 달 만에 센다이를 떠날 각오를 다졌다. 각오할 만한 각오였던가? 탈락. 그룹의 캡을 맡고 있던 고한은 심사숙고한 끝에 보스와 상의, 그의 도쿄행을 인정했다.

도쿄에 특별히 갈 곳이 정해져 있었던 것은 아니지만 우선 센다이를 떠나기로 했다. 그다음은 도쿄에 도착하고서 생각할 일이었다. 아무튼 고엔지高円寺에 사는 지인을 찾아가기로 했다. 이제와서 아무 말 없이 모습을 감췄던 오사카로 되돌아갈 수는 없는 노릇이었다. 1월에 센다이에 온 후 3월 하순, 혹한의 땅 도호쿠東北 센다이에서의 3개월. 비참하다, 한심하다……는 몸으로 느낄 뿐, 말이 아닌, 몸을 감싼 피부가 겨우 심신의 용해를 막고 있는지도 몰랐다. 이것이 혁명의 길인가. 당시의 전후 사회에서 혁명당은 신의 나라나 다름없는 사상적, 정치적 권위를 갖고 있었다. 당을 나가는 자는 반혁명, 탈락분자, 정치적 생명의 상실자. K는 일본의 당을 떠나더라도, 머지않아 조국의 당으로 직결될 수 있다는 포부, 일종의 영웅주의를 품고 간, 신의 나라로 향하는 입구 센다이.

두 당으로부터의 ('북'의 당에 정식으로 들어간 것은 아니었지만) 탈락. 딛고 설 땅 위의 발판이 없었다. 고한은 조직의 입장에서가 아니라 친구로서 K 개인의 일을 마음 아파했다. 이제 어떻게 할 건가. 어떻게든 될 거네. 난 쓸모없는 인간, 혁명조직에서 탈락한 패배자일세……. 이봐 K, 자네는 조직을 배신하고 적으로 돌아선 게 아니야. 여기까지 불러놓고, 지금 자네를 보내야 하는 게 참 괴롭군······. 고한의 신뢰와 우정이 없었더라면, 비밀조직에서의 이탈은 배신으로 간주되어 내부 게발트Gewalt로 이어졌을지도 모른다. K가 조직의 내부 사정에 대해 아무것도 몰랐다 하더라도 말이다.

"이 돌대가리 K야, 어쩜 이렇게 융통성이 없나. 가게, 여하간 건강이 우선이니 건강 잘 챙겨야 하네."
진눈깨비가 내리는 센다이역 앞, 고한이 전한 이별의 말.
"이보게, 마지막 부탁인데, 정우가 바로 저기 찻집에서 기다리고 있어. 가자. 우리 하숙집에 술 한됫병 있으니까 술잔 좀 주고받고, 그런 다음에 내일 도쿄로 가게. 이봐 K, 그렇게 해주게나. 정우가 저기, 근처 찻집에서 기다리고 있네."
K의 지인이기도 한 정우가 고베에서 닷새 전에 왔다는 얘기를 어제 고한에게 들은 참이었다.
어제 해질녘, 내일의 출발을 위해 짐을 정리하는 등 준비를 하고 있는데 고한이 찾아왔다. 그리고 정우가 닷새 전에 센다이에 왔는데 K가 센다이에 있다는 것을 알고 깜짝 놀랐다고 한다. 게다가 내일 센다이를 떠나 도쿄로 간다는 소식을 듣고는 그저 만나고 싶다, 만나고 싶네, 만나서 이런저런 얘기를 나누고 싶군, 꼭 만나게 해달라 부탁했다고 한다.
그러나 K는 센다이에 왔다는 말에 놀란 나머지, 처음에는 그것이 무슨 의미인지 몰랐다. 정우는 교토京都의 대학에 같이 입학한 동기였지만, 둘 다 대학에 잘 나가지 않았고 또 친한 사이도 아니었다. 그때까지 얼굴을 마주한 것이 두세 번 정도밖에 안 된다. 지인이긴 해도 친구라 할 수는 없는 사이였다. 그는 1948년 4월의 한신교육사건, GHQ와 일본 정부가 공동으로 재일조선인 민족학교를 강제폐쇄로 몰고 간 탄압사건 당시 고베에 있었다. GHQ와 미군에 의한 전후 최초의 비상사태 선포, 일본의 경관까지 동원해 천여 명의 조선인을 일제 검거했을 때 정우는 고베에서 미군의 통역 일을 한 적이 있었다.

훗날 그는 그것을 뉘우치고 친구 고한이 있는 센다이에 온 것이었다. 문학청년으로 데카당, 니힐리스트, 몇 번의 자살 시도, 거듭된 실연. 죽어야 할 때 죽지 못한 인간에게 남겨진 삶의 시간을, 만약 이 혁명 그룹의 일에 도움이 된다면 바치고 싶다. 그런 그가 K와의 엇갈린, 혁명과 비혁명의 교차점에 와서 만나고 싶다고 한다.

K는 센다이 출발 전날 그 소식을 듣고 놀라움과 충격에 싸였지만, 완강히 만나지 않겠다고 거절했다. 지하조직에서 앞으로 함께 일할 입장이라면 모를까, 그곳을 떠나는 사람과 앞으로 임무를 담당할 사람이 대면하는 것은 조직의 원칙에 부합하지 않았다. 다만, 고한과의 우정이 개재되어 있을 뿐이었다. 나는 혁명을 위해 왔지만, 지금은 혁명에서 탈락한 분자로서 센다이를 떠난다. 지금 혁명의 문을 두드리며 찾아온 사람에게 여기서 떠나는 사람이 무슨 말을 하겠는가. 간청하던 고한은 격앙된 목소리로 K를 설득했지만, K는 자신을 기다리고 있다는 호소에 응하지 않은 채 센다이를 떠났다.

K는 도쿄 이케부쿠로池袋 인근의 언덕길을 오르고 있었다. 몸과 마음이 무척 무거웠다. 언덕길인 탓도 있었지만, 다리가 움직이지 않았다. 바둑판 모양으로 포장된 언덕길 건너편은 빌딩이 즐비해 앞길을 가로막고 있는 듯하다. 어제 센다이를 떠나왔으니, 시간으로 치면 하루의 거리. 그러나 이제 단절된 깊은 연못 같은 거리. K, 자네는 앞으로 어찌 지낼 셈인가? 모르겠네. 몸도 마음도 텅 빈 박제 같은 인간이 움직이고 있었다. 중력에게 버림받아 붕 떠버린 듯한 몸과 마음이 언덕길을 오르고 있었다. 이런, K는 발밑에 깊고 투명한 구멍이 있다는 것에 몸서리치며 몸을 피한다. 뭐지? K는 이상한 느낌에 사로잡혀 멈춰 서보니, 발밑 지면이 돌로 된 바둑판처럼 한 칸 한 칸 뚜렷이 드러나며 아지랑이처럼 흔들리고는 투명해진다. 그러더니 심연 같은 구멍이 눈앞에 육박해온다. 끌어당기는 힘도 없을 텐데, 거기로 쑥 빨려 들어갈 것 같은 하나하나 깊은 돌구멍…….

K, 자네는 앞으로 어찌 지낼 셈인가? 그렇다, 모른다. 나는 이제 어디로 가는가? 모른다. 발길 닿는 데가 가는 곳이다. 발길 닿는 데로 간다. 걷는 것이 길이요, 발길 닿는 곳이 잠자리. …… 막다른 데까지 가면 누른 해, 흰 달, 보슬비, 함박눈, 회오리바람 불 때, 누구의 목소리인가, 술 한잔하자는, 하물며 무덤 위에 원숭이처럼 앉아 휘파람을 불 때, 뉘우칠 수도 없다. 아니, 아니……. 밤비에 젖어 빛나는 차르메라. 한 번 불고, 또 분다. 듣는 이도 없는, 각자를 위해

울리는 차르메라 소리…….

센다이를 떠나고 3년이 흘렀을 때 K는 한 친구로부터 정우가 자살했다는 소식을 전해 들었다. 당시 조직의 보스가 광꾼을 데리고 다니며 광산맥을 찾고 있었는데, 도호쿠 중앙에 위치한 구리코마산栗駒山, 원시림으로 덮인 해발 1,600미터 산허리에서 철광맥을 발견, 그 발굴현장 감독으로 고한이 센다이에서 구리코마산으로 향했다. 정우는 고한 대신 조직에서 운영하는 파친코 가게를 책임지고 관리하다가 아름다운 일본인 여성과 연애, 사랑에 깊이 빠져 구혼을 했지만 실연. 혁명정신은커녕 다시 소주에 빠져 자포자기 상태가 됐다. 그의 세 번째 자살 시도를 걱정한 고한은 전지 요법을 겸해 그에게 광산의 현장사무소 당번을 맡기고 산을 내려왔다.

대자연 속이라고는 하지만 거친 일꾼들에 둘러싸인 발굴현장에서의 생활. 찬모는 아침에 왔다가 저녁에 돌아간다. 혁명가였을 문학청년, 스스로 죽어야 할 때 죽지 못했다고 말하던 정우는 광산현장의 휴일, 찬모가 장을 보러 하산한 틈을 타 화약고에서 꺼낸 발파 다이너마이트를 손에 들고 한여름 햇빛 바로 아래, 불그스름하게 녹슨 듯한 철광산이 작열하는 산정상에 섰다. 그리고 다이너마이트에 점화, 슈욱, 슈우욱……. 눈앞에서 불꽃을 튀기며 폭발점으로 달려오는 소리를 똑똑히 듣던 그는 눈을 감은 채 다이너마이트를 잡은 왼손을 등 뒤로 돌렸다. 다이너마이트 폭발.

세 번째 실연, 세 번째 자살 시도의 성공. 척추 분쇄, 장폐색, 유착, 왼팔 절단. 열흘간 입원 끝의 죽음. 병상에서, 친구와 남동생 앞에서 죽고 싶지 않다, 나는 살고 싶다……. 자살을 바랐던 주제에 엉망진창이 된 몸으로 어떻게든 살고 싶어 했다고 하네……. K의 친구가 전한 말.

정우가 죽고 꽤 시간이, 반년인가 일 년인가 지난 후에 친구에게 그의 사망 소식을 들었다.

정우의 죽음을 안 K는 진눈깨비가 내리는 무거운 하늘 아래, 센다이역 앞에서의 고한을 떠올리며 왜 그때 내가 그렇게까지 정우와의 만남을 완강히 거절했을까 하고 자신에게 되물었다. K를 만났다고 해서 자살로 이르는 그의 길을 피할 수 있는 것은 아니었겠지만, 서로 벼랑 끝에 선 자들 간의 우연한 만남이 인생의 패자인, 혁명의 패배자인 K에 대한 동정과 동시에 호소와 고백으로 이어졌을지도 모른다. 그런 정우의 입을 봉한 듯한 자신의 거부는 무엇이었을까. 뒤집힌 교조주의였다고 생각한다. 셋이 함께 술잔을 기울이며 삶에 대한 절망 끝에서 새로운 삶으로, 혁명을 위해 도호쿠까지 온 그와 마지막 인사를 나눴어야 했다…….

그때는 못 했지만, K는 정우가 죽은 후에야 자신에게는 어쩔 수 없었던 센다이역에서의 만남 거부와, 그리고 셋이 함께 술을 마시며 아마 함께 웃고 함께 눈물 흘렸을 만남을 겹쳐 생각한다. 만났어야 했다고.

다이너마이트를 쥐고 태양이 작열하는 민둥산에 홀로 선 정우는 허공의 바다에서 무엇을 봤을까. 날아가는 새의 그림자가 스친다. 그리고 다이너마이트가 불을 뿜는다.

K는 도쿄에서 일본의 한 평화단체 기관지 일을 하며 수년을 보냈고, 몇 년 만에 오사카로 돌아왔다. 어느 날 갑자기 사라진 K가 도쿄에 있다는 소식은 알려져 있었지만, 센다이에 있었다는 사실은 아무도 몰랐다. 20여 년이 흐른 1970년대에 당시의 일을 소설로 쓰기 전까지 K는 그 사실을 일절 입 밖에 내지 않았다. 20여 년이 지나면 국가비밀문서의 봉인도 해제된다.

오사카로 돌아와 수년이 지난 후에 예닐곱 명의 직공이 일하는 형이 운영하는 작은 공장에서 숙련공의 일을 돕기도 했고, 또 재일조선인의 문화 관계 조직에서 요청한 일을 거절하며 불안정한 생활을 이어가다, 우연한 작용으로 포장마차 '밑바닥'을 하게 된 것이다.

그 사이에 K는 센다이에서의 생활이 가져온 절망에서 탈출할 실마리로서, 그 후 그의 소설 세계는 물론이거니와 삶의 자세에 결정적인 영향을 주게 되는, 일정의 평가는 십수 년 후에 받은 소설 「까마귀의 죽음」*을 「이제부터」와 같은 동인지에 발표했다.

일찍이 조직, 지하조직이 아닌 지상의 조직, 일본공산당을 탈당해 센다이로 향했던 혁명가……. 오사카에 돌아오자 조직으로부터 거듭 권유를 받는다. 하지만 몸에 냉기가 돌더니 마음에 무거운 얼음기둥이 솟았고 상대에게 그 냉기가 닿는 것을 의식하며 거절

---

* 김석범이 『분게슈토』 1957년 12월호에 발표한 단편으로, 작품집 『까마귀의 죽음』에 수록되어 있다.

했다.

이케부쿠로 일대를 한발 한발 걸어가는 눈앞의 도로 곳곳에 구멍 가장자리가 저절로 녹아 내리는 밑바닥 모를 구멍의 심연. 구멍으로 이어진 땅속 심연에 일렁이는 잔물결에 빠지지 않고, 용케 물가로 기어 올라와 포장마차 '밑바닥'에 당도한 인간.

어둠, 무한한 시간의 어둠 속 한 점. 촉감으로 가득 찬 어둠 속 칠흑 같은 밤, 헛간 같은 한 평 반 남짓한 바닥.

정적, 희비가 응고된 침묵. 다이아몬드 같은 바다. 투명한 어둠의 공간. 그곳은 어둠 속 빛의 광장. 지옥을 뚫고 말끔히 씻겨나간 듯한 어둠을 울리는 밝은 목소리. 오두막이 있는 돌담 아래, 도로 건너편 작은 절벽 아래 쓰시마對馬島 해변으로 밀려오는 파도 소리가 밀폐된 쪽창 너머에 와 닿는다.

K의 오사카 집 근처에 살던 9촌 삼당숙의 부탁을 받고 K는 학살의 섬 제주에서 쓰시마로 밀항해온 삼당숙모와 또 한 명의 여성을 오사카에 데려오기 위해 쓰시마로 향했다. 일 년 전에 밀항해온 삼당숙은 일본에 다시 돌아온 인물로, 고문 후유증을 앓으며 누워서 생활하고 있었다.

고향 땅 제주의 학살 양상에 대해서는 사선을 넘어온 체험자들로부터 일부나마 들을 수 있었는데, 이 삼당숙에게 꽤 상세한 얘기를 들을 수 있었다. 밀항자들은 학살이 진행되는 고향 얘기를 하지 않았고, 마음속 깊이 얼어붙은 채 잃어버린 기억이 되어 결코 밖으로 나오는 일이 없었다. 그래도 한 방울 작은 물방울들이 은근한 물줄기를 만들어내듯 "섬 전체의 초토화", "전체 인구 3분의 1인 8만인가 10만 명이 학살당했다", "섬 전체가 거의 괴멸, 바다 밑으로 가라앉았다"와 같은 은밀한 소문을 수면 아래서 듣고 있었지만, 들을 수 있는 얘기는 그뿐 4·3의 숫자는 서로 얼굴을 돌리는 무서운 차단막, 금기였다.

세계로부터 차단된 밀도密島에서의 학살 정보는 일절 들어오지 않는다. 밀항자는 말하지 못하는 살아 있는 화석이 되어 있었다. 삼당숙에게 그의 숨겨진 체험과 고문의 실상 등을 전체는 아니지만 한 부분을 들을 수 있었고, 제주도의 구체적인 양상에 충격을 받은 채, K는 제주에서 온 밀항자를 오사카로 데려오기 위해 가본 바 없는 땅, 쓰시마로 향했다.

4·3무장봉기는 폭동으로서 일본 신문에도 작은 표제 기사로 실렸고, 재일조선인 조직의 기관지에도 기사가 실렸지만, 그것은 소문 정도의 내용을 넘지 못했다. 밀도의 학살은 소문으로만 머무르는 것이었다. 그런데도 미군 지휘 하의 이승만 군대에 의한 학살의 충격은 니힐리즘에 빠져 있던 K의 뒤통수를 내리치며, 니힐리즘을 센티멘털리즘으로 짓밟는 힘을 가지고 있었다.

속달로 오사카에 도착한 편지에는 마치 어린 아이가 그린 듯한 은신처의 약도가 있었고, 그것을 들고 오사카역에서 야간 급행열차를 타고 십여 시간을 이동해 다음 날 아침 하카타博多에 도착, 다시 여객선으로 갈아타 여섯 시간 떨어진 이즈하라嚴原로 향한다. 가

랑비가 내리는 흐린 날씨 속에 파도에 크게 흔들리며 오후 3시경 도착. 버스로 30분도 채 안 걸리는 해안가 버스정류장에 내려 행인들에게 속달에 적힌 주소로 가는 길을 물으며 바닷가 길을 따라 북쪽으로 한참 걸어가 약도의 은신처와 비슷해 보이는 곳까지 당도한다. 왼편 산지로 향하는 경사로의, 관목을 낀 산길 입구로 들어선다.

잡초를 헤집고 울퉁불퉁한 돌투성이 길을 오르자 민가 한 채가 나타났다. 눈 앞에 펼쳐진 넓은 하늘 아래로 아무도 없는 작은 앞마당이 보였다. 앞마당으로 들어선 K는 왼편의 안채 같은 곳의 장지문을 향해 말을 걸었다. 안채 옆의 비좁은 틈으로 키가 작고 험상궂은 얼굴의 남자가 모습을 드러내며 경계하는 매서운 눈으로 사람을 응시한다. K는 오사카에서 받은 속달 봉투를 내보이며 오사카에서 왔다고 말하자 자신이 쓴 편지임을 확인한 남자는 눈짓으로 맞은편 헛간 같은 곳을 가리켰다.

K는 작은 판자 문을 가볍게 노크, 제주말로 말을 걸었다. 바깥의 인기척에 귀를 기울이고 있었을 것이다. 판자로 된 미닫이문이 열리며 밝은 빛으로 모습을 드러낸, 안면이 있는 삼당숙모의 얼굴과 마주했다.

K는 신발을 벗어들고 안으로 들어가 서둘러 문을 닫는다. 바다 쪽으로 난 작고 불투명한 창으로 비치는 희미한 빛에 의지해 겨우 사람 얼굴을 알아볼 수 있을 정도의 어두컴컴한 방이었다. 판자를 덧댄 두 평 남짓한 넓이의 방. 파도 소리. 통통배로 노도를 헤쳐온,

망망대해 끝 물가의 삶을 위로하는 속삭임.

그러나 그것으로 끝난 것이 아니다. 내일 아침 이곳을 떠나 버스를 타고 이즈하라 항구로 이동. 다시 항구에서 하카타역으로. 또 거기서 급행열차를 타고 심야의 오사카역. 만약……이 아니라, 반드시 오사카역 플랫폼을 밟고 익숙한 역 개찰구를 통과, 택시 승차장까지 도달해야 한다. 택시를 타면 히가시오사카東大阪 이카이노猪飼野* 숙부댁에 도착한다. 내일 아침부터 심야까지의 이동 경로를 그릴 수 있는 불안정한 시간의 장대한 터널과 원대한 공간을, 신경을 가시처럼 세우며 뚫고 빠져나가야 한다. 그럼에도 이는 일단 안전지대 위에서의 긴장이지, 일반인의 눈에는 모두 그저 여행자일 뿐이다. 적어도 지금은 과거의 특고경찰 사회가 아니다.

상상할 수 없는 죽음의 세계에서 통통배로 대해의 격랑에 며칠씩이나 시달리며, 삶의 땅 쓰시마에 다다랐고, 헛간에 밀폐된 지 사흘째인 지금이었다. 촛불조차 켜서는 안 되는 어둠의 밀실이 되기 전에 변변찮은 생선구이로 일찌감치 저녁 식사를 마쳤다. 사형수의 마지막 한 끼가 아닌, 살 수 있는 기쁨의 증거였다.

"아이고, 펜지가 잘 도착했구나. 고맙수다……."

삼당숙모는 두 손으로 K의 손을 꼭 잡고 제주말로 똑같은 말을 되풀이한다. 지금까지 누워 있었던 듯한 젊은 여성이 일어나, 먼

---

* 일본에서 가장 크고 오래된 오사카의 재일조선인 집단 거주지, 1973년 행정구획 변경으로 쓰루하시(鶴橋), 모모다니(桃谷), 나카가와(中川), 다시마(田島)로 분할되면서 '이카이노'라는 명칭은 소멸.

데까지 데리러 와 줘 고맙다며, 거듭 고개를 숙여 예를 표했다. 먼 데까지……어느 쪽이 멀까. K도 달리 할 말이 없어 삼당숙의 심부름으로 왔을 뿐이라며 무릎을 꿇고 인사한다.

내일 아침은 가까운 정류장에서 버스를 타고 항구로 이동해 연락선을 타는데, K는 밀항선이 아니니까 움찔하는 것은 좋지 않다, 두리번거리지 말 것, 각자가 보통의 관광객이라는 생각으로 내 뒤를 따라오면 된다고 말하며 안심시킨다.

K는 밀항자를 오사카까지, 바다를 건너고 또 먼 육로를 거쳐 데려간다. 물론 각오를 하긴 했지만 두 사람을 보고는 괜찮을 것이라고 직감했다. 안채에서 빌려온 듯한 옷걸이에 투피스가 벽에 걸려 있었다. 서른에 가까운 삼당숙모와 스물일곱, 여덟 살 정도로 보이는 Y녀, 둘 다 보통 이상의 용모를 갖추고 있어 도저히 동란의 섬 제주 촌에서 온 밀항자로는 보이지 않았다. 다음 날 아침 햇살 속에서 두 사람을 제대로 봤을 때, 엷은 화장을 한 두 사람의 미모와 깔끔한 옷차림에 깜짝 놀랐을 정도였다.

세 사람은 각자 얇은 이불을 깔고 잠자리에 들었다. K는 벽가 입구 쪽에 발을 뻗고 가운데에 삼당숙모, 안쪽 벽가에 Y녀가, 셋이 나란히 바람이 불고 파도가 치는 소리를 들으며 촛불조차 켜서는 안 되는 어둠 속에서 그저 서로의 숨결을 확인하며 밤을 지새웠다.

K는 지옥과 다름없는 학살의 땅에서 바다를 건너 이곳까지 온 그녀들에게 제주에 대해 물어선 안 된다고 굳게 다짐하면서, 실체를 알 수 없는 4·3의 충격을 이기지 못하고 조심스럽게, 혹시 가능

하다면 제주 얘기를 해줄 수 있겠느냐고 오른편의 삼당숙모에게 어둠 속에서 말했다.

잠시 숨이 멈춘 듯한 침묵이 이어지더니 그녀가 입을 열었다. 동네 국민학교를 개조한 강제수용소 운동장의 공개처형 현장에 마을 사람들과 구경을 강제당한 일, 시체처리 모습 등을 낮은 목소리로 담담하게 얘기했다. 아들이 게릴라로 입산하는 바람에 빨갱이로 몰려 강제 수용된 여자가 사형 당일 운동장에 끌려 나와 울부짖었다. 네가 낳은 아들이 나쁘다는 둥, 네가 낳게 한 아들 때문에 내가 죽임을 당한다는 둥 고함을 지르는 장면을, 작은 웃음소리를 흘리며 눈에 보일 듯 조용히 얘기했다. 여기가 어디일까? 아무것도 보이지 않는 어둠 속.

그녀의 얼굴에 귀를 가까이 대고 듣던 K의 가슴이 괴롭게 고동치다가 멈췄다. 다시 격렬하게 맥박을 치며 고동치기 시작한 것도 개의치 않고 그녀가 갑자기, 있잖아, 하며 말을 바꿨다. 이 사람은 가슴이 없다고 아무렇지도 않게 내뱉듯 가벼운 목소리로 말했다. 뭐라고요? K는 살갗이 닿을락 말락 한, 옆에 누워 있는 보이지 않는 상대의 얼굴을 향해 말했다. 이 사람은 가슴이 없어. 가슴이 둘다. 고문으로 잘려나갔어…….

"———"

무슨 얘기인가. 뭐라고? 누구를 향한 반문인가. K는 의미를 알 도리가 없다. 아무것도 보이지 않는다. 옆에 있을 터인 목소리의 상대방도 보이지 않는다. 고문으로 잘려나갔어……. 고문, 고문으로……. 뭘까. 의미는 알 수 없지만, 그저 몸이 그 말을 들었을 것이다. 추위가 안으로 밀려 들어와 몸이 떨리는 것을 느꼈다. 어딘가, 여기가 아닌 쓰시마 밖에 있는 사람을 말하는 걸까. K는 떨리는 몸에 반동을 주며, 저기, Y씨, 그게 정말인가요?

이 물음은 아무런 의미가 없다. 그저 반사적으로, 생리적으로 나온 말일 뿐이었다.

Y녀는 그렇다고 대답했고, 삼당숙모는 "그런 얘기를 농담으로 할 순 없지"라며 풍만한 가슴을 가진 그녀가 Y녀를 무시하듯 가볍게 웃으며 말했다. 아, 이 얼마나 상냥하고 잔혹한 웃음이란 말인가. 그리고 Y녀도 똑같이 낮은 웃음소리를 내며 응했다. 두 사람의 담담한 태도, 당사자인 본인들의, 마치 남의 일인양 미소짓는 아름다운 얼굴과 목소리가 어둠에 투명하게 비치듯 가깝게 느껴졌다. 도대체 어떻게 된 일인가. 어떻게 그런 것을 물었을까. 염치없는 천진난만한 아이 같은, 아이가 아닌 K가 감히 말도 안 되는 질문을 쓰시마의 어둠 속에서 두 여성에게 던졌던 것이었다. 정말이지 부드럽고 힘찬, 세속을 초월한 끝없는 어둠 속 아름다운 목소리의 울림. K에게 회한과 기쁨을 가져다준 목소리의 왕복.

그녀는 K가 부탁한 것도 아닌데, 갇혀 있던 제주경찰서 유치장에서의 일들, 살아서 일본으로 도망쳐온 그녀에게 있어 스스로 짊어지고 가야 할 얘기를 담담하게, 감정이 소거된 듯한 어조로 말했다. 그녀와 같은 유치장에서 사형당한 소녀에 대한 사랑이 가득한 레퀴엠.

경찰서의 7개 유치장 중 유일한 '여죄수' 유치장에는 세 평 남 짓한 비좁은 공간에 변통과 함께 십여 명이 수용되어 있었다. 남자 유치장은 수십 명이 들어가 있어 겨우 앉을 수 있을 정도였고, 일단 일어서면 자기가 앉아 있던 자리가 바로 매워진다. '여죄수'들은 땀과 때, 생리 등으로 얼룩진 걸레 같은 수건과 헝겊을 쓰고 있었는데, 열여덟 정도 되는 한 소녀만이 치마 속에 새하얀 수건을 감추고 있었다. 청결한 수건이 필요한, 적어도 한 번 보기라도 했으면, 만져보기라도 했으면 하는 노파와 병자들에게 수건을 빌려 주지 않았던 소녀는 유치장에서 '따돌림'을 당하고 있었다. 제주경찰서에서는 유치된 이들을 이름이 아니라 ××번과 같이 번호로 부른다.

어느 날 이른 아침에 간수가 와서 ××번, 석방! 이라고 외쳤다. 석방은 사형의 다른 이름이다. 그 소녀에게 사형의 아침이 찾아온 것이었다. 그녀는 처음으로 치마 속바지에 숨겨둔 흰 수건을 꺼냈다. 선명한 흰색. 그리고 간수에게 부탁해 붓과 먹물을 받아 흰 수건을 펼쳐 놓고 거기에 자기 이름과 나이, 출신 마을을 꾹꾹 눌러 적고 치마와 속바지를 걷어 올린 허벅지에 단단히 동여맸다. 그녀는 유치장 선배들에게 그간의 완고하고 무례한 태도를 깊이 사과하면서, 언젠가 사형의 날이 찾아와 여러 사람과 함께 구덩이에 묻혀 버리면 이윽고 자신의 몸은 썩어 형체가 없어지고 만다, 언젠가 부모들이 찾으러 와도 누군지 알 수 없다, 그래서 수건을 숨기고 있었노라 얘기하고……. 그녀는 모두에게 작별을 고하고 침착한 태도로 간수에게 연행됐다. 그리고 성내에서 서쪽으로 3킬로미터, 구 일본군 기지, 현 미군 기지 내 정뜨르 사형장으로 향했다. 쓰시마의 밤, 어둠 속 헛간에서 죽은 자가 아닌 '유방이 없는 여자'로 살아남은 그녀는 담담하고 깨끗하게 씻긴 듯한 맑은 목소리로 얘기했다.

K 옆에 누워 있던 삼당숙모도 희미한 숨소리만 낼 뿐, 마치 그 얘기를 처음 듣는 것처럼 기침 한 번 하지 않고 듣고 있었다. 뭘까? 어둠 속에서 들려오는 아름답고 두려운 목소리. 제주 바다에서 전해오는 목소리인가.

훗날 K는 거기서 들은 제주 얘기를 단편으로 엮기도 했고 소설의 주제로 삼거나 에피소드로 여러 번 도입했다.

두 여자는 K와 동행, 무사히 오사카에 도착하고 나서 이후 4·3을 일절 입에 담지 않았다. 얘기하지 않는 것이 아니다. 쓰시마의 어둠 속 하룻밤이 마지막이었고, 그 후 4·3에 대해서는 입이 영원히 조개처럼 다물어져 열리지 않았다. 침묵이라기보다, 머릿속의 몇 겹이나 되는 상자 안에서 기억이, 말이, 쓰시마의 밤을 끝으로 얼어붙은 것이었다.

쓰시마의 밤으로부터 십 년 후, 일본과 북한 사이에 '귀국선'* 이

---

*   1959년 1월 20일, 일본적십자 이사회는 귀국문제가 정치와 분리된 인도 문제라고 하며 문제의 조기 해결을 촉구했으며, 이에 따라 2월 13일, 일본 정부는 마침내 '재일조선인 중 북조선 귀환희망자 취급에 관한 각의 양해'를 발표하기에 이르렀다. 그 후 1959년 4월에 제네바에서 북일적십자회담이 열렸고, 8월

왕래하게 됐고, 상당수 재일조선인에게는 굴욕적인 삶과 빈곤에서 탈피할 수 있는 '이상理想' 신생 조국으로의 '귀국' 길이 열렸다. '유방이 없는 여자'인 그녀도 북한으로 갔다고 한다. 쓰시마에서 오사카에 도착한 이후 그녀를 만난 적 없는 K는, 그렇군, 그 길밖에 없었을 것이라며 고개를 끄덕였다.

K와 마찬가지로 '남'쪽 제주 출신인 고한은 임무를 완수한 십 년 후에 '귀국선'을 타고 '북'으로 '귀국'. 한때는 요직에 오르기도 했으나, 이윽고 그에 관한 소식과 존재가 모두 사라졌다.

K는 센다이를 떠나와 몇 년간 오사카에서 지내다 1960년대에는 도쿄에 있는 동포단체의 신문사에서 기자로 일하고 있었다. 도쿄에 들른 고한은 K를 술자리에 불러 환담을 나눴는데, K가 조직에 돌아온 것을 크게 기뻐했다. 이봐, 자네는 카바레에 갈 기회가 없겠지 하면서 신주쿠新宿 근처 번화가에 데려간 적도 있었다.

결혼한 고한은 한국과 거래하는 무역 회사를 경영, 서울에 지점을 두고 대담하게도 그 자신이 서울에 드나드는 듯했다. 그는 지

13일에 인도 캘커타에서 '귀환 협정'(일본적십자사와 조선민주주의인민공화국적십자회 간의 재일조선인 귀환에 관한 협정)이 정식 조인되었다. 그리고 1959년 12월 14일, 니가타항에서 238세대 975명이 북한의 청진항으로 향했다. 水野直樹·文京洙,『在日朝鮮人』, 岩波書店, 2015, 139~143쪽. 그 후 1984년까지 이어진 이른바 '귀국운동'에는 "당시의 일본 정부가 재일조선인을 재정 및 치안상의 부담으로 여기고 있었던 점, 재일조선인 대부분이 심한 생활고에 직면해 있었던 점, 젊은 세대가 교육과 취직에서 차별받는 현실에 있었던 점" 등 다양한 요인이 영향을 미치고 있었다. 박정진,「귀국운동」, 국제고려학회 일본지부『재일코리안사전』편찬위원회 편, 정희선 외역,『재일코리안사전』, 선인, 2012, 67쪽.

하조직 활동을 통해 나름대로 눈에 보이지 않는 형태로 혁명의 길을 걷고 있었다. 이윽고 일정한 역할을 마친 지하조직을 해소하고 '북'의 공화국으로 귀국. 고한은 그 직전이 돼서야 한국 국적인 아내에게 자신이 그간 한국 국적으로 바꿔 '북'의 조직 일을 하고 있었음을 밝히고 외아들과 함께 '북'으로 '귀국'하자고 했다.

결혼한 지 얼마 안 돼 밝혀진 남편의 정체에 아내는 큰 충격을 받고 몸져누웠다. 아내는 배신자의 간청을 거절하고, 외아들과 함께 일본에 남았다. 고한은 홀로 니가타新潟에서 귀국선에 오른다. K는 그 후 한 친구로부터 고한이 중앙당의 학교장을 하고 있다고 들었지만, 머지않아 소식불통, 그리고 행방불명. 어디로 행방불명됐단 말인가? 형무소인가. 죽었나. 당의 간부가, 당에 의해 살해당했나. 알 수 없다. 아니, 소식불통, 행방불명은 부재를 가리키는 명백한 사실이다.

학살의 땅이, 고향으로서 다시 발을 디딜 수 있는 땅일까. 저것이 고향이요, 조국의 일부인가. 북한은 이상적인, 희망의 별이 되는 '조국'이었다. '지상 낙원'.

K는 그녀의 소식을 모른다. K의 친구와 지인 모두 '조국'으로 돌아갔다. 센다이 그룹의 캡이었던 고한 역시. '혁명은 신의 나라로 가는 입구'라는 명제는 K에게서도 고한에게서도 사라졌다. 혁명이 혁명을 죽인다. 모든 죽은 자는 산 자를 위해 존재하고, 죽은 자는 산 자 안에 산다.

쓰시마의 바다를 덮는 어둠의 저편, 학살의 섬, 끊임없는 총성. 허공 저편에서 총성이 시공을 넘어 교차한다. 단발인가 연발인가. 바다 건너 남한의 서울, 북악산 자락, 미군정청, 옛 조선총독부 뒷산 군사훈련소 광장인가.

K는 쓰시마의 깊은 밤 어둠을 관통하며 들려온 총성의, 또 다른 파문 속에서 친구 장용의 목소리를 듣는다. 음성이 아니다. 편지의 목소리다. 아마 총살당하기 몇 개월 전이었을 1949년 5월 4일자 마지막 편지의 목소리를 듣는다. 언제까지 일본에 있을 작정인가. 도대체, 언제, 조국에 돌아오는가. 이제 조국엔 돌아오지 않는 건가…….

장용은 해방 직전인 1945년 3월 일본에서 경성서울으로 건너간 K가 기숙하던 선학원에서 처음 만난 친구였다. 평양 출신으로 K와 동갑인 열아홉의 그는 K와 새벽까지 조국 조선의 독립에 대해 열띤 토론을 벌이기도 했다. K에게는 처음 만난 '동지'였다. K가 일본에서 중국으로의 탈출을 꿈꾸며 경성에 머문 것은 선학원의 이 선생님에게 중국행은 안 된다는 나무람이 있었기 때문이었다. K의 중국으로의 탈출, 그것은 분별없는 열아홉 청년의 꿈. 듣기에는 나쁘지 않지만, 그것은 공상적인 바람, 계획성 없고 비현실적인, 그저 혼자만의 유치한 꿈이었다. 훗날 알게 됐지만, 이 선생님은 당시 조선 독립운동의 지하조직인 건국동맹 간부 6인 중 한 사람으로, 중국에서 10년간 망명 생활을 한 반일독립투사였기에, K의 뜻이 좋다고 하면서도 또 엄격하게 비판할 수 있었던 것이다.

경성에서 발진티푸스에 걸려 전염병원에 한 달간 격리 입원. 퇴원 후에는 경성 외곽의 시골에서 요양했으나 심신이 쇠약, 이 선생님 등의 반대를 무릅쓰고 7월에 참으로 한심하게도 일본에 되돌아온다. 설마 그 한 달 후인 8월 15일에 일본이 항복하리라고는 생각지 못했다. 그리고 일본에서 해방을 맞이한 K는 새로운 희망을 신생 조국에 걸며 모든 짐을 싸 조국에 영구 귀국할 작정을 하고 다시 서울로 향했다.

해방 후 건국동맹의 후신이기도 한 조선인민당의 간부 이석구 선생님, 그리고 장용과 재회. 선학원 승려로서의 이 선생님은 변장을 하고 있었고, 선학원은 건국동맹의 아지트였다. K는 장용 등과 합숙생활, 해방 조국의 현실 속에 몸을 담았지만, 민족해방의 기쁨과 자유는 잠시, 일과성의 사회적 현상에 지나지 않았다. 미군 지배하에서 금세 사회는 혼란. 산업, 경제는 파탄, 빈곤이 확산되었고 암살과 폭력이 횡행. 일본에서 돌아온 사람들이 다시 일본으로 돌아가는 이상한 상태. 같은 미군 지배하의 일본 사회와는 천지 차이가 나는 암흑의 해방 조선이었다.

1947년 3월부터 1949년 5월까지, 거의 매달 한 통씩, 총 22통의 편지가 일본에 도착했다. 편도 약 한 달, K의 답장을 합쳐 한 번 편지를 주고받는 데 두 달이 걸린다. 봉투는 모두 개봉 후 검열됐으며, OPENED BY MIL. CEN.—CIVIL MAILS의 검은 글씨가 찍힌 투명 테이프로 봉해져 있었다. 현미 빵 껍질을 쏙 빼닮은 뻣뻣하고 금세 찢어질 듯한 조잡한 원고지에 한글이 빼곡 담긴 읽기 힘든 편지.

K는 그 편지들은 최근까지 보관하고 있었다. 현재는 한 대학의 한국학연구소에 기증, 자료실에 보관되어 있다. 70년 전 당시 격랑 속 남한 사회의 양상, 청년들의 안타까운 절망과 투쟁의 심정이 간접적인 표현에 면면히 담겨 있다.

"국부 이승만 박사가 의장이 됐다. 만세, 만세", "나는 위대한 영도자 이승만 박사의 노선을 실천하기 위해"와 같은 표현이 있고, "반동공산분자", "우리 반공전사" 등이 편지 곳곳에 적혀 있는데, 지하 활동에 들어가 있던 남로당원 장용의 반미, 반이승만에 대한 역설적 표현이다.

'소련놈'은 '미국놈'으로 바꾸면 된다.

"만 2년, 나는 조국을 무척 사랑했네. 잃어버린 조국을……. 하지만……. 동시에 왠지, 자네가 무척이나 미웠어. 동무의 행복과 발전을 미워해서가 아닌 건 자네도 이해해 주리라 생각하네. 그럼에도 끊임없는 질투심! 우리는 모두 퇴보했다. 전진을 위한 일보 후퇴가 아니라 더 이상 일어설 수 없을 정도로 퇴보해 버렸어. 해방 후 만 2년! 우리는 무얼 해왔는가? 생각하면, 그저 너무 부끄러울 따름이네. 우리는 지금, 퇴보하고 있을 뿐, 동지여, 나를 어떻게 할 작정인가. 바보가 되라는 건가."

나는 행복하고 발전한 것일까. 그렇다, 여하간 대학에 들어갔고 일단 전후민주주의의 평화 일본에서 지금을 살아가고 있다. 그렇다, 행복한 것이다. 일본에서의 여름이 끝나면 가을 신학기가 시작되기 전에 서울로 돌아가 친구들과 재회하기로 기약한 K. 서울은 공부할 데가 못 된다. 더 이상의 생활이 불가능했다. 홀로 조국에 돌아간 K처럼 생활기반도 없고 의탁할 곳도 없는 재일조선인은 가진 돈이 떨어지면 굶어 죽을 수밖에 없었다. 실업자와 부랑자, 거지의 범람, 아사자, 동사자 속출, 물자 부족, 물가 폭등, 병든 서울. 당시의 K는 영양실조, 손가락 전체에 물집이 생기는 증상으로 피부과에서 이 이상 영양부족이 이어지면 위험하다는 경고를 받았었다. 서울 거리에 넘쳐나는 거지와 기아자, 굶주린 자들이여, 영양을 섭취하라, 그렇지 않으면 죽을 뿐이다. 살아도 장용처럼 모든 것에 내몰려 절망의 늪에 빠질 뿐……. 말이 없다.

1949년 5월 장용이 보내온 마지막 편지.

  도일渡日 건에 대해서는 대단히 감사하다. 무어라 할 수 없다. 그러나 K야! 꿈에서 깨라. 조국은 나 같은 자도 하나 빼놓지 않고 부른다. 내 이제 어떻게 가겠나. 이 이상 쓰지 않으련다. 짐작해서 알아라. 작년, 일 년 전과는 퍽 다르다. 너의 그 심정과 나를 위한 모든 수고는 참으로 고맙다. 그러나 조국을 생각해라. 개와 고양이 손이라도 빌려서 건설할 때다. 많은 동지들을 두고 나 혼자 어떻게 간단 말이냐? 이는 민족 전체에 대한 죄다. 작년과는 다르다. 대한민국……. 우리의 나라를 건설하는 자는 우리 대한의 청년밖에 없다. 여하간 가고 싶은 마음을 억제하고 너한테 이런 글을 쓰는, 아니 쓰지 아니치 못하는 내 심정과 조국을 생각해다오. 길게 써 무엇하리. 내 대신 많이 배워가지고 오너라. 여하간

내 자신 지금 대단히 분주하고 정말 그야말로 안비막개眼鼻莫開다. 그러나 네 말대로 누구든지 다시 오거든 나한테 직접 연락하도록 해 다오.

편지는 단락을 바꿔 이어진다.

그리고 나의 애인의 건, 나는 진심으로 사랑한다. 그 여자를. 그러나 그녀는 출신 계급으로 보아 너무도 귀엽게 자라고 고생을 그리 잘 모르는 여인. 참으로 곤란할 때가 많다. 그러나 뜻을 같이 하겠다고 하며 그 심정이 매우 아름답다. 그런데 내 대신 그녀가 너한테로 가겠다고 하는데 어떻게 하면 좋을까? 물론 경제적으로 네 힘을 많이 입어야겠지만 그리 곤란하지는 않으니 다소간 가지고 갈 수 있으리라. 어떤 고등여학교를 5년 다녔는데, 성적은 국민학교에서부터 일등이었고, 음악, 현재 모음악학교 성악과를 다니고 있는데 어떻게 하면 좋을지! 그러나 그 문제는 다시 알리지, 너무 근심 마라. 내 일로만 해도 불안하기 짝이 없는데. 다시 다음에 알리지. 이제는 상당히 깊이 들어가 끊을래야 끊을 수 없는 처지. 이는 우리 둘 사이에서 그렇게 된 것이 아니라 부모 입회하에 상의적으로 성립된 것이다.

그러나 결혼한 것도 아니고 (시대가 시대니만큼) 그저 나와 그녀 사이에 사랑의 서광이 왔다갔다 할 따름이다. 동오는 20년, 영선 잘 있다. (동오는 20년의 형—그것은 즉 사형을 의미한다. 영선은 건강……. 석방됐다는 뜻일 것이다) 그러면 자주 비행기편으로 소식 전해다오. 부탁한다. 잘 있거라. 동오 생각을 해라. 아니 모든 우리 동무를. 그러면 이만 다시 네 회답 받아보고 다시 쓰마. 회답 늦은 것을 용서하라.

도일渡日이라는 것은 장용이 일본에 오겠다고 한 건으로, K가 그를 맞이할 준비를 했다는 것을 가리킨다.

그가 면학을 위해 일본에 와서 당분간이라 해도, 사실 형네 집에 얹혀살고 있던 K가 그의 생활을 뒷받침할 여력은 없었지만, 여하간 도일이 선결문제이니, K는 뒷일을 생각지 않고 움직였다. K가 1946년 8월 여름방학에 도일할 때 도움을 주었던, 부산에 사는 형의 지인에게 편지로 연락해 밀항을 알선하여 일본에 건너올 수 있게끔 준비를 마쳐둔 상태였다.

그러나 장용은 일 년 전 절망적인 편지를 쓴 자신을 내버리고 그대로 서울에 머물렀다. 동오, 그 밖의 동지들과 남북통일, 이승만 타도의 혁명 투쟁을 계속할 각오를 다진 편지를 보내온 것이다. 그를 대신해 일본에 가고 싶다던, 뜻을 같이하는 애인과 다른 동지들과 함께 그는 투쟁했다. 그리고 아마도……서울 북악산 기슭의 군사훈련소 사형대나 서대문형무소의 형장에서 환상의 총성을, 서울에서 쓰시마의 밤 어둠이 펼쳐진 끄트머리에 있던 K의 머리 위로 울리며 처형당했을 것이다.

동오는 K가 서울에서 같이 합숙한 이들 중 한 명으로, 장용과 같은 전문학교에 다니던 학우였다. 장용의 마지막 편지 이전에 체포, 즉결 재판을 받았다. 동오는 그 무렵 그다지 능숙하지 않은 바이올린을 끼익, 끼익……하고 켰지만, '달의 사막을 아득히 멀리'만은

곧잘 연주했다. 달의 사막을 아득히 멀리, 여행하는 낙타가 갔습니다. K는 지금도 〈달의 사막月の砂漠〉*의 멜로디와 가사가 어딘가에서 들려오면 가슴에 통증을 느끼며 그 당시가 떠오른다. 꺽다리에 느릿느릿. 서울의 한 레스토랑 매니저로 있던 아버지를 수전노라 증오하며 대립하던 청년. 동오는 20년……. 그리고 장용 본인도 "그럼 잘 지내게. 오늘은 여기까지. 자네의 답장을 기다렸다 다시 쓰기로 하겠네"라 쓰고, K의 답장에는 답장을 쓰지 못한 채 체포됐을 것이다.

장용의 애인이 일본에 넘어오는 건을 포함해 답장에 뭐라고 썼는지 전혀 기억이 나지 않지만, 서울까지 한 달, 왕복 두 달이 지나고 석 달이 지나도 장용에게서 답장은 오지 않았다. 계속 영원히.

K는 장용이 체포되고 총살당하는 현장을 본 것은 아니다. 그런데 그것이 보인다. 환상의 총성과 그 울림이 영원히 살아 있는 기억으로서.

빨갱이는 비인간非人間, 신성한 대한민국에 존재해선 안 될 비인간.

사람의 마음을 변질시키고 '이리'와 '독사'로 변모시키기에, 고로 공산주의자들은 인류로 간주할 수도 없으며 동족이라 부를 수도 없다.이승만 대통령

---

* 1923년에 발표되어 히트한 동요. 작곡 사사키 스구루(佐々木すぐる), 작사 가토 마사오(加藤まさを).

소거된 고독 53

반공통일을 슬로건으로 내건 이승만 정권의 정치적·경제적 기반은 친일파에서 180도 태세를 전환한 현재의 친미파다. 그들에 의한 지배체제의 확립, 반대세력의 완전소탕 시대에 접어들고 있었다.

그런 한국으로 돌아간다는 약속을 지키지 못한 채 K는 일본에 눌러앉아 있었던 셈이다. 이내 1950년 6월, 한국전쟁 발발. 한반도는 3년간 이어진 전쟁으로 황폐해졌고, 특히 '북'의 좁은 국토에는 태평양전쟁 중의 몇 배나 되는, 일본 본토를 기지로 삼은 미 공군의 네이팜탄 투하로 인한 전 국토의 초토화. 남과 북, 기타 합쳐 4백만의 사망자.

제2차 세계대전 후 세계 최초의 대량학살이 벌어진 제주도. 20여만 인구 중 3분의 1이 학살, 섬 전체의 초토화. 제주도 4·3무장투쟁은 1954년에 완전소탕, 한라산 개방. 역사의 부재. 역사에서 말살된 4·3인민항쟁의 기억은 영구히 동토凍土 안에 갇힌다. 듣지 말 것, 말하지 말 것, 보지 말 것, 가까이하지 말 것, 한없이 죽음에 가까운 망각, 한없이 죽음에 가까운 기억. 기억이 없는 곳에 인간의 존재는 없다. 막강한 권력에 의한 외부로부터의 4·3 기억의 말살. 공포로 인한 스스로의 내적 기억 말살, 자살의 반세기. 21세기 초에야 기억이 지상으로 부활하는 조짐이 보이기 시작했다. 한없이 죽음에 가까운 영구 동토의 침묵이 비로소 햇살을 받기 시작했다.

죽음의 섬에서 온 수많은 밀항자 중 두 사람, 쓰시마에 당도한 두 여성과 K가 지새운 칠흑 같은 헛간의 어둠 속 하룻밤. 그들이 짊어진 침묵의 죽음에 대한 기억은 K에게 아로새겨졌다. 죽은 자는 산 자 안에 산다.

K는 해어질 대로 해어진, 장용이 보낸 1949년 5월의 마지막 편지를 꺼내 다시 읽곤 한다. 좌식 책상을 쓸 때만 해도 편지를 다 읽고 나면 도저히 바로 일어설 수 없었다. 허리에 힘이 들어가지 않는다. 엉덩이가 돌처럼 방석과 함께 바닥에 가라앉아 굳어 버린다. 그대로 책상에 양 팔꿈치를 댄 채 양손으로 얼굴을 가리고 통곡한다. 오열하는 목소리가 방 안 공기를 떨구고 눈물이 얼굴을, 빛을 막은 두 손바닥을 적신다. 고개를 젓는다. 계속 가로젓는다.

때로는 창밖의 먼 하늘을 응시한다. 머릿속이 텅 비고 허공으로 사라진다. 허공의 저편, 계속 응시하고 있는 저편, 한 점에 검은 구멍이 뚫린다. 구멍의 밑바닥은 어둠의 순도가 높고 응고된 다이아몬드 같은 투명한 공간, 그곳은 어둠 속 빛의 광장.

보인다. 쓰시마 밤의 칠흑 같은 어둠의 밑바닥이 보인다. 유방이 없는 여자. 진눈깨비 내리는 센다이역 앞에서 이별한 고한. 일본에서의 임무를 다하고 십 년 후에 '북'으로 '귀국', 당의 요직에 앉지만 이내 숙청, 총살. 불그스름한 철광산 정상에서 다이너마이트로 자살한 정우. 혁명, 신의 나라가 폭약의 파편이 되어 허공에 비산한다. 서울 북부 북악산 자락에 메아리친 총성 아래의 장용. 보인다. 허공 저편 어둠 속 빛의 광장에 스무 살 그의 얼굴이 보인다.

포장마차 '밑바닥'의 영업은 오후 5시부터 10시까지.
영업을 마친 시간에 맞춰 주류상이 공병을 가지러 온다. 텐트와 포렴을 접고 식기와 빈 상자 등 짐을 양철통에 정리한다. 리어카는 10미터가량 떨어진 공터 구석에 옮긴 뒤, 짐이 가득한 양동이와 보따리를 양손에 들고 걸어서 7, 8분 떨어진 집으로 돌아간다. 매출은 천 엔에서 2천 엔 선.
이것이 휴일인 일요일을 제외한 일정이었지만, 그것도 한때만 그랬고 거의 지키지 못했다. 영업시간이 지나면 일반 손님은 거절. 오랜만에 찾아온 친구들과 포장마차에 둘러앉아 술판을 벌이다 11시를 넘기기 일쑤였다. 포장마차 뒤가 판자로 된 담벼락이라 그곳 주민들이 밤늦게까지 시끄럽다고 호통을 치기도 했다.
오후 5시에 문을 열기 위해 저녁을 거르고 리어카를 가지러 가기도 했고, 어떨 때는 임신한 아내가 두 살배기 딸을 업고 K를 위해 도시락을 가져다주기도 했다. 그런데 아직 영업을 마치기에는 이른 8시인데, 전등불에 멀리서도 보여야 할 '밑바닥' 글자가 새겨진 포장마차의 모습이 보이지 않는다. 가보면 텐트가 벗겨진 텅 빈 포장마차가 제자리에 외로이 남겨져 있을 뿐이다. 중간에 포장마차 영업을 접고 어디론가 술자리를 옮기는 일이 허다했다.
포장마차에 들른 친구들과 함께 술을 마시는 사이에 취기가 올라, 에잇, 벌이도 안 되는 장사, 오늘은 이걸로 장사 끝, 마시러 가자, 이런 식으로 우선은 늘 호의를 베풀어 주는 캣에 들러 위스키에 맥주. 그리고 근처 선술집으로, 다시 또 자리를 옮겨 지갑을 비우고 귀가. 게다가 집에도 손님이 많이 찾아온다. 일요일이면 친구들이 한됫병 술을 들고 찾아와, 아내는 좁은 방에서 아이를 업은 채 나름대로 술상을 봐준다. 여하간에 바쁘다. 뭐가 바쁜가? 술을 마시느라 바쁜 포장마차 장수의 나날이었다.

  K는 아직 젊고 알코올 중독은 아니다. 또 결코 자포자기해서 마시는 술도 아니다. 그런데 어쨌든 마시기 시작하면 술병이 바닥날 때까지 끝장을 본다.

  이러다 보니 다음날 재료 살 돈이 없어 낭패를 보는 일이 잦았고, 2, 3백 엔으로 재료를 준비하곤 했다. 그런데 K는 벌이가 좋아 포장마차를 한다는 정반대의 소문이 나돌았다. 이런 소문을 듣고 돈을 빌리러 오는 사람까지 있었다. 이놈을 어떻게 상대해 주어야 하나. 나는 집세를 몇 달째 못 내 쫓겨날 판인데 말이다.

  3월 말에 포장마차를 그만둔다. 2만 엔의 반값인 만 엔에 산 리어카를 그 반값인 5천 엔에 옛 포장마차 주인인 마 씨의 친구에게 넘기고 '밑바닥' 종료. 장사를 접는다니 잘 그만두었다며 축하 겸 찾아와준 친구들과 포장마차에 있는 청주와 맥주를 죄다 비운다. 그걸로 끝날 리가 없다. 다시 캣으로 이동해 커피를 마시며 기다리다가 리어카 구매자를 불러 포장마차 비품, 상대에게는 무용지물일 터인 천막지 등 처리 일체를 맡긴다. 다시 작별인사를 겸해 캣에 가서 밤에만 여는 카운터에 여러 명이 진을 치고 앉아 맥주와 위스키 잔을 기울인다. 홀 손님들이 돌아간 후 소파로 자리를 옮겨 친구들과 얼굴을 맞대고 술잔을 기울인다.

캣에서 나오니 차가운 바람이 뜨겁게 달아오른 뺨을 찌른다. 밤 공기 속에서 K는 어디로 갔을까. 당연히 근처 선술집에 들렀다가 쓰루하시 근처에서 2차에 3차, 그리고 마지막 남은 사람이 함께 택시를 탄 기억이 있으니 도톤보리道頓堀 근처 친구의 단골 바에 갔을 것이다. 카바레에는 가지 않는다. 카운터 옆자리에 앉은 젊은 여자가 여성 공포증이 있는 K의 왼손을 잡고 어루만지던 것을 K는 기억한다. 가게 뒤편 창밖은 빛무리져 보이는 강이었다. 찬란한 극채색 네온사인이 바람에 흔들리는 물결 위에서 춤을 추고 있었다. 그 잔영이 두툼한 숙취의 막 속에 남아 있었다. 그리고서 어디로, 어디까지 갔던가. 그 바 같은 곳에서 바로 돌아왔던가. 만취한 잠에서 깬 다음 날 해질녘이 돼도 기억이 나질 않는다.

포장마차의 무거운 짐은 K에게서 떠났지만, 어느새 포장마차는 사라졌고 그것을 판 돈의 행방을 도통 알 수 없다는 아내의 말처럼, K 역시 몇천 엔이나 되는 거금이 어디로 날아갔는지 알 수 없다. 다음날 점퍼 안주머니 속에 천 엔짜리 지폐가 한 장도 남아 있지 않았다. 참으로 비참하고 우스꽝스러운 포장마차의 결말이었다.

이런데도 사람들은 포장마차로 꽤 돈을 벌었을 것이라 여기고 있을 것이다.

예를 들어 박봉의 조직운동가는 K를 보면, 실상 그들이 K보다 훨씬 더 안정된 생활을 하고 있는데, 포장마차에서 일단 '장사'를 하고 있고, 포장마차 주인이 늘 손님과 어울려 술을 마시다가 장사 마감 시간 전에 사라지니 적자 보는 일을 하고 있을 거라고는 생각할 수 없었을 것이다. 2, 3천 엔 정도 모아둔 돈이 있었던 아내가 매일 백 엔씩 꺼내 생활비로 충당했다고 하니 도대체 무엇 때문에 포장마차를? 생활을 위해 포장마차를 시작했지만, 전혀 생활에 도움이 되지 못했다. 하긴 집에서는 극빈의 생활을 했고 평소 식사도 그렇고 특히 두 살배기 딸의 식사도 변변치 못했으니 대체 무엇을 위한 포장마차였을까 하고 K는 생각한다. 그리고 포장마차의 이름은 '밑바닥'. 그 모양인데 무엇이 '밑바닥'이란 말인가.

글 서두에 카운터에 팔꿈치를 괸 주정뱅이 손님이 술이 든 유리컵을 입으로 가져가서 드러낸 위아래 이로 씹어먹는 장면이 나오는데, 이는 K가 포장마차 '밑바닥'을 생각할 때 가장 먼저 떠오르는 장면이다.

마음이 굽이굽이 굽어버리고 만 재일동포의 콤플렉스, '밑바닥' 카운터가 그것을 해소하는 곳이었을지도 모른다. 하지만 K에게는 반세기 이전의 그 동포 청년, 작은 포장마차의 전경 속 입술에 피를 흘리며 매서운 모습을 한 그 청년의 모습이 하나의 그림이 되어 선명히 보인다. 그것이 마치 필름처럼 움직인다.

넉 달간의 포장마차 장사는 실리적으로 말하자면 생활을 위해서는 아무런 보탬이 되지 못했지만, 인생의 나날이 겹치는 과정에 한 컷의 체험이 됐다고 할 수는 있을 것이다. 그런 넉 달의 시간 중 유일하게 값진 체험은 단골손님으로 가까워진 정 동무와의 만남이었다.

그에게 들은 얘기가 후에 소설 「똥과 자유糞と自由と」*의 발상에서 성숙으로, 그것이 형태를 부여받아 작품화의 출발점이 됐다. '밑바닥'에서 정 동무를 만나지 못했다면 조선인 강제연행을 주제로 한 이 소설은 나오지 못했을 것이다. 실록이나 기록이 아닌 가혹하고 잔학한 역사적 사실을 바탕으로 한 픽션, K 자신이 귀중한 작품으로 여기는 「똥과 자유」는 '밑바닥'의 산물이다.

정 동무는 K와 동년배로 조총련 히가시오사카 본부 선전부의 활동가였다. 동무는 친한 벗이나 활동가 사이의 호칭이었지만, K는 자연스럽게 그에게 동무를 붙여 정 동무라 불렀다. 본부 일이 끝나고 역으로 가는 길목에 있는 '밑바닥'에 들러 술 두세 잔을 천천히 그리고 정성껏 마신 후 돌아간다. 처음에는 같은 조총련 본부에 있는 K의 지인과 함께 들렀다가 단골이 됐다. 그것은 스무 살이 되기 전, 전쟁이 일어나기 전 시기에 한반도에서 강제징용되어 패전 후에도 귀국하지 못한 채 재일동포가 된 정 동무의 과거를 K가 알게 되면서부터였다.

그가 전쟁 전에 남한의 경상도에서 홋카이도北海道 크롬 광산으로 강제연행됐다는 사실을 알게 된 K는 관심을 갖고 그에게 체험담을 듣기 시작했다. 정 동무가 그 관심에 응하며 양쪽의 호흡이 맞아떨어졌고, 따로 손님이 없을 때 정 동무가 카운터 앞 둥근 의자 끝자리에 앉아 K의 이른바 '취재'에 응했다. 그리고 K는 '취재

---

* 김석범이 『분게슈토』 1960년 4월호에 발표한 단편으로, 작품집 『까마귀의 죽음』에 수록되어 있다.

비' 명목으로 술값을 받지 않았다.

  정 동무는 분노와 슬픔의 눈물을 흘리며 카운터에 얼굴을 묻을 때가 있었다. K는 폐부를 찌르는 아픔을 느끼며 메모를 하고 머리에 새겨넣었다. 또, K는 포장마차 난로 너머로 몸을 내밀어 문어방에서의 과거에 눈물 흘리는 정 동무의 어깨를 토닥이며, 열아홉이던 그가 크롬 광산에서 손바닥이 반들반들해질 때까지 삽을 잡은, 뼈가 덧난 손을 잡고 위로하곤 했다.

  정 동무는 일제의 패전 전인 1944년 가을에 92명의 노무 징용자 중 한 명으로, 전원이 부산에서 합류, 관부연락선으로 바다를 건넜고, 수십 시간에 걸쳐 홋카이도로, 다시 하코다테函館에서 아사히카와旭川까지, 거기서 또 나요로名寄를 거쳐 북상, 호로카나이幌加內의 크롬 광산으로 이동했다고 한다. 그때 인부들의 첫 환영사가, 어서 오시게, 드디어 지옥에 왔군, 이었다. 자네들 말이야, 여기서 돈도 받고, 그걸로 밥을 먹을 수 있을 거라 생각하나? 자기 손발을 잡아먹고 창자를 빼먹다 죽고 말지. 그게 문어고 그래서 여기가 문어방이라네. 자네도 문어야. 사람이 아니라고.

  3, 4백 미터 사방으로 참나무와 삼나무가 우거져 있고, 그런 산으로 둘러싸인 분지 같은 곳에 광산 건물이 있었다. 주위에 철조망이 둘러쳐 있고, 네 군데 요소에 설치된 망루에서 엽총을 든 경비가 근무를 서고 있었다. 게다가 분지를 둘러싼 산 자체가 벽이 되어 도망치기는 어렵다.

인부들 숙소에는 철문 빗장에 튼튼한 자물쇠가 단단하게 물린다. 건물 중앙에 7, 80미터쯤 되는 복도가 있고 우측은 두 칸으로 구분된 인부방, 반대편은 안쪽부터 환자방, 조선인 간부방, 대식당이 자리한다. 인부는 3백 명. 밤에는 도망 방지를 위해 팬티 한 장도 허용되지 않아 나체로 이불을 덮는다. 수십 개의 이불이 4열로 깔리고 머리와 머리를 맞대고 두 사람씩 잔다.

광산은 산기슭 잡목림을 베어 그 지하를 파는데, 도구는 손곡괭이와 삽뿐이다. 파낸 흙덩어리 속에 반짝이는 크롬광이 레일 위 광차에 올려져 세광장으로 운반된다. 자작나무 몽둥이를 들고 잡역을 시키는 조선인 간부가 노동 감독과 감시한다. 인근 잡목림 그늘에 파놓은 웅덩이에 세광장에서 나온 광독이 녹은 오수가 흐르는데, 사망하거나 병약한 인부, 반쯤 죽어 노동력으로 성립하지 않는 이들을 늦은 밤 은밀히 수장시킨다.

매일 아침, 숙소 건물 옆 훈련장에서 인부들이 50명, 6열로 정렬. 아마테라스 오카미天照大神에게 궁성요배宮城遙拜, '황국신민의 서사誓詞' 제창. "하나, 우리는 황국신민이다. 충성으로써 군국君國에 보답한다. 둘, 우리 황국신민은 서로 믿고 아끼며 협력하여 단결을 공고히 한다."

정 동무는 포장마차에서도 머리에 각인된 그것을 분노의 감정을 담아 암송했다. K는 웃으면서 자신도 그것을 경험했다고 하며 그를 말렸다.

교육칙어敎育勅語라는 것도 있다. 크롬 광산에서 그것을 외우게 하진 않았지만, 조선의 시골 소학교에서 일본인 교장이 운동장에 정렬한 학생들 앞에서 두 손으로 두루마리 같은 것을 들어 바치고, 학생들은 직립 부동, 고개를 숙이고, "짐이 생각건대 황조황종皇祖皇宗이 나라를 열어······"를 암송했다. 정 동무는 조선의 시골 소학교에서 교육칙어, 성장해서는 홋카이도 크롬 광산에서 '황국신민의 서사'······그렇게 말하며 웃었다.

정 동무의 쌓이고 억눌린 강제징용의 극명한 기억. 얘기가 동료의 처형 장면에 이르렀을 때였다. K는 무슨 말인지 이해가 되지 않아 매우 당황스러웠는데, 정 동무는 얘기를 시작하기도 전에 울음을 터뜨렸다. 물을 한 모금 마시고 나서 심호흡. 입술을 깨물며 얘기했다.

심야에 탈출해 산을 넘은 한 청년이 오로지 기적 소리에 의지해 길을 헤매며 역으로 향하던 중, 어디선가 희미하게 사람 목소리가, 그것도 무슨 노래를 하는 듯한 목소리가 들려왔다. 잘 들어보니 그리운 고국의 민요 〈도라지〉였다. 청년은 놀라며 이런 곳에도 동포가 살고 있구나, 구원의 신을 만났다고 생각했다. 그렇게 우연히 만난 동포와 함께 역으로 향했는데, 역에서 기다리고 있던 것은 광산의 조선인 간부, 추격자가 타고 온 마차였다. 정 동무와 친했던 그 청년은 기차가 아닌 마차에 실려 광산으로 다시 끌려왔다. 덫에 걸린 것이었다.

심야 비상 소집된 2백 명의 인부와 백 명의 조선인 간부, 일본인 감독과 간사가, 식탁이 치워져 처형장으로 변한 식당에 모였다.

먼저 전원이 '황국신민의 서사'를 제창. '충군애국 정신 고양' 의식이 시작됐다.

"황국신민의 서사. 하나, 우리는 황국신민이다. 충성으로써 군국에 보답한다. 둘, 우리 황국신민은 서로 믿고 아끼며 협력하여 단결을 공고히 한다. 셋, 우리 황국신민은 피로움을 참고 몸과 마음을 굳세게 하는 힘을 길러 황도皇道를 선양宣揚한다."

그런 다음 일본인 간사가 조선인 간부 대열을 향해 비국민을 붙잡은 두 사람의 공로를 치하하며 각각 금일봉과 하루의 유급휴가를 포상한다. 이어서 충성 맹세 의식, 인부 전원이 자작나무 몽둥이로 온 힘을 다해 도망자를 두 대씩 내리치는 처형이 시작된다.

인부가 쥐고 있는 자작나무 몽둥이는 수지가 풍부하고 질겨 절대 부러지지 않는다. 그것을 두 손에 쥐고 밧줄에 매달아 올린, 상반신이 벗겨진 도망자를 내리친다. 자작나무 몽둥이를 쥔 인부의 등 뒤에는 머리를 때리기 위해 곤봉을 쥐고 있는 감독이 있고, 또 그 조선인 간부를 감독하는 일본인들이 서 있어 숨을 돌릴 틈조차 없다. 도망자를 비국민으로 간주하는 적개심, 천황과 황국에 대한 충성심이 강할수록 적에 대한 일격이 더욱 거세다.

이미 피로 검붉게 물든 자작나무 몽둥이를 잡은 정 동무가 도망자 앞에 섰다. 탈주자는 이미 죽은 상태였다. 대들보에 매달린 시체의 끄트머리가 늘어진 채 바닥에 닿아 있어, 일격, 또 일격 뒤에는 1초, 2초 요동친다. 그의 시체를 세게 내리치지 못한다면 나는 여기서 앞으로 살아낼 힘을 가질 수 없다. 나는 지금 여기서 그를 때리고 그 시체를 밟고 넘어서야 한다. 정 동무는 두 손을 들어 피투성이가 된 몽둥이를 더 피투성이가 되도록 죽은 사람의 등에 내려쳤다. 그리고 자작나무 몽둥이를 뒤에 서 있는 동료에게 건네는 것을 잊고, 바닥에 내던지며 대열에서 벗어났다. 뒤쪽에서 그의 머리에 곤봉의 일격을 가하는 일은 없었다.

처형 다음 날, 충성스러운 일본제국 신민의 공로자인 조선인 야스카와康川가 포상을 받았고, 인부들 사이에 도망자가 심야에 체포되기까지의 얘기가 퍼졌다. 도망을 꾀하지 말라.

정 동무는 그 이상 얘기하지 않았다. 얘기를 할 수 없었다. 두 손으로 얼굴을 가리고 어깨를 들썩이며 울었다. 포장마차의 세 면이 텐트로 가려져 있었기 때문에, 남의 눈에 띄지 않아 다행이었다.

"이보게, 정 동무, 한 잔 들게."

K는 손을 뻗어 정 동무의 어깨를 부드럽게 토닥이며 술을 권했다. 정 동무……. 십수 년 전의 일이다. 그가 살아 있다면 30대 중반일 것이다. 그 시체는 어디에 묻혔을까. 세광장에 있는 저수지일까.

"기분 안 좋은 얘기만 해서 미안하오."

정 동무는 추억에 웃음 짓듯, 먼 곳을 응시하는 듯한 얼굴에 미소를 띠며 말했다.

"뭐가 말인가?"

"지금 얘기한 홋카이도 얘기요."

"기분 안 좋은 얘기라니, 그럴 리가. 매우 중요한 얘기요. 정 동무는 내가 청한 얘기를 해 주고 있는 거잖소. 내가 동무를 지금 취재하고 있는 겁니다."

"고맙소. K 씨, 그래서 말인데, 다른, 조금 재미난 얘길 하지요. 같은 홋카이도 얘기긴 한데, 홋카이도로 연행되는 도중에……."

정 동무는 다시 아까와 같은 웃는 얼굴로 말했다.

"응? 그건 무슨 얘기요?"

K는 덩달아 웃었다.

"광산이 아니라 광산으로 끌려가는 도중에 일어난 탈출 얘긴데……."

시모노세키下關에서 기차를 탔는데 맞은편에 앉아 책만 읽으며 왜 그런지 줄곧 웃고 있는 젊은 남자가 있었다. 경성의 모 상업학교 출신인 그는 학생 때 기계체조 선수였다고 한다. 그는 정 동무를 신뢰했는지, 자기는 여기서 몰래 도망치겠다고 말했다. 출입구에 감시자가 서 있는데 도망을? 자리는 기차간 중간쯤이었다. 젊은 남자는 자기가 창으로 뛰어내리면 바로 가방을 던져 달라고 부탁했다. 정 동무는 농담인 줄 알았는데 그게 아니었다. 그는 덥다 더워, 하고 중얼거리며 창문을 활짝 열어젖혔다. 그리고는 화장실에 갔다. 화장실에서 나온 그의 표정이 갑자기 변하더니 눈의 초점이 한 곳으로 좁혀지며 빛났고, 웃옷을 바지 벨트 속에 밀어 넣고 천천히 심호흡했다. 그리고 통로를 천천히 걸어오면서 자기 자리 옆

통로와 활짝 열린 창문을 갈마보며 도약의 반동을 주는 듯했다. 정 동무는 그의 매서운 눈빛을 바라보며 이마에 식은땀이 흐르는 것을 느꼈다.

그는 허리춤을 추스르더니 종종걸음으로 자기 자리를 향해 뛰기 시작했다. 이얍! 큰 기합 소리를 내며 머리 위 그물 선반 가장자리를 철봉처럼 쥐고는 훌쩍 바람처럼 창밖으로 날아갔다. 앗, 이게 무슨 일인가! 그는 공중제비를 돌 듯 빙글 한 바퀴 돌더니 4, 50미터 떨어진 건너편 길가에 이내 똑바로 서서 손을 흔들고 있었다. 정 동무는 가방을 창문 밖으로 던졌다. 그의 멋진 도약에 어안이 벙벙해진 정 동무는 하마터면 가방 던지는 것을 깜빡할 뻔했다. 정 동무의 심장은 마구 고동치고 있었다. 청년은 천천히 가방을 집어 들고 멀어지는 기차를 향해 손을 흔들며 논밭 사이로 사라졌다. 머지않아 고베에 도착했다.

빙그레 웃을 수 있었던 것은 무엇 때문일까? 탈주 계획에 대한 흥분과 어떤 일종의 위장이었을까.

정 동무는 웃으며 한숨을 크게 내쉬더니 다시 울음을 터뜨렸다.

K는 잠시 멍해졌다. 몸속에서 고요한 감동의 물결이 일고 있었다. 정말 멋지다, 왠지 기분이 새로워지는 듯한 얘기였다.

겨우 마음을 추스른 정 동무와 K는 기차 밖으로 뛰어내린 그 청년을 위해 건배했다. 홋카이도 문어방의 처형 얘기. 크롬 광산의 저수지 얘기. 사선을 뚫고 나온 정 동무 본인의 고통스러운 체험담을 듣고 난 후의 일이었던 만큼 황야에 핀 한 송이 꽃처럼 청년에 관한 얘기는 가슴이 후련해지는 상쾌함을 선사해 주었다. 두 사람은 건배하며 다시 웃었다.

정 동무와는 포장마차뿐만 아니라 점심때 캣에서 만나 토스트에 커피를 마시며 얘기를 이어나가는 '취재'를 하기도 했는데, 정 동무가 그것을 기쁘게 응해준 것이 K에게는 정말이지 고마운 일이 아닐 수 없었다.

왜 K 씨는 포장마차를 하셨나요? 왜 나는 포장마차를 했던 것일까? 후일 이것이 다른 이들이 던진, 그리고 다시 자기 자신에게 던지는 물음이 됐다.

'혁명'에서 탈락한 센다이 일로 비롯된 온갖 부채를 짊어진 절망으로부터의 탈출. K여, 자네는 앞으로 어쩔 셈인가? 모르겠네.

포장마차. 자학적인 '젠체'가 인생의 어떤 통과의례처럼 그 당시 필요했던 걸까. 그것은 일종의 허세였을지도 모르지만 새삼 그것이 자위적 치유가 된 듯한 기분도 든다. 무엇을 위한 포장마차였을까. 술바다에 뜬 포장마차. 그리고 그 이름이 '밑바닥'. 부끄럽다.

몸도 마음도 텅 빈 박제 인간이 움직이고 있었다. 중력에게 버림받아 허공에 뜬 몸과 마음이 도쿄 이케부쿠로의 포장된 넓은 언덕길을 오르고 있었다.

발밑에 깊고 투명한 구멍이 있음을 깨달은 K는 아찔해져 몸을 피한다. K는 이상한 느낌이 들어 발걸음을 멈추자 발밑 지면이 바둑판 모양을 또렷이 드러내며 투명해졌고, 그 밑에 심연 같은 구멍이 보이며 그 구멍으로 빨려 들어갈 것 같았다. 언덕 위 전체가 여기저기에 난 구멍으로 금방이라도 무너져 내릴 것 같아 K는 땅바닥에 쭈그리고 앉았다. 구멍이 스스로 그 가장자리에서 녹아내리는 깊은 구멍.

K는 도쿄에서 2, 3년을 보낸 후 단편「요나키소바」를 썼다.

"동시에, 영팔의 뜨거워진 마음 밑바닥에 싸늘한 바람을 일으키는 구멍이 입을 떡 벌렸고, 영팔의 눈에는 똑똑히 간파할 수 없는 차가운 고독의 감정을 그는 느끼고 있었다."

이 구멍은 바둑판 모양 언덕길의, 저절로 가장자리에서부터 무너져 내리는 바닥 없는 구멍과 마찬가지가 아닐까. 깊은 구멍 가장자리에 바닥에서부터 소용돌이치는 파동과 수면의 흔들림. 잔물결의 중얼거림이「요나키소바」의 구멍, 서늘한 바람이 이는, 아무도 매울 수 없는 구멍. 이제까지의 좌절, 도쿄에 온 이후부터의 절망, 밑바닥의 암유, 본인 스스로 무의식적으로 멀리 우회해 나온 표현이 아닐까.

그것이 후에 현실의 포장마차 '밑바닥'으로. 많은 이들에게 빈축을 샀고 비웃는 이들도 있었다. '밑바닥'. 무슨 밑바닥일까. K는 이렇게 생각한다. 왜 K는 현실의 포장마차 '밑바닥'을 했던 것일까.「요나키소바」를 쓰지 않았다면 현실의 포장마차도 하지 않았을 것이다. 그리고 센다이에서의 좌절, 밑바닥에 뿌리를 두면서 그 생활과는 분리된, 차원이 다른 세계의 소설「까마귀의 죽음」에 이른다. K는 그것을 발견했다. 노년이 돼서야 반세기 넘는 과거의 지평

속 어느 한 지점에 도달한 듯한 느낌이 든다.

「까마귀의 죽음」과 「요나키소바」, 완전히 이질적인 두 소설을 반세기 전 거의 같은 시기에 썼다. K는 두 소설이 같은 수맥으로 연결되어 있다는 것을 새삼 깨닫는다. 「까마귀의 죽음」과 「요나키소바」는 "뜨거워진 마음 밑바닥에 싸늘한 바람을 일으키는 구멍이 입을 떡 벌려" 바람을 보내오는 구멍……이라고, 지하에서 중얼거리는 듯했다. 「까마귀의 죽음」은 그 구멍으로부터의 탈출로 향한다.

K는 "나는 「까마귀의 죽음」을 쓰지 못했더라면, 자살했을지도 모른다"라고 어떤 수필에 쓴 적이 있는데, 그는 어떻게든 그것을 써냄으로써 니힐리즘에서 벗어나 현실 세계에 발을 내딛고자 했다. 그것은 페시미즘, 센티멘털리즘을 배제하는 길이기도 했다. K는 미적 의장意匠을 한 센티멘털리즘을 혐오한다.

K는 「까마귀의 죽음」을 씀으로써 소설 인생의 황야를 홀로 걷는 무無의 출발점에 선다. 그 황량함 위에 서게 한 배후의 힘은 센다이에서의 좌절이고, 학살의 섬에서 밀항해온 이들과 보낸 쓰시마에서의 하룻밤이다. 또 해방 후 4년에 걸쳐 교환한 벗과의 편지와 그 벗의 죽음이고, 그것은 K가 짊어져야 할 십자가였다. 그 십자가의 무게를 견뎌낼 수 있을까. 그것들은 K에게 부채의 고통을 안기는 동시에 힘을 부여한다.

학살로 물든 섬의 역사. 4·3은 반세기 동안 지상에서 말살되어 왔다. 4·3? 그런 일은 없었다. 그것은 빨갱이가 지어낸 거짓말이라고. 안팎으로부터의 기억의 타살, 권력에 대한 공포가 만들어낸 도민들의 기억의 자살. 기억이 없는 곳에 역사는 없다. 역사가 없는 곳에 인간은 존재하지 않는다.

2000년대 들어, 한없이 죽음에 가까운 기억, 한없이 죽음에 가까운 망각과 얼어붙은 침묵이 학살당한 죽은 자와 함께 땅속에서 지상으로 발굴되며 햇빛 아래 드러났다. 죽음에 처해진 기억이 부활하는 시작이다. 지상에서 말살된 역사의 부활이 이뤄지려 하고 있다.

쓰시마의 끝없는 어둠의 허공을 타고 전해지는 서울 처형장의 총성이 요란하다.

언제까지 일본에 있을 셈인가? 언제 조국에 돌아올 텐가? 이제 조국에는 돌아가지 않을 작정인가……. K와 동년배였던 스물셋 청년의 죽음.

満月の下の赤い海

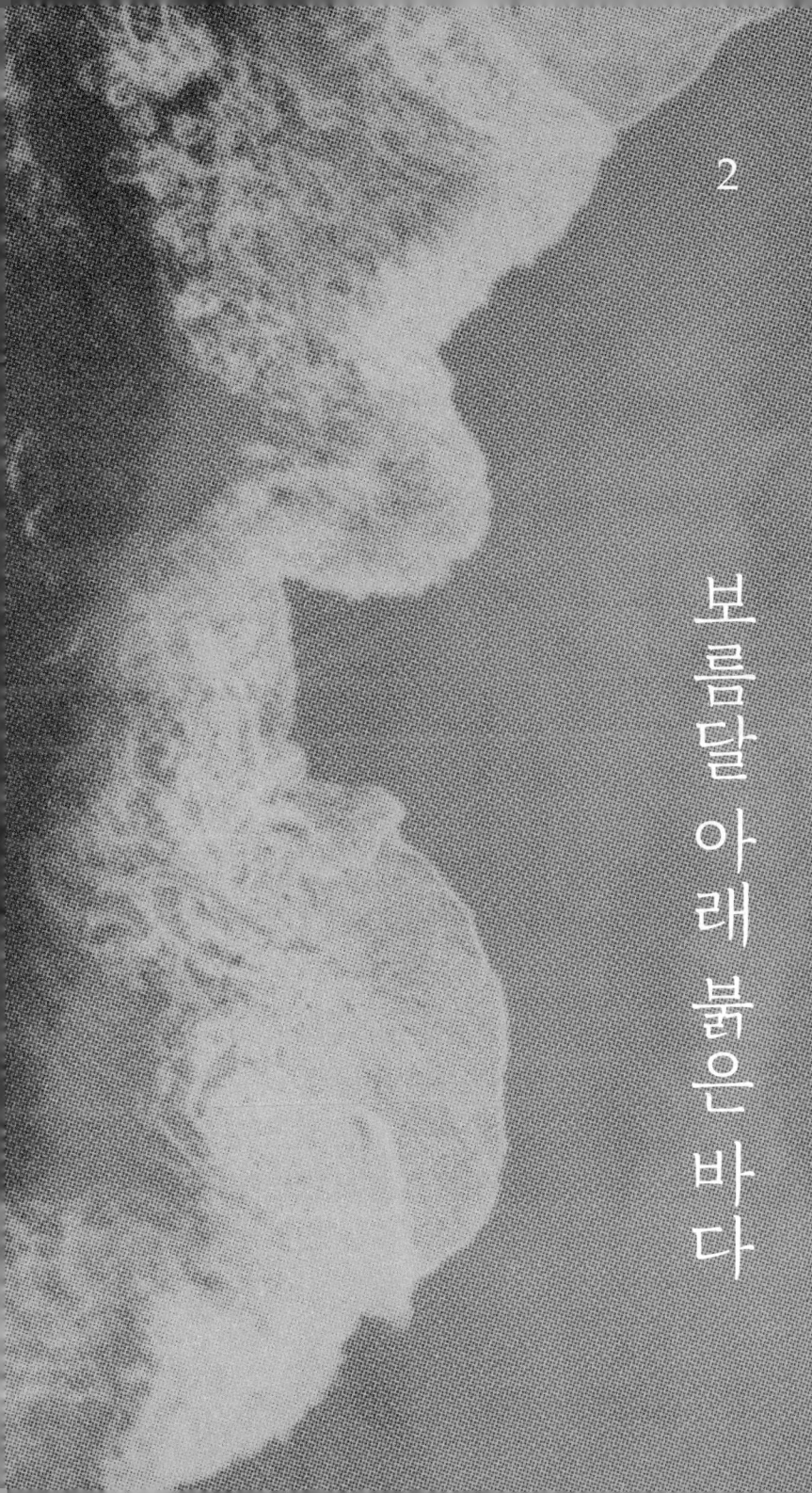

2

보름달 아래 붉은 바다

1

 아득히 남쪽 바다가 내다보이는 설산 기슭의 양지바른 풀밭에 흰 나비가 무리를 지어 리드미컬하게 날고 있는 것처럼 보이는 것은, 흰 치마저고리에 붉은 장미 입술을 한 신방*의 춤. 크게 머리 위로 휘날리는 하늘과 땅을 잇는 긴 띠 같은 백포白布가 물결치며 날카롭게 허공을 가르는 바람 소리에 몸을 태워 신방이 하늘을 우러러 춤을 춘다.

 하얀 버선 발끝이 지면을 차고 뛰어오를 때마다 발밑 일면에 샘이 솟아오르고, 끈적끈적해 보이고 푸르스름한 액체가 하체를 가라앉혀 거기에 빠질 듯 안 빠질 듯, 신방의 펄럭이는 긴 백포 띠는 투명한 샘에서 거품 이는 빛을 건져 허공에 흩날린다.

 샘 위에 진홍색 장미가 피고, 장미꽃 피어난 신방의 입술에서 말이 나온다. 이 세상에 나오지 않을 말이 나온다. 가슴에 사무친 말을 풀어낸다.

 갈라진 대지의 틈새 바다 깊이, 어둠의 문이 광활한 공간으로 열린다. 그곳은 나뭇가지가 얽힌 숲이자, 신이 깃든 팽나무 바람을 끌어당기는 거대한 날개가 된 나무 그늘, 죽은 자들의 쉼터다. 나무껍질 벗겨진 주홍색 향나무 냄새가 감돌고, 땅밑 태양 빛을 등에

---

* 제주에서 무당을 일컫는 말. 원래 신방(神房)인데, 이것이 자음 동화된 '심방'으로 표기되기도 한다.

업은 붉은 연지 칠한 신방이 희고 긴 두 소매를, 유명幽明을 이어주는 자기 키의 몇 배나 되는 백포 띠를 휘날리며, 두둥, 두두둥, 두둥, 둥둥. 바위 모서리가 튀어나온 언덕길 아래 바위투성이 물가에서 신방이 춤을 춘다. 죽은 자의 목소리를 품고 춤을 춘다. 깊은 지하 수면으로 신방의 말이 굴러가, 이 세상에 말로 나오지 않은 게 꿈에 나옵니다. 꿈에만 나와요……. 이윽고 넓은 수면에 파도가 넘실거리고 파도가 너울 치며 이어지는 건너편은 땅밑 호수, 이윽고 안개 모양을 한 바다 내음 흐르는 땅밑 바다. 땅밑의 빛 속에서 갑자기 검은 그림자가 육박해오더니 까마귀 한 마리가 신방 어깨에 내려앉았다. 펄럭이는 신방의 긴 백포 넘실대는 큰 파도 위에 까마귀가 세 번 날아, 붉은 연지를 바른 신방의 손에서 동백꽃을 물고 높이 날아올랐다. 까마귀가 날아오른 바다 위는 하늘이었다. 까마귀는 큰 바다를, 동쪽을 향해 날아갔다…….

황혼 같은 박명은 지하의 유계幽界가 펼쳐진 것이 아니다. 소금기 짙은 해초 냄새나는 물 기척이 느껴지는데, 주위를 채우고 있는 것은 역시 바다였다. 여기가 어떻게 유계와 연결되어 있는지는 알 수 없다. 아득히 멀리 낙뢰의 불덩어리가 내리쳐 황금빛을 내며 갈라진 해면 틈새로 빨려 들어가듯 서서히 물줄기가 흔들리고 있었다. 바다 위 낙뢰로 끓어올라 부서지는 파도 그림자가 철 조각이 되어 바닷속으로 떨어지고 있었다. 번개만 보일 뿐 소리는 전혀 들리지 않았다. 하지만 바다 밖에는 멀리 폭풍우가 다가오는 듯했다.

바다 밑은 고요했고, 울퉁불퉁한 모랫바닥에 큰 물고기 같은 알몸의 그림자가 움직였다. 깊숙이 펼쳐진 박명 속 한 점에 숲의 그림자가 있었고, 가까이 가보니 그곳은 폐허가 된 마을 같았다. 거기에 가라앉은 가람伽藍인 듯한 그림자가 보이기 시작했다. 해녀가 바다 밑에 닿은 그림자와 함께 헤엄쳐 가보니, 육박해오는 커다란 건물이 진흙으로 뒤덮인 침몰선 선실 모양으로 변해 있었다. 조금 전의 낙뢰를 맞아 침몰한 걸까. 아니, 아니, 왠지 거대한 생물처럼 지금이라도 움직일 듯하고, 주위 바닷물은 양수羊水 같은 점액으로 휘감겨 있는 듯했다. 환영의 가람처럼 보였던 것은 침몰선인 것 같고, 이전부터 거기에 있었을 것이다. 꿈쩍도 안 한다.

침몰선에 다가간 해녀와 알몸의 그림자가, 체액처럼 미끈미끈한 해면에 머리를 내밀고 기운 갑판에 기어올랐다. 아아, 여긴 언젠가 온 적이 있다. 해초와 진흙으로 뒤덮여 미끈미끈해진 것은 옛날부터 여기에 있었다는 증거였다. 뱃머리에 가까운 선실 유리창이 바닷속 바람을 맞아 덜커덕 흔들리며 해녀를 부르고 있었다. 옆에 미끌미끌한 고깃덩어리처럼 튀어나온 문의 손잡이를 잡아당기자, 폭포 같은 기세의 바닷물과 정체 모를 무수한 인간의 그림자. 미끈미끈한 진공상태의 선실에서 썩지 않은 죽은 자의 무리가 튀어나와, 마치 새떼처럼 해면을 향해 날아 올라갔다. 한순간, 무시무시한 우렛소리와 빛이 바닷속에 꽂히며 사방에 흩날렸고, 시체 무리에 뒤섞여 튕겨 나간 해녀가 순식간에 물고기가 되어, 사나워진 바다 밖으로 드높이 내던져졌다. 아아, 소용돌이치는 노도 속으로 떨어진 것은 물고기가 된 나였다.

　물고기가 된 해녀. 이 땅밑으로 이어지는 바다는 어디일까. 어디도 아닌, 그저 바다. 이 침몰선이 있는 바다 밑, 그리고 거친 바다 밑에 해녀의 그림자가 헤엄치는 것은 제주의 바다일지도······. 해녀는 제주의 해녀. 거칠어지는 겨울 바다를 잠수하는 해녀의, 나는 딸. 어머니는 제주4·3사건 당시, 그 학살의 섬에서, 정부 토벌군에게 육로를 막힌 게릴라의 연락원으로 밤바다를 헤엄쳐 활동했다는 얘기를 다른 사람들한테 들은 적이 있다. 어머니는 4·3사건에 대해 일절 얘기하지 않았다.

　여기에는 원초의 에로스가 있다. 그리고 닫힌 생명의 해방. 어머, 어떡하지요. '물고기가 된 나'는 작자, 아니 작중의 주인공을 말하는데, 지금 물고기가 된 것은 바로 나······. 내가 쓴 것 같은 착각에 반쯤 빠졌다. 여기서 물고기가 된 것은 바로 나다. 내가 작자이고, 물고기는 나. 바다는 에로스. 바다를 태우는 낙뢰로 잉태한다. 저는 바다의 양수에서 돌고래처럼 태어났습니다. 비너스의 탄생은 바다였다. 하얀 거품에서 태어났기 때문에 아프로디테······. 거대한 조개 위에 올라탄 등신대 비너스 탄생의 육체가 띠는 진주빛은 머리 위 높은 홀 천장에서 귀에 메아리쳐 오는 음악처럼 화면이 물결치며 숨을 불어넣고 있어······. 봄바람에 거품이 피어오르는 파도 소리의 웅성거림. 피렌체 미술관에서 비너스의 탄생을 봤을 때의 놀라움은 음악적 숨결의 체험이었다고, 지인이기도 한 젊은 재일동포 미술 학도가 말했다. 그래, 진한 염분을 머금은 해초 냄새가 나는 조용한 바다 밑 물고기는 나였다. 나는 물고기가 된 해녀였다. 나는 땅밑 바다를 잇는 해녀. 나는 시체 떼에 섞여 바다 밖으로 내던져진 물고기.

나는 바다를 모르는 해녀. 바닷속 어머니가 해녀였다. 내가 모르는 바다, 바다 밑. 제주 바다. 이어도……아득히 저 멀리 솟은 설산은 한라산이요, 한라산이 아니다. 햇살 비치는 풀밭에 흰 나비가 무리 지어 날아다니는듯 보이는, 붉은 입술을 한 신방이 백포를 휘날리며 춤추는 먼바다 저편에 보이는 것은 수평선이 흔들리는 투명하고 작은 섬 그림자. 보이지만 보이지 않는 이어도, 이어도, 사나, 이어도, 사나…….

외광外光의 세계, 지금 나는 며칠째 내 구멍에 틀어박혀, 폐색 상태의 자루를 푹 뒤집어쓰고 있다. 거기는 작은 동굴. 작은 동굴 같은 자루 속의 겁 많은 다람쥐처럼 외계를 들여다보는 아이는 어둑한 방에서 바깥 기운에 조심스레 귀를 기울이고 있었다. 어둑한 방은 벽장. 벽장은 자기의 동굴. 근처에 커다란 플라스틱 공장이 있어 땅울림 같은, 먼 해명海鳴 같은 소리를 늘 들었다. 나는 아버지가 싫다. 아버지는 어머니에게, 네가 뭘 아느냐, 이 남편에게 어기대는 제주 계집년아, 하고 자기도 제주 사람인 주제에 어머니를 때리고, 어머니는 울부짖고 때로는 팔을 휘둘러 대항한다. 어머니는 마음의 병을 앓고 있었다. 그래서 오사카와 나라奈良 경계에 우뚝 솟은 이코마산生駒山의 조선시朝鮮寺에서 며칠 동안 액막이굿을 지냈다. 폭포도 맞았다. 손으로 뜯어 향로에 묻힌 핏빛 향목. 오랫동안 볼

일이 없던 향목이 연기와 함께 박하처럼 달콤하고 시큼한 냄새를 내뿜으며 큰 방에 향을 퍼트린다. 여러 가닥의 커다란 촛불이 흔들리는 그림자. 그 신기한, 아이 머리의 어둠 속에 퍼지는 장구와 징 소리는 밤중 산속에 천둥처럼 메아리친다. 후에 어른이 된 영이가 전통 무용을 배우기 시작했으니, 움직이는 육체의 리듬에 신방의 춤인 살풀이가 원초의 기억처럼 되살아난 듯하다.

춤과 말, 한국어는 학습의 대상이 아니다. 우리말母語은 우리나라母國를 내면화해야 하는 말이었다. 일본어는 나의 말인가? 일본어는 내 몸의 수맥처럼 피가 되고 살이 되어 호흡처럼 자연스럽게 나온다. 숨 막힐 일이 없다. 그런데 지금 서툰 한국어와 얽히면서 말이 끊어지고 막힌다. 그러자 내 안의 한국어, 우리말이 일본어에 압도되어 몸에서 박리된다. 어차피 모어가 아니다. 학습 대상, 그것이 우리말. 학습 대상이 우리말······. 모어가 당위성을 잃고, 억지로 내회內化해야 하는 말. 그것이 저변에서 균열을 일으킨다.

며칠씩 자기 구멍에 틀어박혀, 자기를 감싸는 말 주머니의 입을 다물고 그런 상태가 된다. 그러자 뭔가 후우 하고 바닷속에서 떠오르는 듯한 상태가 되어 자신을 감싸는 봉지의 끈이 풀리며 내가 나온다. 그곳은 발밑에서 콸콸 샘이 솟아나는데, 왠지 끈적끈적하고 푸른빛이 감도는 액체가 번진다. 샘 위에 진홍색 장미꽃이 피어 가슴에 맺힌 말을 풀어내는 곳. 훨훨, 나비처럼 벌린 두 팔을 리드미컬하게 물결치며 춤이 되고 말이 나온다. 갈라진 우리말이 춤이 되어 나온다. 훨훨, 우리말을 태운 나비가 떨어지지 않도록.

'자이니치在日'가 민족의식을 갖기 시작하며 아이덴티티를 자기 것으로 확인해 나갈 때, 한국전통무용과 '자이니치'의 역사, 조선의 역사, 그리고 한국 유학을 통해 한국 문학을 배우는 경우도 있다. 영이도 그랬다. 그리하여 우선 3년간 한국 유학을 하며 한국어를 배우고 한국 생활을 몸에 익히려고 했다. 하지만 한국에서의 생활에 젖을수록, 잠기려고 노력할수록, 일본과 한국으로 갈라진 존재인 자기 안에 빠진다. 영이는 일본인이 아닌 자신을 의식할수록 일본인도 아닌, 더더욱 한국인이면서 또 그렇지 않은, 한국인의 틀에서 벗어나는 자신을 의식한다. 한국에 유학하는 일본인 학생들은 나름대로 한국어를 (영이보다는 잘하지 못하고 특히 일본인들은 자음 발음이 서툴다) 쓰는데 영이는 일본인 유학생과 한국어로 대화할 때 갑자기 말이 끊기고 머리가 멍해지는 실어증 증상을 보일 때가 있다. 모국에 모국어를 배우러 가는 것 자체가 역사의 아이러니다. 미국에서 영어를 학습하는 데 '모어'와의 모순을 느끼지 않을 것이고, 실어증 상태가 되는 일은 더더욱 없을 것이다.

한국의 대학 부속 어학당에서 일 년, 대학원 전기과정 국어국문과에 입학, 한국 근현대사, 주로 식민지 말기 친일문학에 발을 들여놓았는데, 식민지 시대의 친일파 문제가 청산되지 못했기 때문에 아직 표면적이고 충분한 것이 아니라는 점을 알았다. 신기하게도 한국에서는 친일파 문제도 그렇지만 식민지 지배 말기의 조선문학사를 암흑기로 보고 연구를 기피한다는 것도 알 수 있었다. 대상이 조선인 일본어 작가가 많아, 언어상으로는 연구가 편했지만, 특히 조선어로 쓰여진 황국 일본과 천황을 찬가하는 시, 충성을 바치는 문장, 제국신민인 조선인, 내선일체, 조선인학도지원병 찬가 등등을 보면 기분이 매우 좋지 않아 '자이니치'인 자신의 존재가 매우 싫었다. 우리나라에 있으면서 이국에 있는 듯한 서울 생활에 몸 둘 바를 몰랐다. 그것은 일본에 돌아와서도 마찬가지였다. 한국인이면서 한국인이 아닌 서울 거리를 걷는 반쪽바리半日本人, 한국인이면서 또 그렇지 않은 이방인. 일본제국 시대의 식민지 조선인.

부조리란 무엇일까. 한때는 문학 용어로 유행했었지만, 일본과 이웃 나라 둘로 쪼개진 존재란 무엇일까. 이것은 원래 상태로 돌아가지 않는다. 아니, 그 '원래'라는 것이 있는가. 게다가 그 한쪽인 우리나라, 우리나라 한국, 조선도 둘로 쪼개져 있다. 쪼개진 그것, 쪼개진 존재인 자기, 현실. 현실에 익숙해지면 살아갈 수 없다.

귀화. 아버지는 가족의 귀화를 추진하고 있다. 어머니에게, 제주 해녀의 딸, 스무 살 때까지 해녀였던 어머니에게 귀화를 강요하고 있다. 일본인이 되면 하나로, 둘로 쪼개지지 않는 하나가 되는가. 아버지에게는 다른 집에 '왕래'하는 일본인 첩이 있다.

한국 무용을 배운 것은 민족적인 것, 자기 존재를 만든 생명의 근원 그 무엇인가에 닿는, 그 생명 (바로 자신의 생명이지만) 눈앞에 있는 현물, 형태가 움직이는 리듬에 닿는, 말로는 표현할 수 없는 거기에는 언제나 자신을 옥죄는 말로부터의 자유가 있다. 말의 공간은 감옥. 입을 움직이는 말이 아닌, 육체의 리듬으로서의 말.

어깨에서 조용히 정靜과 동動으로 물결치고, 쭉 뺀 손목에서 손가락 끝으로 정동 일체의 움직임은 몸의 말. 발을 딛고 손을 들어 호를 그리고, 움직임과 리듬이 전환되는 반복의 전진. 살풀이를 추고, 시선의 끝 저편에 나비춤을 추고, 그리고 멀리, 더 멀리, 숲속 해가 비치는 풀밭 위에 춤추는 흰나비처럼 신방이 춤추는 것을, 자기가 신방이 된 것처럼 춤을 춘다. 흰 수건, 띠를 휘날리며 살풀이를 추는 말의 자유. 하늘과 땅을 잇는 긴 띠 같은 백포는 혼의 자유. 음악과 회화의 예술이 있는가. 존재한다. 그것이 의미라면, 존재의 의미를 점차 이해할 수 있게 된 듯싶다. 가지를 넘나드는 미풍 소리에, 몸이 저절로 움직이고, 소리는 멜로디를 연주하고, 연주하면 노래하고, 노래하면 춤을 춘다.

창밖의 큰길 건너편에는 가로등에 비친 수목 덤불로 둘러싸인 공원 안에 큰 연못이 있다. 가로수가 이어지는 산책로를 경계로 보트 승강장이 있는 넓은 연못이다.

영이는 큰길을 마주한 창가 자리에 K 선생님과 마주 앉아 있었다. 이곳은 가볍게 한식을 즐길 수 있는 카페 겸 식당. 근처에 자매 식당이 있는데, 거기는 오후 5시 오픈이라 K 선생님과는 일단 4시에 카페에서 만난 것이었다. 약속 장소를 카페로 지정한 것은 K 선생님. 두 곳 다 K 선생님의 단골 가게.

영이는 아무 말 없이 가방 밖으로 나와 있던 『바다 밑에서, 땅 밑에서 海の底から, 地の底から』*를 두 손에 들고 첫 장을 펼쳤다. 그리고

---

* 고단샤(講談社)의 문예잡지 『군조(群像)』 1999년 11월호에 발표, 2000년 2월 고단샤에서 단행본 간행.

펼쳐 놓은 페이지를 손가락으로 눌러 놓으려고 했지만 그대로 덮였다.

지하 유계의 연장이 아니다. 흔들리고 있는 것은 숲의 공기가 아니다. 진한 염분을 머금은 해초 냄새가 나고, 주위를 채운 것은 역시 바다였다. 아득한 해면에 낙뢰가, 불덩이가 떨어져…….

영이는 소리 내어 읽고 싶은 마음을 억누른다. K 선생님은 낭독 같은 것을 싫어한다. 그런 것을 매우 싫어한다.

영이는 자리에서 일어섰다. 옆으로 긴 형태의 가게 안쪽에 화장실이 있다. 그 도중에 바닥 턱이 있고 우측 카운터 안이 주방, 맞은편 좌측은 밝은 상점가에 면한 유리창과 테이블. 남녀 손님의 얼굴이, 목소리가 두세 테이블에서 웅성거리고 있다.

영이는 세면대 거울 앞에 섰다. 양손으로 얼굴과 좌우로 넘긴 긴 머리카락을 정돈하고, 네이비 원피스의 봉긋 솟은 가슴과 허리춤을 가다듬은 후 펌프스 힐을 신은 다리 선을 살펴본다. 그리고 잠시 두 눈을 크게 뜨고 바다 밑 유계에서 나온 것이 아닌, 거울 속 상대의 얼굴을 바라봤다. 이유를 알 수는 없으나, 거울 속 상대의 응시하는 눈에서 눈물이 흘러내렸다. 영이는 혼자 웃으며 느닷없이 흘러내린 눈물을 닦고 손수건을 눈자위에 댔다.

나는 『바다 밑에서, 땅 밑에서』의 서두 부분을 몇 번이나 반복해 읽었던가. 암송할 수 있을 정도로. 내 친구 경자는 도쿄의 조선대학교 출신으로 남편은 일본인. 귀화와는 무관하다. 화제에 오르지도 않지만 그것이 문제가 되면 이혼하겠다고 한다. 너무나 미덥다. 남편은 사립대학 선생님이자 평론가, 에세이스트. 경자의 남편인 그 선생은 애처가인지, 자기가 쓴 원고를 아내 앞에서 낭독, 출장 중에는 데이터로 송고. 집에 있을 때도 부엌까지 쫓아와 반쯤 도취된 상태로 읽어주고, 장을 보러 가면 꼭 어린애처럼 따라온다고 한다. 경자야, 그 야마톤추* 징그럽지 않니? 사랑은 훌륭해. 바꿔줄까? 바꿀 수 있는 건 아니야. 시인이나 작가는 낭독회를 종종 열지만 K 선생님은 그것과 인연이 없는 사람이다. 많은 사람이 참석하는 모임에 얼굴 내미는 것을 안 좋아하는 사람. 대인기피?

자리로 돌아온 영이는 K 선생님과 마주 앉아 맥주로 건배.

"선생님은 담배 안 태우시지요? 재떨이가 없네요."

"안 피워. 영이는 피워도 돼. 태우지?"

"예, 근데 안 피워요. 설령 피우더라도 선생님 앞에서 어떻게 담배 연기를 내뿜겠어요."

영이는 심호흡과 함께 가볍게 기침을 한 후 입을 열었다. 『바다 밑에서, 땅 밑에서』의 제주 바다 얘기를 하고 싶어 K 선생님을 만났다. 제주를 잘 알지도 못하면서.

"아, 예. 곤두서는 노도의 굉음 속에 떨어진 것은 물고기가 된 나였다……물고기가 된 것은 바로 나다. 바다는 에로스, 바다를 태우

---

* 오키나와에서 일본 본토인을 가리킬 때 사용하는 말. 반대로 오키나와 사람들이 자신들을 가리킬 때는 '우치난추'라고 한다.

는 낙뢰로 바다는 잉태한다. 낙뢰의 충격은 바다의 진통……. 저는 바다의 양수에서 태어났습니다…….”

"으음, 계속하게."

"여기까지. 끝."

"끝? 우선 끝인 게로군. 영이의 즉흥인가?"

K는 눈앞의 영이를, 새삼 다시 보듯 눈을 깜박이며 응시했다.

"선생님 흉내를 내봤어요."

영이는 화장실 거울 속에서 흘린, 본의 아닌 눈물을 눈 안에 담고 웃으며 말했다.

"제가 이상한 걸까요? 이 문장을 읽다 보면, 읽고 혼자 있으면, 좁은 방 소파에 앉아 있으면서 염분이 진한 바다 밑에 있는 듯한, 거기가 내가 사는 집 같은 느낌이 들거든요. 원초의 양수 속에 잠겨 있는 듯한, 그리고 저는 양수의 바다에서 뛰쳐나와요.『바다 밑에서, 땅 밑에서』에 나오는 죽은 자들 무리와 함께 바다 밖으로 뛰쳐나온 해녀처럼. 거기는 샘이에요. 숲속 풀밭에서 뭔가 푸르스름한 샘이 콸콸 용솟음쳤고 제가 거기에 잠겼어요."

"그 부분은 영이의 창작이로군. 매우 좋아. 왜 푸르스름한 거지?"

"왠지 뭔가 끈적끈적하고."

"끈적끈적? 그건 뭐지?"

"뭘까요? 양수의 바다."

"뭔가 끈적끈적하고 푸르스름한 샘……이 아닐까? 샘과 바다……. 상상력의 과잉인 걸까? 욕심쟁이군."

K는 웃으며 말했다.

"선생님은 시적이지 않은 말을 사용하세요? 상상력이 아니에요. 저는 몸으로 느껴요. 소설은 못 쓰지만, 몸의 공허함을 채우는……. 양수의 바다와 샘, 역시 이상한가요? 제주 바다."

K는 끄덕이며 맥주컵에 입을 댔다.

"으음, 안 이상해. 제주 바다. 이미지가 아니야. 몸으로 느끼는 이미지의 피막과 몸을 덮은 피부가 하나로, 안팎이 하나가 된 걸까? 얘기한 건 몸으로 느끼고 있어. 양수라고 하는 머릿속 상상이 아니야. 더 뭔가 구체적이고 감각적인 걸 거야. 영이는 깨어있는 상태에서 꿈을 꾸고 있는 게 아닐까?"

"……"

영이는 눈을 감고, 저기……하고 웅얼대다가 눈을 떴다.

"깨어있으면서 꿈을 꾼다. 지금 선생님은 그렇게 말씀하셨지요? 백일몽을 꾸는 몽유병자가 그렇겠지만 비유겠지요? 저는 늦은 밤 혼자 춤을 추면서 꿈을 꿔요."

"뭐? 꿈을, 춤을 추면서 꿈을 꾼다고? 늦은 밤에 혼자 어디서 춤을 춰?"

"제 방에서요. 이상한가요?"

"안 이상해. 레슨을 받고 있다고 했지? 일상복으로?"

"한국전통무용연구소라고, 서울 지부 같은 곳인데요, 거기가 레슨 받는 곳이에요. 닛포리日暮里에 있어요."

"닛포리……"

"예."

"한국전통무용. 한국에서 오신 선생님이 계시나?"

"한 달에 일주일 정도 머무르세요. 선생님도 자주 가시지요?"

"응, 전통무용하고 가야금 연주 같은 공연에 초대받곤 하는데 매번 가지는 못하지."

"이런저런 사람들 만나는 거 안 좋아하시잖아요."

"어? 남의 성격을 잘도 아는군."

"들어서 알고 있는 거에요."

"……"

"그러니까 선생님이 저를 이렇게 만나 주시는 게 정말 기뻐요."

혼자 심야에 춤을 춘다. 조선의, 한국의 춤. 두, 둥둥, 두, 둥둥, 탕탕……. 장구의 울림인가. 심야에 장구를 두드릴 리가 없는데, 춤을 추면서 꿈을 꾼다?

K는 맥주잔을 기울인다. 영이는 K의 빈 잔에 두 손으로 맥주를 따랐다. 그녀의 얼굴에는 땀방울이 송글송글 맺혀 있었다.

"선생님."

영이는 끊어진 말을 이어나갔다.

"춤을 추면서 나오는 꿈은 현실도 아니고 꿈도 아니에요. 꿈과 현실, 현실과 꿈이 뒤섞여 하나가 된 세계인 거예요. 말이에요. 마음에 쌓인 말이 밖으로 나와 몸의, 팔과 다리가 움직이는 리듬을 타고 풀이를 해요. 저에게 춤은 제 일본어와 우리말 두 개로 쪼개진 '나'를 하나로 만드는 말이에요. 춤을 추는 형태는 같아요. 춤을

출 땐 말을 생각할 수는 없어요. 그리고 두, 둥둥……하고 장구가, 몸에 울려요. 땅밑 태양 빛을 등에 업은, 붉은 연지를 칠한 신방이 백의의 긴 두 소매를, 유명을 이어주는 키의 몇 배나 되는 백포 띠를 휘날리며, 두, 둥둥, 두, 둥둥, 탕탕…….'

그녀의 눈은 허공을 향해 움직였고 어깨가 흔들렸지만, 머릿속에서는 이미 춤을 추기 시작했다. 다른 테이블에 손님들이 없었다면 여기서 벌떡 일어나 춤을 추지 않았을까.

"음, 늘 그런가?"

"늘 이러면, 저, 신방이 됐겠지요."

"얘기를 듣고 있자니, 영이 안에는 그 신방 같은 부분, 신방의 끼가 있네."

"선생님."

그녀는 빨간 입술을 벌리며 말했다.

"저는 해녀의 딸이에요. 어머니는 제주에서 스무 살 정도까지 2, 3년간 해녀를. 선생님도 아시듯 신방은 아무나 되는 게 아니잖아요. 팔자라고 하지요. 그것도 슬픈 팔자. 해녀는 바다에 기원하는 땅의 신방을 통해 크게 성장했어요. 마을에는 신방이 기도를 드리는 신목이 무성한 신당이 있고요. 거기서 기도를 드려요. 해변의 신방은 바다의 안태와 풍요를 기원한대요. 생사를 가르는 바다 밑, 저승과의 경계로 가는 해녀들의 무사 안녕을 기원하고……."

"오! 대단해. 잘 알고 있어. 훌륭하네."

"아니에요. 선생님께 배운 거예요. 『바다 밑에서, 땅 밑에서』, 이

책에서요."

 영이는 무릎에 올려 둔 『바다 밑에서, 땅 밑에서』를 들어 올린다.

 "선생님, 제가 이런 얘기하는 거 싫으세요? 저는 이거 때문에, 여기에, 이렇게 선생님과 마주 앉아 있는데."

 "예, 예. 알고 있습니다."

 영이는 얼굴을 찡그리며 외면하는 시늉을 한다.

 "선생님께 배웠어요. 선생님, 저는 『바다 밑에서, 땅 밑에서』, 바다 밑에서 나왔어요. 냄새가 나지 않나요? 바다 밑의 냄새……."

 "냄새? 음, 냄새가 나, 해녀 냄새. 끈적끈적한 양수의 바다, 바닷물 냄새……. 바다 양수에서 태어난 내가 냄새를 풍긴다. 다른 사람은 냄새를 맡을 수 없지."

 "『바다 밑에서, 땅 밑에서』에 들어있지 않으니까요."

 "잘 들어가지 않으면 바다 밑이라 숨을 쉴 수 없어. 뭔가 짠내가 나는 얘기군. 카운터 안쪽 주방에서 짠 간장이 타는 듯한 냄새가 나. 음, 바다 밑, 바다 밑, 바다 냄새는 생명의 냄새, 만물은 바다에서 태어나지. 바다는 죽은 자, 모든 생물의 묘지, 그리고 거기에서 나온 생명의 산물, 산실. 바다 냄새란 생명의 냄새……."

 "제주 바다 밑?"

 "맞아, 영이의 바다 밑에서. 제주 바다, 갯바위 냄새는 바닷바람으로 부풀어 숨이 막힐 정도야. 그런데 제주국제공항 근처 용담 해안에 용두암이라는, 사람 키 몇 배 되는 높은 바위가 있잖아. 그 모양이 갈기를 휘날리는 용머리를 닮아서 용두암이라 이름 붙은, 울퉁불퉁해서 정말이지 기괴한 모양의 거암이야. 영이도 얘긴 들은 적 있지?"

"예, 사진으로 봤어요."

"바로 앞까진 들어갈 수 없는데 바위 머리가 향한 바다 쪽 절반은 흰색 페인트를 칠한 것처럼 흑백으로 얼룩져 있어서 뭔가 싶었거든. 함께 간 지인한테 물었더니 갈매기 분뇨 덩어리라 하더라고. 용두암 위에 모여서 똥을 싸는 거지. 물론 갈매기는 원래 바다에 똥을 싸지만, 그건 다 바다에 녹고, 용두암의 흰 똥도 반복해 치대는 파도에 씻겨, 바다 냄새로, 양분으로, 양수가 되는 거야. 갈매기가 바다에서 죽고 바다에 녹는다. 죽은 갈매기는 물고기들 먹이가 되는 거고. 산 갈매기는 바다 위에서 물고기를 잡아먹고……."

영이는 자기 자신을 볼 수 없겠지만, 신기한 표정으로 K를 응시하고 있었다.

"선생님, 왜 그러세요?"

"내가 뭘? 얘기가 이상한가? 바다 얘기가?"

"아니요, 용두암의, 갈매기의 흰 똥 얘기에서, 갈매기가 죽어 바다에 녹고……. 이상한 건 아닌데……. 선생님 말씀하시는 모습이."

"내가 말하는 영이는 바다의 양수에서 태어났지 않나. 태어난다, 죽는다, 양수 얘기에서 이렇게 됐지. 바다는 만물이 태어나는 곳. 그리고 죽고 녹아서 바다의 양수가 되는 곳. 영이의, 뭔가 끈적끈적하고 푸르스름한……. 샘에서 시작된……. 샘에서 바다로……. 영이가 아까 자기는 소설을 못 쓴다고 말했을 때, 내가 욕심꾸러기라는 말을 갖다 붙였는데, 그건 칭찬이야. 말의 허공, 몸의 공허, 몸의 공허를 몸의 움직임으로 매운다……. 대단한 일이야. 말, 소설, 나도 일본어로 소설을 쓰는 사람이지만, 그 일본어로 영이가, 소설을 쓰지 못할 것도 없네. 물론, 앞으로의 숙제지만, 말의 그것……. 말의 그 뭔가의 문제도 몸을 통한 말, 몸으로 느끼는 말이라는 건 대단한 거야. 일본어와 소설, 지금 이 문제는 차치하고 문학의 소설, 문학 그 자체로서…….”

"문학, 그런 건 어려워요. 말로 머리가 두 개로 쪼개져 있는데……. 그런 얘기, 어려워요…….”

영이는 눈을 감고 고개를 두세 번 흔들었다. 그리고 맥주를 마시고는 고기와 야채, 당면을 기름으로 볶은 잡채를 금속제 젓가락으로 먹었다. 맥주와 잡채는 잘 맞는다.

"영이, 배고파?”

"지금 먹고 있어요.”

K는 맥주를 마셨다.

"선생님, 세 병째예요. 식당 쪽으로 가실 거지요?”

"응, 한두 병 더 마시고 가자. 8시경에 출발할 거니까 아직 30분 정도 있네.”

"여기를 출발, 어딘가 멀리 가는 것 같아요. 이어도, 가면, 떠나곤 돌아오지 않는 이어도…….”

2

 빌딩 지하 1층에 있는 무용연구소에서 격월로 일요일에 A조와 B조로 나눠 월 2회 레슨이 이뤄졌다. 연구생은 열 명 내외. 영이는 당번으로 남는 날에는 모두가 돌아간 후에 지하 레슨장 문을 잠그고 알몸이 되기도 한다. 플로어 한쪽 벽은 전면 거울로 돼 있어, 거기에 비친 자신의 형태를 본다. 레슨 시간에 알몸으로 춤을 추는 과정이 있는 것은 아니다.『바다 밑에서, 땅 밑에서』를 읽고 나서, 거울 속 깊이가 한층 깊어졌고, 바다 밑이 되어, 염분이 진한 바다 밑, 그곳이 내가 사는 집, 원초의 양수 속에 잠겨 있는 듯한, 그 바다 밑을 헤엄치는 해녀⋯⋯. 제주의 딸은 비바리. 비바리는 제주말로 딸. 비바리는 바다에서 단련된다.
 어머니에게 들은 얘기지만 상군上軍 즉 베테랑 해녀는 해저 20미터 아래로 잠수해 전복과 소라를 따오는데, 그야말로 수압과 질식의 순간인 저승을 오가는, 목숨줄 없이 잠수하는 바다 밑⋯⋯.
 반짝이는 거울 한가운데쯤에 점점이 얼룩지고 흐릿해진 부분이 눈에 띈다. 뭘까? 목을 앞으로 쭉 빼서 눈을 크게 뜨고 응시해보니 아무것도 아니다. 내 장미꽃 입술을 반쯤 벌린 자국, 입술 윗부분의 흐릿한 자국은 콧등, 재미있는 것은 입술만 생각해 깨닫지 못했지만, 그 아래쪽, 가슴 언저리 좌우로 크게 일그러진 그것은 젖꼭지가 눌려 옅은 유백색으로 칙칙해진 젖꼭지의 피지 자국, 흥, 초현실적이야. 저건 코, 위아래 입술, 두 젖가슴, 아래 털 부분의 악센트가 있으면, 훌륭한 여자의 몸이 부상한다. 바다 밑바닥의 물이 조용히 흔들린다. 진한 염분의 해초 냄새가 나서 둘러보니, 주위를 채운 것은 역시 바다였다.

나는 허공을 헤엄쳤고, 가벼운 날개가 되어 양손을 휘날리며 춤을 추고 꿈을 꾼다. 물결치는 팔 끝, 손가락 끝에서, 훨훨, 나비가 난다. 말의 날개를 달고. 말의 숨결.

영이는 거울 속 바다 밑바닥에 가라앉아 그곳에 점묘된 자신의 나체를 꽉 누른 흔적을 꼼꼼히 닦아낸다. 이 지하 레슨장은 바다 밑바닥이 아닌가. 거울 속 그 밑바닥은 해초 덤불의 흔들림. 바다의 밑바닥.

둥둥, 탕탕, 두둥, 탕탕……. 숲속의, 두둥, 탕탕…….

두둥, 탕탕탕, 다당, 다당, 당, 둥, 둥, 두두둥, 두두둥…….

십여 장의 다다미로 된 큰 방에 배척당한 듯한 불상을 안치한 불단. 그것은 굿을 위해 녹색 막을 쳐 가렸고, 그 앞에 제물이 가득한 제단, 제단 옆에 동백꽃을 꽂은 큰 꽃병이 놓여 있었다. 여기는 이코마산 중턱, 산기슭에 있는 역까지 터널을 통과하는 민영 철도. 그리고 차로 숲속 계곡을 따라 10분 정도 올라가 하차. 절까지 한참 걷는다.

이 조선사에서 당시 오사카에 거주하던 영이의 어머니는 친척과 지인들을 불러 사흘간 굿, 무제巫祭를 지냈다. 얘기를 들은 많은 사람들이 구경을 겸해 모여들었다. 각자 제물을 들고.

사흘간의 굿을 위해 신방 일행이 북, 장구, 꽹과리 등을 짊어지고 오사카에서 왔다. 굿을 싫어하는 아버지는 동행하지 않았다.

큰방을 가득 메운 참가자로 둘러싸인 제단 앞에서 백의를 입고 정좌한 젊은 신방의 기도에서 굿이 시작된다. 이윽고 오랜 기도를 올리며 몇 번이고 무릎을 꿇고 절하던 신방이 일어나, 하얀 한지를 가늘게 잘라 푸른 대나무 가지로 묶어 다발을 만든 신장대를 두 손으로 흔들며 신령을 불러 접신한다. 향목 연기와 함께 강한 냄새가 퍼지고 촛불 그림자가 하늘거리는 큰방에 성큼성큼 치맛바람을 일으키며 주문을 외운다. 태탱, 탱탱, 대대탱, 탕탕……깨질 듯한 꽹과리 울림 속에서 치마를 크게 펄럭이며 빙글빙글 돈다. 그러다 딱 멈추더니 끝이 뾰족한 배 모양 하얀 버선발로 허공을 박차고 높이 뛰어오르는 동작을 세 번 반복하고, 두둥, 둥둥……북이 울리며 점차 격렬한 악기의 합주 리듬을 타고 빙글빙글, 좌로 빙글, 우로 빙글, 치마를 크게 낙하산처럼 돌리며 계속 춤을 춘다. 두, 탕탕, 두둥, 두탕, 탕……. 장구 소리에 맞춰 동작이 가라앉더니 다시 긴 주문이 시작된다. 슬프다, 슬픈 울음이 섞인 주문에 눈물을 줄줄 흘리면서 이어지는 춤, 신을 기쁘게 하기 위한 격렬한 춤동작…….

마지막 고전전통무용인 살풀이, 액막이 춤은 소리 없이 침묵하는 기원의 춤. 등의 두 배는 되는 백포 띠를 휘날리며……. 그리고 백포를 던져 새하얗게 펼쳐진 치마로 바닥을 덮고, 온몸으로 대지를 품은 듯한 오체투지五體投地를 연상케 하는, 땅에 엎드려 탄식하며 몸부림치는 기도. 서서히 양팔의 율동이 희미한 눈에 보이지 않는 움직임과 함께 상반신을 서서히 일으킨다.

아득히 남쪽으로 바다가 내다보이는, 양지바른 풀밭에서 흰 나비가 무리 지어 리드미컬하게 날고 있는 듯 보이는 것은 흰 치마저고리의 붉은 장미 입술을 한 신방의 춤. 크게 머리 위로 펄럭이는 하늘과 땅을 잇는 백포가 물결치고, 날카롭게 허공을 가르는 바람 소리에 몸을 싣고 신방이 하늘을 우러러 춤을 춘다.

3

"영이가 오늘 나와 만나는 목적, 할 얘기가 있다는 건 『바다 밑에서, 땅 밑에서』에 관한 건가? 제주 바다 얘기도 나왔지만."

K는 질문으로 성립하지 않는 막연한 말을 했다. 꿈이 아니다, 춤이 말이 된다……말이 춤이 된다.

"아니요, 그것도 있어요. 그게 기본이에요. 선생님의 낭독……. 아이고, 아, 아이고가 나왔네요. 이게, 말. 이건 정말 우리말, 아이고……. 그 낭독, 그런 거, 선생님의 그런 거, 있을 수 없다는 걸 알면서, 듣고 싶었는데, 그러니까, 제가 대독하려고 생각했지만……. 저는 『만월滿月』*에서 『바다 밑에서, 땅 밑에서』로 이끌려, 어느 샌가 바다 밑에 사는 사람이 되고 말았어요. 그리고 바다 위로 나와……. 선생님, 얘기 좀 들어 주세요. 저는 지금 현실에서 선생님

---

* 『군조』 2001년 4월호에 발표된 장편소설로, 같은 해 8월 고단샤에서 단행본으로 출판되었다.

과 함께 맥주를 마시고, 식사를 하고 있으니까요."

K는 아무 말 없이 듣고 있었다.

"저는 헤매는 양. 선생님은 양치기. 바다 밖은, 거긴 콸콸 물이 솟는 샘. 멀지 않은, 산기슭 숲속 초지의 샘에서, 그 샘 위에 진홍빛 장미꽃이 피고, 장미 입술이 열리며 담겨 있던 말이 제 입에서 나오는 물길이 생겨요."

K는 크게 끄덕인다. 이것은 신방의 말인가. K는 다시금 발그레한 영이의 볼을 보았다.

"음, 장미 입술……. 그러고 보니 영이의 입술이 장밋빛이로구나."

K는 다시금 굳게 다문 영이의 입술을 보았다.

"제 입술이, 장밋빛?"

"장미 입술이 있다면, 영이의 입술이 그렇지."

"선생님, 정말요? 처음 들어요. 장미 입술……."

"왜, 장미꽃이 피고, 장미 입술일까? 누구를 말하는 거지?"

"신방, 『만월』의 지하 물가에서 빨간 연지를 바른 신방이 춤을 추잖아요."

"신방이 그랬던가, 신방이 있었지. 샘 위에 장미 입술을 가진 꽃이 핀다. 이거 환상적인 시로구나. 장미 입술이 열리며 말의 수로가 생긴다. 그건 『만월』엔 나오지 않아. 영이의 창작이네……. 음."

"수로는 왠지 모르게 끈적끈적하고 푸르스름한 샘 위 장미 입술의 수로예요."

"끈적끈적하고 푸르스름하다? 아까도 비슷한 얘기 했잖아. 말이 지나는 수로인가?"

"맞아요. 춤의 리듬이 그 수로, 바다의 양수예요. 낙뢰로 바다가 잉태하고, 저는 양수 속 아이처럼 안겨 있었어요. 저는 『바다 밑에서, 땅 밑에서』를 품고 있었던 거예요. 제 얘기 이해되세요?"

안으로 초점이 맞춰진 그녀의 두 눈이 눈물이 어려 깊은 촉촉함을 띠며 빛났다. K는 움찔하며 그 두 눈의 빛 속으로 빨려 들어갔다. 취기에 볼이 뜨겁게 물들었다.

"장미 입술에서 말이 나오는 수로는, 그건 영이의 몸을 지나는 거네. 그건 영이의 말이라는 향기로운 수로일지도 몰라. 음, 그 말, 그 깃들어 있는 말은 뭘까?"

"일본어와 우리말, 한국어, 결코 향기롭지 않아요. 그리고 그건 말의 모체인 저, 영이예요."

그녀는 짙은 색 옷깃으로 뻗은 하얀 고개를 가로저었다. K는 머리가 휘청거리면서 영이와 마찬가지로 고개를 가로저었다. 어찌 된 일인지 취하지도 않은 몸이 후들후들 흔들린다. K는 잠시 시야가 흐려지더니 영이와 함께 바다 밑 환상을 함께하는 듯한, 취기 탓도 있는지 하반신이 가라앉는 묘한 감각. 불현듯 주위는 어둠을 투명하게 만든 창의 안팎도 사라지며 무경계, 무음 속에 고막의 울림, 고요한 바다 밑 흔들림에 영이와 함께 있는 느낌으로 물속이 흔들리고 있었다. 눈을 뜨고 주위를 살폈다. 눈을 부릅뜨고 빙 둘러봐도 이곳은 바다 밑. 취기 때문에 졸고 있었던 것은 아닐까. 깨어있지만 잠들어 있다. 잠들어 있지만 깨어있다. 아아, 흔들리는 바다 밑, 바다 밑의 물이 해초 숲과 함께 천천히 흐르고 있구나, 수압 속을 바닥으로 빨려 들어가 가라앉는다. 숨이 사라진다. 여기는 의식이 사라지는 무의식의 경계라는 세계, 생사가 함께하는 세계……. 이어도, 해녀. 선생님, 선생님, 누군가가 불렀다. K는 수압에서 벗어나며 고개를 들었다. 바다 밑 동굴 밖에서 물고기의 꼬리 지느러미가 K의 전두부를 세차게 쳤고, K는 수면에 머리를 올려 크게 숨을 들이마셨다.

"선생님, 꿈꾸셨던 거예요?"

"아아, 앗……. 꿈……?"

영이는 묘한 말을 한다. 아, 나는 지금 눈을 떴다……. 눈을 뜬 것이다. 눈을 감고 있었나? 잠깐 사이에 잠들었던가? 깨어있으면서 꿈을 꿨다? 왜 영이가 그걸 아는가. 왜 그러시느냐가 아니라 느닷없이 꿈을 꾸셨느냐? 주위는 조용한 물밑, 염분을 듬뿍 머금은 푸르스름한 물, 바다 밑이었다. 한순간의 꿈이었나. 일과성 허혈-過性虛血 증상을 보이는 머리의 공동空洞, 기억 상실, 혈액 순환의 지연. K는 이전에, 약 20분 정도, 꿈을 꾼 것이 아닌데 기억을 상실한 적이 있다. 방 테이블 옆에 선 무중력 상태로 달의 표면을 걷는 우주비행사처럼 천천히 천천히 방을 걷는다. 여기는 어디일까? 둥실, 둥실……. 기억 상실이면 몸이 떠오른다. 병원에 갔더니 일과성 허혈증이라고 진단. 지금 그 기억 상실의 공동을, 바다 밑에서, 땅 밑에서의 꿈이 메우고 있었던 것은 아닐까.

"선생님, 괜찮으세요?"

갑자기 귀마개가 빠진 듯, 와 하고 주위 사람들의 목소리가 고막을 두들기며 귀로 한가득 돌격해와 다시 한번 눈을 떴다.

괜찮으세요? K는 눈을 크게 뜨고 눈앞에 있는 영이의, 지금 세상에 막 나타난 듯한 생생한 모습을 보았다. 그는 처음 만난 듯 잠시 멍하니 상대방을 응시하다가 맥주병과 음식, 정물화 모델 같은, 있는 그대로의 선명한 윤곽의 음식 등이 놓여 있는 테이블을, 아, 이런 게 있었지 하고 확인했다.

"아이고, 알겠다, 영이야. 어디 갔었나?"

"선생님."

영이는 상반신을 반사적으로 뒤로 하며 자세를 바로잡았다.

"K 선생님, 꿈꾸셨던 거예요? 저는 아까부터 계속 여기에 있었어요. 선생님께서는 잠시 잠드셨던 것 같아요."

"아아, 그런가? 아까도 꿈꾸셨냐고 말했지. 맞아, 이어도, 이어도, 영이가 안내해준 바다 밑에 다녀왔군."

"아이고, 선생님은 잠깐 사이에 꿈을 꾸셨던 거네요. 이어도, 거기에 제가 있었나요?"

"이어도가 여기까지 왔구나. 그래, 아까 얘기를 어디까지 했었지?"

K는 컵에 물을 따라 마시자 제정신이 든 것 같았다.

"맞아. 말이야. 말의 냄새. 향기로운 수로, 말이, 깃들어 있는 말이 나온다……. 음, 그 안에 깃든 말이라는 건 뭘까?"

"일본어와 우리말, 한국어, 그리고 그건 말의 모체인 저, 영이."

"영이가 그것의 모체니까 영이 자신이 깃들어 있는 셈이지."

"저는 일본어와 우리말이 뒤엉켜 잘 나오지 않을 때가 있어요. 말에서 자유롭지 않아요. 아니, 제 안의 말이 자유롭지 않은……."

"으음, 영이는 우리말이, 특히 한국에서 몇 년 생활했을 때가, 일반적으로 말하자면, 말의 소통이 자유롭지 않다는 거로군. 한국에 유학하는 젊은 재일동포는 물론 수월하지 않지. 누구나 다 그렇고, 일본어가 우리말처럼 모어화돼 있으니 어쩔 수 없어. 그 갭을 나름 메워 나가야 하는데 간단히 그 갭에 대해 한 마디로 얘기할 수도 없고 말이지."

K는 잠시 가만히 있다가 화제를 바꿨다.

"근데 왜 일부러 그 책을 가지고 왔는고?"

"선생님을 만나기로 하고, 서두 부분을 반복해 읽다 보니. 책을 안 봐도 욀 수 있게 됐어요. 아까 말씀드렸지요. 선생님께서 직접 낭송해 주시는 걸 듣고 싶었는데, 선생님을 뵈니까 당치도 않다는 생각이 들어서요. 왜 그걸 여기에 올 때까지 깨닫지 못했는지."

영이는 손에 든 책을 두 손으로 만지작거리며 말했다.

"간 적은 없지만, 그 제주 바다를 떠올리며……. 이어도."

"이어도?"

"선생님은 이어도에 가보신 적이 있으세요?"

"뭐? 이어도? 그건 무슨, 어디 얘기지? 꿈속의 이어도인가?"

"선생님, 꿈속 이어도가 아니라 그, 이어도예요."

"그 이어도라……."

"선생님, 이어도요. 아무도 간 적 없는, 아니, 갔지만 돌아온 적이 없는 섬."
　영이는 입을 오므리며 웃었다.
　"영이는 재미난 얘기를 하는구나. 일단 가면 그걸로 돌아온 적이 없는 섬에, 다녀올 수 있을 리가 없잖나. 거기 다녀올 수 있을까? 갔는지 안 갔는지도 모르는 거기에, 그 이어도에 갈 수 있을 리가 없지. 갔으면 지금 여기에 없겠지."
　"그렇겠지요, 선생님."
　"야, 누가 선생님인지 모르겠다."
　두 사람은 얼굴을 마주 보고 동시에 웃었다.
　"어느 한국 잡지에서 봤는데, 이어도에 관한 글이 실려 있더라고요. 대학생이 쓴 건데, 어릴 때부터 이어도, 사나……. 할머니들이 일할 때 입버릇처럼 불렀다고 말이에요. 한번 가면 돌아오지 못하는 섬, 이어도라고 귀에 못이 박히게 들었다는데, 지금 이 황량한 논밭처럼 갈라진 손으로, 오늘도 풀베기하는 동포들이 있는 곳이 이어도, 이어도, 눈물을 머금고 사는 곳, 그곳이 바로 제주, 그 제주가 이어도라는 글이었어요."
　"이야, 이어도……그게 바다 저편의 돌아오지 못하는 섬이, 지금 있는, 눈앞의 제주라. 음, 좋은 문장이구나. 아주 훌륭한 학생이야. 갈라진 손으로 풀베기하는 동포들이 사는 곳, 괴로움과 슬픔의 섬, 해녀의 섬. 제주는 본토한테 차별받고, 괴롭힘당한 곳이야. 유형의 섬, 정치범 유배의 섬, 제주. 그 멀리 저편에 이어도. 강남 바다로, 옛 중국 사이에 있는 바다지. 그 먼바다에 이어도가 있고, 거기에 들른 배는 다시 돌아오지 못한다. 바다로 나간 남편이 몇 달이 지나도 돌아오지 않는 아내는 밤낮으로 해변에 서서 바다 저편을 바라보며 기다리고 기다리다 그대로 돌이 돼 버렸다고 해. 그 남편을 사모하는 여자를 본뜬 돌이 서 있는데 그걸 망부석이라 하지."

이어도 사나 이어도 사나
떼구름 피어오르는 바다로 배가 간다
이어도 사나 이어도 사나
내 사랑하는 님은 이어도에 갔나
이어도 사나 이어도 사나
돛을 편 저 배는 이어도에 가는가
이어도 사나 이어도 사나

"앗!"
영이는 갑자기 눈을 동그랗게 뜨더니,
"선생님, 잠시만요."
영이는 가방에서 수첩을 꺼내 메모를 한다.
"그 섬 여자가, 해변에 가만히 서 있던 여자가 해변의 망부석이 됐군요. 선생님, 이어도, 이어도의 도는 섬이니까 한자 표기가 있는 건가요?"
"음, 떨어지다, 이별하다의 이離일까."
K는 영이의 수첩에 영이가 내민 볼펜으로 '離於島'라 쓴다.

"옛날이니까, 취음자일지도 모르겠다. 이어도, 멀리 떨어진 곳에 있는 고독한 섬이라는 느낌이군. 벽도僻島야. 옛날엔 제주가 벽도였어. 그 제주에서 더 멀리 떨어진 섬, 이어도……. 그만큼 비현실적인데, 머나먼 별처럼 실제로 존재한다고 섬사람들은 여겨왔지."

"이어도에 가보고 싶어요."

"내가 사랑하는 이, 이어도에 갔나……. 돛을 편 저 배, 사랑하는 이의 배……. 이어도에 가면 돌아오지 못하는구나. 이어도 사나 돛을 편 저 배, 이어도 사나……."

빨간 입술을 한 신방이 백포를 휘날리며 춤을 춘다. 숲의 외진 초지 아득히 먼 저편, 바다 저편으로 내려다보이는 것은 수평선 끝에 걸친 한 점의 섬 그림자. 이어도.

이어 사나 이어 사나
광활한 바다의 깊이를 재
저승의 길로 갔다 왔다
이어도 사나 이어도 사나

제주 여자는 일곱, 여덟 살 무렵부터 헤엄치기 시작하여 우리 나이로 열네 살이 되면 형식상의 해녀잠녀(潛女), 잠수(潛嫂), 열여섯이면 해녀조합에 들어가 여름과 겨울, 사계절 불문하고 망망한 바다로 들어간다. 선 상태로 헤엄치다가 빙글 돌며 바다 밑 10, 20미터까지 잠수한다. 우뭇가사리, 다시마, 마미초 등의 해초, 전복, 소라를 딸 때는 질식, 거의 저승행의 경지, 밑바닥을 박차고 일직선으로 상승. 숨소리. 휘파람처럼 깊은숨을 내쉬는 소리가 바다 위에 울려 퍼진다. 늘 목숨을 건 고통스럽고 슬픈 바닷속 작업, 팔자, 섬에서는 물질 못 하는 여자는 시집을 갈 수 없다고 할 정도로 여자로서 반드시 익혀야 할 일 중 하나.

제주 여자는 눈을 뜨면 일한다. 아침밥 준비부터 집안일 일체. 그리고 밭의 풀베기, 낮이 되면 바다로 나간다.

보통 세 길에서 네 길, 5.4~7.2미터부터 20미터 깊이까지 잠수한다. 그래도 제주 여자는 말한다. 천 길 물속은 알아도 한 길 사람 속은 모른다.

영이의 어머니는 4·3 당시 산부대게릴라, 정부 측이 말하는 폭도들이 틀어박혀 있는 한라산과 해안마을의 연락원, 해안마을에서 산으로 식량을 운반하는 역할이라든가, 군경軍警의 경계가 심할 때는 해안마을의 조직 간 연락, 지시 연락원의 편지를 기름종이에 싸서 바닷속으로 잠수해 이웃 마을, 혹은 더 멀리까지도 전달했다고 한다. 딸 영이가 성인이 되고 나서 4·3에 대해 묻자, 어머니는 그런 건 모른다, 그런 얘기는 절대 입에도 담지 말라며 호되게 야단쳤다고 한다.

오사카에 사는 지인 A가 고등학생 때 K의 『까마귀의 죽음』을 한국문학 번역물인 줄 알고 구입. 거기서 처음 4·3에 관한 지식을 얻었는데, 어느 날 부친에게 제주에서 일어난 4·3사건이란 게 뭐냐

묻자, 부친은 불같이 화를 냈고, 너 인마 어디서 그딴 얘길 듣고 왔냐며, 느닷없이 얼굴을 주먹으로 몇 차례나 때렸다고 한다. 아버지의 남동생, 숙부가 4·3사건에 관계, 폭도, 빨갱이로 정부군에 죽임을 당했다. A 일가는 절대 입에 담지 못하는 4·3사건의 희생자, 유족이었다.

영이의 어머니는 제주 바다는 생사를 가르는, 저승과 이승이 경계에서 하나가 되어 무서운 바다지만, 그 바다 밑이 얼마나 아름답고 멋진지 들려주곤 했다.

바다 밑 지하에서 나오는 용수와 해수가 섞여 일렁거리는 그 해저에서 자란 푸른 미역은 긴 수염처럼 가늘고 부드러운 양질의 것으로 마치 하늘거리는 연체동물 같다. 깊은 벼랑에 낀 하구는 아이들의 바닷속 놀이터. 암벽에서 알몸으로 바닷속을 헤엄치는 아이들의 모습이 보인다. 바닷속 어린 인어들.

"이어도, 개사곡이 많이 있지. 개사라기보다 섬 여자들 각자의 일, 입장의 차이에서 노래의 내용, 이어도 그 자체가 달라져. 단지 그저 일하면서, 짚신을 신으면서 이어도를 부르거나, 바다에서 나온 해녀들이 바닷가에서 모닥불에 몸을 녹이며 부르곤 하지. 노동요야. 그것도, 여자의······. 괴롭고 힘들고 가혹한 노동을 이어도가 위로해주네. 이어도, 유토피아, 둔세遁世의 극락, 죽음의 세계인 이어도는 극락, 저승, 고달픈 이승에서 벗어나 더는 돌아가지 않아도 되는 세계, 이어도. 이어도가 즐거울지 괴로울지 모르는 세계로구나. 강남으로 출항했으니 도중에 폭풍우를 만나 난파하기도 하고 이어도에 상륙한들 거기에 천국 빛이 비쳤는지 어땠는지 알 수 없다. 이어도는 환상의 섬······. 그렇다 쳐도, 한 번쯤, 한 명쯤 돌아와도 되지 않을까. 섬 해변의 망부석처럼 남편이 돌아오기를 기다리다 돌이 된 여자의 모습. 강남 바다 어디쯤 있을까. 인어로 변신한 아름다운 마녀가 살고 있는가? 왜 남편은 돌아오지 않는가. 남편을 섬으로 돌려보내지 않는다. 가면 돌아오지 않는 남편의 약탈자가 사는 곳. 마魔의 섬, 원한의 이어도. 그것이 오랜 세월 동안 이어도의 모습이, 슬픈 체념에서 바뀐 것일까. 가면 돌아오지 않는다, 돌아가지 않아도 되는 상세常世의 섬. 극락 유토피아······. 풍다風多, 석다石多, 여다女多의 삼다도三多島. 풍파가 거센 제주 바다의 해녀. 실제 제주는 그렇지 않아. 피투성이 바다야. 제주도."

"피투성이요?"

"학살이 이뤄지는 섬의 바다니까. 피로 물든 바다······."

『화산도』에 산에서 조직의 아지트가 있는 해안마을 Y리에 남승지南承之가 하산, 성내城內에서 온 이유원李有媛과 만난 해안 바위에서 바닷바람을 맞으며 유원이 부르는 이어도 사나를 듣는 장면이 나오는데, 영이는 읽지 않았을 것이다.

"아까 나한테 이어도에 간 적이 있냐고 물었는데, 왜 그런 질문을 한 거지?"

"선생님도 아까 이어도 꿈을 꾸셨다고. 바다 밑······. 이어도는 제주인 거지요? 한국의 잡지에 대학생이 쓴 것처럼요. 선생님은 쉽게 제주에 갈 수 없으시잖아요. 입국 허가. 그것도 좀처럼 나오지 않는 한국 입국 허가. 자기 고향에 가는데 입국 허가라니, 참."

"영이는 문제없이 갈 수 있지?"

"예, 한국 국적이니까요. 요주의 인물도 아니고, 서울에서 유학을 했지만, 한국의 그 땅이, 선생님 소설의 테마기도 한 4·3학살의 땅이, 관광의 섬이라는 게 정말 싫어요. 한국에선 선생님을 기피인물이라 하지요. 신문에도 그런 보도가 있었어요. 선생님의 문장에 나오지만, 제주국제공항 활주로 밑에는 4·3 당시 공항 일부가 사형장이었던지라 많은 이들이 묻혀 있는 상태잖아요. 그 위를 관광객들을 태운 점보 비행기가 굉음을 내며 이착륙하니까. 선생님은 처음 제주공항에 비행기가 착륙했을 때, 땅 밑에 묻힌 죽은 자들의 뼈가 똑똑 부서지는 듯한 소리가 몸에 전해와 참을 수 없었다고 쓰셨는데, 저는 그 문장을 읽으면서 속이 안 좋아졌고, 무섭고, 견딜 수 없었어요. 그날 밤늦게까지……. 그리고 괴로워서, 울었어요."

"으음……."

K는 가슴이 꽉 막혔고, 아무 말 없이 두세 번 깊이 고개를 끄덕였다.

"허허, 그럼 내 글이 관광객들의 제주행을 방해하는 셈이구나. 그건 옛일, 그런 일도 있었다는 거네. 가능하면 제주에 갔다 오면 좋겠다. 서울에서 몇 년 동안 유학하면서 고향, 태어나지 않아도 고향이야, 제주에 안 간 건 외로운 일이야. 지금, 피투성이 바다라고 한 건 옛일……."

"예, 그건 알고 있어요. 환상으로서의 이어도, 제주를 선생님 작품세계에 이끌려……. 삼다도도 일반적으로는 여자가 많고, 돌이 많고, 바람이 많은 풍경으로서의 인상인데, 그게 섬사람들 생활에 얼마나 많은 괴로움과 슬픔을 주고 있는지가 빠진 채 환상적으로 상상되고……. 선생님께서 「간수 박 서방」에 쓰셨듯이 꿈의 섬을 동경하며 본토 육지의 들뜬 남자 하나가 여자를 찾아 여자들만 사는 섬 제주에 건너간다고 하는 일도 있을 정도니까요. 선생님, 저, 서울에 있었을 때 십 년 정도 전 일인데, 1990년쯤, H 주간지에서 선생님 사진이 크게 실린 인터뷰 기사를 읽었어요. 그건 아무도 언급하지 않는 터부, 제주국제공항의, 4·3 당시 사형장이었던 정뜨르 활주로 지하에 묻힌 몇백인지 몇천인지 모를 도민의 학살 유해를 발굴해라. 서울 김포공항 지하에 오륙백이나 되는 학살당한 유해가 묻혀 있다고 하면 서울 사람들, 한국 사람들이 가만히 있을까라는 내용으로, 저는 제가 제주 사람이구나 몇 번이고 생각하고 또 생각하면서 두려움에 몸이 어찌나 떨렸나 몰라요."

"응, 으음."

K는 고개를 끄덕였다.

"선생님, 그리고 나서는 왠지 뭐랄까, 이제 제주엔 절대 안 가라는 생각이 들면서 가고 싶지 않아졌어요."

"휴우, 뭔가 영이는 긍정적인 것 같으면서도 행동은 반대적인 면도 있구나."

"생각에 행동이 따르지 않는다는 건가요? 선생님. 저는 한국에 가서 우리말이 범람하는 가운데 마음이 움츠러들고, 마음의 방에 틀어박혀 가는 게 싫어서 견딜 수 없었어요. 우리말, 모어처럼 충분히 쓰진 못하지만, 그렇다고 서울 생활에 큰 지장도 없이 잘 지냈는데, 왠지 일본어와 우리말 사이의 틈새, 크레바스 같은 게 서울 거리를 걸을 때마다 느껴져서 흠칫 놀라기도 했고, 그 크레바스가 갈라질 것 같은 때도 있었어요. 그게 싫었고, 견디기 힘들었어요. 분열된 두 개의 자기를 보는 거지요. 양쪽으로 찢긴. 갑자기 길거리에 주저앉은 채, 눈물 나게 슬퍼져서 사람들 눈을 피해서 바로 일어서지만, 다시 멈춰서요. '모어'인 일본어와 학습 대상으로서의 우리말. 미국에 가면 거기에도 캐나다에도 코리아타운이 있는데, 영어사회에 들어가 부족한 영어를 공부해서 내 것으로 만드는 것과는 전혀 다르잖아요. 우리말이 학습 대상, 그게 우리말일까요? 우리말, 우리말, 한국인, 한국인, 이라고 의식할수록 균열이 깊어지는데, 그 마찰이 싫어요."
"안다, 알아. 거기까지는 생각이 못 미쳤네."
K는 영이의 컵에 맥주를 따랐다. 영이가 K의 손에서 맥주병을 빼앗더니 양손으로 K의 컵에 맥주를 따르고 서로 가볍게 건배를 한다.
"춤이, 그걸 풀이, 풀어주고 있나?"
"예. 몸이 움직이는 리듬을 탄, 그건 장구 울림이기도 한데, 내부의 말이 나비처럼 나와요."
"내부의 말⋯⋯. 말의 변질과 해방, 풀이, 영이 자신의 풀이⋯⋯."

K는 감탄하며 반복해 고개를 끄덕였고, 테이블 너머로 손을 뻗어 그녀가 들어 올린 손을 마주 잡으며 악수했다.

"응, 알겠어. 그래, 나름대로긴 하지만 잘 이해한 것 같네."

"선생님은 어려운 걸 말씀하셨어요. 말의 변질과 해방, 풀이……. 풀이는 몸의 움직임과 목소리를 통한 마음의, 혼의 해방, 풀이인 거지요?"

"맞아, 영이가 말한 대로야. 말의 변질과 해방이란 건 내 소설이기도 하고……. 아무튼, 영이가 말한 걸 잘 이해했네."

"……"

"영이는 지금 나이가 어떻게 되지?"

"서른다섯이 돼 버렸어요."

"버렸어요? 그건 끝난다는 의미……?"

"세기말인가요? 20세기 말."

"아니, 관계없네. 말이, 휙 바람을 타고 왔을 뿐이야."

"말이 바람을 타고……."

"밀레니엄, 밀레니엄, 천년. 뭔가 시끄러웠지. 좀 이상한 느낌이었어. 세상이 멸망하는 건 아니지만 이변이 일어날 것처럼 시끄러웠지. 신문도 잡지도……. 그것도 '바람과 함께 사라지다'야. 돼 버렸다고 말하는 건 좋지 않아. 이 노인 앞에서는 실례지. 내 경우엔 돼 버렸어가 내 나이가 되면 나이 먹었다고 말하지. 나이의 나무가 있다면, 점점 먹을 나이의 나무 수가 없어지고, 결국 없어져 버렸어. 끝……."

"뭐예요, 선생님."

"영이는 나이를 먹기까지 앞길이 창창해. 지평선도 안 보이고 수평선 위 그림자의 점도 안 보이지. 내 나이의 절반도 안 된다. 나는 이미 여든에 가까운 나이……."

"그래요, 할아버지. 그래도 저는 선생님 연세는 알고 있어요. 한 살 정도 틀릴지도 모르지만요."

"일흔여섯이야. 음, 늙은이 냄새가 나지."

"선생님한테선 바다 밑 냄새가 나요. 일흔여섯은 진짜 거짓말, 출생신고를 잘못했거나 아무튼 나이는 거짓말 같아요. 더 젊어 보이시거든요."

"으음, 먹은 나이를 뱉을 수 있을까?"

"와, 선생님, 왜 그러세요. 거짓 나이 먹은 선생님. 뱉어서 젊어진다면 어떻게 내뱉을지, 괴로우시겠지만 그 마법의 회춘법. 선생님, 저 이래 봬도 사람을 보거든요. 선생님은요, 늘 싸우고 있잖아요. 사면초가, 남도 북도, 한국행도 힘들고, 자이니치 조직, 기타 등등, 대단하잖아요. 그러니까 선생님은 제 건방진 표현이지만, 선생님은 계속 쓸 수 있는 거예요. 그래서 저는 선생님을 존경할 수, 아니 존경하고요. 출판사에 있으면 그런 걸 더 잘 알 수 있어요."

"그런 거라는 건 구체적으로 뭘 말하는 거지?"

"선생님처럼, 선생님은 바로 권력에 맞서는 사람이니까."

"회사엔 몇 명 정도 근무해?"

"열 명 정도 있어요."

"영이는 정사원은 아니고, 시급제라 했지? 정사원하고 출퇴근 시간은 같고."

"예, 맞아요. 볼일이 있을 땐 당당히 결근할 수 있고요."

"정사원으로 입사했는데, 자진해서 시급제로 돌린 거니 대단해."

"저 말고도 시급제로 일하는 일본인 여성이 한 명 더 있긴 해요. 극단 일도 하고 멋진 사람이에요."

"음, 특이한 사람이군. 영이는 무용을 하고."

영이가 근무하는 회사는 사회과학계 출판사로, 동아시아와 조선 관련 책을 내기도 하는 중소 규모의 출판사인데, 영이는 자기 시간을 갖기 위해 굳이 시급제를 택한 것 같다.

"선생님, 진짜 순간적이었지만 선생님의 육성으로 낭독, 이어도 낭독, 눈앞에서 들을 수 있어서…….『바다 밑에서, 땅 밑에서』대신 이어도. 이건 도청이 아니에요. 녹음한 것도 아니고요."

"아, 그런가. 이어도. 어려운 표현이구나, 도청이라도 상관없고, 영이 귀에 들어갔으니까. 그건 읽은 것뿐이야. 머릿속에 있는 걸……."

"같은 거예요. 특히 저한테는요. 선생님 목소리를,『바다 밑에서, 땅 밑에서』의 목소리를 제 귀로 들어두고 싶었고, 그래서 책을 가지고 온 건데, 그래도 이어도에 대해 말씀하신 걸 메모했으니 목적의 몇 퍼센트는 달성한 셈이에요. 고맙습니다. 단지 이어도가 아니라『바다 밑에서, 땅 밑에서』의 제주 바다 얘기 속 이어도, 지금 선생님 머릿속에 있는 이어도 낭독은 정말 멋져요. 선생님, 건배해도 될까요?"

"건배? 오호, 이제 일어서자는 건가? 그래, 건배하자!"

"그런 게 아니라."

영이가 들어 올린 맥주병은 절반 정도 남아 있어 딱 두 사람 몫이 된다. 영이는 자작을 하고 나서 선생님 하고 부르며 두 손으로 K 손에 들린 잔에 천천히 병을 기울여 공손히 따르고, K와 잔을 맞춘 다음 요염하게 입술을 내밀어 잔 가장자리에 갖다 댄다. 조용히 꿀꺽꿀꺽 목젖이 보일 때까지 잔을 완전히 기울였고 K도 천천히 전부 들이켰다.

창밖 거리를 오가는 자동차 불빛이 눈부시다. 여기 공원 옆길은 차가 많이 오가는 것 같지 않다. 밀리지도 않고, 차가 지나지 않을 때도 있다. 넓은 도로 건너편, 맞은편 공원의 수목에 둘러싸인 가로등 불빛이 깊어가는 밤을 비춘다. 주변 거리의 네온이 깜빡이는 반짝임과는 너무 대조적이다. 시각은 아직 8시.

"선생님, 자리 옮기실 거지요?"

K는 아무 말 없이 고개를 끄덕인다. 두 사람은 자리에서 일어섰다.

"여긴 제가 낼게요."

"바보야, 무슨 소리."

K는 한쪽 주먹으로 영이의 머리를 가볍게 친다.

"저 월급 받아요."

"알아. 시급제 월급."

카페를 나선 두 사람은 시월의 밤공기 속으로 들어간다. 영이는

K에게 팔짱을 낀다. 차가운 물 냄새가 나는 바람이 어두운 공원 쪽에서 대로를 건너 밝은 길을 걷는 두 사람의 등을 크게 감싸듯 불어왔고, 두 사람은 바람을 타고 걷는다. 네온사인이 난무하며 붐비는 사거리로. 젊은 남녀가 지나가는 사람들에게 호객행위를 하고, 길 한쪽에 늘어선 여성들이 두 사람을 아래위로 훑어본다.

사거리를 건너 두세 골목 지나 한참 가다 보면 막다른 T자형 길이 좌우로 나온다. 이곳은 공원을 감싸는 도로와 달리 차가 많이 지난다. 번화가에서 오른쪽으로 돌아 잠시 걷는다. 도로에 면한 좁은 목조계단 입구를 확인하고 2, 3층에 있는 한식 식당으로 올라간다. 왼쪽 벽 코너에 대여섯 테이블이 나란히 놓여 있는 바로 앞 한쪽의 4인용 테이블에 마주 앉는다. 혼자 갈 때도 늘 독점해서 앉는 K의 지정석이다. 원편에는 좌식 테이블이 있는 자리. 토요일인데 빈자리가 많다.

카페와 달리 안쪽 주방에서 무겁고 뜨거운 김을 빨아들이며 조리하는 냄새가 흘러나온다. 고기 삶는 냄새인가. 맥주 두 병, 새우 등 해산물을 가루로 반죽한 파전. 그리고 작은 접시에 담은 갖가지 나물, 숙주 등 채소 무침, 김치 등 밑반찬, 주문 메뉴 외에 나온 것만으로도 테이블의 3분의 1을 덮는다. 영이의 동의를 얻어 주문한 곱창전골.

이것으로 테이블이 한가득. 맥주를 따른 잔이 테이블 가장자리로 밀린다. 휴대용 가스버너의 열기, 고기 익는 냄새가 섞인 김. 건배 후에 볼이 달아오른다. 전골의 곱창과 야채, 국물이 뱃속에 들어가자 알코올의 취기가 더해져 온몸이 뜨거워진다. 게다가 고추의 자극으로 이마와 콧등에서 땀이 분출했다.

"선생님, 매워요."

"응, 물 좀 마셔봐."

영이는 물 대신 맥주를 마셨다.

"선생님, 지금 소설을 쓰고 계세요?"

"음, 아니, 따로 쓰고 있는 건 없어."

K는 깜짝 놀라며 대답했다.

"……"

K의 대답이 애매했는지 영이는 질문을 이어갔다.

"뭔가 생각하고 계신 거는요?"

"글쎄. 늘 뭔가를 생각하긴 하지."

"음, 소설의 구체적인 테마 같은 거요. 선생님, 이런 걸 여쭙는 게 실례일까요?"

"그런 게 실례면 어쩌나. 전혀 실례 아니야. 단지 지금 구체적으로 진전된 생각이란 게 없다는 얘기야."

"예……. 또 『바다 밑에서, 땅 밑에서』 같은 소설을 읽고 싶어요."

"음……."

이 대답은 거짓이었다. 뭔가 집필 준비를 하고 있으면 사람들과 술을 마셔도, 집에서 밥을 먹어도, 머릿속에서는 그 내용이 빙빙 돈다. 그럴 때 먼 밤하늘 유성이 반짝하다 사라지는 듯한 것이 있다. 그것이, 앗, 이거다라는 힌트가 돼서 머릿속에 펼쳐지는 공간의 한 점으로 날아가면서 정지, 집필의 계기가 되는 것이 있는데 지금이 바로 그럴 때였다. 또『바다 밑에서, 땅 밑에서』같은 소설을 읽고 싶어요……. 지금 쓰고 있는 것은 바다 밑, 피로 물든 바다 밑 얘기다. 제목은 아마「보름달 아래 붉은 바다」. 깜짝 놀란 것은 그것이었다. K는 자신이 쓰는, 이미 발표된 작품이라도 소설을 화제로 삼고 싶지 않다.『바다 밑에서, 땅 밑에서』같은 소설을 읽고 싶어요, 지금 소설을 쓰고 계세요? 이것은 영이가 사람의 머릿속 움직임을 투시한 듯한 물음이었다. 영이의『바다 밑에서, 땅 밑에서』의 바다 밑으로 잠수하는 듯한 몰입에, 지금 쓰기 시작한 바다 밑 풍경에 가슴이 철렁 내려앉아 말을 끊는다. 해상의 집단 학살로 붉게 물든 바다 밑……보름달 아래 붉은 바다의 물결과 너울.

"영이야, 자, 한 잔 들게."

영이는 잔을 양손에 쥐고 팔을 쭉 뻗어 K에게 맥주를 받았다. 그리고 천천히 고개를 뒤로 젖히며 들이켜더니, 선생님, 받으세요, 하고 자기 잔을 K에게 건넨다. K는 응? 하고 고개를 끄덕이면서 그녀의 잔을 받아들었다. 그녀에게 받은 술을 천천히 비우고 다시 영이에게 잔을 돌려주며 거기에 맥주를 따른다.

영이는 테이블 한쪽에 세워진 앨범 풍의 메뉴판을 손에 들고 펼쳤다. 그리고 좌철로 된 두터운 페이지를 천천히, 사진 설명이 있는 요리를 보지도 않고 마지막 페이지에 있는 주류를 하나하나 확인하며 뭔가를 찾았다.

"선생님. 구기자가 있었지요? 구기자주. 달달한 술 있잖아요. 근데 여기엔 없네요."

"응, 요전에 만났을 때 구기자 마셨던가? 잘도 기억하고 있구나. 그저 달달한 건 아니지. 무게감이 있고 맛있어. 일종의 약주야. 꽤 독해. 구기자주는 개인적으로 담근 거야. 팔지 않는 건 아닌데 일부러 주문해서 마시는 사람은 없지."

"구기자, 마시고 싶어요. 요전에 마셨을 때 맛있었어요. 다음날 꽤 기분이 좋았고요. 왠지 건강해지는 느낌도 있었고."

"그래, 그럴지도. 과하게 마시지 않으면 그래. 난 늘 숙취가 있어서 모르지만 말이야. 구기자, 마셔 볼까? 나는 집에 돌아가기 전에 마시는 편인데, 그래 지금 마시자. 같이 마셔야지. 영이는 한 잔만 마셔. 중간중간 물을 많이 마셔야 돼. 25도나 되거든."

"사장님이 담그시는 건가요?"

"맞아."

"선생님을 위해서요?"

"아니, 그런 건 아닌데, 마시는 사람이 나밖에 없지. 나하고 같이 오는 사람 말고는 안 마시니까."

"여기 사장님 예쁘시잖아요. 미인 사장님."

"영이하고 사장님하고 누가 더 예쁠까?"

"흥."

영이가 콧소리를 낸다.

"둘 다 예쁘지."

"선생님은 그런 식으로 말씀하시나요? 그건 기회주의자, 오퍼튜

니스트예요."

"으음, 그럼 영이다."

"좋네요. 기회편승주의, 그렇지요?"

영이는 웃었다.

"둘 다 각각 개성이 있는 거고, 그 사람만의 미라는 게 있으니까, 영이도 미인, 영이로서의 미인인 거네."

"미, 아름다운……. 아름다운 우리나라. 요즘 아름다운 일본이라든가, 일본은 신의 나라라든가, 그렇게 말하는 일본인 스스로가 자기들이 아름답다고 하는 거잖아요. 이 일본이 말이에요. 일본의 과거 식민지배, 침략전쟁을 반성하는, 그런 일본이 아름답지 않은 건 자학사관. 침략한 게 아름다운, 그 일본이 바로 신의 나라, 만화같아서 귀엽지요. 그게 무서운, 이 일본, 일본이라는 나라."

"신의 나라 일본인가. 신국 일본, 일본인. 요전에 만났을 때도 영이가 그렇게 말했었지. 그만두자. 구기자 맛이 물맛이 돼."

마침 옆에 와 있던 여직원에게 구기자주를 두 번 반복해서 주문했다. 마시는 사람이 따로 없어서 새로 들어온 직원에게는 주문하는 사람이 구체적으로 설명해 줘야 한다.

영이와는 지난 초봄에 만났고 오늘은 반년만의 만남이었다. 그때 귀화, 일가의 일본 귀화 얘기를 처음 들었다. 이래저래 고민한다기보다도, 처음부터 딸 영이와 영이 어머니가 반대, 가족이라고 강제적인 아버지와 따르지 않는 딸의 대립, 그리고 어머니는 귀화한다면 이혼하겠다고 나섰다. 아버지는 오사카 태생으로 환갑을 넘겼다. 한국 국적으로 일을 하려면 여러 가지로 지장이 있다. 이 나라 일본에서 수십 년이나 살며 일을 하고 생활을 해왔으니, 그 사회에 순응해 일본에 귀화하는 것은 자연적인 흐름……. 선생님, 반쪽발이半日本人가 귀화인이, 신일본인이 되는 거예요. 신인류라는 재밌는 말도 있지만, 신일본인은 뭔가 교배를 해서 나온 신종일까요? 신년 정월에 하오리羽織와 하카마袴를 입고, 도소屠蘇. 멀리 한반도의 서울, 당시의 경성에서 도쿄의 궁성요배……. 황거, 궁성, 이 것은 일제 때 일. 선생님, 서울의 대학원에서 조선문학, 일제 지배 말기 조선의 암흑기, 공백기의 문학, 친일문학을 공부했어요. 황국신민화를 위한 조선문학, 황국신민화의 조선인, 그것은 신일본인에 해당하는 게 아닐까요? 아름다운 나라, 신국의 '신일본인'. 내선일체, 천황폐하의 충량한 백성, 센진鮮人. 그래요. 센진……. K는 움찔하며 어딘지 모르게 배어 나오는 쓰디쓴 즙이 가슴에 퍼지는 것을 느꼈다. 센진……. 음, K는 아버지의 귀화와 식민지 시대의 황국신민화가 얽혀 나오는 것에 당혹감을 느끼면서도 천천히 고개를 끄덕였다. 황국신민화 수단으로서의 친일문학, 이 젊은 영이가 어째서 거기에 관심을 가졌는지 고맙고 감동적이었다.

선생님, 제가 귀화해서 신일본인이 되는 걸 어떻게 생각하세요? 제가 신닛폰진新日本人, 소름 끼쳐요. 그리고 덧붙였다. 아버지에게는 일본인 첩이 있고, 그 첩은 아버지가 사장인 회사에서 경리사무를 담당하고 있는 여자예요……. 그때는 구기자를 마신 탓도 있었겠지만 자기 아버지를 '오야지'라 불렀다. 일본인 여자의 영향도 있거든요. 어머니에게는 일본 기모노가 어울리지 않는다고 강요하지 않지만, 치마저고리는 절대 못 입게 해요. 제가 무용할 때 입는 민족의상은 귀화 얘기가 나오기 이전이었고, 일상복이 아니었기 때문에 돈을 대주었어요. 지금 아버지를 오야지라고 했는데, 왜 그렇게 부르는 거지? 그게 이상한가요? 집에서는 아버지, 어머니라고 했어요. 그러다가 오토상, 오카상이라고 불렀고요. 서울에서 유학까지 한 딸에게 사소한 문제가 있어서 아버지를 오야지라고 했더니 고노 야로야,^{임마}! 하고 소리치며 때렸지요. 야로野郎라는 건 남자한테 쓰는 거잖아요. 오야지는 남자가 쓰는 말, 여자가 써서 뭐가 나쁠까요? 한국어 '아버지'는 쓰지 마라, 그럼, 오토상이라고 부르는 건 제가 싫어요, 대신에 오야지. 아버지는 저에게 불량하다고 하셨어요. 말괄량이라는 말이 있잖아요. 그래, 말괄량이. 맞아요. 저보고 이 말괄량이 불량스러운 딸이라는 거예요. 그래서 제가 오야지는 뭔데라고 말대꾸를 했어요. 오야지는 남자들끼리라면 친근한 표현이잖아요. 특별히 나쁜 말이 아니에요. 불량이라는 말보다 낫지요. 말괄량이, 아버지는 그런 말을 몰라요. 우리말은 잘 못해요. 저를 꾸짖기 위해 어디서 들은 그 말만 쓴 거예요…….

꽤 가족 간 감정이 복잡하게 얽혀 있는 듯한데, 영이와 아버지 사이는 그녀의 일본어와 우리말 사이처럼 금이 간 모양이다. 오늘은 카페에서 두세 시간 마주 앉아 있었는데, 그 얘기는 나오지 않았다. 그것을, 지난번 귀화 얘기는 어떻게 됐냐고 이쪽에서 물어볼 일도 아니었다.

보름달 아래 붉은 바다 121

구기자가 왔다. 물과 함께. 크고 두툼한 잔에 절반 남짓 담긴 진홍빛 구기자주가 군침 돌게 하는 달콤쌀싸름한 짙은 냄새를 뿜으며 코를 자극한다. 영이는 양손으로 바치듯 잔을 들고 서로의 손가락이 닿을 만큼만 소리가 나지 않게 건배를 하고 천천히 잔을 입에 댄다. 일단 입에 머금고 목구멍으로 넘어가는 술 냄새와 맛의 형태라도 보는 듯 눈이 빛을 잃고 안으로 향한다. 신기한 표정으로 일부러 꿀꺽꿀꺽 소리를 내며 두 모금 정도 마셨다. 그리고는 하아 하고 숨을 내쉰다. 이어서 K가 말한 대로 물을 마셨다.

"아까 카페에서 커피 대신에 그거……나쓰메, 맞다, 대추, 대추차 마셨잖아요. 잔 뚜껑을 열면 포근한 느낌의 뜨거운 김이 향기와 함께 얼굴로. 대추차 진짜 뜨거웠는데, 아주 살짝 걸쭉한 느낌이 구기자주하고 비슷한 느낌이 나는 것 같아요. 느낌이 걸쭉하달까 새콤달콤한 부분이……. 그래도 대추차는 술이 아니라서 알코올은 없지만요."

"으음, 영이의 미각은 술꾼 이상이구나."

"술꾼은 미각이 좋아요?"

"음, 그렇지. 그건 좀 다를지도……. 잘 모르겠다."

"선생님, 요전에 여기서 뵀을 때 태어나서 처음 구기자 마셔본 거였어요. 그때 저희 집안 얘기랑 아버지 얘기했잖아요. 귀화 얘기요. 오야지는 귀화에 대해 딸에게 얘기하지 않지만, 저는 2, 3년 전에 귀화했다는 사람을 만나서 얘기를 들어봤어요. 그 사람 말로는 귀화 신청서가 복잡하고 엄격하대요. 옛날에는 당국이 집에 찾아와서 불시 검사 같은 것까지 했다고 하고요. 냉장고를 멋대로 열기도 하고 말이에요. 식민지 지배 이후에도 일본의 동화 정책이 아직도 이어지고 있는 거예요. 귀화의 은혜를 베풀기 위해서는 재산 상태 외에 기타 여러 가지를 조사해서 엄선된 '일본인'이어야 하는 거지요. 귀화하려면 선량한 일본 국민이 돼야 해요. 그 사람 얘기에 따르면 「귀화 동기서」란 게 있고, 귀화 신청자는 법무국 담당관에게 면접을 보는데 그때 '귀화 선언'을 한대요. 그걸 소리 내 읽는다고 해요. 일본국헌법을 지키고 정해진 의무를 이행하여 선량한 국민이 될 것을 맹세합니다라는 귀화선언서예요. 정신적으로 굴복한 귀화, 말하고 싶지 않지만 노예. 그래서 오야지는 귀화를 신청하기 위해 법무사나 행정서사 등에게 맡겨서 서류 일체를 갖췄어요. 그걸 위해 안간힘 쓰는 자기 부모의 모습을 보는 건 견딜 수 없는 일이에요. 저는 이제 곧 일본인 아버지와 한국인 어머니의 자식이 돼요. 앞으로 어떻게 될지 모르겠지만, 그렇게 되는 거겠지요. 제가 미성년자라면 아버지의 뜻에 따라 일본인이 돼 버리는 거지요. 신일본인의 알. 자이니치는 찢어진 허공에 매달린 존재. 찢어져 한쪽으로 도망치려고 해도 도망칠 수 없어요. 일본에서 도망치고, 한국에서 도망쳐도, 몸은 하나고, 마음은 둘로 갈라져 어디를 가도 완전히 도망칠 수 없어요……. 미국 태생 2세대들은 자기들이 결코 코리안이라는 것에서 벗어날 수 없다고 말하곤 해요. 코리안이라는 건 숙명적으로, 자기가 누구인지, 존재의 본질적인 문제예요. 코리안이면서 미국 국민이라는 것. 미국 사회에서 코리안은 아시

아계로 간주되잖아요. 에스닉, 에스니시티의 문제예요. 일본에서 한국인은 일본 이름을 사용하며 일본인으로 둔갑할 수 있어요. 그러니까 귀화하면 뭐 신일본인이 될 수 있지요. 겉으로는 미국과 달리 코리안이라는 걸 알 수 없잖아요. 그렇잖아요. 미국에서는 히스패닉이든 흑인이든 멕시칸이든 이민자 미국인이거든요. 백인 와스프WASP랑 마찬가지로요. 일본은 그렇지 않아요. 신의 나라, 일본인, 일본민족에 동화예요. 일제 때는 내선일체, 조선인은 황국신민이었어요. 그렇지요? 저는 그게 싫어요……. 선생님, 저는 어디에 있는 걸까요? 떠다니는 제 영혼의 배에는 닻이 없어요. 닻에서 떨어진 저는 이어도의 배. 이어도 사, 이어도 사나, 가서 돌아오지 않는 배, 떠도는 저의 배. 이어도 사, 이어도 사나……, 선생님."

영이는 K를 응시했다. 짙은 속눈썹에 그늘진 커다랗고 촉촉한 눈이 빛났다. K도 눈 밑바닥에 뜨거운 것이, 눈물 한 방울이 흔들렸다. K는 잠자코 반복해 고개를 끄덕인다. 뜨거운 것이 치밀어 올라 맥주잔에 손을 뻗고 있었는데 강하게 억눌렀다.

"바다 밑에서 머나먼 저편의 이어도에 가면 돌아오지 못해요. 살기 위해 도망쳐 갔는데, 이어도는 이어도는 돌아오지 못하는 곳……. 아이고, 선생님. 아, 또 아이고가 나왔네요. (영이의 일그러진 얼굴에 밝은 미소가 스쳤다) 아, 웃음이. 지금 울 것 같았는데 웃음이 나와 버렸네요. 선생님과 함께 있어서 그래요. 저기, 선생님, 이어도는 환상의 섬……."

"응, 환상의 섬일 거야."

"일 거야 인가요?"

"가본 적이 없으니까."

영이가 엎드리며 울음을 터뜨리지 않은 것에 안도하며, K가 말했다.

"그렇지요. 저도 가본 적이 없어요. 갔다고 하면 돌아오지 못하는걸요. 그랬다면, 지금 선생님하고 이렇게 같이 구기자주도 못 마시지요."

"맞네."

K는 웃었다.

영이의 잔에 담긴 구기자주도 거의 바닥이 났다. 두 잔이면 270밀리미터 정도. 많은 양은 아니지만 25도 소주에 담근 술이라 꽤 취한다.

"앗, 낙지. 오랜만이군."

자못 전문가다운 말투.

"선생님, 건배. 한 잔 더 하실 거지요?"

영이는 변함없이 두 손으로 잔을 받쳐 들었고, 두 사람은 거의 다 비운 잔을 거꾸로 기울이듯 입에 댄다. 영이는 붉게 물든 입술을 반쯤 벌리고는 하아 하고 숨을 내쉬며 미소짓는다. 접시에 토막 난 낙지 다리가 꿈틀대고 있었다. 젓가락으로 집는 게 어려워, 손가락으로 어떻게든 집어 소금장을 묻혀 재빨리 입에 넣는다. 입 밖으로 도망치려고 한다. 입안에서 움직이고 있는 그것이 혀나 볼 뒤쪽에 들러붙어 떨어지지 않는다. 그대로 넘겨 버리면 위에 다다르기도 전에, 도중에 빨판이 목구멍에 달라붙으면 질식할 것이다. 요주의 음식. 영이는 그것을 터득하고 있어, 꼬들꼬들하지만 좀체 씹어 넘기기 어려운 움직이는 다리를, 아, 아……달라붙는구나, 아이고, 작은 비명을 지르며 잘 씹어 먹는다.

  K도 반쯤 눈을 감고 낙지발과 씨름하며 먹었는데, 두 잔째 구기자주를 반쯤 마셨을 때 꾸벅꾸벅 1, 2분 졸았던 것 같다. 이세계異世界의 시공간에 들어선 꿈의 움직임도 없는 머릿속. 영이의 '바다 밑에서'에 유도된 것처럼, 그 바다 밑으로 스르르 잠기듯 가라앉고, 취기가 머리의 어두운 공간으로 퍼지며 바다 밑을 걷는지 헤엄치는지, 눈에 바다 밑 풍경이 문이 열리듯 펼쳐지며 보이지 않는 해류가 밀려드는 듯한 압력에 숨이 막힌다. 수중 머릿속의 움직임이 멈추자, 그곳은 집단 학살로 시체가 흩어져 붉게 물든 바다 밑……. 으윽, 놀라서 눈을 떴다. 취중에 바다 밑에서 잠들어 있었던 것이다. 시체가 흩어진 붉은 바다, 피바다…….

  "선생님……."

  "……응."

  K는 눈을 뜬다.

  "왜 그러세요?"

  "……."

  눈을 감고 있었다. K는 맞은편에 앉아 있는 영이를 보았다.

  영이는 아무 말 없이 K를 응시했고, 눈과 눈이 마주쳤다. 지금 막 만난 것처럼.

"선생님."

영이는 테이블 위에 올려진 K의 한쪽 손을 양손으로 씌우듯 쥐고 나서, 잔을 들고 K가 한쪽 손에 들고 있는 잔에 건배하고 입에 가져간다.

"오늘은 토요일. 그래도 구기자주는 여기까지만 마실래요. 더 마시면 취할 것 같아요. 선생님은 구기자주 더 드시나요?"

"그러게, 두 잔이 딱 적당하긴 하지. 좀 더 마셔야겠다 싶으면 맥주 두어 잔 마시면 되고. 그걸로 끝이야."

"선생님은 댁에 들어가셔도 또 약주 하실 거지요?"

"응, 늘 그런 식이긴 하지."

"무슨 의무 같은, 밤중에 술을 마시는 의무 같은 게 있나요?"

목소리가 일그러져 있었다. 구기자의 취기가 돈 것이다.

"근데요, 선생님. 인간의 자유란 뭔가요?"

자유란? K는 느닷없는, 자유란 무엇이냐는 질문에 움찔한다. 자유.

"자유……. 자유 말이지. 다양하게 접근할 수 있겠지만, 딱 이렇다 한마디로 말하긴 어렵지. 갑자기 왜 그런 걸 물어? 술이 깨잖나."

"술이 깨다니 과장도 심하세요. 그래서 더 마시고 취하는 걸까요? 어려운 게 아니라, 상식적인 자유. 제멋대로랑 자유는 다르잖아요. 저는 뭔가에 묶여 날개를 뜯긴 것처럼 자유가 없어요. 그 사람이, 제가 오야지라고 한 사람, 아버지는 너는 제멋대로인 녀석이다. 자유, 아주 제멋대로야. 부모에게 반항하는, 말대꾸하는, 그게 무슨 말인가. 예의범절을 알아야지. 옛날부터 조선은 동방예의지국이었어. 아버지한테 오야지라고? 그게 여자가 쓰는 말인가? 왜 그렇게 불량한 거지? 한국, 서울에 유학까지 시켰는데……. 우리 한국인들은 그런 말을 쓰지 않는다. 한국인이라고? 신일본인 주제에……. 있잖아요, 자이니치 3세 여자아이, 16살 고등학생인데, 통명으로 일본 이름을 사용하고 있고, 일본인으로 살아왔는데, 외국인등록 해야 하는 만16세가 됐을 때, 생일 바로 전날 부모한테 외국인등록에 관한 설명을 듣지요. 너는 한국인으로서의 긍지를 가지고 살았으면 좋겠다고……. 딸은 아버지에게 당신이 한국인으로서의 긍지가 있다면 왜 한국인으로 키워주지 않았을까……라고. 마음이 둘로 갈라져 혼란, 분열 증상이 생겼겠지요. 그런 얘기를 들었어요. 그 부모는 귀화하지 않는 것이 낫습니다. 제 아버지란 사람은 이렇게 다 큰 딸에게 신일본인이 되라고……. 국적이 바뀌어도 아버지와 딸의 관계는 그대로일까요?"

"법적으로는 어떻게 되는지 모르겠지만, 부녀의 혈연관계는 그대로가 아닐까?"

"저, 날개 뜯긴 새 같은 느낌이에요. 춤으로 공중에 뻗어 리드미컬하게 움직이는 제 두 팔은, 저의, 새의 뜯겨진 날개예요. 춤……. 춤의 장소가 지금 저의 자유로운 공간……."

"영이는 무용가가 될 생각인가?"

"아, 아니에요."

그녀는 고개를 가로저으며 강하게 부정.

"간단히 될 수 있는 건 아니지만, 무용가가 될 정도라면, 선생님처럼 소설가가 되고 싶어요. 제가 무용가가 될 때는 지금 제 안의 우리말과 일본어의 분열, 갈라짐, 내 안의 말이 몸을 통해 나온 표현, 풀이, 풀이로서의 춤이 아니라, 춤 그 자체, 지금의 춤에서 벗어난 다른 형태의 춤 그 자체로, 지금의 저처럼 말과는 관계가 없어요. 그렇지요? 그럴, 거예요. 이런 거, 같이 춤을 추는 동료들한테 얘기해도 몰라요. 다른 사람들도 모르고요. 춤을 도구로 삼지 말라고 비판받을 거예요. 선생님은 알아주실 거라고 생각해요. 역시, 말에 집착하게 돼요. 선생님의 전문인 말의 세계……."

"으음, 나는 말을 전문적으로 연구하는 어학자가 아니라 문학자, 소설가지."

이제까지 재일조선인작가가 일본어로 쓰는 것의 '굴레와 자유' 문제로 고투해온 K는 지금 여기서 말의 문제에 깊이 들어가고 싶지 않았다. 쓰는 것과 입 밖으로 내는 것은 별개고, K는 영이가 지적한 것처럼 자기 작품에 대해 입 밖으로 내서 말하는 것을 선호하지 않는다. 영이가 말하는 춤이 자기 안에 담긴, 말이 신체를 통해 나오는 출구, 풀이, 해방. 그것은 뼈에 사무칠 정도로 알 수 있는 것이었다.

영이는 취기로 볼이 불그스레해졌고, 눈도 살짝 풀렸지만, 머리는 취하지 않았고, 얘기는 확실히 앞뒤 맥락이 잡혀 있었다.

"선생님은 싫으시지요? 이런 얘기. 선생님은 작가인데 문학이라든가 자기 작품에 대해 사람들하고 얘기하는 걸 안 좋아하시는 것 같아요. 이런 얘기 그만두지요, 구기자, 거의 다 마셔가네요."

영이는 정신을 차린 듯 가볍게 웃고 나서 물을 한잔 마셨다. 무슨 연설이라도 마친 듯.

11시. 3층은 테이블 하나에 두 사람이 마주 보고 있을 뿐 텅 비어 있었다. 아침 7시까지 영업하기 때문에 12시가 지나면 바나 클럽에서 놀다가 오는 남녀 손님들로 바빠진다.

두 사람은 자리에서 일어났다.

"선생님, 괜찮으세요?"

그녀는 자리에서 일어나 가방을 들고 K에게 팔짱을 낀다. 계단까지 몇 미터 안 되는 거리지만, 그래도 취했을 때 이 오래된 나무 계단은 주의할 필요가 있다. 영이가 유도하듯 앞장선다. 한층 내려가 계산을 하고, 문을 열고 나와 계단을 내려가면 바로 건물 밖이다. 상쾌한 바람이 취기로 달아오른 몸을 감쌌다.

"선생님, 조금 걸을까요? 괜찮으세요?"

"그래, 조금 걷는 게 좋겠다."

"아까 갔던 카페 옆 공원 근처까지 걸어가요."

왼손에 핸드백을 든 영이는 K 왼팔에 팔짱을 끼고 몇 시간 전 카페에서 나와 걸었던 번화가를 걸었다. 도로까지 나와 호객행위를 하는 남녀가 아까보다 늘어나 있었다. 골목 뒤에 두서넛 천연덕스럽게 서 있는 이들이 있는데 아마도 매춘 관계 사람들인 듯 싶다. 11시에 문을 닫는 카페는 셔터를 내리고 있었다. 카페 모퉁이까지 와서 멈춰 선다. 영이는 힘을 주어 팔짱을 끼고 있는 K의 부드러운 팔을 조인다.

"공원 안쪽으로 가볼까?"

횡단보도 신호가 빨간불이었다.

"공원이요? 이렇게 늦었는데 뭔가 있나요, 선생님?"

"가로등에 비친 조용하고 울창한 숲길을 걸어보고 싶어서."

"선생님, 숲은 없어요. 가로수가 늘어서 있을 뿐이잖아요."

"걷고 있는 사람들이 있잖아. 연못 건너편 광장에 가면 큰 도로 쪽 나무 그늘에 노숙자들이 친 작은 텐트하고 골판지 오두막이 즐비한데, 그 근처가 숲처럼 울창하고 높은 수목으로 우거져 있어."

"거기에 가는 거예요? 노숙자 중에 아는 분이라도 계세요?"

"없지. 근처에 가지도 않아. 다만 어두운 밤 숲속 수풀 아래 우리가 여기에 있는 같은 시간에 사람이 있다는 것뿐. 머릿속 밤의 깊은 어둠, 그 속, 그 속의 보이지 않는 길……."

신호가 파란불로 바뀌었다. 영이는 팔짱을 풀고 K의 왼손을 잡았다. 좌우 정차선에 차들이 멈춘다. 횡단보도를 건너는 사람은 적다. 그것도 맞은편 쪽으로 가는 사람들이었다. 공원 안으로 들어가는 사람은 없다.

"선생님, 뭔가, 지금 그런 소설을 쓰고 계신 거지요?"

"쓰고 있는 건 아무것도 없어."

K는 확인이라도 하듯 맞잡은 영이의 손을 꼭 잡았다. 쓰기 시작했는데 거듭 거짓말을 하게 된다.

"깊은 숲속……. 바다 밑……. 영이가 좋아하는 바다 밑."

"선생님, 머릿속 밤의 깊은 어둠. 그 속의 보이지 않는 길, 그건 바로 제가 걷는 길 같아요."

"그런 데로 생각이 닿나? 게다가 밤중의 막다른 길이군. 그런 걸 생각해선 안 돼. 안 되지."

"선생님, 아세요?"

"모르니까 더더욱 안 좋아."

"안되나요?"

"안돼. 안된다는 건 영이를 부정하는 게 아니야. 영이는 강한 사람이잖아."

K는 왼손을 영이의 손에서 떼며 손짓으로 영이는 달라, 그런 생각을 하지 말라는 듯 양손을 눈앞의 어둠을 털어내듯 좌우로 벌리며 그 왼손으로 영이의 오른쪽 어깨를 툭 쳤다.

"가자."

K는 손을 들었다. 아직 네온사인이 빛나는 오른편 번화가 쪽에서 달려오던 택시를 세웠다. 문이 열리고 K가 몸을 싣는다, 선생님, 머리, 조심하세요. 영이가 뒤이어 탄다. 문이 닫힌 차는 공원 연못 바깥 길을 돌면서 I역 방면으로 향한다.

"I역 북쪽 출구 쪽이지? 근처쯤 가면 기사님한테 말해. 난 잠들지도 모르니까."

"선생님, 괜찮아요. 걱정 마시고 주무시고 계세요."

"북쪽 출구에서 K초町 교차로 지나서 T초 쪽으로 가 주세요."

연못 바깥 길에서 좌회전, 골목 같은 지그재그 길을 지나 큰길로 나온 택시는 도로를 계속 달렸다.

차가 주행 도중에 반복해 덜컹댄다. 영이의 몸이 K 쪽으로 밀려 왔고, 다시 제자리로 돌아갔지만 영이는 다시 몸을 쓰러뜨렸다. 이게 무슨 일인가, 앗, 차의 흔들림을 타고 상체를 더 밀어붙였다. 선생님, 선생님한테서 바다 밑에서 올라온 양수의 끈적끈적한 냄새가 나요. 영이는 양손으로 K의 몸을 감으며 K의 목덜미에 얼굴을 묻었고, 턱을 내밀어 입술을 빨아들이듯 K의 입술에 갖다 댔다. K의 입술이 뒤집힌다. 냄새가 나요, 냄새가……밀어붙이는 숨 막히는 콧소리. 구기자 냄새가 영이의 콧김이 되어 K의 코로 파고든다. 차가 흔들린다. 덜컹대며 몸이 조금 떨어졌다. 영이, 바로 앉아라. 똑바로 앉아. 몸이 떨어지지 않는다. 선생님, 나는 선생님을 좋아해. 존경해. 야, 야, 어떻게 하려고 그래. K는 뜻하지 않은 전개에 눈앞에 있는 기사의 등을 바라보며 영이를 밀쳐내려 했지만, 영이는 K의 정면으로 말타기라도 하려는 듯 상체를 K의 가슴으로 밀며 꿈쩍도 하지 않는다. 그리고 두 손으로 안경을 쓴 K의 얼굴을 옆으로 돌리더니 갑자기 그 입술을 밀어붙여 날카로운 혀끝을 K의 입술에 꽂았다. K는 굳게 다물고 있던 입을 벌렸고 그 혀를 들이킬 기세로 서로에게 깊은 키스를 나눴다. 차의 진동이 두 입술의 움직임에 리듬을 붙인다. 양 갈래 긴 영이의 머리카락이 K의 얼굴을 덮었고, 독한 냄새가 격렬한 숨을 몰아쉬는 비강에서 인후까지 밀고 들어간다. 좋아, 좋아, 선생님이 좋아. 선생님, 장미 입술 맛있나요? 장미 입술, 맛있어?

차는 I역 북쪽 출구 광장에 도착했다. 아직 번화가는 밝다. 사람들 왕래가 계속되고 있었다.

기사가 K초 교차로라고 말한다.

K의 손을 꼭 잡고 있던 영이는 행선지를 전한다. 택시는 교차로를 지나 우회전, 주택가 길을 달려 몇 분 만에 2층짜리 건물 현관 앞에 섰다.

영이는 K의 손을 놓고 차에서 내렸다. 전에도 K는 영이를 여기 집 앞까지 바래다준 적이 있었지만, 오늘 밤의 차 안에서 같은 일은 없었다. 어찌 된 일인가. K는 손을 놓으며 소중한 것이 손아귀에서 사라지는 듯한 느낌을 받았다.

영이는 현관 앞 전등 불빛을 받으며 그 자리에 우뚝 선 채 택시를 배웅했다. K는 뒷창문으로 불빛 속 영이의 모습을 보았다. 사거리 모퉁이에서 팔을 뻗으며 손을 흔드는 영이의 모습이 택시가 우회전하며 사라졌다. 택시는 북쪽의 국도 17호선을 향해 무인의 거리를 전조등 불빛으로 환하게 열어젖히며 달렸다.

4

아파트 6층에 있는 집에 돌아온 K는 꽤 취해 있었지만, 과음한 것은 아니었다. 그리고 차로 돌아오는 약 한 시간 사이에 꽤 취기가 빠졌다. K의 습관이지만, 여간 만취한 것이 아니면 반드시 잠자리에 들기 전에 술을 더 마셔야 한다.

아내는 베란다로 이어지는 K의 옆방에서 자고 있다. K는 거실 테이블 앞 소파에 앉았다. 잠시 가만히 앉아 있으면 자연스럽게 두 눈꺼풀이 감기며 눈을 덮고, 취기의 여진으로 몸이 찡하며 저리고 상체가 흔들린다. 크게 몸이 흔들리다가 눈을 뜬다. 취기가 남아 있고 취기의 자각이 취기를 재촉한다.

머리가 몽롱한 상태에서 몸을 일으켜 냉장고에서 반으로 자르고 남은 레몬을 꺼내 랩을 벗겨내 착즙기에 밀어 넣으며 있는 힘껏 즙을 짠다. 잔에 보리소주를 따르고 레몬즙을 넣은 뒤 보온병의 뜨거운 물을 소주와 같은 분량으로 넣어 잔을 가득 채운다. 거기다 훈제 치즈라도 꺼내 곁들이면 좋다.

K는 한 모금 마신 술잔을 앞에 두고 도대체 택시 안에서의 영이와의 포옹은 무슨 일이었는지 생각한다. 그동안 여러 차례 택시에 동승했지만 있을 수 없는 일이었다. 내 것인 양 주눅 들지도 않고 껴안았다. 장미 입술 맛있나요? 어쨌든 '바다 밑'으로부터의 환상 속의 일일 것이다. K 자신의 작품인 『바다 밑에서, 땅 밑에서』가 아니다. 영이의 바다 밑에서, 나는 그녀와 함께 숨을 쉬고 있었던 게 아닐까. 아니, 대담한 포옹의 현실이 환상을 깨부순다. ……바다의 양수 속, 저는 양수 속 아이처럼 안겼습니다. 어쩐지 끈적끈적한 양수 냄새. 늘 저는 『바다 밑에서, 땅 밑에서』를 가슴에 담고 있어요. 무슨 말씀인지 아세요? 선생님께서는, 바다는 냄새, 바닷물 냄새, 바다는 죽은 자, 모든 생물의 묘지라고 말씀하셨지요. 죽음과

삶. 그 죽은 자가 바닷물에 녹아 바다 생물들의 서식처가 된다. 제주 바다, 제주 바다, 바닷물 냄새……. 산꼭대기에 떨어진 빗물 한 방울, 한 방울은 이윽고 강이 되고 모든 강은 바다로, 물은 산에서 바다로 흐른다……. 바다. 잔을 겹친다. 쓰다. 맛있다. 쓰고, 맛있다. 새로운 취기가 도중에 날아간 취기를 불러일으켜 하나가 된다. 술을 마시면 마실수록, 음, 소파 속으로, 밑바닥으로 가라앉는 것을 알 수 있다. 떨어진다. 가만히 뜨는 듯싶더니 떨어진다. 가라앉는다. 가라앉는 곳, 가라앉는 것이 가라앉는 곳. 취기와 함께 눈을 감고 잠에 빠져들면서 염분을 듬뿍 머금은 끈적끈적한 양수 같은 바다 밑. 눈을 뜨니 취기가 번지듯 뜨겁게 달궈진 방안 공기가 흔들리고 있는 것 같다. 몸이 흔들리고 있는 건가. 수족관 수조 속 물의 흔들림에 겹쳐 있는가. 눈을 애써 부릅뜨고 빙 둘러봐도 이곳은 바다 밑, 나는 깨어있는 건가, 잠들어 있는 건가. 아아, 이것이 흔들리고 있는 바다 밑, 가라앉은 곳. 바다 밑의 물이 해초 숲과 함께 천천히 흐르며 흔들리는구나. 이어도 사, 이어도 사……. 수압 속을 밑바닥으로 가라앉아 간다. 여기는 의식 아래의 세계. 바다 밑바닥. 오른쪽으로 흔들, 왼쪽으로 흔들, 가라앉았다 떠올랐다, 바다 밑바닥. 의식 아래 밑바닥은 바닥없는 바다, 의식 아래는 맨 위의 바다, 바다 밑바닥. 이어도, 이어도는 바다 위, 수평선 위에 흔들리는 점 하나, 이어도의 그림자, 바다 위……. 이어도 사, 이어도 사……. 가라앉는다……밑바닥, 아직 가라앉는다, 가라앉는다, 잠이 가라앉는다.

커튼 너머로 회색 방의 벽에 흔들리고 있는 것은 베란다의 화분 그림자인가. 바다 밑바닥의 환영이 잠이 덜 깬 K의 눈에 흔들리고 있는 것이다. 그림자가 아니다. 창밖으로 펼쳐진 하늘은 회색, 흐린 하늘…….

정오가 다 되도록 잠을 잤지만 한밤중에 레몬즙을 곁들여 마신 소주 두세 잔의 취기가, 매번 반복되는 일이지만 숙취가 되어 머리가 아프다. 숙취 증발은 저녁때까지 기다려야 한다. 그리고 저녁이 되면 새로운 취기를 부르게 된다. 이미 점심시간이지만 K에게는 아침식사가 된다. K와 식사 시간이 어긋나는 아내는 식사 준비만 해 줄 뿐 식탁에 같이 앉지 않는다.

K는 깜박했던 것이 생각난 듯 일어나 현관 옆 방에서 캔맥주 하나를 가져왔다. 투명한 잔에 거품이 일어나는 맥주를 따라 느닷없이 갈증을 느낀 인후로 시원한 마찰을 일으키며 천천히 흘려보낸다.

이미 해장, 아니 해장술을 위한 미역을 넣은 옥돔국, 그리고 밥 두세 숟갈, 숟가락을 입에 댄 뒤였지만 맥주를 다 마실 때까지 밥은 스톱. 입에 시큼한 침이 도는 새빨간 깍두기를 젓가락으로 집었다. 김치, 김치, 구기자, 구기자, 반복되는 영이의 목소리가 귓속에 울렸다. 장미 입술 맛있나요? 침을 삼키고 다른 접시에 담긴 배추김치를 입에 넣고 씹는다. 그리고 맥주를 마신다.

취기의 사인은 빠르다. 2, 3분 지나자 머리의 혈관이 가볍게 저리며 취기의 전조를 전한다. 맥주 한 캔을 다 마시자 간밤의 알코올 잔여물이 타들어 가며 머리가 한때 뜨거워질 정도로 취기를 느낀다. 한 캔으로 끝나면 금방 깨겠지만, 또 한 캔 마시면 취기는 자립, 눌러앉으려 하기 때문에 그 경계선이 미묘하다.

　리모컨으로 TV를 켜 정오 뉴스를 보니 마침 아프간 공습 영상이 나오고 있었다. 사진처럼 모든 TV 방송화면에 자리를 잡고 있다. 구름 한 점 없는 푸른 상공을 나는, 환상처럼 투명한 기체에서 끝없이 이어지는 네 가닥의 흰 비행기 구름 아래로, 거친 대지가 맹렬히 연기를 내뿜으며 산이 통째로 날아가는 영상이다. 각도나 위치만 조금 다를 뿐 같은 패턴이다. 사람의 마음에 같은 형태의 절망과 슬픔을 반복해 밀어붙이고 무력감으로 해체해 버린다. 네 가닥의 흰 비행기 구름이 지나는 하늘을 보여주는 영상은 테러 제국의 심볼 마크로, 이어지는 영상만으로 사람들은 무감동적인 붕괴로의 발작을 일으킨다. TV에서도 들려올 정도로 먼 아프간 상공을 지나는 미군기의 폭음.「아프간 공습은 세계를 뒤덮는다」. 한 집회에 보낸 K의 메시지 제목. 아프간의 불상은 파괴된 것이 아니라 너무나 치욕스러운 나머지 무너져 내린 것이다. 이란과 프랑스 합작영화〈칸다하르〉의 감독 마흐말바프의 저서 제목에서 유래한 말이라는 것 같은데, 아프간의 비참함을 세계에 어필하지 못하는 자신의 무력함에 수치스러워 스스로 무너진다면, 전망대가 Top of the World라는 별칭을 가진 뉴욕세계무역센터는 세계를 눈 밑에 둔 오만함 때문에 바벨탑처럼 무너져 내렸다고도 할 수 있다.

　아프가니스탄 공습은 세계를 뒤덮는다. 아무도 항거할 수 없는 미국의 폭력이라는 그림자가 무섭다, 레슬러가 아기의 팔을 비트는 듯한 탈레반과의 싸움에서, 이겼다, 이겼다라고 세계에 승리 선언을 한 미국의 목소리가 무섭고, 슬프다. 고향 제주의 4·3사건은 무엇인가. 어젯밤 영이가 말했듯 눈물을 삼키고 사는 곳, 아프간 사람들이 흘리는 눈물, 아프간 사람들은 마치 벌레 같다……. 영이는 미국에 가고 싶다고 했지만, 그 가고 싶은 미국과 다른 또 하나의 미국을 보고 있었다. 선생님, 제주4·3학살에 미국이 뒤에 있었던 거지요? 미국과 한라산 게릴라 몇백 명. 그리고 몰살. 도민 학살……. 영이의 말처럼 아프간 사람들이 흘리는 눈물은……. 지난 반세기, 미국이 관여하지 않았던 세계의 전쟁과 학살이 있는가. 미국.

K는 채널을 두세 번 돌리다가 TV를 꺼버렸다.

K는 벌떡 일어나 현관 옆방으로 발걸음을 옮겼다.

"뭐 찾아요?"

뒤쪽에서 아내가 말했다.

"맥주."

취기로 목소리가 갈라진다.

"적당히 좀 마셔요. 어젯밤에도 꽤 마셨잖아요. 뭐라고 계속 혼잣말 해서 잠을 못 잤어요. 내일인가 모레인가 병원 예약이지요?"

술을 많이 마셨을 때의 버릇인데, 뭘 그렇게 혼잣말을 했을까? 기억이 나지 않는다…….

K는 아내의 목소리를 뒤로 하고 캔맥주 하나를 들고 자리로 돌아오면서 방에 있는 아내에게 병원은 내일이 아니라 모레라고 대답하고 의자에 앉았다.

보름달 아래 붉은 바다 139

"어제……. 어제가 아니라, 오늘이군, 새벽 1시인가 2시경……. 혼잣말로 뭐라고 했어?"

K는 머리를 우측 베란다 쪽으로 돌리며 방에 있는 아내에게 물었다.

"몰라요. 어제가 처음도 아니고."

"으음, 어젠 밤에 들어와서 소주 두세 잔 마신 게 영향이 컸나 보군."

우선 캔맥주 하나를 비운다. 깻가루와 고춧가루를 곁들인 옥돔국으로 식사를 마치고 방으로 들어가 책상 앞에 앉았다. 베란다에 날아와 앉아 있던 직박구리 같은 갈색 새와 시선이 마주친다. 새는 백량금의 붉은 열매를 하나 물더니 덤으로 똥을 싸놓고 날아가 버렸다. 새빨간 열매가 거의 다 없어졌다. 새똥 처리가 귀찮다. 아내는 하얗게 콘크리트 바닥과 쇠파이프 난간에 들러붙은 새똥을 걸레질까지 해가며 닦아낸다. 붉은 백량금 열매는 새의 눈에 띄기 쉽다는데, 이제 직박구리는 열매를 다 먹어치웠으니 안 올 거라고 한다. 참새들도 자주 찾아오기 때문에 아내는 일부러 쌀알 등을 작은 접시에 담아 베란다에 놓아두었다.

밖은 흐렸다. 내 머릿속 날씨도 흐리다. 이 머리에 햇살 부신 밖으로, 하늘 아래로 나가 산책하는 것은 아무래도 들어맞지 않는다. 아직 깨지 않은 숙취가 의식되면서 울적해진다. 그래도 흐린 날씨와 함께 산책을 해보자. 긴 JR 과선교를 건너 30분은 걸리는 언덕 숲으로 걸어가자. 의자 등받이에 상체를 맡기고 눈을 감으면, 다시 잠에 빠져들지도……. 산책을 나와 꽤 걸어서 약 한 시간, 흐린 하늘 아래를 아직 다 깨지 못한 흐릿한 머리로 걸어 작은 언덕 숲으로……. 몇 겹인지 모를 가지와 잎으로 겹쳐진 수목으로 둘러싸인 풀밭에 쌓인 가랑잎 층. 그 위를 걸어 바스락거리는 발걸음이 마른 잎 아래 깊숙이 가라앉는 숲속으로 옮겨간다. 그곳은 덤불 속 바람에 흔들리는 나뭇가지와 잎새의 냄새. 낙엽층을 더 밟고 가라앉는다. 눈밖에, 숲밖에는 바다 밑이 흔들흔들, 언제 왔는지 황혼 같은 바다 밑……. 짙은 염분을 머금은 해초가 하늘거리는 박명의 미끈미끈한 바다 밑에서, 흰 생물 같은 덩어리가 흔들거리며 빛나는 하얀 잠수복 해녀. 하얀 배를 보이는 물고기. 그런 조용한 바다 밑 모랫바닥……. 그것은 먼, 시공을 떠난 의식의 저편이 아니라 어제였던 게 아닐까. 어제, 어젯밤 같진 않다. 하지만 밖에서 술을 마신 것은 눈뜨기 전인 어젯밤이었다. ……이봐, 이봐라니, 누구지, 너밖에 없어. 누구든 상관없어. 하늘에서 인간이 내려왔다. 바보, 여기는 바다 밑, 하늘이 있을 리 없다. 바다 위니까. 바다 위는 하늘. 아니, 바다 위, 바다 밑, 여기가 바다 밑은 아니다. 그래도 바다 밑. 바다 위에서 바다 밑으로. 아무래도 인간이다. 앗, 맨몸의 남녀가, 밧줄로 묶인 양손에는 무거운 바위 같은 돌이 묶여, 해녀의 잠수처럼 거꾸로 떨어져 가라앉는다. 피를 토하고 있다……. 크고 작은 물고기 떼가……. 밝은 해수면이 보이고 바다가 빛난다. 보름달의 빛, 이런, 발가숭이 남녀가 똑바로 가라앉는다. 아악, 아악! 질식한다. 몸에 쥐가 난다. 숨을 내쉬며 소리를 지르고 있었다. 이것은 꿈이 아니다. 반각반수半覺半睡의 환시. 없는 것이 보인다. 숨은 것이 보인다. K는 고개를 끄덕이면서 아아, 아아, 잠시 눈을 감았다. 앉아서 졸고 있었던 것이다.

낮이 지나 책상 앞 의자에서 일어섰다. 숙취는 여전히 남아 있었지만 산책, 걷는 동력이 될 것이다. 점퍼에 등산모 모양의 모자를 쓰고 운동화를 신은 다음에 아파트 밖으로 나갔다. 아파트 6층의 북쪽으로 난 복도에서 평행하게 보이는데, 아파트 근처에 동서로 달리는 2층 요새 같은 외벽을 두른 고속도로가 있고 그 길가에 누런 낙엽이 흩어지는 느티나무 가로수가 이어진다. K의 산책코스기도 한 콘크리트 보도의 낙엽을, 흙이 아닌 지면을 무참히 밟으며 동쪽으로 걷다 보면 남북으로 달리는 JR 복선 레일 위를 건너는 긴 과선교가 나온다. 고속도로에 접한 인도와 스쳐 지나가는 차들의 굉음, 배기가스, 모자를 날려버릴 듯한 바람을 맞으며 JR 철도의 철이 녹슨 빛이 번져가는 광활한 부지 건너편으로 건넌다. 그리고 직각으로 꺾인 높은 계단을 내려가 땅에 발을 딛는다. 피곤이 쌓인다. 걷는 것은 이제부터다.

잡목림 옆길에 산재한 인가, 밭, 파헤쳐 개발 중이라 면적이 줄어든 녹색 들판. 더 걸어가면 집집 사이의 길 중간을 흐르는 작은 수로 같은 천이 있는데, 더러워서 다리 위에서 수면을 아무리 들여다봐도 물고기 그림자 하나 찾아볼 수 없다.

이 수로는 JR 선로 아래를 서쪽으로 흘러, K의 아파트에서 보이는 고속도로 건너편, 북쪽 동네 안을 흐르는 '수변공원'과, 수로의 양쪽으로 버드나무가 늘어선 산책로로 이어진다. 평소 K의 산책은 고속도로 길가의 느티나무길을 벗어나 500미터쯤 떨어진 이 수변 공원 산책로로 들어가 걷는 것이었다. 수변공원이라 해도 17호 국도 아래로 내려가 그 끝의 인공 샘물, 스프링클러 연못이 있는 정도인데, 물살이 막혀 더러운 진흙으로 탁하다. 여기에는 물고기가 살고 있는데 누군가 방류한 것이다. 관상용 잉어가 헤엄치는 것을 발견해 눈으로 그 뒤를 쫓는 것도 산책의 즐거움 중 하나였다. 관상용 잉어처럼 눈에 띄지는 않지만 탁한 수면 아래를 헤엄치는 물고기 그림자를, 그리고 등지느러미를 수면에서 발견하면 그 행방을 끝까지, 물속에 잠길 때까지 배웅하고, 왠지 모르게 안심하면서 그 자리를 떠난다. 산책로가 한쪽뿐인 건너편 물가에 들어선 인가 뒷담을 따라 낚시 엄금 입간판이 있다.

며칠 전 산책을 나온 K가 수로 산책로에 와서 탁한 수면 아래로 물고기가 헤엄치는 그림자를 볼 수 없을까 하고 들여다보고 있는데 앞쪽 수면에 신문지가 마치 사지를 벌리고 엎드린 익사체 같은 모습으로 전체 두 페이지 크기로 펼쳐진 채 완전히 물을 빨아들이고 떠 있었다. 위에 수면이 올라가 있다. 이윽고 조용히 가라앉아 질척한 오물이 된다. 좀처럼 눈을 떼지 못한 것은 신문에 인쇄된 커다란 활자와 사진이, TV에서 반복해 방영되고 있는 뉴욕의 무역센터 건물이 연기를 내뿜으며 불타고 있는 광경이었기 때문이다.

다가가 천연나무 줄기를 빗댄 돌난간 너머로 내려다보니 '동시다발테러'를 보도한 당시 신문이 아니라 독자 투고 콘테스트 사진 중 한 장이었고, 반 페이지 크기의 컬러 사진이었다.

K는 거의 가라앉아 흐물흐물해지려는 수면의 신문에서 눈을 떼고 걷기 시작했다. 신문은 우연히 떨어뜨리거나 바람을 타고 날아온 것이 아니다. 일부러 양면을 펼쳐 수면에 띄워놓은 인위적인 작위였다. 사람 눈을 피해. 기분이 좋지 않았다.

무역센터빌딩 붕괴……가 아닌, 미국을 상징하는 빌딩의 붕괴가 우리에게 호소한다. 도망갈 곳이 없는 빌딩 안 사람들, 백수십 명 승객의 죽음은…….

K는 낮에 계속 TV에서 흘러나오는 아프간 공습 영상이 그것을 잊고 있던 머릿속 스크린에 되살아나며 미국, 미국 중얼거렸는데, 그 귓속 밑바닥에 울리는 음성의 역겨움에, 중얼거림은 쓰디쓴 침이 되어 입에 고였다. K는 침을 삼키고는 미국이……라고 중얼거린다. 더군다나 미국. K는 침을 수로 쪽을 향해 뱉고는 그 자리를 떴다.

몇 분 지나 집들 사이의 좁은 길을 따라 나온 K는 차 소음과 동시에 탁 트인 시야 속의 과선교로 뻗은 4차선 도로 신호 앞에 섰다.

길을 건너 아파트가 떼 지어 늘어선 사이의 아스팔트 길을 빠져나왔다. 한참 걷다 보면 아담한 언덕 위에 붕긋하게 우거진 숲이 보인다. 여기까지는 집에서 한 시간 정도.

숲 기슭의 완만한 경사 길을 한참 가니 숲 입구의 좁은 언덕길 한쪽에 커다란 은행나무가 우뚝 솟아 큰 그림자를 드리우고 있었다. 기슭의 지면에 시들지 않은 누렇고 촉촉한 낙엽이 짓밟히지 않고 아름답게 쌓여 있었다. 맑은 날씨에 석양을 받아 황금빛으로 반짝이는 은행나무를 멀리서 올려다보며 다가가는 것은 장관, 거룩한 마음마저 들어 멈춰선 채 우러러본다.

인가 사이의 상당히 경사지고 돌이 돌출된 좁은 길을 헐떡이며 올라가 숲으로 향하는 평지로 나간다.

곧은 나뭇길 전면으로 트인 숲 밖 평지에는 인가가 보인다. 그 집들 맞은편은 산기슭처럼 큰 경사가 져 있어 시야가 트여 있다. 오른쪽 풀밭에서 서늘한 숲을 메운 거목들의 가지와 잎이 엉켜 무겁게 드리워진 그늘로 들어서자 수액 냄새, 숲속 공기 냄새가 안개처럼 솟아오르며 몸을 감쌌다.

K는 심호흡을 하고 냄새를 받아들이면서 반쯤 썩어 안이 빈 커다란 도목 위에 걸터앉았다. 새들의 지저귐도 들리지 않는 고즈넉한 녹음의 숲속 내음 속에서 잠시 눈을 감고 멍하니 있으니 숙취의 잔재에서 연기가 나는 것 같다. 하늘하늘, 여기는 언덕 위 숲속. 숲속도 그렇고, 한 시간 떨어진 맞은편 아파트에서 온 머릿속도 그렇고, 경계가 없어지며 똑같이 펼쳐진 전체가 하늘하늘, 도목 위의 상반신이 천천히 좌우로 흔들리고 있었다.

바다 밑⋯⋯. 해녀가 잠수하는 바다 밑. 영이가 환상 속에서 들어가는 바다 밑. 선생님, 바다 밑을 그린 새로운 소설을 쓰고 계시지요? 라고는 하지 않았지만, 지금 소설을 쓰고 계세요? 바다 밑의⋯⋯. 그래, 쓰고 있네. 피로 물든 붉은 바다 밑⋯⋯. 그 바다 위⋯⋯를 쓰고 있어.

염분이 짙고 끈적끈적한 바다 밑 양수 냄새가 머릿속에 되살아

난다. 생사의 경계인 20미터 바닥까지, 허파가 터질 듯 큰 숨을 들이쉬고 3분 동안, 바다 밑 일을 해내는 제주의 해녀, 해녀는 물고기가 아니다. 바다 밑바닥을 박차고 바다 밖으로 부상하는 해녀가, 해수면에 얼굴을 내밀자마자 뿜어내는 큰 숨, 숨비소리. 휘, 히잇, 히잇. 해수면 멀리 울리는 호흡 소리, 휘파람. 바다 밑은 영이가 읽은 『바다 밑에서, 땅 밑에서』가 아니다. 『바다 밑에서, 땅 밑에서』는 이어도가 아니다. 피바다 밑바닥에 있는 마의 섬 이어도, 제주도…….

  K는 일어서서 숲으로 들어가 작은 벼랑 끝 마른 잎이 쌓인 길을 밟았고, 바스락거리며 가라앉는 소리에서 피어오르는 흙과 마른 잎 냄새……. 가지와 잎이 뒤엉킨 수목들 사이의 낙엽을 밟으며 넓지 않은 숲속을 한 바퀴 돌다가 숲 밖의 풀밭으로 나온다. 머리 위로 뻗은 덤불 속에서 작은 새들이 지저귀고 있었다. 밭과 숲 사이의 풀이 깊은 길은 꽤 길게 뻗어 있고, 300미터는 떨어진 숲속으로 사라진다. 풀밭 건너편 숲속은 막다른 길일까. 숲에 들어가 맞은편으로 빠져나간 적은 없다. 풀이 망망하게 펼쳐진 일대가 숲으로 향하는 길을 가로막고 있는 듯하여 발길이 가지 않는다. 아내에게 벌이나 이상한 벌레에 쏘이지 않게 조심하라는 주의를 받았지만 어느샌가 거미줄이 상체에 달라붙어 떨어지지 않는다. 손가락에 들러붙어 떨어지지 않는다. 거미줄에 걸린 벌레가 붙은 게 아닐까. 바람이 분다. 가지가 바람에 떠들썩한 소리를 낸다. 새들이 어디론가 가는지 지저귐이 요란했다.

K는 숲속으로 향하는 풀이 무성한 길을 걷다가 도중에 되돌아 숲을 나왔다. 풀밭 건너편 밭으로 사람 그림자가 보였지만 숲은 작은 새들만 가지 사이를 날아다니거나 각기 다른 목소리로 지저귀고 있었다. 방해자가 나갔다고 좋아하는 걸까. 내가 방해꾼인가? 하늘을 올려다보니 구름의 움직임은 없었지만 무겁게 온통 잿빛으로 펼쳐진 무한대의 베일처럼 머리 위를 가리고 있었다. 이 하늘에서 벌거벗은 남녀가 천천히 떨어진다. 말도 안 되는 일인데 있을 수도 있고, 있었던 일이다. 있을 수 없게 되어 있는 그것을, 지금, 있었던 일의 현실이 환시화幻視化된다. 이것은 하늘에서 온 폭탄이 아니라 나체의 남녀, 무수한 인간이 내려온 것은, 그리고 바다 밑으로 가라앉은 것은, 그것은 K 자신이 바다 밑에 있었다는 말인가. 베란다 쪽 책상 앞에 걸터앉아 숙취가 타다 남은 졸음 속에 있었던 것이다.

지금 빠져나온 숲속, 해초 숲의 흔들리는, 하늘하늘 흔들리는, 썩은 도목 위에 걸터앉아 있었을 때의 바다 밑 환시라면…….

급경사에 울퉁불퉁 돌이 튀어나온 좁은 길을 내려가 숲에서 벗어났다. 떠들썩한 새들 소리는 들리지 않는다. 새들의 지저귐. 그것은 환청이었던가. 머리 위를 가리고 우거진 숲을 돌아보며 올려다본 숲 위로 새가 날고 있었다. 숲속에서 새들이 지저귀고 있었다.

K는 지나온 길임에도 낯선 길을 가듯 아스팔트 도로를 걸어 아파트 숲 사이를 지나 차도로 나선다. 4차선 도로를 오가는 차들의 폭음, 바로 옆 과선교 아래를 달리는 JR선 철로의 울림.

숙취는 사라졌다. 숲의 공기가, 수액 냄새가 풀밭 내음이, 지나가는 바람이 취기가 남은 머릿속을 씻어내고 있었다. 그리고 차와 전철이 달리는 소리. 신호는 파란불로 바뀌었지만 그대로 우회전, 과선교 계단 수준의 경사를 올라가 평탄한 일직선 인도를 걷는다. 집에서 오는 도중에 있는 고속도로 과선교 같은 노선 위의 가교지만, 맞은편 계단을 내려가기까지 꽤 거리가 된다. 중간에 멈춰 서서 난간에 팔꿈치를 괴고 눈 밑을 달리는, 그리고 다리 밑에서 튀어나오는 전철을 내려다본다. 전방에 보이는 역사 지붕이 레일과 전철의 자취를 지운다. 저 멀리 북쪽은 하늘 끝, 지평선을 가로막고 흐린 하늘 밑으로 떼 지어 늘어선 빌딩의 울퉁불퉁한 창문이 없는 그림자가 마치 묘비 같다.

제주 바다, 이어도. 제주의 산, 한라산. 한라산 기슭 고원의 하얀 억새 숲을 지나는, 녹슨 쇠가 부딪치는 듯한 바람 소리. 4·3사건으로 죽은 대부분 고향 사람들의 영혼이 억새가 되어 헤매고 있다고 믿는 섬. 치잉, 치잉, 녹슨 쇠붙이가 부딪치는, 검과 검이 부딪치는 듯한 바람소리. 하얀 억새 숲을 지나는 바다에서 온 바람 소리.

이어도 사나 이어도 사나······. 망망대해의 깊이를 재며 저승길을 왔다 갔다 이어도 사나 이어도 사나.

시퍼런 바다에서 노를 저으며 제주 해녀들은 노래한다. 이어도 사나. 바닷속에서 공중제비를 돌 때 바다의 깊이를 눈가늠하면서 3,6미터 깊이로 잠수해 바위에서 전복과 소라를 딴다.

휘이, 휘잇! 바람 소리도 바닷새 소리도 아니다. 바닷속에서 수면으로 떠오른 해녀들의 입에서 뿜어져 나오는 숨소리. 생명의 메아리. 끝없는 수평선으로 치달리는 생명의 소리. 숨비소리. 바람을 밥 대신 먹으며 저승으로 오가는 바닷속, 상군, 베테랑 해녀로 수심 20미터 이상을 3분간 무호흡의 지옥 입구에서 전복을 찾아 소라를 찾아 헤매다가 물안경 속에서 그것들을 포착한다. 흔들거리는 미역 줄기와 해초들. 전복이 들러붙은 바위 그늘이 저승 입구, 거기에 전복과 함께 빨려 들어갈지도 모른다. 폐 안의 모든 공기를 써 생사의 기로에서 발버둥치는 발을 떼면서 비로소 바다 밖 세계로 부상한다.

휘이! 휘이! 휘이! 가슴이 파열, 질식할 듯한 숨을 떠오른 해수면에 뱉어내고, 배가 터질 듯 공기를 빨아들인다. 휘이! 휘잇! 휘이잇! 해수면에 메아리치는 생명의 소리. 바위 해변에 오른 해녀들은 모닥불로 몸을 녹이며 바다 노래를 부른다.

이어도 사나 이어도 사나……. 망망대해의 깊이를 재며 저승길을 왔다 갔다 이어도 사나 이어도 사나.

5.「보름달 아래 붉은 바다」

K는 소설을 쓰고 있었다. 소설쟁이가 굳이 소설을 쓰고 있다고 쓰는 것은 10월에 영이를 만났을 때, 선생님은 지금 소설을 쓰고

계시느냐는 물음에 대한 변명이기도 하다. 두 달 전 그때는 쓰고 있지 않다고, 거짓말을 했었다. 소설은 막 쓰기 시작했었고, 영이가 이상적으로 생각하는 『바다 밑에서, 땅 밑에서』와 마찬가지로 제주의 바다 밑 얘기지만 내용과 주제는 전혀 다른 것이었다. 그뿐만이 아니다. 그 소설은, 『바다 밑에서, 땅 밑에서』의 단행본을 들고 K를 만난 것은 『바다 밑에서, 땅 밑에서』에 대해 얘기하고 싶은 것이 목적이었다는 영이의 환상을 그 자리에서 완전히 뒤집는 것이기 때문이기도 했다.

환상을 뒤집는다는 것은, 새로운 환상이 대체된다는 것이 아니라, 인어라도 살 법한 바다 밑의 환상 자체를 깨부수는 도민 학살의 바다 밑 얘기기 때문이다. 더구나 무슨 소설을 공부하는 자리도 아니고, 막 쓰기 시작한 소설에 대해 이러쿵저러쿵 얘기를 나눌 수 있는 것도 아니다. 상대가 누구든 엉뚱한 짐과 고통을 떠안게 된다.

그러나 이것은 생각이 지나쳤다. 이제 와서지만 소설 집필에 관한 얘기를 하게 됐더라도 영이는 집요하게 묻지 않았을 것이다.

『화산도』의 주인공 이방근李芳根의 하녀 부엌이가 주인공이기 때문에, 부엌이와 알려지지 않은 깊은 관계를 맺고 있는 이방근이 『화산도』의 세계에서 여기로 나와 주어야 한다. 싫더라도 부엌이가 표면화되면 그 뒤로 부엌이의 깊은 곳에 이방근 서방님의 모습이 음양 일체가 된 형태로 나타난다. 짙은 바닷물이 스며든 갯바위 내음이 파도치는 바다 밑. 바다 밑 해초가 하늘거리는 안쪽 깊이, 해초 냄새나는 바다 양수의 밑바닥. 부엌이의 검고 넓은 치마 속,

바다의 양수가 흔들리는 해초 무리의 냄새.

 성내의 산지항 앞바다에서 이뤄진 500명에 대한 극비의 '수장', 해상 학살. 이방근이 죽은 지 일 년이 지났다. 그것은 성내 주민에게는 은밀히 알려졌지만, 입 밖에 낼 수는 없다. 봐선 안 됨, 들어선 안 됨, 입을 열어선 안 됨. 아니, 보지 않음, 듣지 않음, 입을 열지 않음. 막강한 권력에 의한 기억의 타살, 공포에 의한 스스로의 침묵, 망각, 기억의 자살. 학살자들의 의도대로 목소리를 잃은 암흑시대. 기억 상실의 백성. 그러나 하늘이 무너져도 솟아날 구멍이 있다는 속담처럼 극비리에 이뤄진 학살에서도 그 비밀에 구멍이 뚫려 새어 나오는 법이다. 게다가 엎어지면 코 닿을 성내의 산지항 앞바다에서 일어난 일이다.
 보름달이 뜬 밤, 50명씩 밧줄에 묶인 나체의 남녀 500명이 탄 백 톤급 옛 어선의 출항이 완전한 비밀이 될 수 있을까. 혹은 비밀이 새어 나올 것을 전제로 한 학살자들의, 섬 주민들에게 은근한 학살의 공포를 한층 부추기는 효과를 계산에 넣은 극비이기도 하고, 잃을 것이 없다고 판단한 학살의 방식이기도 하다.
 부엌이는 4·3학살이 말기에 이른 섬 전체 초토화, 죽음의 섬으로 변한 1949년 6월 19일, 산천단 동굴 암벽 그늘에서 권총 자살을 한 이방근네 하녀였다. 가장 큰 규모의 해상 학살이 이뤄진 산지항 앞바다 '수장'은 이방근의 사후 일 년 뒤의 일이었다. 부엌이는 이방근의 죽음이 산지항 앞바다의 '수장'이 일어나기 전이었음

보름달 아래 붉은 바다 151

이 그나마 다행이라 여기며 합장했다. 방근 서방님이 이 사실을 알면 무슨 일이 벌어졌을지 무섭다.

수장이란 해상 학살을 일컫는 것이다. 학살자들이 죽임을 당한 도민들을 위해 해상에서 장례식을 치를 리 없다. 당시에는 학살이라고는 말할 수 없었을 뿐이다. 반공 십자군의 적색 폭도에 대한 정의의 토벌이다.

이방근의 자살은 산지항 앞바다 500명 '수장'이 발생하기 일 년 전인 1949년 6월 19일이었다. 같은 해 6월 7일, 게릴라 사령관 이성운李成雲 사살. 사체는 성내 제주경찰서 석문 돌기둥에 십자가 책형됐다. "이 자는 공비 수괴 이성운으로, 대한민국 국시를 더럽힌 반역자다. 이 모습이 반역자의 말로⋯⋯"라는 포고문을 목에 달고 내걸렸는데, 일본 학도병 출신으로 일본군 군복을 입은 채 방부제 처리되어 십자가에 박힌 이성운의 모습을 이방근 역시 목도했다. 기독교인이 아니더라도 십자가의 죽은 자, 예수 그리스도를 연상할 것이다. 학살자들에게 그런 연상 따위의 가치는 없다. 그저 반역자를 구경거리로 삼는 데 편리한 책형용 도구에 불과하다.

이렇게 산부대, 게릴라와의 토벌전도 종식되고 미군을 등에 업은 군경의 학살도 끝난 듯했다. 그리고 아수라장의, 폐허 뒤의 평온⋯⋯. 그런데 이듬해 1950년 6월 25일, 한국전쟁이 발발하자 바로 비상계엄령이 내려졌고, '빨갱이 사냥' 레드 헌트라 할 수 있는 예비구속으로 6·25 직후에만 2천여 명이 체포됐다. 그리고 그 대부분이 처형당했는데, 산지항 앞바다 500명의 '수장', 해상 학살도 거기에 포함될 것이다.

　6·25는 부엌이가 한라산 기슭에 있는 이방근 묘에 1주기 성묘를 한 직후에 일어났는데, 성내 마을은 바로 요시찰 인물이라는 명목으로 지목당한 교원, 관공서 직원 등이 다시 체포되며 고문, 학살의 거리로 변했다.

　한때 끊겼던 일본으로의 밀항, 섬을 탈출하는 이들이 늘기 시작했다. 성내 산지의 사라봉 등대 직원들이 보름달 뜬 바다의, 등대 등불에 비친 '500명 수장 배'를, 섬 밖으로 탈출하는 밀항선으로 오인했던 것도 이 무렵이었다. 그것은 부엌이가 후에 동백꽃을 사라봉 절벽 아래 바다로, 500명이 수장된 바다로 바치기 위해 찾아갔을 때 안면이 있는 등대 직원한테 들은 얘기다.

　이방근은 서울에 사는 애인 문난설文蘭雪의 거듭된 전화에 6월 22일이나 23일 배편으로 서울에 가겠다고 약속하고, 그 직전인 19일에 산천단에서 자살했는데, 부엌이는 그날 아침 늦게 이방근을 대문 밖까지 배웅하면서 그제까지 없었던 묘한 심장의 고동을 느꼈다. 산천단까지 6킬로미터 남짓, 왕복 예닐곱 시간, 올라가는 데 네 시간, 내려오는 데 세 시간, 빨라야 여섯 시간은 걸려 저녁때나 돌아오는데 그사이에 먹을 점심이고 간식이고 필요 없다는 것이었다. 셔츠에 남색 양복, 운동화 차림에 빈손. 그 모습이나 말투는 평소와 다를 바 없었다.

　날이 저물고 주인 이태수李泰洙 부부가 식사를 마친 후에도 이방

보름달 아래 붉은 바다　153

근의 귀가를 기다렸지만, 저녁 7시가 되도록 이방근은 집에 돌아오지 않았다. 고양이 눈을 가진 산부대도 아닌 서방님이 산천단에서 돌투성이 산길을 손전등도 없이 내려오는 것은 힘들다. 해질녘에 이미 성내에 돌아와서 어디 단골 기생집이라도 들렀는지 모른다. 그리고 그대로 거기서 자는가 하고, 그렇게 믿고 기도했다. 그것은 서방님이 내키면 늘 있는 일이었다. 그런데도 평소와 달리 그날 밤은 아침의 고동을 확인이라도 하듯 가슴이 뛰어, 대문 옆 식모방에서 대문 두드리는 소리가 날까 하고 귀를 기울이고 있었다.

부엌이는 그날 밤, 6월 19일 밤부터 20일 새벽까지 거의 잠을 이루지 못했다. 그리고 신기한 꿈을 꾸었는데, 황송한 그 꿈을 꾸기 위해 잠이 든 것이라는 생각이 들었다.

그곳은 설산 동굴 옆 절벽 위였다. 그 동굴은 산천단 같기도 했지만, 산천단 동굴 옆 내리막길은 낮은 벼랑이고, 그 절벽 아래 평지는 십여 채의 초가집이 늘어선 마을로, 깊은 골짜기는 아닐 터였다. 한라산 기슭의 계곡에 우뚝 솟은 눈으로 덮인 벼랑 위 동굴. 본적 없는 동굴.

아이고, 부엌아, 부엌아! 방근이 오빠, 어딘가에서 유원 아씨의 목소리가 차가운 빙벽에 메아리치듯 울렸다. 아이고, 부엌아, 네가 거기에 있었느냐, 설산 동굴 옆에 유원 아씨가 서 있었다. 마치 여왕, 여신이기라도 하듯 의연히. 그리고 대답할 틈도 주지 않고 흰옷 차림의 유원 아씨는 양팔을 크게 날개처럼 펼치고 눈으로 뒤덮인 벼랑에서 새가 되어 깊은 골짜기가 내려다보이는 공중으로 날아올랐다.

오빠! 방근이 오빠!

이봐, 이방근……

아이고, 유원 아씨! 유원의 뒤를 검은 치마저고리를 입은 부엌이가 양팔, 양다리를 벌리고 벼랑 끝에서 뛰어내렸다. 날아오른 자신의 무거운 몸이 다른 사람처럼 가볍게 공중을 날고 있었다. 유원 아씨! 유원 아씨! 방근 서방님! 방근 서방님!

꿈에서 깨자마자 몸을 일으킨 부엌이의 커다란 눈에서 고이지 못한 눈물이 주르르 흘러내렸다. 아이고, 잠이 들었었구나 하고 뉘우쳤지만, 잠시였고 꿈을 꾸기 위해, 방근 서방님과 유원 아씨를 만나기 위해 그 속으로 불려간 꿈이라 생각했다. 실로 경외로운 꿈, 꿈을 꾸기 위한 새벽잠이었는지도…….

날이 밝자, 감사하고 경외로운 꿈은 물독이 뒤집히듯 전날부터 이어진 고동이 굳어지며 불길한, 산천단에서 이방근이 죽는 불길한 꿈으로 변했다. 단골 기생집인 명선관에 묵고 있는 것이 아니다. 산천단에서……. 산천단에 간다, 하고 길을 나서고는 성내로 내려오지 않았다. 산천단의 600년 묵은 곰솔이 우거진 소나무 숲 속에서……. 이것은 뭔가를 고하는 꿈. 잠들지 못할 때는 사흘이나 자지 않는 나지만, 정말 잠깐 잠들어 버린 것은 한라의 산신님이 어떤 말씀을 주시기 위한 꿈속의 부름이었다. 날이 밝으면 산천단에 가라는 산신님의 말씀. 부엌이는 그대로 방을 나와 주방에서 주인 부부의 아침식사 준비를 마치고, 걱정스러우니 방근 서방님이 가신 산천단에 다녀오겠다고 했더니, 주인마님은 웃으며 말했다. 산천단 어디에 묵을 데가 있더냐. 동굴의 목탁영감木鐸令監이라 하는 은둔 노인, 세상을 등진 이가 있었는데, 산천단 마을이 불타 버려 거기엔 없겠지. 산천단은 어두컴컴한 밤의 어둠, 한 발자국도 걸을 수 없네. 게다가 춥고. 동굴 안에 곰처럼 틀어박혀 있나? 진작에 내려와 성내 어딘가에서 여태 자고 있지 않겠느냐. 부엌이는 주인의 허락을 받고 산천단으로 향했다. 산천단까지 올라가는 데 네 시간, 내려오는 데 세 시간, 해질녘까지 돌아와 저녁 준비를 해야 한다.

이방근과 자신의 도시락 등을 챙긴 구럭을 맨 부엌이는 해안 쪽 주인댁에서 북소학교 담길을 돌아 경찰서 앞 관덕정 광장을 지나 산으로 향하는 남문통에서 멀리 한라산 기슭으로 발길을 서두른다. 이윽고 왼편의 소나무숲으로 그늘진 삼성혈 경내 앞에 멈춰 서 인사를 드린 후 다시 걷기 시작했다. 경찰이 서 있는 무선전신국 앞을 지나 완만한 경사길을 따라 산천단으로 향했다. 산부대가 괴멸한 후였기 때문에 경찰의 통행증 제시 검문은 없었다.

두건 대신 머리에 두른 흰 무명 수건을 풀어 땀을 닦으며 불에 탄 무인 마을을 지나 경사가 점점 심해지는 언덕길을 걷는다. 두세 곳 무인 폐촌을 지나 광야처럼 확 트인 시야 너머로 숲처럼 울창한 소나무숲이 보이는 곳이 산천단이었다. 부엌이는 불안과 싸우면서 산천단으로 다가갔다. 거기에 숙소가 있을 리 없다. 잘 알고 있는 바다. 왼편의 낮은 벼랑 아래 십여 호 정도밖에 없는 산천단 마

을은 오늘 길 도중에 있던 폐촌처럼 초토화 작전으로 사라지고 검
붉은 돌담 잔해만 즐비했다. 새벽녘 꿈에 설산의 깊은 골짜기가 되
어 있던 산천단 절벽이었다. 서방님은 어디로 가셨을까. 여기엔 없
으니까. 동굴의 주인 목탁영감은 토벌대에 납치됐는가, 살해당했
는가. 동굴에는 없다는 소문이었다. 그렇지 않으면 거기 동굴에 목
탁영감하고 같이 있을지도 모른다. 아니, 그럴 리 없다. 아무도 없
다. 동굴은 하늘······. 주변의 외적인 것에 휘둘리지 않는 부엌이의
심장이 격렬하게 고동친다.

 산천단을 좋아하는 이방근 서방님. 오빠가 좋아하는 산천단. 오
빠는 산천단을 좋아해. 누이인 유원 아씨가 입버릇처럼 말하는 산
천단. 부엌이는 검은 돌담만이 보이는 벼랑 아래 산천단 마을을 지
나 우측으로 솟은 동굴의 바위산 아래까지 다다랐고, 암벽 쪽 작은
급경사로 돌이 튀어나온 언덕길을 뛰는 가슴을 억누른 채 천천히
오른다. 이런, 왼쪽의 동굴 암벽 그늘에서 까마귀 두세 마리가 날
갯짓 소리를 내며 날아올랐다. 아이고, 아이고! 서방님, 부엌이는
등진 구덕을 벗어던지고 그늘 아래에 쓰러져 있는 피투성이······.
아이고, 하늘이여! 아이고, 무슨 이런! 부엌이는 머리에 두른 흰 무
명 수건을 풀어 피로 물든 이방근의 얼굴을 덮었다. 아이고, 아이
고, 아, 아, 아이고, 아이고, 서방님, 서방님. 이건, 이건······아이고,
이게 무슨 일이오······. 까마귀 두세 마리가 동굴 앞까지 날아왔다.
부엌이는 옆에 굴러다니는 나뭇가지를 집어 들어 총총 주위를 뛰
어다니는 까마귀들을 내쫓아냈다. 맞은 녀석들도 있었지만 날아

올라 도망친다. 이미 어제부터 하룻밤, 아름다운 얼굴과 살이 보이는 목덜미, 팔, 옷이 물어뜯겨 있었고, 얼굴 모양이 망가지고 안구가 도려진 눈구멍은 해골의 모습을 하고 있었다. 부엌이는 흰 무명 수건으로 이방근의 얼굴을 덮고, 상체를 끌어안아 가슴에 얼굴을 묻고 오열했다. 아이고오! 아이고, 아, 아, 아앙! 아앙! 아이고……. 부엌이가 이방근을 부르는 목소리가 수령 600년, 크게 가지를 친 여덟 그루의 20미터 되는 곰솔에 크게 메아리치며 바람과 함께 빠져나갔다. 아이고, 아이고, 아이고, 아이고, 우리, 우리 방근 서방님……. 이방근, 방근이, 방근 서방님……. 아이고, 방근 서방님, 방근이, 방근이……!

　차가운 시체 가슴에, 옷 위에 귀를 대고, 머릿속에서는 서방님이 두 팔을 뻗어 부엌이를 꼭 끌어안는다. 부엌이를, 저를 이년아, 이년아 하고 불러주소. 이년이 아니야. 부엌아, 내 위에 올라타라. 아래가 아니라 위에. 방근이라 불러, 방근이 위에 타라. 음양 일체, 위도 아래도 없다, 올라타라, 아이고, 아이고, 부엌이의 울음소리는 울창한 소나무숲에 날아오르며 메아리친다. 새들이 지저귀고 있었다. 부엌이의 목소리를 알아들었는지 까마귀들이 날개를 펴 날아올랐고, 들여우와 들개들이 울부짖는다. 소나무숲을 지나는 바람은 바닷바람을 부르고, 멀리 조수의 움직임은 성내 산지의 갯바위에 부딪치는 파도소리가 되어, 새벽녘 곁잠을 자는 서방님의 방까지 울려온다. 바다 밑. 부엌이, 부엌아……. 예, 서방님, 방근 서방님……. 방근이라 부르거라. 그럴 순 없어요. 방근이라고 해. 방근,

방근 서방님······. 방근, 그건 안 됩니다. 서방님 성함을 어찌 그냥 부를 수 있소. 있을 수 없다. 방근이 애칭도 아니고 어찌 그냥 방근이라. 안 됩니다. 안돼, 방근이라고 해! 방근, 아이고······! 아, 아이고! 밤마다. 그것은 하룻밤이라도 밤마다. 내 치맛자락 속에 파고든 어린애 같은 방근 서방님. 부엌이는, 나는 부엌이도 아니고, 방근 서방님은 서방님이 아니다. 나는 내 냄새의 덩어리, 몸. 그 몸은 치맛자락 속 넓은 바다 밑의 흔들림.

이방근의 가슴에 얼굴을 묻고 있던 부엌이가 뺨을 쓰다듬는 바람이 낙엽 굴리는 소리에 문득 눈을 뜨자, 고목 그루터기 옆에서 이쪽을 물끄러미 응시하고 있는 한 마리 까마귀와 눈이 마주쳤다. 검은 몸과 검게 빛나는 두 눈이 부엌이의 눈빛과 뭔가 서로 이어졌고, 부엌이는 반사적으로 까마귀를 내쫓을 기분이 들지 않았다. 까마귀는 총총 뛰는 것도 아니고, 가만히 마치 슬픈 표정을 짓고 있는 듯했고, 부엌이는 그대로 서방님 가슴에 얼굴을 묻었다.

본래 까마귀는 영조靈鳥로 여겨지지만, 지금은 학살당한 섬사람들의 시체를 들쑤셔 먹는 흉조凶鳥로 섬사람들이 께름칙하게 여기고 있었다. 서방님이 수용소에서 나온 남승지를 일본으로 보낸 후인 5월의 어느 날, 부엌이가 소파 테이블로 귤차를 가져갔을 때의 일이었다. 까마귀 한 마리가 마당에 내려앉더니 지면을 쪼며 먹이를 찾지도 않고 느릿느릿 걸었다. 장지문을 열어젖힌 툇마루 너머로 시선이 마주치자 멈춰 서서 한참을 이쪽을 바라보다 날갯소리를 내며 날아갔다.

방근 서방님은 귤차를 마시면서, 부엌아, 까마귀를 다른 말로 반포지효反哺之孝, 반포의 새라 하고 새끼 까마귀가 성장하면 백일 동안 먹을거리를 찾아와 어미에게 준다고 하지. 까마귀는 반포의 새, 효도하는 새인 거야. 쪼아온 송장의 살을 늙은 어미 까마귀나 다친 동료 까마귀에게 가져다주는 거네……. 눈을 떠보니 까마귀는 그루터기 옆의 같은 자리에 똑같은 모습으로 물끄러미 부엌이를 응시하고 있었다.

부엌이는 이방근의 상체를 일으킨 후 일단 앉아 커다란 바위처럼 무겁게 경직된 몸을, 한쪽 어깨에 둘러메고 일어섰다. 덩치 큰 여자에 덩치 큰 남자.

이윽고 태양은 중천에 떴다. 한낮이었다. 산천단에서 돌투성이 길을 저 멀리 성내 해변에 서 있는, 서방님을 모시고 간 적 있는 사라봉 등대의 하얀 건물을 넘어 드넓은 바다 끝을 바라보면서 이어도, 이어도, 해가 저물기 전에 성내에 당도해야 한다. 내리막이긴 해도 서방님과 함께라 서둘러도 시간이 배는 걸릴 테니 여섯 시간이다. 도중에 불타 폐촌이 된 몇몇 중산간 마을을 지나야 한다. 평소의 고무신이 아닌 등산용으로 신은 고무신처럼 배 모양을 한 짚신 끈이 끊기고 발이 긁히면서 출혈, 온몸에 땀이 진흙처럼 몸을 감는다. 나무 그늘에 들어가 삼나무에 서방님의 등을 기대어 놓고 한숨 돌린다.

까마귀 두세 마리가 중간까지 주의 깊게 따라오다가 어느샌가 자취를 감췄다. 한 마리는 산천단 동굴 앞에서 부엌이의 슬픔을 물끄러미 응시하던 까마귀였을지도 모른다. 이미 꽤 먹어 치운 시체였다. 타다 만 폐촌의 돌담 그늘에서 들고양이가 날카로운 송곳니를 드러내고 삼나무 그늘의 부엌이를 노려보고 있었으나 사람에게 위해를 가하진 않는다. 닭 같은 가축을 덮치는데 인기척 없는 잿더미에서 무엇을 하고 있던 걸까. 이윽고 밤이 되면 성내 근처까지 내려갈 것이다.

부엌이는 이방근의 얼굴에 흰 무명 수건을 덮은 채 나무에 기대 놓은 그 가슴에 안기듯 얼굴을 묻는다. 이방근, 방근 서방님은 여기에 있다. 죽어 사라지는 것이 아니라 여기에 있다. 부엌이와 서방님의 가슴 안에 있다. 죽은 자는 산 자 안에 산다. 이방근의 말. 이방근에게 직접 들은 말은 아니지만, 이 씨댁에 드나들던 젊은 동지들이 자주 하던 말. 이방근은 부엌이 안에, 부엌이의 몸 냄새 안에 산다.

부엌이는 걷는다. 피투성이가 된 이방근을 업고 이방근을 감싸는 냄새를 안고 부엌이는 걷는다. 서방님과 하나가 되어 걷는다. 달마가 되어도 걷는다. 부엌이의 치마 속은 밤의 냄새. 밤은 바닷가의 보름달 달빛을 쐬던 조수 냄새를 뿜으며 흔들리는 해초 떼 안쪽으로, 바다 밑 깊숙이 끌어들인다. 부엌이의 검고 큰 치마 속. 온전히 햇볕을 쐐도 빛이 통하지 못하는 밀생하는 체모로 가려진 가운데 발효되는 멜젓, 정어리를 썩혀 발효시킨 젓갈 냄새. 부엌이의 치마 속 심해의 해초처럼 발효하는 정체 모를 냄새……. 냄새는 부얽이를, 여체를 초월하여 펼치지는 자연 속으로 들어간다. 흔들린다. 한라산 기슭 산천단 언덕 십자가에 흔들리는 이방근. 그 십자가를 업은 부엌이. 흔들린다, 흔들린다. 바람에, 한라산 바람에 흔들린다. 고원의 흰 억새 숲을 지나는, 녹슨 철이 부딪히는 듯한 바람 소리, 학살로 죽은 고향 사람들의 혼이 억새가 되어 헤매고 있는 바람 소리. 치잉, 치잉, 녹슨 철이 서로 부딪히는 듯한 바람 소리. 흔들린다. 흰 억새 숲을 건너는 바람 소리.

 부엌이는 등에 업힌 이방근을 두 팔로 꽉 고정. 부엌이는 십자가. 이방근을 업은 일체의 십자가. 십자가를 짊어진 십자가. 이방근을 등에 업은 이상한 모습의 부엌이가 아무도 없는 삼성혈 사당 앞을 지나 성내 남문통에 들어선 것은 해질녘 6시가 넘어서였다. 성내에 부엌이를 모르는 사람은 없다. 이태수 댁의 식모. 얼굴은 피로 물든 흰 수건으로 가려져 있었지만, 그것이 이방근이라는 사실이 사람들을 놀라게 했다. 학살의 섬에서 참혹한 죽음에 길들여진 사람들도 이방근의 시체를 짊어진 부엌이의 모습에 겁을 먹고 길가에 멈춰 선다. 뒤따라가는 사람들. 통보를 받고 달려온 경찰들도 이상한 광경에 속수무책, 그저 죽은 자와 일체가 된 부엌이를 따라갈 뿐이었다. 부엌이의 얼굴은 낯익은 이 씨댁의 부엌이가 아니라 그 어떤 화신의 얼굴을 하고 있었다. 죽은 이의 누이 유원이 말한 것 같은 부처처럼 무표정하고 훌륭한 얼굴, 아수라의 얼굴.

 얼굴을 가린 이방근의 시체를 업은 부엌이 뒤로 행렬이 이어졌다. 저게, 이방근 맞수? 얼굴을 보여라! 안돼, 아, 안돼……. 보여라,

안 된다, 언쟁이 이어졌다. 죽은 자의 얼굴에 빨갛게 들러붙은 수
건은 바람에 들춰지기도 했지만 떨어지지는 않았다.
 이 씨댁 대문 앞에 멈춰선 부엌이는 한 손으로 힘껏 대문을 연
신 두들겼다. 이내 문이 열렸고, 기진맥진한 부엌이는 이방근을 등
에 업은 채 이방근의 방 앞 디딤돌 옆에까지 걸어 죽은 자를 위로
한 상태로 쓰러졌다. 대문을 연 이방근의 의붓어머니 선옥善玉과 따
라온 사람들의 시야에 들어온 것은 부엌이 위에 겹쳐 땅에 떨어진,
흰 무명 수건이 벗겨져 드러난, 눈이 해골이 되어 버린 이방근의
얼굴이었다. 선옥과 사람들은 비명을 지르며 경악, 그저 멍하니 두
손으로 얼굴을 덮고 등을 돌린 채 내내 서 있었다.
 대문이 닫혔고, 마당에 들어오려고 한 사람들이 대문을 두드렸
으나 경관들이 되돌려보냈다.
 부엌이가 죽은 자를 멘 이상한 모습이 남문통에서 이 씨댁에 이
르는 관덕정 광장 도로까지 왔을 때, 그것이 군경이 사살한 게릴라
의 시체가 아닌 이방근이라는 것이 알려지자 주위에서 비명이 터
져 나왔다. 많은 젊은 여자들도 몰려왔고 군중이 길을 메우면서,
아이고, 아이고 만가挽歌 아닌 슬픔의 행렬에 경관들이 긴급 출동,
이 씨 댁 문 앞까지 경계, 교통정리를 한다.
 이 씨댁에서는 상속인인 이방근의 장례를 일절 치르지 않았다.
게릴라의 시체도 아니기 때문에 산이나 들, 바다에 버리지도 못했
다. 지관地官을 불러 장지의 길흉을 보고, 이례 중의 이례로 사흘 후
이른 아침, 장렬葬列 없이 상여꾼 두 명만 붙여 상여를 중산간 묘지

로, 부엌이 혼자 따라가 죽은 자를 묻었다. 상여만 홀로 가는 전대미문의 이상한 장례. 이름이 알려진 명가 이씨 집안은 성내의 비웃음거리가 된다. 아니, 그것은 양반가의 의연하고 훌륭한 소행. 부모에 앞서 일부러 산천단까지 가서 권총 자살. 신체발부, 이것은 부모로부터 받는다. 그것을 해치지 않는 것이 효의 시작이다. 그 몸을 까마귀와 산짐승들에게 잡아먹히는 것만큼 효도, 인륜에 어긋나는 일도 없다. 이게 무슨 일, 아무 말도 할 수 없다. 이태수 가문의 엄숙한 태도를 찬미하는 고로古老들.

이방근은 생전, 자신과 부친 사이를 파가저택破家瀦宅에 비유했었다. 조선 시대 때 대역죄로 역신逆臣을 벌한 형벌. 그 가택을 부수고 터를 파내 연못으로 만든다는 고사를 본떠 자기 방이 있는 서동西棟과 부친의 방이 있는 동동東棟 사이의 마당을 연못으로 간주해 부자 소원疎遠의 표시로 삼았다. 아버지에게 파가저택을 천명한 것은 아니지만 아버지는 충분히 그에 상응하는 마음으로 아들을 대하고 있었다.

부엌이가 산천단에서 이방근의 시체를 업고 성내에 당도한 후 부친 이태수는 두문불출, 칩거의 나날을 보냈다. 효가 충보다 낫다, 무슨 일인가. 이름뿐인 아들. 이씨 가문의 치욕. 방근이는 어느 바다든지 간에, 하녀 부엌이의 안내를 받아 올라간 적 있다는 등대가 있는 사라봉 절벽 위에서 뛰어내려 파도에 휩쓸려간 죽음이 더 낫지 않았을까.

부엌이는 이방근의 사후 일 년이 되는 6월 19일의 이른 아침, 성내 집을 나와 정오 전에 산천단에 당도했다. 거기서 한라산 기슭을 더 올라가 골짜기 쪽으로 내려가서 완만한 경사 앞쪽이 트인, 드넓게 펼쳐진 대지가 내려다보이는 산소에 도착했다. 봉분 위 경사의 구덩이에서 좌우로 묘지를 둘러싸듯 작은 언덕이 나뉘어 있는데, 거기에는 수맥, 기가 있다는 얘기를 지난해 매장 때 상여꾼 중 한 명이 했었다. 묘지를 점지한 풍수사에게 들었다고 한다. 양묘, 길묘라는 뜻이다. 제주도에서는 봉분 주위에 네모반듯한 돌담을 쌓아 방목한 우마의 침입을 막는데, 돌담이 없는 들녘의 산소였다. 그런데도 부친 이태수 영감님은 산간벽지의 유배이긴 하나 무덤의 길흉을 점쳐 풍수사에게 길지를 택하게 했다며, 부엌이는 합장, 감사해했다. 부엌이는 메고 온 대나무 바구니에서 낫을 꺼내 땀범벅이 되도록 한 시간가량 작고 둥근 봉분을 덮은 무성한 풀을 베어낸 뒤 과일과 떡, 그리고 작은 병에 담아온 소주를 올리고 절을 한다. 마치 역적으로 간주되어 무덤이 파헤쳐진 듯했던 이방근의 허술한 분묘는 부엌이 손에 의해 커다랗게 뻗은 풀이 베어져 나가 형태를 되찾았다. 부엌이는 입술을 깨물며 울음을 참고 봉분 자락을 안듯 두 팔을 벌려 엎드렸다. 땅에 귀를 댄다. 귓불과 볼에 날이 선 풀줄기가 닿는다. 멀리 들려오는 골짜기 건너는 바람 소리. 풀 사이를 개미 행렬이 달리는 소리가 난다. 귓가에 속삭이는 방근 서방님의 목소리는 없었다.

한라산 기슭의 고원을 건너는 바람 소리.

한라산 기슭 고원의 흰 억새 숲을 건너는, 녹슨 철이 부딪히는 듯한 바람 소리. 4·3사건 때 죽은 고향 사람들의 혼이 억새가 되어 헤매고 있다고 여겨지는 섬. 치잉, 치잉, 녹슨 철이 부딪히는, 검과 검이 부딪히는 듯한 바람 소리. 흰 억새 숲을 가르는 바다에서 달려온 바람 소리.

피나게 종이 울어 먼데서 울어
하도 어질없길래 찾아왔노라
터지는 설음을 울어다오
아아 부흥새야
청산과부 설음을
네나 아려무나

바람 소리를 타고 방근 서방님의 목소리가 울린다. 땅 밑에서인가, 저 멀리 바다에서인가.

지금은 존재하지 않는 이방근, 그 이방근의 방에서 이방근을 둘러싸고 소파 위에서 남승지와 양준오梁俊午가 취기를 띤 저력 있는 낮은 목소리로, 조용히 합창. 피나게 종이 울어 먼데서 울어…….

부엌이는 금차에, 40도에서 50도에 이르는 제주의 토속주 고소리술을 소파로 날랐다. 아기 주먹만 한 껍질 달린 돼지고기 토막. 부엌이를 누나처럼 대해 주었던 훌륭하고 멋진 투쟁하는 청년들. 부엌이는 같이 자리한 적은 없지만, 이 저항가를 자주 들어 혼자 노래를 읊조린 적이 있다. 『한라신문』 편집장 김문원金文源, 〈피나게 종이 울어〉의 작사가, 성내 경찰에 체포되어 도수 높은 안경 쓴 얼굴을 군홧발에 밟히고, 두 눈에서 피가 터지도록 발길질을 당한 심야, 야외에서 총살. 그 총성이 메아리쳐 멀리 이방근의 서재 소파에 앉은 세 사람 귀에 당도했던 밤. 부엌이도 소파가 있는 서재를 드나들면서 멀리서 친 천둥 같은, 한밤중 하늘을 울린 총성을 들었다. 정기준鄭基俊이 작곡한 〈피나게 종이 울어〉…….

이방근이 4·3항쟁에 젊은 동지들과 함께 은밀히 힘을 다했다는 것을, 부엌이는 이방근의 방에서 직접 접해 알고 있었고, 부엌이 역시 괴멸하기 전 성내 조직의 세포원이었다. 〈피나게 종이 울어〉는 양준오, 남승지와 조용히 작은 테이블을 두른 소파에서 불렀던 방근 서방님의 죽은 친구가 작곡한 노래였다. 그 친구는 해방 전 일제 말기, 제주 앞바다에, 어디로 향했는지, 혼자 보트를 저어 익사가 아닌 스스로 물에 들어갔다고 한다.

그것은, 그때는 작년 6월 19일 서방님이 산천단에 가시기 수일 전 게릴라 사령관 이성운의 시신이 성내 경찰 석문의 십자가에 박혀 내걸린 지 일주일쯤 뒤인 6월 중순쯤이었다. 왜 방근 서방님은 성내에서 멀지 않은 사라봉 등대에 가보고 싶다고 하셨을까. 왜 가보시려고요? 거기서 바다를 보고 싶다. 바다는 늘 보는데. 밤낮으로 파도 소리를 듣는데. 바다 내음 나르는 바람을 맞고 있는데.

성내의 산지에 접한 사라봉은 바다 쪽이 백여 미터 높이의 단애 절벽이고 그 위에 백아의 등대가 있다. 성내 사람들에게는 익숙한 오름이지만 봉이라 해도 산악이 아니라 제주 곳곳에 3백여 미터 높이로 솟아 있는 2, 3백 미터급의, 태고 한라산이 분화했을 때 생긴 측화산이다. 그 기슭에는 대개 촌락이 있었고, 섬사람들에게는 제주의 바다, 한라산과 마찬가지로 밤낮으로 보는 오름 무리였다. 이들 오름마다 4·3봉기 때 투쟁을 위한 봉화가 피어올랐었다.

 1948년 4월 3일 오전 2시 30분. 4·3무장봉기 당일의 심야, 이방근은 부엌이가 손에 든 램프 불빛 속을 걸어 집 밖으로 나왔다. 길 위에는 상당한 거리를 두고 빈약하고 가느다란 전봇대 가로등이 서 있었고, 해안 바위틈에 부서지는 바닷소리만이 울려 퍼질 뿐인 밤의 묵직한 어둠을 지상이 떠받치고 있었다. 인기척 없는 길에 선 이방근은 저 멀리 눈에는 보이지 않는 밤하늘을 찾았다. 그는 그 어둠 속에서 아득한 산악지대에 피어오르는 무수한 봉화를 보았다. 밤의 광활한 한라산 일대에 마치 봉화 행진을 하며 붉게 타오르는 광경은 장관 그 자체였다. 여기저기 오름마다 봉화가 피어올랐고, 남승지 등이 피우는 봉화도 불꽃을 튀기고 있을 것이다. 이방근이 서 있는 위치에서는 보이지 않지만, 산악지대뿐 아니라 해안가에 우뚝 솟은 오름마다, 그리고 사라봉에도 봉화는 피어오른다. 부엌이는 대문 옆 쪽문을 연 채 밖에서 이방근이 돌아오기를 기다렸다.

 오전 2시, 이방근은 소파에 앉아 있었다. 과연 성내에 총성이 울릴 것인가. 성내는 심해처럼 고요했다. 바위에 부서지는 파도 소리가 울려온다. 이방근은 소파에서 조용히 소주잔을 기울이며 눈에 보이지 않는 총성이 성내 밤하늘에 울려 퍼지는 순간을 기다렸다. 1초, 1초, 시한폭탄에 육박하는 시간의 초침이 소리의 조각을 내며 나아간다. 폭발의 충격으로 시계 초침이 날아가는 순간. 10분, 15분. 성내 경찰기관에 접수된 시각은 오전 2시 정각, 섬 전체 일제 봉기 시간이 크게 어긋나면 전체적인 전략 자체가 파탄이 난다. 남제주 모슬포 주둔 국방경비대의 군 트럭 두 대에 나눠 탄 일부 군병들이 성내로 돌입, 경찰 관계 청사를 점거, 접수할 것이었다. 군 트럭은 주행 중인가. 출발하는 경비대의 철문을 열지 못한 것일까.

성내 기습작전은 불발로 끝난 게 아닐까. 불발……? 심야에 울리는 총성과 함성. 군중의 고함과 지축을 뒤흔드는 발자국 소리……. 환상, 환상이 한순간 불발의 큰 파도에 휩쓸려 저 멀리 스러진다. 이태수 댁에 대한 습격을 면한 복잡하게 뒤얽힌 안도감에 따른 내부의 중얼거림과 함께 환상이 사라져 간다. 실패, 불발, 그런 바보 같은. 방 가운데 우두커니 선 이방근은 생각할 틈도 없이 순간 시커먼 먹물이 가슴을 온통 물들이는 절망감에 빠졌다. 섬 전체 인민 봉기의 불발……. 아니, 성내 봉기의 실패……. 설마, 설마가 사람 죽인다인가. 4월 3일 오전 2시. 일제 봉기의 총성은 울리지 않았다. 이방근의 뺨에 차가운 웃음이 흘렀다.

전날 밤 4월 2일 심야, 부엌이는 하녀방에서 돌담 쪽 좁은 뒷마당 통로를 지나, 이방근의 방 뒷문으로 방 안에 들어갔다. 부엌이는 새까만 어둠 속에서 옷을 벗고 이불 속에서 완전한 알몸이 되어 마치 흐느끼듯 서방님 하고 기쁨의 소리를 내며 몸의 전면을 이방근에게 들이밀었다. 냄새, 어둠이 부엌이 냄새로 변했고, 냄새는 눈에 보이는 어둠의 색으로 바뀐다. 부엌이는 몸 전체가 내뿜는 냄새를 서방님에게 제쳐 열었고, 입술은 상대의 몸 전체를 구석구석 긴다. 귓가에 가쁜 숨결. 부엌이는 목소리를 죽이고 목이 메도록 외쳤다. 지붕 기와를 문지르는 바람이 장지문 밖 널문을 흔든다. 주위는 귀가 지금이라도 터질 듯한 두터운 기압의 심해 속. ……마음껏 큰 도끼를 쳐들고 장승처럼 우뚝 선 부엌이의 주위는 피바다였다. 장작처럼 정수리를 두 동강 내는 큰 도끼는 없을까. 큰 도끼는 부엌이의 무기. 이 이방근의 정수리를 내리치는 큰 도끼는 없는가. 부엌이와 한 베개에 눕는 것도 지금이 마지막일지 모른다……. 이방근은 문득 암시적인 목소리가 속삭이는 것을 들었다. 큰 도끼, 피바다, 그것이 성내 봉기의 불발과 함께 사라져갔다. 망상. 성내 기습이 있더라도 부엌이의 큰 도끼는 있을 수 없는 일. 망상은 밤하늘 꽃샘추위 속으로 사라져갔다. 이방근은 아무도 없는 심야에 집에서 떨어진 길에 우뚝 선, 보이지 않는 자신의 모습을, 대문 옆 쪽문 밖에서 가만히 지켜보고 있는 부엌이의 기척을 느끼고 있었다.

아득한 산악지대에 봉화가 계속 피어오르고 있었다. 아득한 산악지대의 봉화는 어둠에 타오른다. 환상의 불길들. 이방근은 순간 황홀감에 사로잡혔고 그것들이 게릴라 봉기의 신호이자 데모임을 잠시 잊고 있었다.

부엌이는 성내에서 동문통 동문교를 건너 길게 경사진 신작로를 올라 30분, 소나무숲으로 덮인 사라봉 기슭에서 등대까지 올라가는 좁고 구불구불 교차하는 길을 잘 알고 있었다. 사라봉 오름 중턱에서 해안을 깎아지르는 절벽이 아닌, 신작로 쪽 산기슭 일대는 두툼한 잔디로 덮여 있었다. 일제 말기, 일본은 미군 상륙에 대비해 섬 전체의 요새화를 추진했고, 성내 서부의 육군항공기지^{현 미군기지} 확장, 활주로 정비를 진행했다. 화산도인 제주는 지반이 현무암이고, 지표면은 돌이 많아 기복이 심하다. 따라서 활주로 확장은 단지 지면 정비로만 끝나지 않는다. 돌로 울퉁불퉁하기 때문에 지면에 아스팔트를 깔기 위해서는 항공기 이착륙을 견딜 수 있게 균형 있는 지반을 다져야 한다. 그 기초공사를 위해 사라봉의 잔디 절반을 모조리 떼어내 정뜨르에, 후일 4·3학살의 최대 학살장소, 사형장이 된 일본군의 항공기지, 현 미군기지, 캠프로 옮겼다.

그래서 시작된 것이 성내를 포함한 인근 촌락 주민들의 동원이었다. 그들은 낫을 가지고 사라봉 잔디를 30, 40센티미터 사방으로 뜯어내는 강제 노역을 했다. 수백 명의 남녀 도민이 원추형 모양 산 중턱에 모여 잔디를 떼어내 여러 장씩 겹쳐 지게에 싣고 하산, 신작로에서 대기하고 있는 소달구지까지 실어 나르는 모습은 장관이다. 개미 떼가 먹이를 운반하는 모습에 뒤지지 않았다. 서쪽의 일본군 기지까지 약 10킬로미터의 길을 수십 대의 소달구지에 싣고 몇 번이고, 며칠에 걸쳐 오간다. 부엌이도 그렇고 다른 이들도 잔디를 뜯어내 붉은 벌거숭이가 된 산의 표면을 보며 눈물을 흘리곤 했다. 부엌이가 사라봉 길이 밝은 까닭은 그때의 동원 때문이었다.

6월 중순의 어느 맑은 날, 이방근은 부엌이의 안내를 받아 사라봉에 올랐다. 동문교를 건너고 산기슭을 가로질러 동쪽으로 뻗은 제법 가파르게 경사진 신작로를 부엌이는 이방근의 두 걸음 뒤로 함께 걸어갔다. 부엌이는 끝없이 이어진 돌담 왼편 산기슭 소나무 숲에서 앞장섰고, 해방 전 일본군에 강제 동원된 섬사람들이 잔디를 몽땅 뜯어낸 얘기를 하며 하얀 등대까지 다다랐다.

두 직원이 성내의 이방근임을 알아차리고는 정중히 환대. 즉석 커피를 마신 후 방문객이 원하는 대로 절벽 가장자리 철책까지 안내했다. 직원이 떠난 뒤에도 이방근은 철책에 손을 얹고 바다를 바라봤다. 부엌이는 뒤쪽에서 비스듬히 돌처럼 우뚝 선 채 이방근의 그림자를 응시했고, 이방근과 마찬가지로 저 멀리 바다 건너를 바라봤다. 바람에 휩쓸려 밀려오는 파도 너울이 절벽에 부딪혀 하얗게 부서진다. 절벽 아래는 거품이 이는 바다. 무수한 정어리 떼가 절벽 바다로 밀려들고 있을지도 모른다. 정어리 떼를 따라 돌고래 떼가 몰려와 해면을 가리고 비가 내릴 때는 육지로 오인되는 광경이 펼쳐진다.

"서방님, 오랫동안 무싱걸 경 보셤수과?"

"부엌이는, 여기에 있듯, 지금도 여기에 있지. 내 옆에 없는 걸 보고 있네."

"바다 건너 멀리 안 보이는 곳. 이어도, 옆에 없는, 여기에 안 계신 유원 아씨. 승지 씨."

"저 일본이 이어도일지도."

"일본이 아닌, 여기엔 없는, 유원 아씨가, 승지 씨가 있는 곳."

"이어도는 안 보이는 것, 안 보이는 곳에, 바다 끝에 있는 것, 있어도 안 보이는 이어도, 바람은 이어도에서 불어온 바람……."

부엌이는 어느샌가 이방근 발밑에 앉아, 그의 한쪽 발을 두 손으로 꽉 끌어안듯 잡고 있었다. 이방근은 미동도 하지 않는다.

"이어도는 왜 존재하는 걸까?"

"이어도는 어신 거우꽈?"

"있지만 없는 듯한 존재. 없는 듯 있는 존재. 부엌이는 이어도에 가고 싶나?"

"서방님이 이어도."

아득히 바다 저편을 응시하던 이방근은 제주 앞바다로 보트를 저어 투신자살했다는 정기준을 그리워하고 있던 걸까. 정기준은 제주 앞바다로 배를 저어 어디로 향했던 걸까. 이어도……. 조국 상실의 나날, 망국의 시대, 청상과부, 풋풋한 과부, 그것은 식민지 조선. 8·15 해방, 조국의 독립. 이어도는 제주 바다 저편, 수평선에 보였다, 이어도.

부엌이가 이방근의 묘소에 성묘를 다녀오고 열흘쯤 지난 7월 초, 산지항 앞바다 사라봉 절벽 아래 바다에서 500명의 '수장', 학살이 있었다는 입소문이 은밀히 성내에 퍼졌다. 그것을 입에 온전히 담을 수는 없지만, 부엌이 귀에는 직접 관계자로부터 넌지시 그 보름달이 뜬 밤에 일어난 사건의 진상이 전해졌다.

음력 6월 하순, 보름달이 뜬 밤 8시경, 전라의 남녀 50명씩, 열 대의 트럭에 나뉘어 산지항에 도착, 부두에 정박 중인 낡은 어선에 실려 출항했다고 한다.

한두 명도 아니고, 전라의 남녀 50명을 한 대의 트럭에……. 부엌이는 그 얘기만으로……. 개, 고양이와 똑같이 얻어맞고 불에 타 죽임을 당하고 있는 학살의 섬 제주라지만, 전라의 여자 250명, 전라의 남자 250명, 웬만한 일로 동요하지 않는 부엌이는 소름이 돋다 못해 몸서리를 쳤다. 밝은 보름달이 전라의 살갗을 비춰 드러내는……. 이 얼마나 차갑고 무정한 달빛인가.

계엄령이 내려진 상태라고는 하나, 트럭 열 대가 울퉁불퉁한 길 위를 자갈과 돌멩이를 튕기며 서행하는 소리, 엔진 소리를 지울 수는 없다. 길가에 늘어선 집들을 둘러싼 돌담 틈새로도 사람들은 트럭의 움직임을 엿볼 수 있을 것이다. 열 대의 트럭은 산지 부두로, 성내의 산지 대지에 있는 구알코올공장 수용소에서, 일부는 성내 밖에서 들어갔다. 열 대 트럭 중 여섯 대가 남해자동차의 트럭, 네 대는 다른 곳에서 조달했거나 경찰의 트럭일 것이다.

그로부터 며칠 후 부엌이는 선옥 마님의 심부름으로 이태수 이사장의 식산은행에 들렀다 현관을 나서던 중 나란히 옆에 위치한 남해자동차 차고에서 나오는 운전수 양 씨와 마주쳤다.

양 씨는 남해자동차의 트럭 운전수로 게릴라 토벌대의 선봉테러조직 서북청년회 제주지부에 다이너마이트를 몸에 휘감고 뛰어

들어 자폭한 성내 조직원, 이방근의 신봉자, 하인이나 다름없는 박산봉朴山奉의 동료이자 절친한 친구였다.

두 사람은 다가서서 인사를 나눴지만 부엌이가 작게 눈짓을 하면서, 그날 밤 산지항에 가났지예? 예.

그날 밤이라는 것은 수일 전 산지항 앞바다에서의 '수장'을 말하는 것이었다. 조만간 언제 시간이 나는지, 산지항 일에 대해 들려주었으면 한다, 장소는 이 씨댁 근처 고네할망 댁. 오전과 저녁은 불가. 2시에서 4시쯤 사이. 양 씨는 굵은 손가락을 접어 무언가 숫자를 세면서 이틀 뒤 2시로 지정. 부엌이는 고네할망과 상의, 만약 여의치 않을 경우에는 날을 변경하겠지만, 오늘 5시까지 연락이 없으면 이틀 뒤 예정대로 7월 ×일 고네할망 댁으로 정해졌다.

몇 번째인지 정확지 않은 트럭의 운전을 담당한 양 씨는 성내 지구 산지항에 가까운 구알코올공장 내 수용소로 들어갔다. 수 대의 트럭이 뒤를 따랐다. 성내 밖 지역에서도 트럭이 들어온다. 벌거벗겨진 채 양팔을 포박, 굵은 밧줄로 줄줄이 묶인 남녀가 달빛으로 밝은 수용소 광장에 정렬. 50명이 한 그룹이 되어 이동하기 시작했다. 나체의 남녀들은 총과 곤봉에 위협을 받으면서 트럭 짐칸에 연결된, 트랩을 대신하는 판자를 밟고 올라간다. 50명에 만차. 짐받이 프레임이 없다면 줄줄이 대부분이 쏟아질 것이다. 트랩을 대신하는 판자가 분리됐다. 트럭 행렬이 수용소를 빠져나와 해안가로 향한다. 남해자동차의 양 씨는 산지항의 달빛을 반사한 밝은 부지로 들어가 부두로 향하며 산지항 파견헌병대 대기소의 아는 대원과 목례를 나눈다. 이 대원은 전체 트럭 출입의 목격자가 될 것이다.

빈 트럭이 두세 대 연달아 배가 정박된 부두에서 교대하듯 나온다. 전조등을 끈 트럭이 달빛에 의지해 서행, 손전등을 든 경관의 지시에 따라 항구 밖으로 나간다. 양 씨의 트럭이 백 톤급 낡은 어선 옆에 정차, 양 씨는 일단 하차한다. 총과 곤봉을 든 경관들이 트럭 짐칸의 뒤쪽 프레임을 내리고, 거기에 경관들과 양 씨가 함께 트랩 모양의 계단을 댄다. 곤봉을 들고 뛰어오른 경관의 호령에 맞춰 일렬로 밧줄에 묶인 나체의 남녀가 달빛을 맞으며 트럭에서 내려와, 그대로 접안한 배의 트랩을 후들대는 발을 이끌고 필사적으로 올라가 선상의 나체 군상에 가담한다. 비린내 나는, 침묵의 죽음을 앞둔 행렬. 경관들의 노성이 울린다. 노호도 구타도 비명도 침묵의 바다로 사라진다. 배가 흔들린다.

어두컴컴한 부두의 콘크리트 지면을 달빛이 환하게 비추고 있었다. 선상 작업도 달빛 아래 이뤄지고 있었다. 선상을 메운 전라의 남녀 500명 한 사람 한 사람에게 수일 전부터 운반되어 온 모서리 없는, 무게추로 쓸 바위를 밧줄로 묶은 다음 배가 출항. 산지항 앞바다로, 산지항에서 멀지 않은 사라봉 바다로 향했다. 500명을 모두 나체로 만든 것은 증거를 남기지 않기 위함이었다. 배가 돌아온 것은 9시 반경, 선상 '작업'은 약 두 시간 반에서 세 시간. 북풍을 타고 사라봉 절벽에 머리를 부딪치고, 바다를 도려내는 파도가 이

옥고 달빛에 붉게 물들며 붉은 피바다를 이루기 시작했다.

그 무렵 부엌이가 이방근을 안내해 올라갔던 사라봉 등대의 직원은 해상을 비추는 등광 불빛과 달빛이 해면에 반사된 색이 희한하게도 점차 붉게 물들고 있는 것을 목도했다. 모색이 짙은 석양의 반사도 아니다. 이미 밤 11시. 초토화 작전으로 마을들이 불타오르는 하늘빛이 바다에 비친다. 수평선마저 시뻘건 바다가 됐을 때의 핏빛 바다가 아니다.

동료와 함께 건물 밖으로 나온 직원은 벼랑 끝 철책에 몸을 기대고 눈 아래, 절벽 아래를 내려다봤다. 파도치는 바다가 보글보글 거품을 내뿜는 듯했고, 그것이 달빛을 붉게 물들인다. 아무래도 핏빛을 띠고 있었다. 이미 제주도는 피로 물든 섬이지만, 밤바다 색이 아득히 눈 아래 피로 물든 듯한 빛. 그 파도 사이로 자그마하게 흔들리는 그림자 같은 무언가, 소형 배 같은 게 보였다. 절벽 아래 바다 서쪽으로 떨어진 배의 그림자를 쫓았지만, 산지항을 향해 나아가던 배가 모습을 감췄다. 달빛 아래 비친 바다는 여전히 피바다였다. 일 년 전 계엄령 때부터 '수장'이 시작됐는데, 가장 규모가 큰 '수장'을 등대 직원이 밤바다 절벽 위에서 본 것이었다.

직원은 동료가 관제실에서 가져온 쌍안경을 눈에 댔다.

100미터 절벽 아래로 펼쳐진 밤바다가 잘게 물결치며 크게 넘실거리는 파도의 기복. 그 위를 반짝반짝, 갈라지며 흩어지는, 은박이 휘날리듯 보이는 것은 무엇일까. 달빛과 등대 불빛이 반사하는 가운데 고민하듯 넘실거리는 바다 위로 점점이 하얗게 빛나고 있는 것은 흰 바닷새, 갈매기 떼였다. 갈매기가 물고기를, 상어가 물어뜯은 사람 몸뚱이 살점을……. 상어들이 줄줄이 연결된 밧줄을 물어뜯고 무게추를 단 밧줄을 뜯었을 것이다.

부엌이는 사라봉 등대에서 합장하며 이방근이 이 일들을 알게 될 일 없이 죽은 것에 도리어 감사했다. 산천단에서 맞이한 이방근의 죽음은 어찌 된 일인지 영문을 알 수조차 없다. 그저 죽어 이승에 없고 저승에 있는 것인가. 산천단에서 죽고 한라산 기슭의 무덤 속에 있다는 두려움만을 받아들이고 있었다. 사라봉 앞바다 500명의 '수장'을, 그 500명을 산지항까지 데리고 간 열 대의 트럭 중 여섯 대가 아버지가 사장인 남해자동차 트럭이라는 것을 방근 서방님이 알면 어떻게 됐을지, 생각하는 것조차 무서운 일이었다.

한라산 북쪽의 해안 지대인 성내 반대편, 한라산 남쪽의 바닷가 서귀포 인근의 한 마을은 보름달이 뜬 밤, 토벌대에 포위되어 마을 사람 전원이 집회장에 감금됐다. 18세부터 45세까지의 남자를 백수십 명, 젊은 여자들 십여 명이 광장으로 끌려 나온 후 전원이 정렬.

토벌대장이 여자들 줄 앞에 멈춰 서고는 '달을 보라!'고 외쳤다. 달빛이 여자들의 얼굴을 비췄다. 토벌대장은 공포에 일그러진 여자들 줄 앞을 천천히 걸으며 한 사람 한 사람의 얼굴을 살펴봤다. 그는 구둣발 소리를 내며 걷다가 몇몇을 예쁘다는 이유로 끌고 갔는데, 여자들은 다음날이 돼도 돌아오지 않았다. 나체로 거꾸로 매달려 성고문을 당하거나 젖가슴을 인두질 당한 여자들은 다음날 서귀포 정방폭포 벼랑 끝에서 다른 마을에서 연행된 여자들과 함께 총살, 그리고 물보라를 일으키며 바다로 직하하는 폭포에 차례차례 내던져졌다.

간조의 바다는 이윽고 만조가 됐고, 폭포 아래 잠겨 있던 시체 무리를 먼바다로 휩쓸어 갔다. 차츰 바다도 피로 물들었고 주변은 보름달 달빛 아래 꿈틀거리는 피바다가 됐다. 그리고 그 바다 위로 보름달이 일그러진 채 떠 있었다.

이방근이 자살하기 두 달여 전인 4월 초, 한라산 기슭, 산천단에서 30분 정도 오르면 나오는 게릴라의 아지트 관음사에서 토벌대와의 전투가 있었고, 그때 체포돼 포로가 된 게릴라들은 성내의 수용소로 연행됐다. 하산, 성내로 끌려온 게릴라 집단은 관덕정 광장에서 구경거리가 되어 한 바퀴 돌았고, 항복 게릴라의 패배 행진을 구경하라며 강제 동원된 주민들 대열에 부엌이도 있었는데, 연행되는 게릴라 집단에서 남승지를 발견하고는 급히 돌아가 이방근에게 그 사실을 알렸다. 이방근은 올 것이 왔구나 하며 곧장 줄을 대었고, 집 한 채 값 되는 백만 단위의 돈을 들여 남승지를 포로수용소에서 빼냈다. 그 후 부엌이가 몸에 입은 그의 상처를 돌보고 어느 정도 요양을 하게 한 다음에, 완강히 거부하는 남승지를 반강제로 작년 11월 누이 유원이 밀항한 일본으로 탈출시켰다.

6·25가 발발한 한국 본토에서, 제주도에서 일본으로의 탈출,

밀항이 잦아지면서 제주의 젊은이들은 섬에 남아 죽임을 당하기보다는 앞장서 제일선으로, 해병대원으로 충성지원, 전화 속으로 들어갔다. 빨갱이라는 오명을 씻고 열혈 반공 전사로 변신. 그렇지 않으면 어떻게든 일본으로 탈출할 길을 찾는다.

보름달 밝은 사라봉 절벽 아래 피바다를 내려다보던 등대지기가 500명이나 되는 전라의 남녀를 싣고 가 바다에 내던진 해상학살선을 밀항선으로 오인한 것도 무리는 아니다. 사라봉 동쪽에 인접한 화북봉 기슭 바닷가 마을 근처에서 출항한 것일까. 사라봉 절벽 아래를 경유, 산지항 방향으로 가다가 도중에 북상하여 쓰시마 해협을 향해 동쪽으로 방향을 틀면 되는 것이었다.

부엌이는 사라봉의 '수장' 학살을 알고 나서 방근 서방님은 왜 그때 사라봉으로 안내하라고 했는지, 등대지기의 안내를 받아 접근한 벼랑 끝 철책에서 오랫동안 바다 건너 수평선 너머를 바라보고 있었는지⋯⋯하는 생각을 반복하고 있었다.

왜일까. 그때 부엌이는 자기도 모르게 이방근의 발밑에 주저앉아, 벼랑 끝 철책에 손을 얹고 서 있던 이방근의 한쪽 발을 움켜쥐듯 껴안고 있었다. 이방근의 다리는 꿈쩍도 하지 않았다.

부엌이는 이방근의 죽음이 이해되지 않았다. 그렇다, 살아 있는 인간이 죽는 일. 장례를 치르고 무덤에 들어가는 일. 지금은 천지가 뒤집혀 그런 일도 당연지사가 아닌 세상이지만, 그야말로 살아 있는 인간을 사라봉 바다에 던져버리거나, 살해당한 게릴라나 도민들의 시체를 들판에 내동댕이쳐 버리는, 이승이 아닌 무시무시한 세상이지만, 살아 있는 인간이, 방근 서방님이 죽는 것……, 없어진 것을 도통 이해할 수 없었다.

부엌이는 이방근이 설산의 게릴라 아지트에서 친척인 경찰 간부 정세용鄭世容을 죽인 사실을 모른다. 만약 알았다 하더라도 살해와 자살을 관련지을지 어떨지, 뭔가 그런 인과관계를 초월해 부엌이에게는 죽음의 사실만, 방근 서방님이 지상에서 사라져 없어진 죽음의 사실만으로, 이해할 수 없다기보다 생각이 미치지 못한다. 죽음의 의미가 어려운 것이 아니라 죽음 그 자체를 알 수 없다. 죽음, 있을 수 없는 일이 벌어진 죽음이라는 사실. 그것은 무엇인가. 방근 서방님이 없다. 형체도 목소리도 없다. 움직임도 냄새도 없다는 것밖에 모른다. 죽음, 그것이 무엇인지 모른다. 생각이 미치지 못한다. 존재하는 것은 산골짜기에 버려진 비석 없는 봉분뿐.

이 씨댁 입장에서는 바다 어딘가, 사라봉 아래 바다에라도 뛰어들어 행방불명되는 것이 바람직한 이방근의 산천단에서의 죽음.

500명 '수장' 후 몇 달이 지난 12월 초, 멀리 한라산 중턱까지 눈이 쌓이고 매서운 계절풍이 부는 겨울로 접어들고 있었다. 오늘은 서너 날 계속 해안가 바위밭에 성난 파도를 만든 바람이 그치고 하늘도 개어 아침 햇살이 따사롭다. 부엌이가 선옥 마님의 허락을 받아 주인댁에서 여기 사라봉 기슭까지 오는 데 한 시간 정도 걸렸다. 부엌이는 사라봉 등산로 인근 기슭의 신작로까지 3, 40분 동안 대나무 바구니를 메고 그저 걷고 있었다.

부엌이뿐 아니라 섬의 여자들은 걷는다. 고물 버스가 유일한 교통수단인 이 섬에서는 먼 거리가 아니면 버스를 타지 않는다. 지금은 동란으로 폐허가 된 성내 등지에서 열리는 삼일장, 오일장 등 정기시장에 지방에서 부녀자들이 대나무 바구니를 메고 몇 시간이고 반나절이고 마냥 걸어, 중산간 마을과 바닷가 마을에서 돌투성이 길을 걸어 섬의 일주도로 신작로로 나온다. 동쪽에서 서쪽에서 신작로를 걸어 성내로 나와 사고파는 일이 끝나면 해질녘까지 또 걸어 마을로 돌아온다.

이 섬에는 곳곳의 논밭 경계에 방목하는 우마의 침입 방지를 위해 돌담을 쌓고 분묘 주위에도 직사각형으로 돌담을 쌓는다. 또, 섬 전체를 일주하는 신작로 양쪽에 현무암을 쌓은 돌담이 끝없이 이어져 섬의 풍경을 이루고 있다.

부엌이는 신작로를 벗어나 사라봉 소나무 숲 사이 등대로 향하는 좁은 길을 오르기 시작하면서, 그래, 나는 이 길을 올라 바다 쪽 등대 밑 벼랑 끝으로 간다, 그러기 위해 성내 주인댁에서 대나무 바구니를 메고 나왔구나 하는 것을 새삼 깨달았다. 그러자 도중에 신작로의 가파른 언덕길을 걸어 여기까지 왜 왔는지, 여기까지 오면서 오고 있는 자신을 몰랐던 것은 아닐까 하는 생각이 들었다. 사라봉에 간다는 생각은 하지 않고 사라봉을 향해 몸이, 발이 움직이고 있었다. 등에는 바구니를 짊어지고 있었다. 동백꽃과 고소리술이 든 작은 병이 들어 있었다. 그렇다, 동백꽃과 소주가, 동백꽃이 길을 안내하며 부엌이를 앞으로 끌고 있었다. 등대 아래 벼랑 끝으로 향하는 보이지 않는 힘에 이끌려 들리지 않는 목소리의 부름을 받으며 그저 몸을 움직여 걷고 있었다.

이제부터 사라봉 오름의 바다 쪽 등대 밑 벼랑 끝으로 간다. 부엌이는 새삼 깨달았다는 듯 고개를 끄덕이며 어깨의 대나무 바구니 끈과 바구니 속에 든 꽃과 술을 확인하듯 바구니를 고쳐 메었다.

뒷마당 돌담 구석에 동백나무가 꽃을 피우고 있었다. 노란 꽃대가 꽃 안에 핀 또 다른 꽃처럼, 빨갛게 핀 꽃잎으로 겹겹이 따사롭게 둘러싸여 있었다.

부엌이는 아래로 처진 가지 끝 덤불에서 진녹색 광택의 잎이 두세 장 붙은 동백꽃을 줄기에서 꺾었다. 한 송이, 두 송이 꺾어 냄새라도 맡듯 얼굴을 가까이 한 뒤, 바로 옆 널문이 열려 있는 주방으로 가져가 살짝 늘어놓았다. 부엌이는 그 꽃 세 송이를 응시하며 내가 앞으로 이 동백꽃을 어찌하려고 하나 생각하다가 이미 생각이 정해진 듯 손이 마음대로 움직여 주방 찬장에서 한지를 한 장, 두 장 꺼내 그 위에 동백꽃을 올려놓았다. 그러다가 손과 발이 제멋대로 움직여 작은 병을 찾아냈다. 거기에 이방근, 방근 서방님이 즐겨 마시던 고소리술 항아리에서 한 홉쯤 담아 한지에 싼 동백꽃과 함께 바구니에 담았다. 대나무 바구니에 넣고는 이제 어떻게 할 것인가. 부엌이의 두 발은 목적지로 향하고 있었지만, 머리는 아직 움직이지 않았던 것 같다.

동백꽃을 꺾을 때도 이렇게 고소리술과 함께 대나무 바구니에 넣을 생각은 전혀 하지 않았다. 동백꽃과 고소리술이 무슨 관계가 있는가. 멋대로 동백꽃이 움직여 대나무 바구니 속으로 들어간 듯했고, 부엌이는 그것을 도운 듯한 느낌이 들었다.

자, 이 대나무 바구니는 무엇을 위한 것일까. 지금 동문시장으로 저녁 준비를 위해 장을 보러 가는 것이 아니다. 어디로 가는 것인가. 부엌이는 선옥 마님에게 사라봉에 다녀오고 싶다고, 분명하게 모습이 보이고 목소리를 주고받을 수 있는 상대를 향해 말을 입 밖에 내었고, 무엇을 하러 사라봉에 가느냐는 물음에, 그래 나는 동백꽃을 들고 사라봉 등대 밑 벼랑 끝으로 가는구나, 의아할 정도로 사라봉으로 향할 준비를 하면서 그것도 깨닫지 못하고 동백꽃을 꺾은 것 같았다. 동백꽃이 부엌이보다 먼저고, 꽃이 꽃대에서 귀여운 손가락을 내밀어 사라봉 쪽을 가리키고 있었는지도 모른다.

동백꽃이 12월을 기다려 피었는가. 제주도가 12월이 되어 동백꽃이 붉게 피면서 부엌이를 불렀는가. 부엌이는 기다리고 있었고 동백은 부르고 있었던 것이다.

왜 동백꽃인가. 동백은 눈이 내리는 가운데 떨어져도 눈 위에서 일주일 동안은 시들지 않고 사는 꽃. 엎드려 떨어지지만, 이윽고 바람을 맞고 위를 향해 굴러 열린다. 눈 위의 깊은 진홍빛을 발하며 핀 꽃잎은 선열. 한 장, 한 장, 꽃잎이 떨어져 시드는 것이 아니라 꽃잎이 꽃송이째 나무 위에서 뚝 조용한 소리를 내며 떨어진다.

부엌이는 동백꽃을 대나무 바구니에 넣으며 허물영감을 떠올렸다. 허물은 제주말로 종기. 허물영감은 종기 고름을 입으로 빨아내 치료하는 노인으로, 이방근이 여행지에서 길동무가 된 떠돌이 노인을 데리고 돌아와 집에서 하인 노릇을 시키다가 이방근의 아버지 부부에게 쫓겨나 오래 머물지 못했다. 이 씨댁을 나온 후에는 경찰에 고용되어 게릴라의 잘린 머리를 넣은 대나무 바구니를 어깨에 걸치고 성내와 그 주위를 돌아다녔는데, 지나가는 사람들에게 대나무 바구니 안을 보여주며 그게 어느 집의 누구인지 물어 경찰에 통보해 보상금을 받는 일을 했다. 이른바 게릴라의 잘린 머리를 구경거리로 삼아 사람들에게 밀고를 요구하고 그 게릴라의 관계자, 부모 형제들을 경찰의 손길에 닿게 하는 경찰의 앞잡이였다.

하지만 허물영감의 '알림'은 오래가지 않았고, 노인은 성내에서 자취를 감췄다. 다만 사람들이 고개를 갸우뚱한 것은 그 행방이 아니라 젊은 게릴라의 잘린 머리가 굴러다니는 대나무 바구니 안에 늘 시들지 않은 깨끗하고 짙은 윤기가 감도는 붉은 동백꽃 한 송이가 더해져 있는 것이었다. 허물영감은 어디로 갔을까. 산천단 동굴의 목탁영감은 행방불명. 동굴은 비어 있었다. 이봐, 허물영감, 어드레 감서? 나는 그저 발이 향하는 곳에 다다르는 곳을 향해 발길 닿는 대로 간다. 다다른 데가 묵는 곳. 다다른 데가 가는 곳.

허물영감의 대나무 바구니 속 젊은 게릴라의 머리에 더해진 붉은 동백꽃.

부엌이의 대나무 바구니 속 동백꽃은 이유가 없다. 그저 동백꽃일 뿐이다.

부엌이는 도중에 허물영감과 그의 바구니 속 동백꽃을 떠올렸지만, 사라봉을 향해 발이 움직이면서 나는 이제 사라봉으로 간다고 생각하며 걷고 있었던 것은 아니다. 정신을 차리고 보니 발길이 제멋대로 사라봉으로 향하는 길을 걷고 있었다.

　부엌이는 오랜만에 만나는 낯익은 등대지기에게 인사, 대나무 바구니 속의 동백꽃을 보여주자 아, 아, 으응, 으음……. 두 사람은 깊은 한숨을 내쉬며 서로 얼굴을 마주 보고 고개를 끄덕였다. 벼랑 끝 철책까지 안내는 필요 없다. 부엌이 혼자 가도록 맡겼다. 기억은 누구나 그렇듯 자기 안에서 서로를 죽이고 있었다. 보름달 달빛에 겹쳐지는 등대 불빛 아래 꿈틀거리는 붉은 바다.

　아이고, 나는 서방님과 함께 있던 사라봉에서 바다가 내려다보이는 벼랑 끝에 와 있다. 부엌이는 이방근이 그때 철책 가장자리에 손을 얹고 서 있었던 것처럼 철책에 손을 얹고 서방님처럼 아득한 바다 건너를 응시했다. 연일 계속된 강풍은 그쳤지만, 절벽을 들이받고 곤두박질치는 바닷바람은 벼랑으로 불어온다. 부엌이는 철책 봉에 묶어두었던 대나무 바구니에서 한지로 감싼 동백꽃 세 송이를 손에 꺼내 들고 윤기 나는 붉은 꽃잎 한 장, 한 장 떼지 않고 그대로 잎이 달린 꽃송이를 통째로 바다에 내던진다. 진녹색 잎을 단 붉은 꽃송이가 바람을 타고 날아가 하늘하늘이 아니라 크게 흔들리며 저 아래 바다로 떨어진다. 이어서 꽃 한 송이를, 손으로 꺾은 줄기 부분을 잡고 바다를 향해 내던진다. 또 꽃 한 송이를 절벽 아래 바다로 천천히 손을 뻗어 벼랑 끝 가장자리에 닿지 않게 똑바로 떨어뜨렸다. 꽃송이는 큰 잎사귀를 날개 삼아 허공을 날다 떨어진다. 술병을 기울여 독한 향을 바람에 흩뿌리는 고소리술을 바다를 향해 따른다. 고소리술은 냄새가 되어 바람을 타고 형태가 사라진다.

그곳을 떠나는 부엌이는 빈 대나무 바구니를 짊어지고 있었다. 정면에서 불어오는 바닷바람이 등 뒤 하얀 건물 벽에 부딪혀 등 쪽으로 되돌아와 빈 대나무 바구니를 흔든다. 등에서 대나무 바구니가 흔들린다. 흔들린다.

부엌이는 이방근이 철책에 손을 얹은 것처럼 차가운 철책에 손을 얹고 있었다. 그때 땅바닥에 주저앉은 부엌이는 이방근의 다리를 꼬옥 절대 놓지 않겠다는 듯 안고 있었지만 다리는 꿈쩍도 하지 않았다.

서방님은 바다 저편으로 무엇을 보고 있었을까? 바다 건너, 보이지 않는 맞은편, 수평선을 넘은 그 너머.

휘청휘청, 순간 황홀한 느낌의 깊은 잠 속으로 빨려 들어가는 듯, 바다의 깊은 너울에 빨려들 듯, 상체가 철책 너머로 확 넘어갔다 다시 돌아왔다. 그곳은 한순간의 꿈속. 산천단 동굴로, 방근 서방님을 모시러 가는 날 새벽녘 꿈속처럼, 설산의 산천단 벼랑 끝에서 깊은 골짜기 위 허공으로 두 손을 벌리고 날개가 되어 날고 있었다. 유원 아씨, 방근 서방님 하고 부르며 날아간 것처럼 부엌이는 한순간 꿈속의 꿈에서 철책 밖으로 나간 상체를 끌어당겨 깨어난 두 눈에 바닷바람을 넣고 바다를 향해 우뚝 섰다. 바다 건너, 보이지 않는 맞은편, 수평선을 넘은 그 너머, 그 보이지 않는 맞은편을 보았다.

사라봉 절벽에 부딪혀 부서지는 바람과 파도 소리.
부엌이는 가슴팍에 두 손을 잡고 벼랑 끝 철책 앞에서 망부석처럼 내내 서 있었다. 이어도, 이어도.
부엌이의 큰 두 눈에서 눈물이 주르르 떨어졌다. 큰 눈물이 흘러내렸다. 뺨을 때리는 바닷바람이 눈물을 흩뜨렸다.

이어도 허라 이어도 허라
이어 이어 이어도 허라
이어 허면 나 눈물 난다
이어 말은 마랑근 가라

이어의 문은 저승의 문
이어의 길은 저승길
가면 돌아올 줄 모른다
신은 버선을 기워 놓고
입던 옷에 풀칠을 해놓고
애타게 기다려도
다시 돌아올 줄 모른다

6

 영이와 카페에서, 그리고 한식당에서 만난 것이 10월 중순이었다. 그로부터 두 달, 연말인 12월 말에 영이에게 전화를 걸었지만 받지 않았다. 밤에 다시 걸어봐도 받지 않는다. 용건이 있어 전화를 건 것은 아니지만 불쾌한 연결음만 이어질 뿐 뭔가 갈 길이 막혀 버린 느낌이었다.
 신경이 쓰였던 것은 귀화 문제인데 아버지가 신일본인으로, 신닛폰진新日本人, 께름칙한 말이다, 신일본인이 되더라도 제주 여자, 어머니와 일체라 할 수 있는 영이는 귀화에 응하지 않을 것이다. 무슨 병이라도 걸렸나. 저번에 만났을 때 그런 느낌은 없었다. 있을 수 있는 것은 그녀 자신이 늘 출발점에 서 있는 일본으로부터의, 한국으로부터의, 어딘가로의 탈출……. 그렇다 해도 아무 말 없는 무형의 투명인간처럼 사라지는가. 귀화 건으로 간섭하기 위해 전화를 건 것은 아니지만, 소설 「보름달 아래 붉은 바다」가 잡지에 나오기도 했고, 망설이는 양……영이가 궁금하기도 해서 해가 가기 전에 한번 보고 싶어서 전화를 걸었던 것이다.
 K가 음성사서함에 남긴 메시지를 들었는지 어쨌는지 연락이 없으니 알 방도가 없지만, 새해 들어서도 영이에게서 연락은 없었다. 어쨌든 시월의 가을날 만난 이후로, 그때 카페와 식당에서의 대면이 영이와의 마지막 만찬이었다는 생각이 들었다.
 그러자 카페에서 나눈 『바다 밑에서, 땅 밑에서』에 관한 얘기,

그리고 택시에서의 느닷없는 포옹은 단순히 충동적인 것이 아니라 그 어떤 사인이었을지도 모른다는 묘한 생각이 들었다. 반년 만에 K의 저서를 들고 카페에서 만났을 때의 그녀는 이미 재회를 기약하지 않는다는 생각을 하고 있었다. ······그랬구나. 영이가 숨겨둔 마음을 실은 서늘한 그 무엇인가가 가슴에 흐른다.

영이와 다시 만나기로 약속한 것도 아니지만 부재를 의식하면서 자신을 감싸고 있던 주위의 두터운 공기층에 등신대의 구멍이 뚫린 듯한, 영이가 없다는 공허함을 처음 느꼈다.

그날 밤 택시가 영이의 집 앞에서 정차, 하차한 영이가 현관문 앞 등불이 만든 원 안에 서 있던 모습, 네이비 원피스의 무릎 아래 두 다리의 선을 내보이며 팔을 뻗어 손을 흔드는 모습을, 뒷좌석에 앉은 K의 시야에서 택시가 사거리를 우회전하며 지워버린 것이 영이와의 마지막이었다. 바다 밑까지는 아니지만, 물속에서 흔들리는 듯한 영이의 얼굴이 떠올라 눈앞에 육박해온다.

12월이 지나 1월 중순의 어느 오후, 도쿄의 한 백화점 식목 코너에서 큰 골판지 상자에 담긴 무거운 짐이 도착했다. 놀랍게도 보낸 이가 영이였다. 마침내 영이가 나타난 것이다. 목소리와 형체가 없는 존재로서. 그건 그렇고 이 무거운 짐은 무엇인가. 주소는 도쿄의 T구, 그녀의 아파트 주소였지만 전화번호란에는 연락처가 적혀 있지 않았다.

아내의 손을 빌려, 아니 그렇다기보다는 아내에게 맡긴 셈이다. 튼튼한 테이프를 벗겨 상자 뚜껑을 열자, 길이가 50센티미터는 되는 직사각형의 흰색 도자기 화분에 가지가 달린 동백꽃, 세 송이, 위가 뚫린 포장지를 뜯어낸다. 새빨간 꽃잎에 둘러싸인 노란 화중花中花처럼 굵은 꽃대. 아내가 뚜껑을 손으로 눌렀고 K가 골판지 상자에서 화분을 양손으로 들어 밖으로 꺼낸다. 포장지 속에 끼워져 있던 두툼한 봉투가 화분 밖으로 떨어졌다.

"편지가 들어 있네요."

두툼한 편지를 같이 보내온 것이었다. 하얀 봉투에 한글로 경애하는 K 선생님께, 그리고 영이의 이름. 드디어 영이의 소식이 도착했구나.

백화점 식목 코너에서 바로 보내온 것이지만, 잘도 이렇게 무거운 걸, 식목 코너를 찾은 것일까, 특별히 주문한 것일까, 촉촉이 눈시울이 젖었다. 존경하는 K 선생님이었는데, 편지에는…… '경애하는'으로 바뀌어 있다. 경애하는……. 편지는 아래 밑부분에 꽃무늬가 새겨진 편지지 여섯 장, 가로쓰기였다. 한국유학 시절에 익힌 가로쓰기일 것이다. K도 원고는 세로쓰기를 하지만, 메모를 하거나 편지를 쓸 때는 가로쓰기를 한다.

저의 경애하는 K 선생님, 오랜만에 연락드립니다. 그날, 선생님과 멋진 날을 보내고는 격조했습니다. 실례를 용서해 주세요. 선생님은 건강하시리라 생각하고 저 역시 건강합니다. 저는 며칠 후에 미국으로 떠납니다. 로스앤젤레스(1992년, 흑인들의 로스앤젤레스 폭동으로 무고한 코리아타운이 습격, 파괴된 곳입니다)에 1980년대에 이주한 외숙부가 계시는데 코리아타운에서 한식당을 운영하고 있습니다. 저는 로스앤젤레스가 있는 캘리포니아주의 캘리포니아주립대 버클리 캠퍼스 UC Berleley에서 이번 가을부터 유학을 하려고 합니다. 선생님도 잘 아시겠지만, 버클리는 교수도 그렇고 학생도 리버럴한 의식이 높은 혁신적인 학풍으로 알려져 있습니다. 한국계 유학생도 많은 곳입니다. 서울 유학 시절에 만난 친구도 버클리의 이과 계열 학과에서 연구원으로 있습니다.

저는 사회과학계열의 디아스포라연구학부, Diaspora Studies에 입학할 예정입니다. 8월까지 숙부 가게에서 일합니다. 버클리는 샌프란시스코 근방 캘리포니아주 북부로, 로스앤젤레스하고는 약 600킬로미터 떨어져 있습니다……

K는 Diaspora Studies라는 글자에 흠칫 놀라며 눈을 멈추었다. 디아스포라. UC버클리에 디아스포라연구학부가 있다. 버클리뿐 아니라 그런 학부가 있는 줄도 몰랐는데, 거기에 영이가 입학을 한다고 한다. 재일조선인은 일본의 조선식민지지배가 낳은 디아스포라이고, 그 디아스포라에 의한 문학이 재일조선인문학, 일본어문학으로서의 재일조선인문학은 디아스포라의 역사성에 의한 것으로, 일본문학을 포함한 높은 차원의 일본어문학이라는 것이 K의 생각이지만, 영이가 UC버클리의 디아스포라연구학부에 입학할 줄이야. 기쁜 소식이지만 의표를 찔렸다는 느낌이 드는 놀라움 아닌 놀라움이었다. 나는 영이의 더 깊은 곳을 몰랐다. K는 조용한 충

격을 가슴으로 받아내며 으음, 으음하고 고개를 끄덕인다. 영이의, 밤에 돌아가는 차 안에서의 목소리. 장미입술 맛있나요! K는 한숨 섞인 큰 숨을 가슴에서 뱉어냈다.

선생님, 『바다 밑에서, 땅 밑에서』의 저자이신 선생님, 그날, 선생님과 나눈 『바다 밑에서, 땅 밑에서』 얘기는 얼마나 멋졌는지 모릅니다. 그리고 저는 그 바다 밑에서 몸과 마음을 씻고 기어올라, 떠올랐습니다.
 선생님, 잔혹한 타이틀의 소설 「보름달 아래 붉은 바다」를 읽었습니다.
 한식당과 카페에서 뵀을 때 이 소설을 쓰고 계셨구나라는 것을 새삼 깨달았습니다. 설령 선생님께 전화를 건다 해도 충격이 부끄러운 마음으로 바뀌어 선생님을 뵙는 게 두려워졌습니다. 인어라도 살 것 같은, 저의 바다 밑 세상. 붉은 바다 밑에, 충격이었지만, 새삼 다시 읽어보니 충격에서 일어서게 해줍니다. 저는 저 자신의 '바다 밑에서, 땅 밑에서'를 묘사했고, 그 속에 완전히 취해 있었던 게 아닐까 싶습니다. 저는 바다 밑 인어처럼, 거기에 사는 사람이 되어 있었습니다. 선생님의 이번 소설을 통해 저는 저의 무지를 깨달았습니다. 하지만 바다 밑 얘기는 사라지지 않아요. 동시에 보름달 아래 붉은 피바다를, 무시무시한 바다 밑을 알게 됐습니다. 그리고 허물영감의 바구니 속 동백꽃의 의미를, 지금 새삼 겨우 알게 됐습니다. 바구니 속 게릴라의 잘린 머리와 동백꽃. 바구니에 든 고소리술과 동백꽃. 붉은 동백꽃. 보름달 아래 붉은 바다.
 부엌이가 사라봉 바다에 내던진 진혼의 동백. 동백꽃. 허물영감이 젊은 게릴라의 머리를 넣은 대나무 바구니를 어깨에 메고 그 속에 동백꽃 한 송이. 그 의미를 알지 못했습니다. 그저 꽃 한 송이가 있는 거라고. 그것보다도 작품집 『까마귀의 죽음』을 다시 읽어보니, 아아, 동백꽃이 나왔었구나, 동백꽃 자체를 잊고 있었던 거예요. 동백꽃. 동백은 제주의 꽃. 제주는 동백기름 산지. 어머니는 늘 그 동백 머릿기름을 쓰셨어요. 동백꽃. 겨울과 봄에 걸쳐 피는 꽃. 눈 위에 송이째 떨어져도 일주일은 시들지 않고 붉은 꽃잎을 피운다고 하는 강인한 꽃, 게릴라의 꽃인 건가요? 산부대를 한국 정부는 공비라 하고 한국 국민도 공비라 말해 왔습니다. 일제시대, 일본군이 쓰던 일본어.

제가 보낸 동백꽃 화분은 사라봉 벼랑에 내내 서 있는 부엌이에게 보내는 거예요. 부엌이, 훌륭한 부엌이의, 바닷바람 불어대는 사라봉 벼랑에 이어도를 부르며 선 그 모습.

선생님께서 말씀하셨듯, 저는 『바다 밑에서, 땅 밑에서』를 제 나름의 환상 속에 가두고 있었어요. 제주 바다 밑은 사라봉 절벽 아래 바다만이 아니라, 서귀포의 정방폭포, 아니 곳곳에서, 제주의 바다 밑은 피바다. 저는 무서워 목소리를 죽이고 통곡했어요. 제주도, 이어도. 저는 아직 앞으로의 일이지만, 미국에 가서 UC버클리에 입학할 거고 내년 봄이 되면 제주에 갈 겁니다. 왠지 가면 돌아오지 못하는 마의 섬, 이어도처럼, 가고 싶지 않다, 절대 안 간다고 생각했던 제주에, 한국의 대학생이 썼듯이, 갈라진 손으로 풀베기를 하는 동포들이 있는 곳이 이어도……. 눈물을 머금고 사는 곳, 그게 바로 이어도에 갈 거예요.

제주 여자들의 머리카락을, 해녀의, 바다 일로 상한 머리카락을 어루만져 윤기 있게 해주는 동백기름. 저는 어릴 때부터 늘 어머니의 머리칼 냄새를 맡아 왔어요.

동백꽃은 제주의 꽃.

저의 경애하는 선생님.

선생님은 영원히 건강하셔야 해요. 내년 봄, 이어도, 제주에 가게 되면 일본에 들러 선생님을 뵈러 가겠습니다.

사라봉 등대 밑 벼랑 끝에 서서 바다 끝, 하늘 끝을 언제까지고 응시하는 망부석, 망부석이 된 부엌이. 이어도 이어도 사나.

이어도 허라 이어도 허라
이어 이어 이어도 허라
이어 허면 나 눈물 난다
이어 말은 마랑근 가라

1월 ×일

영이
(아버지는 귀화했습니다)

地の疼き

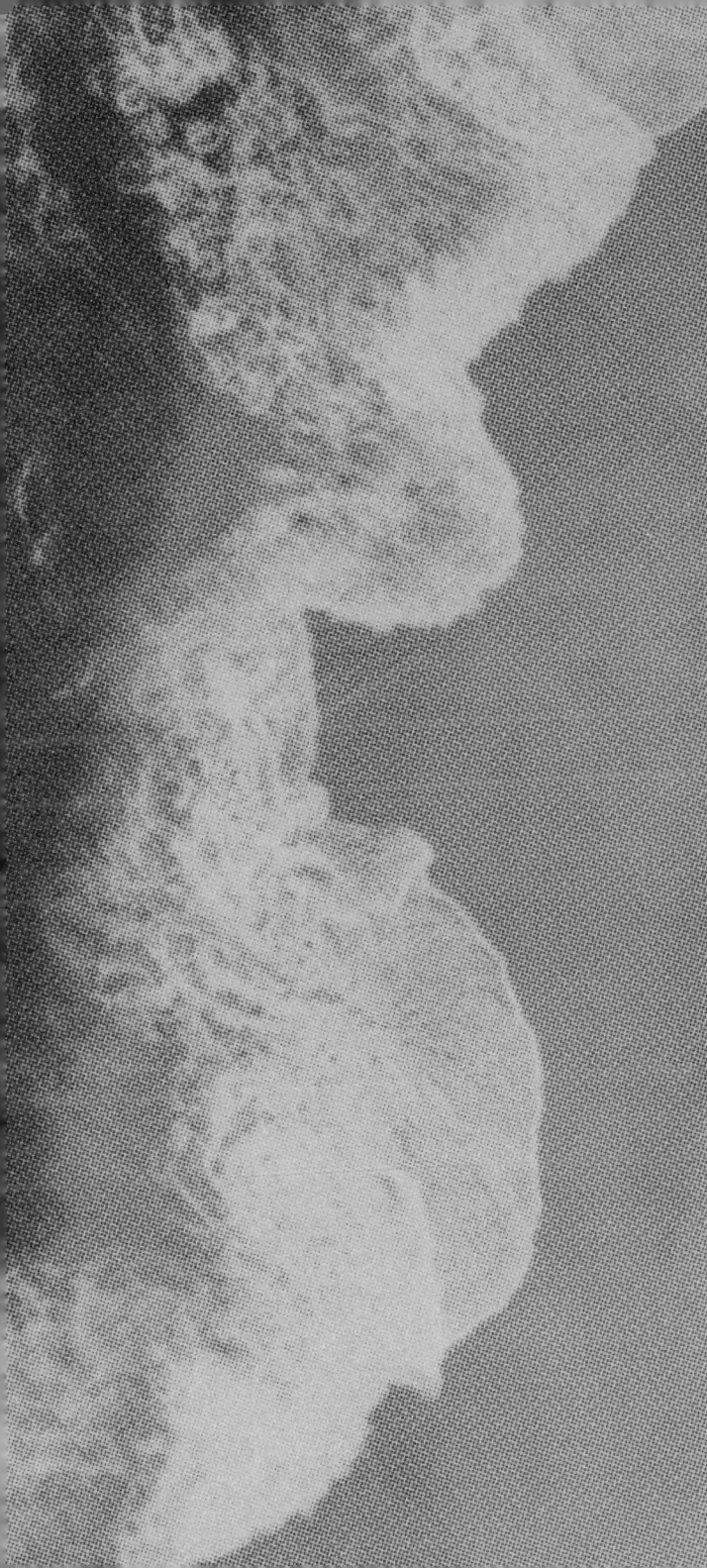

3

땅의 붕통

1

제국호텔 본관 로비의 낮은 계단, 두세 단 내려가면 마치 홀 안의 분지 같은 관엽식물로 둘러싸인 플로어 카페가 있다. 이 카페는 외부로부터 차단된 공간 같은 느낌을 자아내고, 실제로 자리에 앉으면 마음이 편하고 좋다.

K는 여기서 주일대한민국대사관 영사부의 한 참사관을 만나고 있었다. 동석자는 한 명. 만남을 중개한 인물인 민구다.

K는 참사관과 처음 만나는 것은 아니다. 한번 민구가 운영하는 넛포리日暮里의 고깃집에서 만난 적이 있다. 용건은 K의 한국입국 신청 허가 건이었다.

민구를 통해 K의 입국신청을 받은 것인데, 대사관 직원은 한국 정부의 외무부 직속인 것이 관례였다. 주일대한민국대사관에는 예외가 있는데, 참사관이 외무부가 아니라 안기부옛 KCIA·중앙정보부, 통칭 남산의 직속이며, 대사관 내에서도 특권을 갖고 있다는 것을 K는 알고 있었다. 총영사들의 감시 역할도 겸하고 있는 듯하다. 입국신청 허가도 여권 담당 영사의 몫이지만 상사인 한 참사관은 자이니치 진보계 문화인, 작가들을 한국으로 유치했고, 그리고는 한국 국적 취득, 한국 국민으로의 변신, 전향 공작을 펼치는 베테랑 외교관이었다. 언행도 부드러운 신사 타입이다.

수년 전 자이니치 작가의 대표적 인물과 문화인 몇 사람을, 그들이 편집위원을 맡고 있는 '반한, 반북' 잡지 『계간S』* 관계자를 한국에 유치, 『계간S』 와해에 성공. 재입국을 거듭하다가 결국 조선적朝鮮籍을 포기, 한국 국적 취득으로 유도한 유공자이자, 현재의 대표적 작가이기도 한 K를 포섭하는 것은 가장 크고 영예로운 일이 아닐 수 없었다. 이제까지 한국 정부의 초청에 일절 응하지 않은 유일한 거물 K의 입국 신청은 특히 한국의 서울, 제주가 무대인 『화산도』 작가의 도리상 필연적인 길이었다. 올 것이 온 것인가. 뭐가 됐든 K의 건은 대사관의 가장 중요한 안건이 되어 있었다. 반드시 한국으로 유치해라. 그리고 놓치지 마라, 거듭 한국을 드나들면 결국 덫에 걸리게 된다.

참사관의 동반자인 민구가 묘한 표정을 지으며 함께 자리하고 있었지만, 그는 K의 한국 입국 공작의 공로자로 간주해야 한다.

둘 다 노골적으로 공작을 한 것은 아니다. 어떤 자연스러운 기회를 엿보고 있었다. K는 한 참사관에게 직접 들은 얘기도 없고 그를 직접 만나는 것도 이번이 두 번째다. 게다가 오늘은 고맙게도, 일반적으로 입국허가증명서는 영사관에 신청자 본인이 직접 가서 일정한 수수료를 지불하는 절차를 거쳐야 받을 수 있는데, 참사관이 일부러 여기까지 직접 전달하기 위해 가지고 온 것이다. K는 인

---

* 1975년 2월에 창간하여 1987년 5월에 종간하기까지 13년간 총 50호를 발간한 일본어잡지 『계간삼천리(季刊三千里)』를 가리킨다. 강재언, 김달수, 김석범, 박경식, 윤학준, 이철 7인이 편집위원회를 구성하여 창간되었다. 김석범은 편집위원이던 김달수, 강재언, 이진희 그리고 이 잡지를 발간한 삼천리사의 사주인 서채원의 1981년 3월 20일부터 27일까지의 방한을 둘러싸고 그들과 강하게 대립했고, 그들이 일본에 돌아온 직후에 편집위원을 사임했다.

지대라든가 수수료가 대략 얼마인지 모른다. 일체의 신청서류 처리를 모두 한 참사관과 동행한 민구가 대행해 주었다.

이러한 고마운 배려는 상대인 K에 대한 기대에 상응하는 법이지만, 기대에 부응하지 못하는 K에게는 쓸데없는 빚이 된다. 보통 수준으로 담당 영사의 창구에 맡기면 된다. 문제는 결과로서의 입국 허가니까. 한 달쯤 전에 민구네 고깃집에서 만난 것이 첫 대면이었는데, 그때는 인사 정도만 나눴다. K의 한국행에 대해서는 이미 참사관의 귀에 들어갔었겠지만 일절 언급하지 않았다.

그때 한 참사관이 했던 말. 꽤 오래전부터 한번 뵙고 싶었는데 그러지 못하고 있던 걸 이번에 민구 선생님과 함께 만나게 되어 영광이고 기쁘게 생각합니다.

꽤 오래전이라는 것은 1981년 3월, 전두환 군사정권하 광주학살 1주년을 목전에 두고 한 참사관의 공작으로 『계간S』지 편집 멤버들이 한국에 입국해 한국 국적 취득에 이르렀던 때의 일로, 당시 편집 멤버 중 한 명으로 방한에 반대한 K는 『계간S』지를 떠났다. 같은 편집 멤버를 통한 간접적인 K에 대한 공작은 실패로 돌아갔다. 따라서 담당자는 표면적인 부드러운 시선으로 한국 정부 안기부의 공작 대상이었던 K를 노리고 있었던 것이다.

한 참사관과 동행한 민구는 K의 고향 제주의 후배이기도 하며, 8·15해방 후 귀국, 1948년 남한만의 단독선거, 단독정부 수립에 반대하는 제주도 4·3무장봉기에 중학생으로 참가, 후일 소년게릴라로 체포, 인천소년형무소에 수용 후 1950년 6월의 한국전쟁 후에 석방. 그리고 석방 후, 귀국하지 않고 일본에 잔류하고 있던 부친이 있는 곳으로 밀항해 일본으로 되돌아온 남자였다.

제주도4·3투쟁을 소설의 테마로 삼고 있는 K는 그에게 여러 가지 참고할 만한 얘기를 들었고 절친한 사이였지만 4·3투쟁에 대해서는 친정부적인 생각을 가지고 있었고, 국적은 당연히 한국인 한국 국민이다. 민구는 한국 출입국 관련 절차에 정통했다. K가 한국에 편집자들과 취재 입국을 하고 싶은데 입국절차 방법 등을 알려달라고 부탁했을 때 그는 크게 놀라며 희색만면, 선배님, 그게 정말입니까? 모두 저에게 맡겨 주십시오……라고 했다. 그리고 입국허가신청서와 필요한 제반 서류, 사진 등의 준비를 도와주었고, 그것을 그가 직접 한국대사관, 즉 한 참사관에게, 영사관의 사무 담당을 거치지 않고 직접 전달해 준 것이었다.

민구가 K의 입국허가신청서를 제출하고 이를 받았다는 사실 확인 때문은 아니겠으나, 어쨌든 민구와 한 참사관 두 사람이 K와 만났을 때는 안면이 있기도 했고 입국허가신청서 수리가 구실이 됐다. 그리고 오늘 입국허가증명서는 민구도 영사관도 아닌 한 참사관이 직접 지참해온 것이다.

그동안 한 참사관이 관계한 한국 정부의 초청에 대해 한국 입국 거부에서 돌연 입장을 바꿔 자진해 입국 신청을 한 K의 결정에 크게 기대, 겨우 거물급 인사를 끌어들였다고 계산했을 것이다. K는 그렇게 역으로 생각하고 있었다.

커피를 마시며 얘기 나누는 것을 좋아하지 않는 K는 문득 뒤쪽의 발코니풍 난간 주변을 한 번 돌아봤다. 피아노가 조용히 울리고 있었다. 녹턴……. 쇼팽의 4번인가 5번 녹턴이다. 난간 너머 두툼해 보이는 베이지색 커튼을 친, 당연히 문은 열려 있을 터인 방에서 조용히 곡이 흘러나오고 있었다. 커튼 너머여서인지 곡의 울림이 왠지 침울하다.

"K 선생님, 오래 기다리셨습니다. 이거 받으십시오. 입국허가증명서입니다."

"정말 송구합니다. 신청자 본인이 직접 영사관에 가야 하는 걸 여기서 직접 뵙고 허가증을 건네받는 게 송구스럽고 또 감사합니다."

옆에서 민구가 묘한 미소를 띠며 고개를 끄덕이고 있었다.

세 사람은 자리에서 일어섰다. 민구가 계산하려는 것을 한 참사관이 가로막고 계산했다. 세 사람은 낮은 계단을 올라 넓은 로비로 나와 일단 멈춰선 후 인사를 나눴다.

"K 선생님."

얼굴을 마주한 한 참사관이 말했다.

"저기, 부탁이 있습니다."

"……"

"한국에 가시면 당연히 여러 곳에서 인터뷰도 하시고 강연도 하시겠지만, 그, 말씀 도중에 과격한 말이 나올 것 같으시거든 부디 지금 입국허가증명서를 건네드린 제 얼굴을 떠올려 주십시오. 부탁입니다."

그리고 한 참사관은 다시 손을 뻗어 악수를 청했다. K는 반사적으로 손을 내밀지 않았다. 이는 단순한 인사의 악수가 아니다.

"그건 내가 한국에 가서의 일입니다. 약속드릴 수는 없지요. 그건 불가능합니다."

K는 고개를 천천히 가로저었다. 밝은 샹들리에 불빛 아래서 한 참사관의 표정이 미묘하게 일그러졌다. 민구의 안색도 변했다.

한 참사관이 제국호텔까지 직접 입국허가증명서를 가지고 와 약속을 받아내기 위한 한마디에 K는 턱을 위아래로 움직이지 않았다. 그렇다고 입국허가증명서를 돌려달라고 할 수는 없는 노릇일 것이다. 그때까지 서로 웃는 얼굴로 대화를 나누다가, 제 얼굴을 떠올려 달라는 말에 대해 안 된다고 거부 의사를 표명. 여기서 서로가 어떻게 얽힐지에 따라 K의 42년 만의 한국행은 결렬의 순간을 맞을 수도 있었다.

두 사람과 헤어져 역으로 가는 길에 올려다본 빌딩가의 소음 위로 펼쳐진 가을 오후의 하늘은 맑고 높았다.

K는 격동하는 한국 민주화 투쟁의 도가니 속에서 대학 연단 등에 선 자신의 머릿속에 한 참사관의 얼굴을 떠올릴 것인가. 그는 조용히 웃으며 고개를 가로젓는다. 제국호텔 홀의 중이층 발코니 커튼 너머 방에서 들려온 쇼팽의 곡은 잊지 못할 것 같았다.

한 참사관은 『계간S』지 편집위원들의 한국 유치, 이어서 한국 재방문, 한국 국적 취득, 한국 국민으로의 변신, 『계간S』지의 우경화, 반한 자세의 소멸, 곧 『계간S』지 자체의 와해에 대한 공로자다. 그리고 그 당시 같은 편집위원 중 끝내 끌어들이지 못한 작가 K를 지금 한국에 보내면 대단한 유공자가 될 것이다.

K 자신은 『화산도』 제2부 집필로 고뇌하고 있었다. 전체 구도를 살피지 못한 채 『화산도』 제1부 4천5백 장을 완성한 후 처음부터 그러하기는 했지만, 어떻게든 『화산도』의 주요 무대인 제주를 한 번이라도 현지 답사해 볼 필요가 있었다. 그것을 실현하지 못하면 몇 장이 될지 모를 제2부 완성이 상당히 곤란해질 거라는 생각이 들었다.

당시의 '자이니치' 사회는 그야말로 정치의 계절이었고, 남북분단의 상황에서 작가 등 문필가들은 남북 각각의 정치 역학에 농락당한 존재로, 그 강철 냄새가 풍기는 끔찍한 정치의 테두리 밖에서 살 수는 없었다. 1970~1990년대 시절의 얘기다. 그 무렵에 여러 사정, 구실을 만들어 조선적* 지식인들이 한국 국적으로 변경, 한국 국민이 됐고, 자유롭게 한국을 왕래할 수 있게 됐다. K도 거듭 권유를 받아왔다. 대한항공 등의 일반 여객기에서는 눈에 띄기 때문에, 한국 정부 관계 당국KCIA이 보낸 전세기로 비밀리에 한국 입

---

* 일본의 외국인등록상 특별영주라는 체류자격이 존재하는데, 이는 1945년 일본의 패전 전부터 일본에 거주하던 재일동포와 그 후손에게 주어진 영주허가이다. 재일동포는 일본의 패전 후 1952년 샌프란시스코강화조약 발효까지 일본 내 국민이자 외국인으로서의 이중적 지위를 가졌다. 재일동포는 1947년 5월 2일에 공포·시행된 칙령 제207호 외국인등록령에 따라 외국인등록을 하게 되었고, '국적 등' 란(현재의 국적·지역 란)에 '조선'을 표기했다. 이후 샌프란스코강화조약 발효와 더불어 재일동포는 일본 국적을 박탈당했다. 일본의 외국인등록상 '국적·지역' 란의 표기가 '조선'인 자를 '조선적(朝鮮籍)'이라 하고, 1959년 4월 현재 607,572명이었고, 2023년 12월 현재 24,305명이 있으며 이들은 실질적인 무국적자라 할 수 있다.

국을 요구하는 경우도 있었다.

당시 K에게 한국, 제주는 무엇이었을까. 예전에는 '고향 상실자'라 자칭하는 K에게 망향이니 향수니 하는 것은 한 조각 뜬구름 같은 감상에 지나지 않았고, K의 내부에서 고향은 살해당한 지 오래다.

지금 K에게 제주는 무엇인가. '취재', 『화산도』 집필을 위한 취재의 대상이다.

조선적을 한국 국적으로 변경해 그 국민이 되면 간단한 문제지만 어디까지나 조선적으로 한국에, 제주에 가는 것이 중요하다. 북의 공화국을 지지하지 않으므로 자이니치의 조선적은 외국인등록증에 기재된 기호에 불과하며, 법적으로는 무국적이다. 그 지점이 또 한국으로의 입국 공작에 있어 좋은 조건이 됐다.

한국에 가면 되는 게 아닐까. 작품을 위해서는 가야 한다. 한국 정부의 입국허가증명서가 나오지 않아 못 가게 되면 어떻게 할 것인가. 어떻게든 가야만……. 한국 측 진영에 항복할 것인가. 소설 쓰기를 그만둘 것인가. 아니, 그럴 순 없다. 어떻게 해서든 계속 쓸 것인가. 한국에 가지 못하더라도 계속 쓰는 수밖에 없다. 지금까지도 4천 5백 장 되는 제1부를 계속 써 왔다. 길은 절벽으로 끊어진 것 같지만 절벽 쪽에서 길을 찾아 계속 쓸 수밖에 없다. '북'과도 적대, '북'에서는 반혁명분자, '남'에서는 반한 '기피인물'로 남과 북의 협격을 당하면서 도대체 누구에게 충성을 맹세하는가. 여권을 소지하면 외국 왕래가 자유로운 세상에서 참으로 묘한 일이다.

마침 그 무렵, 1984년 12월 중순의 일인데, 오사카의 A 신문 학예부에서 연락이 왔다. 사외 특파원으로 한국 취재 여행을 가지 않겠느냐는 제안이었다. 당연히 그러려면 한국 정부의 입국 허가가 필요하다. 그동안 한국 정부 주일대사관의 K에 대한 한국 입국 공작과 얘기가 겹치지만, 전혀 다른 안건이었다.

한국 측 입국 허가 조건은 K 측의 조건인 제주에서만 현지 취재를 하는 것은 불가. 그 밖에도 한국 측 포항조선소와 38선 견학 요구가 있었고, 그것을 위한 안내인KCIA 요원의 일정한 수행도 필요하다는 상당히 번거로운 얘기가 나와 신문사와 K는 추진을 중단하기로 했다. 군사정권하에서 일정한 제한은 예측됐다. 이쪽의 아킬레스건을 잡고 굴복시키겠다는 것이었다. 관례로 돼 있는 '안내인' 수행 등은 받아들일 수 없다.

그래서 한국 측 허가가 필요 없는, 상대방에게 빚을 지지 않고, 아니 상관없이 자유롭게 비행할 수 있는 방공식별구역 밖을 비행하게 됐다. 날씨 상태를 살피며 4, 5일 안에 결행하기로 결정이 났고, K에게는 참으로 고마운 배려였다.

도대체 한국 국적과 조선적은 어떻게 다른가. 신의 장난이 아닌 정치 권력의 조작. 패전, 일본 전후 사회의 정치적 뒤틀림에 의한 산물이다. 조선에 남북 관계는 없었다. 조선 전체는 과거 일본제국주의 식민지였으나 일본의 패전 후 일본 국내에 약 60만에 이르는 재일조선인이 잔류했다. 1947년, 일본 정부는 외국인등록령을 실시, 재일조선인에게 등록증의 상시 휴대를 의무화했다. 때로는 대중목욕탕까지 미행하기도 한다. 그리고 휴대하지 않았을 경우 일정의 조치를 취한다. 외국인등록증의 국적란은 전부 조선이었으나 조선이 남북으로 분단, 1965년 한일조약으로 남측의 박정희 정부만을 승인, 국교 정상화를 이루면서 외국인등록증의 성질이 바뀌었고 표기가 조선에서 국적을 의미하는 한국이 된다.

이윽고 한국 정부에 의한 재일조선인의 한국 국적 취득 공작이 추진됐다. 특히 조총련계 문화인, 작가에 대한 한국 유치 공작이 적극적으로 이뤄졌고, 1970년대 후반부터 1990년대에 일본 언론계 등에서 활약하는 조총련계 자이니치 문화인들은 대부분 한국 국적을 취득해 한국 국민이 된다.

K가 A 신문의 사외 특파원으로 한국 입국 후 한국 측의 안내를 받는 제안을 거부하고, 신문사의 세스나기 Cessna Plane 로 한국 권역 밖 제주 근해를 비행한 것은 그 때문이었다.

A 신문의 사외 특파원 얘기는 취소됐지만 대신 신문사의 세스나기로 한국 측의 권한이 미치지 못하는 제주 근해를 날게 됐고, 1984년 12월 중순 오사카에서 하네다羽田 공항으로 마중 나온 세스나로 출발, 일단 이타미伊丹 공항에 착륙한 뒤 다시 제주 근해로 출발했다. 오사카에서 왕복 약 2,000킬로미터 약 3시간 후인 오후 2시에 되돌아오는 예정. 기자를 포함해 탑승 인원 8명. 태평양 연안 4,000미터 상공에서 눈으로 덮인 북알프스*의 산들의 장관을

---

* 일본열도 주부(中部) 지방에 위치한 산맥을 주부산맥 혹은 일본알프스라 하고, 그중 히다(飛驒)산맥을 북알프스, 기소(木曾)산맥을 중앙알프스, 아카이시(赤石)산맥을 남알프스라 일컫는다.

한눈에 내려다볼 수 있었다. 시야를 가리는 구름이 한 조각도 없었다. 세토瀨戶 내해 상공에서 백여 킬로미터 떨어진 다이센大山이 선명하게 시야에 들어올 정도로 이 정도면 제주 남쪽 40킬로미터의 방공식별구역 밖에서 한라산을 어렵지 않게 내려다볼 수 있을 것 같았다. K가 손에 쥐고 있는 것은 12배 배율의 쌍안경으로 육안으로 보는 대략 3.3킬로미터 거리에 해당한다고 한다.

이윽고 모습을 보이기 시작한 한라산은 멀리 수평선 위에 정상에서 산세를 드러내며 점차 웅장한 자락을 동서로 펼치기 시작했지만, 세스나기는 한라산을 포옹하듯 접근하지 못했고, 어느새 전방의 시야 아래로 한가득 두터운 구름이 드리워 제주는 금세 구름 아래로 사라졌다. 능선의 그림자도 보이지 않는다. 비행기를 향해 솟아오르는 구름 떼가 곧 눈 밑으로 육박해온다. 비행기는 구름층을 강하, 해상으로 빠져나가 500미터로 저공비행을 계속한다. 하늘도 바다도 어둡고 해상에 짙은 구름이 해무처럼 내리깔리며, 한라산의 모습은 저 멀리에 묻힌다. 비행기는 그저 계속 날았다.

아아, 이윽고 초조한 마음에 섬 그림자 같은 것이 쌍안경이 아닌 육안으로도 희미하게 보였다. 기적 같은 일이었다. 멀리 한라산 정상 부근에서 능선이 동쪽으로 완만하게 퍼지듯 뻗으며 바다로 잠겼다. 서쪽은 정상에서 반으로 접은 듯 어두운 구름에 가려져 있었다. 섬의 남북 40킬로미터, 동서 73킬로미터. 그 그림자의 절반이 세스나기에 모습을 보여주었다. 어두운 구름으로 갇힌 섬 전체는 마치 환상 그 자체였다.

사계절 내내 좀처럼 온전히 그 전체 모습을 보여주지 않는다는 한라산인데, 38년 만에, 여기까지 온 겁니다……. 지성이면 감천이다.

세스나기는 제주 남쪽 40킬로미터, 한국 측 방공식별구역 밖을 서쪽으로 계속 날았다. 이윽고 방향을 동쪽으로 돌린다. 세스나기는 쓰시마 해협, 이키壱岐를 거쳐 현해탄으로 나온다. 망망대해, 원한의 바다. 수 톤의 작은 어선에 몸을 의탁하고 학살의 섬 제주에서 일본으로의 밀항. 고향땅에서 도망쳐 일엽편주에 몸을 숨기고 대해로. 지금 말로 하자면 망명자들. 바로 제주는 마의 섬이었다. 쓰시마는 일본 본토로의 중계지. K 자신도 8·15해방 후 일단 서울로 귀환하여 1946년 여름, 제주가 아닌 부산에서 일본으로 향하는 밀항선에 몸을 실었다.

K의 한국행에 대해 K의 지인과 친구들은 대체로 비판적이었지만, K는 나름대로 받아들이고 있었다. 한국 정부의 초청이 아니라 정부에 비판적인 민족문학작가회의의 초청이었고, 더구나 작가회의, 실천문학사가 공동 주최하는 『화산도』 제1부 번역출판기념회가 1988년 6월 서울에서 열리는데 거기에 K가 초청을 받았다.

그런데 6월 8일 오후 3시 15분 KAL 하네다발 항공편 출발 직전에 입국 불허 소식이 전해졌다. 반정부적 입장인 작가회의 초청을 취소하고 한국 정부 초청으로 전환하면 입국이 가능하다며 불허. 주최자 측의 출판기념회는 항의집회가 됐고, 발이 묶인 K는 급히 장문의 메시지 「『火山島』에 대하여」*를 보냈다.

"원래 지금은 저의 몸이 마땅히 서울에 와 있어야겠읍니다만 여러분께서 아시는 바와 같은 사정으로 저는 지금 일본에서 분한 마음을 억제할 길 없이 이 순간을 맞이하고 있읍니다. 6월 8일 일본 출발을 내정, 오후 3시 25분 비행기편을 예약했는데도 막판에 들어 입국허가가 안나오고 말았읍니다. 비행기편으로 불과 두어 시간이면 가는 곳인데 40여 년 만에 그리운 고국땅을 밟으려는 제 앞에서 그 길이 막혔읍니다. 어이가 없는 노릇이기도 하고, 한편으로는 민주화를 고창하면서 길을 막아서는 현정권의 꼴이 우스꽝스럽기도 합니다. 일개 재일동포작가의 입국을 이 시기에 너그러이 받아들이지 못하는 것은 이유가 어떻든간에 말이 안됩니다.

(…중략…)

제주도 여기저기에 아무렇게나 파묻혀진 채 몇십 년을 두고 밝은 햇빛 한번 우러러보지 못 한 수많은 유골들, '4·3' 당시 사형장이던 제주국제공항 땅밑 깊숙이 묻혀져 육중한 제트기가 드나들 때마다 뽀삭뽀삭 울고 있는 뼈다귀소리들……. 언젠가는 공항을 다른 곳으로 옮겨 기필코 유골들을 파내야겠다면 그것이 맹랑한 소리가 되겠읍니까.

(…중략…)

활주로 밑 암흑속에 수만 사람들의 원혼을 그냥 묻어둔 채, 이땅

---

* 『실천문학』1988년 가을호(통권 11호), 실천문학사, 1988.9, 448~454쪽.

의 역사와 민주주의를 거론한다는 것 자체가 비극이 아니겠읍니까."

K가 참석하지 못한 6월의 출판기념회에서 이 메시지와 이를 대독한 고은 시인의 코멘트가 행사장을 가득 채운 2백여 명 청중에게 충격을 안겼다고 한다. 이들, 특히 과거 사형장이기도 했던 국제공항 활주로 아래 땅속에 묻힌 채 잠든 수백 또는 수천 구의 희생자 유골을 지상으로 발굴해내야 한다. 이는 한국에서의 강연 중 K가 다뤄야 할 메인 주제였고, 한국에서는 입에 담을 수 없는 금기였다.

서울의 출판기념회에 메시지를 보낸 출판기념일로부터 사흘 후인 6월 16일 자 A 신문에 서울 특파원의 출판기념회 기사가 크게 내용을 소개하고 있었다. 이러한 한국 국내의 움직임이 11월 한국행의 제약이 반감되는 동기가 된 것으로 보인다.

한국 정부의 직접 초청이 아니더라도 좋으니 반정부단체 작가회의 초청을 취소하고 일본의 잡지 『분가쿠가이文學界』의 취재로 한정한다. 작가회의 초청 취소는 여권 신청서류에서 작가회의의 이름을 지움으로써 상쇄, K의 한국 내 언행을 사실상 묵인한 셈이었지만 그 결정은 담당 책임자인 한 참사관에게 맡겨진 것이라서 어려운 선택이었다.

K는 감사했지만 그 선택을 거부, 어디까지나 작가회의 초청으로 11월 4일 한국행을 밀어붙였다.

제국호텔에서 한 참사관이 했던 말. 강연 등에서의 말씀 도중 과격한 말이 나올 것 같으면 부디 지금 입국허가증명서를 건넨 제 얼굴을 떠올려 주십시오. 부탁입니다. 그건 내가 한국에 가고나서의 일입니다. 약속할 수는 없지요. 할 수 없습니다. 과격한 말이 나올 것 같으면 제 얼굴을 떠올려 주십시오. 악수를 청하며 내민 손과 함께 나온 그 한마디에는 비통한 생각이 담겨 있던 것이다. 한국에서 집회의 연단에 섰을 때 제국호텔에서 손을 내밀었던 한 참사관의 얼굴을 떠올릴 수 있을까.

한국으로 향하는 날이 다가왔다. 사이타마현埼玉県 K시에서 W시 아파트로 이사한 지 얼마 안 돼 짐도 풀지 못한 채, 나머지 짐 정리는 아내에게 맡기고 11월 4일 나리타成田 오후 3시 25분 출발 KAL기로 42년 만에 고향으로 출발하게 됐다.

조선적을 가지고 42년 만의 한국 입국 소식은 신문에도 실렸고, 출발 전임에도 A 신문의 '인물 칼럼'란에 K의 발언 "독재정권에 대항해 입국을 거부해 왔지만 이번에 입국 비자가 나온 한국 입국에 있어서도 나는 1센티도 양보하지 않았다"가 종합지 S의 편집자 눈에 띄어 K는 귀국 후 이 잡지에 기행문을 집필하기로 약속했다.

이 칼럼 기사 이전에 한 참사관을 만났을 때 구두 약속과 악수를 하지 않았던 것 역시 '1센티도 양보하지 않았다'로 이어질 것이다.

한국 국적 취득, 한국행이 조선적 지식인, 작가들의 유행 현상이 됐을 무렵, K와 친분이 있는 한 여기자가 K 씨는 왜 한국 국적을 취득하지 않나요? 기자는 K가 소설 집필 취재도 못하고 여러 지장이 있는데……라고 배려를 하면서 물어왔지만, 그것들을 모두 초월한 K에게서 왜 한국 국적을 취득할 필요가 있지? 라는 무지막지

한 대답을 듣고는 멍한 표정을 지은 적이 있다. K 입장에서는 입국 거부든 법적으로 조선적이 무국적이든 간에 전혀 문제가 안 된다.

그야말로 한국의 1980년대 전후는 독재정권과 민주세력과의 피로 물든 반파시즘 투쟁이 벌어지던 때이기도 했고, 자이니치 지식인들에게도 가혹하고 격렬한 정치의 계절이었다.

달콤한 꿀의 이끌림과도 같은 한국행은 그야말로 매혹의 귀문鬼門이며 결과적으로는 우리 국민으로의 변신이다. '조국'의 변경인가. 조선적에서 한국 국적으로의 변신을 한국 국적의 자이니치 지식인은 것봐라는 식으로 냉랭하게 보고 있었다. 그들은 그동안 한국 민주세력의 반독재 투쟁에 얼마나 공명하며 싸워 왔는가. 소수파 한국 국적 지식인들을 제외하고.

이리하여 1988년 11월 4일, K는 42년 만에 한국, 고향땅을 밟음으로써 귀문으로의 첫발을 내딛게 된다.

한국행은 가까스로 현실이 됐다. K의 한국행은 현재 집필 중인 『화산도』 제2부를 위한 '취재'가 목적이지만, 그것 자체가 목적인 여행과 겹쳤다고 할 수 있다. 즉, 여행 자체가 취재였다.

당연히 K는 『화산도』의 이방근과 앞으로의 여행 중에 만나게 되겠지만, 단지 1948년 『화산도』 속 이방근을 현실의 K가 소설이라는 차원이 다른 허구적 현실 속 이방근과 어떻게 만날 수 있을지, K가 허구적 현실 세계로 들어갈 수 있을까.

『화산도』의 허구적 공간과 현실의 생활공간을 잇는 것은 허구와 현실의 교착, 겹침이자 이차적 허구로, K가 『화산도』 안에 들어갈지, 이방근이 『화산도』 밖으로 나올지, 양자의 움직임 자체가 허구의 사실, 현실이 된다. 그리고 K는 서울, 제주를 배경으로 한 허구적 세계에서 이방근 등과 만날 것이다.

2

K는 나리타발 서울 김포행 점보기 안에 있었다. 동행자는 『화산도』를 연재하고 있는 잡지 『분가쿠가이』의 담당 편집자 시게타와 K의 친구인 S사의 다카오. 수일 후에 시게타의 동료 다야마가 온다.

K는 두 시간 남짓밖에 자지 못했고 또 숙취 때문에 창에 기대 눈을 감고 있었지만, 창밖은 눈을 찌르는 구름 위 태양빛이요, 구름 틈새로 보이는 지맥은 험준하고 뒤틀린 산맥이요, 계곡 아래 강이요, 거리요……. 아니 K는 잠든 게 아니라 창에 얼굴을 대고 거리와 해안선의 굴곡을 눈에 넣고 있었다. 두통은 나고 42년 만의 한국이라 잠이 오긴 하지만 잠을 잘 수가 없다. 하긴 두 시간밖에 못 자 잠이 오긴 했지만 진짜 졸린 것은 아니다. 자고 싶은 느낌은 들지 않았다. 지금, 비행기 안에서 똑똑히 정신을 차린 걸까.

처음 타는 점보기에는 일본인과 한국인이 반반이었고, 만석의 승객 대부분 가벼운 옷차림을 하고 있었다.

K는 42년의 중무장을 하고 있어 몸도 마음도 가볍지 않다.

42년 동안 비행기 탑승은 손에 꼽을 정도밖에 되지 않는다. 여행이라고 해도 철도로 충분했고 구름 위를 지날 일은 별로 없다. 두 명의 가드 역할을 겸한 일행이 있어서 태연하게 좌석에 앉아 있지만 실제로 몸뚱이가 공중에 떠있기도 하고 마음은 더한 허공에 떠있어 미지의 김포공항에 다가가고 있는 압박감을 주체할 수 없었다.

지난 6월 8일 출발 예정이 불가능해졌을 때의 메시지 일부분을 떠올린다. ······제주국제공항 땅밑 깊숙이 묻혀져 육중한 제트기가 드나들 때마다 뽀삭뽀삭 울고 있는 뼈다귀소리들······. 언젠가는 공항을 다른 곳으로 옮겨 기필코 유골들을 파내야겠다면 그것이 맹랑한 소리가 되겠습니까······. 한국현대사에 '4·3'을 복원시키지 않고서는 진정한 민주화가 있을 수 없다고 생각합니다······. 한국에서는 말할 수 없는 것이다. 이 금기를 42년 만에 입국한 남자가 나라 밖에서 가지고 들어가는 셈인가.

서울로 향하는 1분, 1초가 42년을 응축한 시간의 움직임이자, 지금 육박하는 현재에 42년을 단번에 도킹해 버리는 과열된 순간의 지속이었다.

42년이 두 시간 반으로 응축된 시간이 한 바퀴 돌아, 그리고 온화하게 해방되면서 KAL기는 이미 밤을 맞이한 서울 상공에 들어와 있었다. 서울의 야경은 참으로 웅장하고 다이아몬드가 아닌 극채색의 무수한 보석을 아로새긴 듯 한없이 슬프도록 아름다웠다. 42년의 세월이 나리타에서 두 시간 반으로 응축, 1초, 1분에 작렬, 이윽고 제로 시간으로 사라져 현실로서의 서울 지상에 내린다.

김포공항 도착, 6시 15분이었다. K 일행은 긴장하고 있었다. 아, 여기는 사람들이 몰려드는 공항의 현관이다. 아마 일행 둘은 이런 느낌을 받지 않았을 것이다. K의 입국 수속이 다소 시간이 걸렸고, 다른 게이트에서 먼저 수속을 마친 두 사람이 마음을 졸이고 있는 듯했다. K가 제시한 입국허가증명서는 여권과 모양이 같지만, 주일대한민국대사관이 임시발급한 여행증명서로 여권은 아니다. 직원에게도 '여행증명서'는 낯설다고 한다. 게다가 사진은 본인이 맞는데, 국적란이 '한국'이 아닌 '조선'이라는 점도 수상쩍게 여긴 듯하다. 하지만 곧 상사가 와서 살펴보고는 통과됐다.

통관은 간단했다. 사전에 연락한 도착시간보다 한참 늦었지만 통관이 끝나자 격납고 같은 거대한 출구의 철문이 요란하게 좌우로 열리며 7시에 겨우 공항 로비로 나왔다. 철문 맞은편에 도착을 기다리고 있는 사람들이 울타리를 치고 있었다. 이내 "화산도 저자 김석범 선생 귀국 환영"이라고 가로로 쓴 한글 현수막이 눈에 띄었고 K 일행은 빠른 걸음으로 철문을 나섰다. 일본에서부터 안면이 있는 시인 김명과 기타 30여 명에게 둘러싸여 간단한 환영식을 치르고 이내 시내의 환영회장으로 향했다.

K는 5, 6미터 떨어진 인파 속에서 자신을 응시하는 시선을 포착했다. 사복 경찰임을 직감했다. 저기 사복이 있는 것 같은데……. 예, 김명 시인은 고개를 끄덕이면서 사복뿐만이 아니요. 자세한 건 나중에 아시게 될 텐데, 조금 전까지 경찰들과 한바탕 실랑이를 벌였다는 것이었다. 한국 정부의 '기피인물', 파괴세력, 적화통일을

주창하는 자의 입국 예정을 보수계 신문이 보도했으니, 한바탕 홍역을 치른 뒤 사복 한 사람쯤 눈에 띄는 것은 아, 그렇구나 하고 납득할 수 있었다.

환영 현수막에 적힌 "4·3반미민중항쟁 41년 11월 4일"의 "반미"를 지워라, 현수막을 치워라……고 해서 공항 경찰과 충돌, 실랑이 끝에 결국 반미를 지웠다는 것 같았다. 양쪽의 언성이 높아지자 그 가운데 누군가가 그럼 '친미'라 써서 붙이면 되잖소라 외쳤고, 모여든 구경꾼들이 폭소를 터트린 순간도 있었다고 한다. 홀로 남은 사복은 그 후 현장의 동정을 살펴보고 있던 셈이다.

일행을 태운 차는 서울의 밤을 어디로 어떻게 달리고 있는지 알 수 없었지만, 공항에서 북상, 강폭이 1킬로미터 되는 한강 다리를 건너 서쪽으로, 도시의 중앙부로, 그것은 방향감각이었지만, 질주한다. 밤의 대도시는 네온사인과 간판의 범람, 그 모든 것이 한글인데 차에 심하게 흔들리면서 이것이 근본적인 변화라고 감개무량한 생각. 일찍이 일본어 한자, 히라가나, 가타카나가 점령했던 거리다. 물론 구어는 일본어가 주류, 전쟁 말기에는 조선어 엄금, 폐지. 8·15해방 후 40여 년, 일제시대 친일파의 죄업은 청산되지 못했지만 거리의 한글화는 민중의, 민족의 미래지향적 현실화.

이윽고 번화한 터미널 건너편에서 하차. 여기는 신촌 로터리다. 들어본 적 있는 학생들의 거리로 데모 현장으로 유명한 곳. 조수석에서 뒤를 돌아본 정윤 선생이 매운 냄새가 나지요. 매운 냄새? K가 고개를 갸웃거리자 활짝 열린 차창으로 코와 눈을 찔러오는 희미한 냄새가 풍겨왔다. 매운 냄새. 어제 여기서 데모가 있었다고 한다. 최루탄 냄새가 아직 가시지 않은 것이었다.

신촌의 한식당에서 제주사회문제협의회제사협 주최의 환영회가 시작됐는데 거기서부터 하루하루가 참 바쁘고 '감사한 구속'의 일정이 시작된다. 한국의 술자리는 술잔 주고받기를 반복, 자, 또 한 잔이 몇 잔이 될지, 끝없이 이어진다.

술의 극락이 아닌 술의 연옥이다. 술꾼인 K도 귀문이 아닌 연옥의 문을 지나야 할 것 같다. 여하간에 잘도 마시고 잘도 외친다. 그리고 마지막에는 저항가의 대합창으로 장식된다. 제주4·3사건을 부른 〈잠들지 않는 남도〉. '남도'는 제주를 가리킨다.

규칙적이고 리드미컬하게 팔을 흔들며 일어나 노래한다.

외로운 대지의 깃발
흩날리는 이녁의 땅
어둠살 뚫고 피어난 피에 젖은 유채꽃이여
검붉은 저녁햇살에 꽃잎 시들었어도
살 흐르는 세월에 그 향기 더욱 진하리
아, 아, 아 반역의 세월이여
아— 통곡의 세월이여
아— 잠들지 않는 남도, 한라산이여

이러한 심야의 합창이 가게 안을 울리고 벽을 흔들며 거리로 새어 나온다.

K는 경찰이 습격해 오는 게 아닐까 걱정했지만, 선생들과 젊은 이들이 한데 어울려 노래한다. 처음 듣는 K의 일행도 이내 하나가 되어 같이 팔을 흔들며 합창에 맞춰 허밍으로 노래한다. 술집이 있는 대학가 일대는 마치 해방구와 같았다.

숙소는 종로 근처의 한옥여관이었다. 2차 술자리가 새벽 4시 넘어서까지 이어졌고, 아침 8시부터 신문사와 잡지사에서 걸려온 전화에 비몽사몽 대응, 상대는 아직 취기가 남은 K의 머릿속을 알 턱이 없겠지만 그래도 좀 이른 게 아닐까.

9시가 되어 어젯밤부터 줄곧 함께했던 김명 시인, 그리고 작가이자 실천문학사 주간인 송원이 찾아왔다. 왠지 모르게 안심이 된다. 김명은 K의 서울 체류를 계속 돌봐 주었고, K가 싫어하는 신문사 등의 전화도 대응해 주었다.

김명과 송원은 몇 달이 아닌 몇 년씩 반복적으로 감옥살이를 한 투사다. 두 사람 모두 부드러운 성품으로, 고문을 견디며 옥중투쟁을 해낸 인물로 보이지 않는다. 참고로 김명은 수도원에서 10년 동안 수도한 신부였으나 민주화 투쟁에 참가, 거듭된 체포, 투옥으로 파문당한 말 그대로 투사다.

그의 별명은 고문대장. 옥중에서 고문대장이라 불리는 옥리獄吏에게 참혹한 고문을 당하면서도 굴복하지 않았다고 한다. 고문대장인 옥리가 허리를 굽히며 어째서 선생님은 고문에 굴하지 않소? 선생님 같은 분은 처음이오. 김명은 이미 기독교를 떠났지만, 한마디, 하나님의 뜻이다. 뜻을 아는지 모르는지 옥리는 예, 예 하고 고개를 끄덕인 모양이다. 그 이후 고문대장의 의미가 바뀌어 고문대장은 옥리에서 구 김명 신부로 바뀌었다고 한다.

 K가 서울과 광주에서 만난 사람들로만 한정해도 감옥 생활을 하지 않은 사람은 없었다. 감옥에 들어간 적이 없는 K는 그들과 함께 하는 것이 그저 황송할 뿐이었다. 흐뭇한 얘기지만 형기가 긴 사람이 만약 어떤 선생의 제자인데 그 제자가 선생보다 형기가 긴 경우 선배가 된다. 장군급의 몇 년 형기의 제자가 있는가 하면, 병졸급의 몇 개월 투옥되는 선생이 있기도…….

 K는 김명 등과 일정 회의를 했다. 강연과 좌담회 등 몇 건을 취소한다 해도 자유롭게 개인 활동을 할 여유가 전혀 없는 빡빡한 일정이었다. 42년이라는 공백을 거친 한국행의 대가였다.

 송원의 안내로 6명이 인사동을 거닐다 점심 식사를 하고 오후 2시로 예정된 실천문학사 공동기자회견을 위해 차로 이동했다. 좁은 회견장에는 30여 명의 기자들이 모여 열기로 가득했다. K를 파괴세력이라든가 북괴공작원과 관계가 있고……와 같은 전혀 근거 없는 비방 중상적인 적대적 발언은 일절 없는 환영 무드였다고 할 수 있다. 친정부적인 신문은 얼굴을 내밀지 않았을 것이다.

 기자회견 후 5시부터 작가회의와 실천문학사가 공동개최하는 환영회까지 조금 시간이 있어 학생들이 시위를 한다는 대학로까지 안내를 부탁해 김명을 포함한 5명이 지하철로 이동했다. 혜화역에서 길거리로 나오자 몇 차선이나 되는 넓은 도로를 가득 메운 시위 군중들의 움직임이 눈에 들어왔다. 전두환 부부 처단을 요구하는 시위, 무수한 깃발이 휘날리고 현수막과 플래카드, 전단지가 난무한다. "광주학살, 부정부패, 끝까지 파헤쳐 학살 주범을 처단하자……" 등등. 전신주 옆에서는 남자 하나가 연방 소리를 지르고 있었다. 마스크, 마스크, 전두환 처단 마스크를 사시오. 목에 건 박스 종이를 간판 삼아 학생은 2백 원, 시민은 3백 원이라 외쳤다. 최루탄 막이 마스크였다. 매운 냄새가 도로에 스며 하룻밤이 지나도 사라지지 않는다.

 K 일행은 도로를 메운 학생들의 행진 속으로 들어가 선두가 보이지 않는 시위에 참가했다. 전두환 처단을 외치는 학생들의 목소리를 따라 행진, 김명의 맹우이기도 한 민주파의 거두 김근태도 만났다. K와 김명 세 사람이 스크럼을 이뤄 전진. 그러자 멀리서 최루탄이 발사되는 격렬한 소리가 들렸고, 한참 앞쪽에서 산사태라도 일어난 것처럼 육박해오는 신음이 터져 나왔다. 그 소리가 쓰나미처럼 덮친다. 전경에 밀린 시위대가 거대한 덩어리가 되어 후퇴하자 K 일행은 달아나기 시작했다. 늦게 도망치면 데모대에 짓밟힌다. 도로에서 인도 쪽으로 나와 인근 대학병원 같은 건물 안으로 달아났다가 다시 나와 시위대에 합류한다. 바람을 탄 최루탄의 매운 냄새가 지금이라도 작렬할 듯 다가와 손수건을 마스크 대신 얼굴에 댄다.

 학생들이 외발 수레에 벽돌을 가득 싣고 와서 그것을 하나씩 포장도로에 내동댕이쳐 잘게 부순다. 힘이 부족한 여학생들이 남학생들의 힘을 빌려 벽돌을 길에 때려 부수며 소리를 지른다. 예순 안팎 백발의 할머니가 돌멩이를 여러 개 주워 펼친 치마에 싸듯 옮겨와 학생들에게 건넨다.

K는 잠시뿐이었지만 학생들의 시위 현장 흐름에 합류해 지금 눈앞에서 전경들과의 싸움에서 투석 돌을 부수는 그 모습, 돌멩이를 주워 모으는 핏발 선 눈의 백발 노부인의 모습을 보았을 때 어젯밤 서울에 도착한 뒤 나오던, 김포공항에서의 인사 때도, 신촌의 〈잠들지 않는 남도〉 대합창을 들었을 때도 참아냈던 눈물이 두 뺨에 쏟아졌다. 아아, 여기는 서울이다……. K는 자신이 분명히 서울에 있다는 현실감 속에 서 있었다.

밤에 송원에게 전화가 왔다. 뭔가 수상쩍은 전화는 없었습니까? 없다고 대답하자, 실천문학사에 서너 번 전화가 왔다가 바로 끊겼습니다. 일본 대형출판사로부터의 취재 여행, 한국 정부의 입국 허가를 받은 입국이고, 테러라도 발생하면 국제 문제가 되기 때문에 정부가 직접 지시하는 것은 아니지만, K 선생님에게 이런 말씀을 드리는 건 죄송한데 그래도 무슨 일이 일어날지도 모릅니다. 전화도 그렇고 조심해 주십시오.

K는 그 사실을 동행한 시게타 등에게 전했고 보디가드 격인 그들이 더욱 바짝 붙기 시작했다. 광주에서는 현지 활동가들과 함께하다 보니 자연스럽게 가드는 사라졌다.

동행한 편집자 두 명은 물론 일본 출판사의 파견, 취재라는 형식에도 걸맞는 것이나, 사실은 K씨의 한국 체류 기간의 돌발적인 사태를 대비한 경호원이기도 한 것이다. 자세히 살펴보면 모든 행사 때마다 한 사람은 K씨 바로 옆에, 또 한 사람은 거리를 두고 동향을 살피고 있음을 알 수 있었다.『스위트홈』*

"고국이 그렇게 위험한 곳이라고 생각했습니까? K 선생께서 테러를 당할 우려가 있다고 생각하셨던 모양인데, 저는 그건 기우가 아닌가 하고 생각합니다."

"얼마전 중앙일보 오 부장 테러사건도 있지 않았습니까?"

"선생은 한국정부에서 오라고 해서 오지 않았습니까?"

"내가 권력의 비위에 맞지 않는 소리를 좀 하더라도 권력이 테러를 할 것이라고는 생각지 않습니다. 그러나 나 같은 사람은 '빨갱이'라고 매도하는 극우세력도 있을 것 아닙니까?"『월간경향』**

K는 수많은 잡지 인터뷰에 쫓겼지만, 그중에서도 여기자의 강제적인 면에 적잖이 놀랐다. 군사정권 체제사회에서 민주화 투쟁

---

* 이 글은 『스위트홈』(월간스위트홈사, 1988년 12월 송년특대호)에 실린 「만나고 싶은 작가 : 통일된 한국이 바로 나의 조국 — 화산도 작가 김석범이 흘렸던 눈물은…」(글 / 자유기고가 고경미, 사진 / 윤부갑, 395~399쪽)이라는 기사의 일부이다.

** 이 글은 『월간경향』(경향신문사, 통권286호, 1988년 12월)에 실린 「인터뷰·『火山島』의 작가 金石範 – '4·3 復元해야 民主化'」(정순태 경향신문사 월간경향부차장)의 일부이다.

을 거듭해 온 사회의 우먼파워 출현. 원래 한국 여성은 기가 세고 자기주장형이지만 K는 중도 성향 주간지 여기자와의 통화에서 언쟁을 벌이다가 화가 나면서도 감탄할 수밖에 없었다. 어쨌든 K는 '기피인물'로 정부 기관에 등록돼있는 입국자인 것이다. 이러한 '요주인물'을 집요하게 쫓아다니며 인터뷰 기사를 쓴다. 고마운 일이다. 거절하는 일이 있어서는 안 된다.

그중에서도 끝까지 취재를 포기하지 않은 여기자가 있었는데, K는 결국 취재에 응하지 못한 것이 미안하고 마음에 걸렸다. 취재 문의 전화에서 언성을 높이기도 했지만, 사과하고 싶을 정도의 취재 거부였다. ……다른 여성지 인터뷰는 해주셨잖아요. 저희도 꼭 선생님과의 인터뷰 기사가 필요합니다. 그건 알고 있어요. 서울에 도착하자마자 김포공항에서 한 선약이오. 저는 제주에 취재하러 가서 서울에 없었으니까요…….

12일 아침, 광주로 향하기 전까지 이미 서울 체류 일주일이 흐르고 있었는데, 강연에다가 간담회, 학생들과 밤늦게까지 술자리, 수면 부족에 숙취가 이어졌지만 하루도 술을 거르지 않았다. 그것이 매일 이어지며 안비막개眼鼻莫開, 눈코 뜰 새 없이 밤은 술을 마신다. 그러면서도 잘도 밤에서 빠져나와 이튿날 일정을 소화한다. 아직 한국 체류 예정의 절반밖에 지나지 않았는데 이렇게 술이 채워지는 밤이 연일 계속되면 어떻게 될까.

광주로 떠나기 전날 밤 홍익대에서 제사협 주최 한겨레신문 사장 송건, 연세대 성운 교수 등이 참석, 4·3에 관한 간담회가 있었는데, 아침부터 중도 성향 주간지의 여기자로부터 걸려온 전화로 잠이 깼다. 전날 인터뷰 신청에 대한 재확인과 독촉이었다. 장소와 시간을 정했던 것은 아니다. K는 다른 취재도 거절하고 있었고 도저히 시간이 나지 않자 취재에 응하는 것은 어려울 것 같다고 했지만 그녀는 물러서지 않는다. 선생님, 그건 안됩니다. 꼭 시간을 내주셔야 합니다. 정말 곤란하다고 한다. 『주간X』는 선생님 인터뷰를 필요로 한다. 반드시 기사를 써야 한다……. 아무리 그래도 시간이 촉박하니 양해해 달라고 해도 K의 말을 듣지 않는다. 지금 호텔로 가겠다는 것을, 그건 너무 일방적이지 않냐며 K는 얼굴이 보이지 않는 상대에게 안 된다고 타일렀다. 내일 아침 광주로 간다는데 왜 막판에 그런 억지를 부리는 건지, 그렇다면 왜 진작 인터뷰 신청을 안 한 건지. 벌써 서울에 온 지 일주일이 다 됐는데 말이다. 주머니에 돈이 없는데 어떻게 돈을 터나, 그런 이치인데 말이다. 어제 제주 출장에서 막 돌아와서……. 연락이 늦어서 죄송하지만 그래도 선생님은 저를 위해 시간을 내주세요. 남자가 묵는 호텔 방에 여자가 이른 아침부터 찾아뵙는 게 좀 그럴지도 모르겠습니다만, 오늘 시간이 안 나시면 내일 아침 광주로 출발하기 전인 5시에 찾아뵙겠노라 해서 K를 놀라게 했지만 그녀는 필사적이었다. 그녀는 양보해서 6시에 오겠다고 한다. 궁지에 몰린 K는 결국 어쩔 수 없이 6시는 이르니 7시에 보자고 약속하고 말았다.

오후에 호텔로 온 김명에게 사정을 얘기했고, 아무래도 어려울 것 같으니 그를 통해 그녀에게 다시 연락을 해 인터뷰 취소를 통보했다.

두 사람의 통화가 시작되자마자 김명이 귀에 댄 수화기에서 그녀의 비통한 분노가 섞인 쉰 듯한 날카로운 목소리가 울려왔다. 음, 음, 조용히 고개를 끄덕이고 있었는데, 이윽고 김명의 목소리가 강철 같은 울림을 내기 시작하더니 잔잔해지지 않았다. 미간에 주름이 잡힌다. 그녀는 K의 약속 위반이라며 뜻을 굽히지 않는 것 같다. 생각보다 길어진 통화 결과, 김명의 무서운 대갈일성이 떨어지기 전에 그녀는 포기한 듯했다. 아이고 참……. 김명은 한숨을 내쉬며 웃었다.

"아이고, 수고했네."

K는 휴우 하고 숨을 내쉬었다. 등에서 큰 짐을 내려놓은 듯한 기분이 들면서도 그녀에게 미안한 마음이 들어 뒷맛이 개운하지 못했다. 몇몇 여성 편집자들을 만났지만 모두 발랄하고 추진력이 좋다. 기쁜 일이었다.

1945년 8월, 일본제국의 패전, 식민지 조선의 해방을 전후해 K가 기숙했던 선사禪寺, 조선 불교의 전통을 지키며 조선 독립운동 비밀조직의 아지트이기도 했던 선학원. 여러 학생들과 공동생활을 하던 남산 서쪽 기슭에도 들르고 싶었지만, 그 시간을 인터뷰 등의 일정으로 잡아야 했기 때문에 K가 자유롭게 쓸 수 있는 시간은 없었다. 제주에 갔다가 다시 서울로 돌아오니, 그때 가보기로 하고 우선 광주로 향해야 한다.

11일 낮에 시게타의 동료 다야마가 서울 도착, K 일행은 다음 날인 12일 9시 5분 열차를 타고 광주로 향한다. 정윤 중앙대 교수가 동행. 광주에서는 광주학살 희생자들의 망월동 묘역을 참배하고 나서 제주행 연락선이 있는 목포로 직행할 예정이었는데 작가 송원이 기다리고 있으니 광주 현지에서 합류 후 망월동 묘역에 동행한다는 것이었다. 이로써 12일 제주 도착 예정이 어려워진다. 제주에는 아무에게도 연락하지 않았지만, 신문에는 정부 당국이 '기피인물'로 간주하고 있는 자이니치 작가 K가 12일, 42년 만에 고향 제주 입도라는 기사가 나서 특히 친척들은 경계하고 있을 것이다.

광주까지 3시간 40분. 점심이 지난 시각에 도착. 전남대 교수이기도 한 송원, 조담, 그 외 관계자들이 마중을 나와 차 두 대에 나눠 타고 조선대학교로 향한다. 도중에 1980년 5월, 전두환 정권 당시 광주학살 격전에서 최후의 보루였던 전남도청으로 통하는 금남로를 지난다. 그곳에서의 격렬한 총격전으로 많은 시민이 쓰러졌던 일 등을, 송원이 창문으로 몸을 내밀어 손가락으로 가리키며 마치 한 달 전의 일처럼 생생하게 말했다. 물이 살포된 창밖의 아스팔트 도로가, 코를 찌르는 초연이 사라진 흔적 같은 착각에 빠져들게 한다.

K 일행은 조선대 총장실에서 인삼차를 마신 뒤 이돈명 선생의 안내로 10명[K 일행은 4명]이서 북쪽 20여 킬로미터 떨어진 담양으로 향했다. 시내에서 익숙한 음식을 드시기보다는 순수 전통요리가 좋지 않겠냐는 제안이었다. 이미 예약 완료.

이 총장은 시인 김지하의 반공법 위반 등 굵직한 사건을 맡아온 인권파 변호사로 알려져 있으며, 권력 측에 대한 그의 타협 없는 비리 추궁과 권력의 시녀역인 재판부에 대한 비판 때문에 법관의 심증을 해치고 오히려 시녀역에 대한 비판을 거듭해 형이 무거워진다는 말을 들을 정도의 반골 민주인사다. 한편 시녀역인 재판관 못지않게 전두환 정권을 옹호하던 전 총장을 학생과 교직원 보이콧으로 총장 자리에서 추방, 교내 구성원들의 요청으로 서울에서 모교인 조선대학교 총장으로 온 것이었다.

가게 이름 자체가 '전통식당'으로, 20여 종에 이르는 전통요리에 식사를 한다. 더구나 40여 년 만에 일본 사회에서 나온 K는 연신 심호흡을 하며 탁상의 진수성찬을 받아들였다. 찹쌀, 생강, 대추가 원재료인 전통 미주 강화주를 곁들이며 입을 계속 움직인다. 어젯밤은 두세 시간밖에 못 잤다. 게다가 계속 이어진 음주로, 낮부터 강화주에 완전히 취하고 말았다. K 옆에 앉아 잔에 술을 따라 주신 이 총장 선생님 왈. 크게 취하시구려. 그리고 망월동에 가서 크게 우세요.

참석자들은 1980년 5월 광주학살의 전화를 뚫고 온 투사인 만큼 감옥 이력에 대한 얘기가 재밌었다. 이 총장 선생님은 후배들에 비하면 몇 개월 투옥에 불과한 병졸이다. 총장 선생님은 투옥 경력이 있는 것만으로도 나을 것이다. K의 옥중 콤플렉스가 심해진다. 이 자리에 김명 시인, 고문대장이 있어 얘기가 더해졌더라면 더욱 흥겨워졌을 게 분명하다. 일본에 오는 제주 출신의 젊은 친구들은 모두 민주화 투쟁에서 감옥 생활을 오래 한 투사들이지만 K는 안전지대인 일본에서 항상 격려를 받아왔다.

망월동에는 현지 기자들이 기다리고 있었다. 차에서 내린 일행은 경사를 조금 올라가 묘역 언덕 위에 섰다. 잘 다듬어진 갈색 잔디밭에 가려져 있는 백여 개 봉분이 각각의 묘비와 함께 여러 줄로 정연하게 늘어서 있었다.

K 일행은 중앙의 제단 앞에 서서 참배를 마쳤는데, K는 취기에 머리가 타는 듯해 가만히 서 있을 수 없었다. 젊은이들의 묘 사이를 걸으며 머리가 중천의 햇빛과 취기로 끓어오르고, 열로 부풀어 오른 눈시울에서 눈물이 쏟아져 나왔다. K는 그 자리에서 목청껏 울었다. 도대체 이게 무슨 일이냐……. 쏟아지는 눈물을 한 손으로 가리듯 감추며 K는 목청껏 울었다. 아이고, 아이고…….

높고 맑은 하늘 아래 언덕 위에서 송원과 어깨를 감싸 안고 울었다. 유해들, 모든 것이 비참하고, 모든 것이 무참하다는 생각이 취기가 오른 열을 타고 가슴을 안에서 쿵쾅쿵쾅 두들겼다. 이 나라는 예나 지금이나 마찬가지, 젊은이가 노인보다 먼저 무참히 죽어간다…….

광주 출발에 앞서 9일 저녁 서울의 북단 성북 수유리의 4·19혁명묘지로, 여원사女苑社의 차로 이순희 기자, 김명 시인과 함께 향한다. 이승만 개인 독재 반대, 타도. 고려대에서 시작된 10만 시위. 사망자 186명, 부상자 6천여……. 이승만 대통령, 미국 망명.

묘지는 수림을 배경으로 벽화 같은 심볼릭한 조각과 크고 작은 흰색 직사각형 모양 기념비의 집합체였다. 찬바람에 뺨을 맞으며 잔을 올린 뒤 소주를 각자 입에 댄다. 4·19혁명묘지에서, 12일에는 1980년 5월 광주대학살의 터, 망월동 공동혁명묘지로 향한다.

전라남도 도청 지하실에서 확인된 것만 해도 5월 23일 현재, 얼굴 형체를 알아볼 수 없을 만큼 화염방사기로 타버린 시체가 475구였다고 한다. (…중략…)

나는 예전에 한 잡문에서 미국의 베트남 학살, 그리고 선미 사건을 알았을 때도 놀라지 않았다고 쓴 적이 있었다. 미국의 학살 수법은 이미 2차 대전 직후의 남조선에서, 그중에서도 1948년에 일어난 제주 4·3사건의 대학살에서 선보였기 때문이라고 덧붙이면서.

따라서 나의 충격과 놀라움은 점차 드러나고 있는 광주학살의 세부적인 잔학을 처음 접했기 때문이 아니라 그 살인자들의 수법이 30여 년 전 제주도 사건의 그것과 너무나도 흡사하다는 사실에 더욱 충격을 받은 것이었다.「광주학살에서 생각한다」,『계간S』, 1980.8*

시내로 들어와 송원이 소장으로 있는 한국현대자료연구소로 간다. '광주민중항쟁 관련 체험담과 목격담'을 수집하고 연구한다고 한다. 연구소에서 잠시 쉬다가 전남민족문학협의회 주최 환영회에 참석. 현지 문학인들은 누구나 수년간 옥살이 체험자로 그 존재

---

* 「광주학살에서 생각한다(光州虐殺に思う)」는 김석범이 1980년 8월에 발행된 『계간삼천리』제23호에 발표한 글로, 『고국행(故国行)』(岩波書店, 1990)에도 수록되어 있다.

만으로 압도된다.

이제 2차까지 자리를 함께할 힘이 다했다. K에게 필요한 것은 휴식뿐. 그러나 호텔로 돌아가면 내일 일본으로 출발하는 동행자 중 한 명인 S사 다카오의 송별을 핑계로 늦게까지 술잔을 기울이게 될 것이다. 술이 제멋대로 입을 벌리고 들어온다.

미국은 세계의 주시 속에서 광주학살을 외면했다. (…중략…) 그리고 지금 미군은 그 휘하의 한국군에게 광주 출동을 허가함으로써 살인자들의 광주시민학살에 손을 빌려준 것이다. (…중략…) '파괴와 살인이 난무하는 거리……, 일체의 방송이 중단되고 뉴스가 차단된 암흑의 외딴 섬' 광주는 민주 수호의 정의와 인간 존엄을 위해 목숨을 걸고 싸웠다. 공무원도 경찰도 찾아보기 힘든 완전한 학생 시민에 의한 자치 시 정관리, 학생 시민에 의한 사태수습대책위 발족. 3천 5백 정의 무기 자유 소지와 그것의 회수……. 피로 물든 광주의 열흘은, 그리고 시민들이 <u>스스로</u> 무장하고 포학에 항거하며 <u>스스로</u> 자유를 얻은 경험은(그 세부사항은 언젠가 밝혀져 이 나라 민주화운동에 큰 힘을 실어줄 것이다) 매우 중요한 의의를 지닌다. 새로운 의식의 혁명이다.「광주학살에서 생각한다」

환영회 다음 날 아침, 송원과 조담, 정윤이 호텔로 찾아와 아침식사를 하며 거기서 재회를 기하고 건배. 그리고 또다시 건배. 피로 물든 혁명도시의 문학자들. 학살과 혁명의 피가 튀었던 것은 1980년 5월, 8년 전이었다. 시인 문병란은 「누가 5월을 안다고 말하는가」라는 시를 망월동 묘역 언덕 위 하늘을 향해 쓴다.

누가 감히
광주의 5월을 안다고 말하는가?

역사의 숨은 참뜻 깊은 광맥으로 스며있는
5월의 뜨거운 피, 5월의 타는 눈물을
누가 감히 쉽사리 이야기할 수 있는가?

광주의 5월은
그 5월을 말하는 사람 속에 있지 않고
광주의 피눈물은
그 피눈물을 노래하는 사람 속에 있지 않고
광주의 눈물은
그 눈물을 장식하는 꽃다발 속에 있지 않고
광주의 죽음은
그 죽음을 흥정하는 웅변 속에 있지 않다.
광주의 5월은
그 5월 자신의 죽음 속에 스며있는
영원한 침묵 속에 숨어 있고

광주의 5월은 그 5월의 표상,

한 점 절규보다 더 뜨거운 무덤에 있다.

5월의 무덤은 언덕 위 묘역에서 불타고 있는 것이다.

민족문학협의회의 어젯밤 환영사에서 문병란 시인은 일본에서의 『화산도』 출판에 관여한 일본의 벗들께 진심으로 감사를 표한다고 말했고, K는 이를 동행한 세 사람에게 일본어로 전했다.

3

K 일행은 11시 출발 버스를 타고 목포로 이동. 목포항에 들러 내일 배편을 확인한 뒤 해안가에 있는 호텔에 들어간다. 다카오는 일정이 있어 일본으로 출발했기 때문에 K 일행은 K와 시게타, 다야마 세 명.

일제시대의 유행가 〈목포의 눈물〉로 알려진 돌산 유달산에 올라 바다를 내려다보고 밤에는 뒷골목 술집에서 돼지 머릿고기에 막걸리를 걸쳤다. K의 술은 멈추는 일 없음. 해안가 호텔에서 1박.

이튿날은 10시에 출항하는 연락선을 타고 제주로 향한다. 제주까지 약 8시간. 제주 바다의 거친 파도를 뚫고 가는 뱃멀미를 각오해야 하는 항해인데, 택시로 목포항에 가보니 이게 웬걸 엔진 고장 때문에 운행을 중단한다는 안내가 붙어 있다.

어제 창구에서 연락선 10시 출항을 확인해 두었는데 어떻게 된 일이냐고 따지자 여직원도 곤란해하며 고개를 젓기만 한다.

K는 바다 위의 아득한 섬 그림자를, 이윽고 솟아오르는 한라산을 천천히 바라보고 싶었다. 날씨는 맑았다. 11월, 1984년 12월에 A 신문의 세스나기로 제주 근해를 비행할 때 해상까지 드리워진 흐린 날씨 이미지를 깨끗이 떨쳐버리고 있었다. 이곳에서의 한라산 방향은 북쪽이고, 세스나기에서 바라본 한라산은 반대편 남쪽이었다. 능선이 다소 완만하다.

42년 만의 제주인데 정말 막막하다. 온몸에서 힘이 땅으로 빨려 들어가는 듯했다. K는 희미하게 푸른, 흐릿한 수평선을 바라보고 있었다.

저녁에 페리가 있었지만, 그러면 밤이 늦어진다. 사무적인 일도 아니고 어둠 속에 잠긴 제주를 떠올리는 것만으로 42년의 세월이 허사가 될 것 같은 기분이다. 내일 15일은 제주대 강연도 있다.

항공편이라면 서울 김포공항에서 제주공항까지 한 시간이지만 목포에서 불편한 연락선을 타려고 한 것은 도중에 광주 망월동 묘역을 참배하기 위함이기도 하고, 제주공항 활주로 아래에 4·3학살 당시에 암매장된 많은 희생자들의 유해가 그대로 있어 그 위를 점보기로 착륙하고 싶지 않았기 때문이다. 무엇보다 옛날처럼 선상에서 아득한 수평선으로 모습을 드러내는 한라산을 바라보고 싶었다.

K 일행은 택시를 타고 제주행 쾌속정이 있다는 완도로 향했다. 택시는 서울에서도 그렇지만 폭주하는 총알택시로, 100킬로미터

가 넘는 초스피드로 차량이 적은 국도의 중앙선을 아슬아슬하게 넘나들며 달린다. 마찬가지로 초스피드의 차가 맞은 편에서 달려오니, K 일행은 숨을 헐떡이며 소리를 지를 뻔했다. K는 날카로운 바람 진동을 일으키며 마주 오는 차와 스쳐 지날 때마다 심장이 아플 정도로 두근거렸다.

건너편 해안에서 자동차도로로 연결된 완도에 도착. 지나오는 길 곳곳에 한글로 "멸공, 방첩, ××경찰서" 슬로건과 "간첩 신고", 즉 밀고, 자수를 권하는 입간판들이 눈에 띄었다. "어둠 속에 떨지 말고 자수하여 광명 찾자……"

완도항 여객터미널 구내에 있는 완도경찰서 임시검문소 벽에는 한글로 된 큰 고지판이 붙어 있었다.

간첩신고 대공상담. 자수간첩 = 정착금 지급, 생활보장. 신고상금 = 3천만 원. 신고상담 = 신분 및 비밀보장. 신고전화·광주×××번……. 국가안전기획부 대공상담소

오후 3시 출발, 5시 30분 도착 쾌속정 표를 산다. 2시간 30분. 빠르다. 어이없는 느낌이 든다. 너무 빠르다. 여객터미널 앞 식당 2층에서 느긋하게 점심 식사를 한다.

완도를 출발한 쾌속정은 맑은 하늘 아래 잔잔한 바다를 달렸다. 배는 파도를 헤치고 굉음을 내며 선체를 반쯤 띄워 달린다. 수백 톤급 쾌속정. 숙취가 남아 있는 머리가 폭발하는 엔진 굉음과 진동

을 계속 맞고 있었다.

 배에 올라 실망한 것은 당연한 일이지만, 선실 밖은 출입금지였다. 의자에 고정된 '연금 상태'였다. 갑판에 나가 바닷바람을 쐬며 직접 바다 공기를 마실 일도 없는 항해. 이것이 42년 만의 뱃길인가. 42년 전 그때는 그야말로 파도에 휩쓸리는 일엽편주, 10톤 안팎의 목조 밀항선이었다. 배는 오르락내리락, 물보라를 뒤집어쓴 창문에 가려 확실히 볼 순 없었지만, 노을로 물든 하늘을 배경으로 한라산의 실루엣이 흐릿하게 솟아 있는 게 보였다. 아이고……. K는 작게 외치며 숨을 내쉰다. 안쪽에서 손수건으로 아무리 유리창을 반복해 닦아내도 물보라를 막을 순 없다. 눈앞에 날아와 유리창을 내리치는 비말이 보일 뿐이었다. 승객들의 호흡으로 창이 흐려지는 것은 닦아낼 수 있다. 그것만으로도 유리창 너머의 시야는 좋아진다.

 이윽고 섬이 차츰 윤곽을 드러내기 시작했다. 바다를 향해 한라산 동서로 한없이 뻗은 능선이 좌우 시야로 사라지면서 배는 제주로 근접해 가고 있었다. 섬에 가까워지자 바닷가 언덕을 배경으로 크게 몇 가닥 늘어선 굴뚝이 어렴풋이 보였다. 순간 그것이 기이하게 여겨져 위화감의 쓰디쓴 즙이 온몸에 퍼지는 듯했다. 예전에는 볼 수 없던 광경이다. 아니, 이건 결코 타향이 아니다.

 부두에 가로댄 갑판 쪽으로 승객들이 줄을 서기 시작했다. 부두는 옛날처럼 하늘 아래 열린 공간이 아니라 눈앞에 거대한 건물로 둘러싸인 느낌이 드는, 갑자기 건물 안으로 빨려 들어가는 듯한 여객터미널 구내로 사람들이 흘러나갔다.
 눈앞의 창문이 없는 건물이 커다란 벽처럼 시야를 가리고 있었다. 여긴 어디지? K는 사방이 막힌 혼잡한 건물 안에서 잠시 멈춰섰다.
 "K씨, 왜 그러세요?"
 겨우 고향 땅을 밟은 K의 눈에 비친 광경. 눈앞의 거대한 건물 건너편, 세월 저편에 제대로 바다로 열린 시야에 작은 항구의 밋밋한 부두가 있었다. 해안가 벽에 파도가 부서진다.
 "음, 아무것도 아니오. 옛날엔 여기에 이런 큰 건물이 없었는데 말이지."
 "옛날이란 건 몇십 년이나 지난 얘기죠? 42년이면 반세기예요. 항구도 변할 수밖에요. 없어지기도 하고요."
 "항구가 없어져서 뭐가 되지?"
 "그건 모르죠. 제주항은 없어지지 않았죠? 반세기가 지나면서 크게 변했다는 말씀이시죠?"
 K는 고개를 끄덕였다.
 "이게 42년 만이라는 게로군. 서울도 상전벽해였으니까. 아무리 그래도 전혀 모르겠는데."
 부두는 가만히 서서 감회를 천천히 느낄 수 있는 그런 장소가 아니었다. 시장통 같은 시끌벅적한 분위기. 항구의 대규모적인 변모가 압도적이었다. 게다가 몹시 붐벼서 도대체 이곳이 옛날에 꽤 넓었던 항구의 어디쯤에 생긴 부두인지 그 위치조차 가늠할 수 없었다.

 북적거림 속에서도 K의 머리 한켠은 아득한 한라산의 모습을 찾고 있었다. 건물이 끊어지는 부두 가장자리 쪽으로 공간을 찾아 이동하자 과연 노을빛으로 흐릿한 하늘 끝에 유유히 솟아오른 한라산의 남색 실루엣이 확연히 눈에 들어왔다. 서둘러 카메라를 돌렸을 때 어디서 나왔는지 서너 명의 남자에게 제지당했다. 시게타와 다야마가 K의 양쪽으로 바짝 붙었다. 남자들은 두 사람에게 눈을 돌렸지만 아무 말도 하지 않았다. K는 한라산을 찍는다고 항변도 하지 않았고, 입도 움직이기 싫었다. 상대도 더 따라붙지 않았기 때문에 말없이 발길을 돌린다. 공안이다.

 미리 도착 일시를 관계자에게 알리지 않은 것을 후회했다. 신문에는 12일에 목포발 배편으로 제주에 도착하는 것으로 알려졌으나, K는 이틀 지연된 입항을 현지의 그 누구에게도 알리지 않았다. 조용히 상륙하고 싶었다. K의 머리는 42년 전 그대로였다. 자신에게 기가 막혀 기가 막힐 여유도 없었다. 42년 전 옛날 그대로의 인간이, 지금 여기서 움직이고 있는 현실이 자신이었다.

 여객터미널 구내 공중전화로 호텔에 예약 전화를 걸었지만 좀처럼 받지 않는다.

 바깥 큰길로 나온 곳이 도대체 이게 어느 동네지……. 모르는 동네였다. 아이고, 여기가 어딘가, 얼떨떨해서 멍하니 있는데 택시 기사가 말을 걸어왔다. 일본에서 온 손님임을 알고 안내해 준 호텔은 그리 멀지 않은 해안가 도로를 따라 두세 줄로 늘어선, 서울과 도쿄 한복판에 있는 듯한 호화호텔이었다. 항구에서 3, 4분, 그것도 총알택시가 아닌 여유로운 속도의 이동이었다. 그것만으로 마음이 안정된다. 아아, 겨우 방향감각이 되살아났다. 여기는 산지항 부두 서쪽의 탑동이고, 옛날의 일도리,『화산도』에 나오는 이방근 집에서 북쪽으로 수 분 떨어진 해안가의 암석지대였다. 옛날에는 제주항을 산지항이라 불렀었다. 차 안에서는 암석지대가 보이지 않는다. 제방과 테트라포드에서 꽤 떨어져 있는 것 같았다. 모두 매립지다.

호텔에 도착해 각자 방을 잡고 저녁 식사를 마친 뒤 여러 군데 전화로 연락을 취한다. 제주대의 고창, 작가 오성, 제주신문 양훈, 김종, 그리고 고종사촌인 언기 형.

도대체 K 일행은 쾌속정 트랩을 내려와 여객터미널 밖으로 나올 때까지, 어떻게 인파를 헤쳐 부두 밖으로 나온 것일까. 머리의 나침반이 고장 나 인파에 밀리는 대로 밖으로 나온 것인가. 상륙하자마자 길을 잃는다는 것은 생각할 수 없는 일이었다. K의 얼굴을 아는 사람은 언기 형뿐이었지만, 신문에 난 작은 사진 정도로는 혼잡한 인파 속에서 K를 찾을 수도 없었다.

약속도 없이 마중 나온 사람들은 혼잡한 부두에서 K 일행을 찾지 못한 채 돌아갔다. 신문에 보도된 도착 예정일부터 조금 전까지도, 목포에서 연락선이, 페리가, 완도에서 쾌속정이 도착할 때마다 부두로 마중을 나갔다고 한다. K의 머릿속에는 마중 나온 사람들이 없었다. 거기까지 생각이 미치지 못한 것이다. 미안하다. 우선 친척에게 연락을 취한다. 서귀포 부시장을 하고 있다는 영구에게 언기 형이 전화를 걸어 한두 마디 하고 있었는데 어쩐지 눈치가 이상하다. 언기 형이 K에게 전화를 바꾸라고 수화기를 건넨다.

"여보세요, 영구? 나 K요……."

"예, 예, 예……."

"오랜만이네. 건강히 잘 지냈나……? 어머니도……?"

"예, 예……."

40년도 더 된 어린 소년일 때 보고 만나지 못한 육촌 동생이었다. 한국에서는 아버지가 사촌형제지간이면 꽤나 가까운 친척이다. 공무원인 그는 정부에 등록된 '기피인물', 빨갱이가 입도하여 본인과 직접 전화가 연결되어 깜짝 놀란 듯했다. 두려움을 억누르며 수화기를 쥔 채로 얼어붙었다. 이것이 가까운 친척의 마중이었다.

"잘 지내라."

K는 전화를 끊었다.

"어째서 전화를 끊어?"

"빨갱이 친척이 상륙했으니 떠는 것 같수. ……인사도 안 하네."

"그러고 보니 영구는 서귀포 부시장이군."

"4·3병, 4·3공포증이죠. 형님은 4·3공포증 아니신가요?"

"네가 무슨 병균이냐. 4·3병은 정신과 병원이나 연구자, 학자가 붙인 이름이야. 그래, 부시장님은 분명 4·3공포증이지. 영구는 부시장, 공무원이야. 공무원은 다들 그래."

4·3병, 4·3공포증, 4·3후유증은 4·3에서 40년이 지났는데도

지워지지 않는다. 증상이 분명할 때는 트라우마가 되어 나타난다. 광주처럼은 되지 않는다. 완전히 반공이 애국이다.

오랜 군사독재정권에 의한 공포정치의 결과다. 제주도민은 외부로부터의 막강한 권력에 의한 기억의 타살, 도민 스스로의 공포에서 오는 기억의 자살로, 4·3학살을 둘러싼 기억은 지하의 동토에 묻어왔다. 그리하여 지금까지 제주에는 4·3의 역사가 없었다. 4·3 제노사이드의 역사는 수십 년 동안 없었던 것으로 여겨져 왔다.

작년, 1987년 6월의 백만 시위, 6월혁명 이후 노태우 군사정권은 민주화 선언을 했고, 12월 대선에서 노태우 정권이 탄생. 제주는 4·3공포병 때문에 민주화의 진행이 많이 뒤처지고 있는 실태다. 광주 망월동 언덕에는 1980년 광주사건 학살 희생자들의 묘가 늘어서 있다.

제주에서는 국제공항 활주로 아래 4·3 당시의 학살 유해가 암매장된 채 방치돼 있지만, 입에 담는 것은 금기. 지난 6월 서울에서 열린 K의 『화산도』 출판기념회에 한국 출발 직전에 입국 금지로 참가하지 못했다. K는 집회에 보낸 메시지에 제주국제공항 활주로 아래 암매장된 수백 또는 수천 구의 유해를 파내라고 썼는데, 그것이 최초의 발언이자 하나의 풍혈風穴이다.

가능하면 열흘간의 체류 동안 영구가 아닌 다른 문중 친척의 안내를 받아 할아버지와 아버지의, 평지가 아닌 풍수지리에 입각한 중산간 지대에 있을 산소에 성묘를 가야겠다고 생각하고 있었는데 가능할지 모르겠다. K의 제주행에 친척들은 겁을 먹고 있지 않은가. 붉은색이든 흰색이든 조상의 성묘를 가로막아서는 안 된다.

효는 충에 앞선 최상의 덕이다. 충효가 아니다. 효충이다. 그러나 이는 과거의 말이다. 1948년 4·3학살 당시에는 부모 조상의 무덤을 파헤치는 것 이상의, 육친의 학살 유해를 육친이 매장했다. 학살자 앞에서 육친이 육친을 죽인다. 학살된 시체는 모두 반공 입국의 국시에 반한 폭도, 빨갱이, 어린아이도, 임산부의 배에 깃든 태아도 빨갱이의 씨. 빨갱이의 씨를 남기지 않기 위해 임산부의 배를 갈라 태아도 죽여 버린다. 이것이 1948년에 건립된 대한민국의 제주, 세계로부터 닫힌 밀도에서 수만 도민이 이런저런 형태로, 즉 레드헌터의 형태로 사람을 물건 취급당하며 살해됐다. 그것이 대한민국의 제주다.

대한민국. 친일파 정부, 미국에서 돌아온 이승만은 친일파는 아니었지만 정부의 지지 기반은 과거의 친일파, 즉 일제 천황의 충량한 신민이며 미군정 통치하 8·15해방 이후 친일에서 옷을 갈아입은 친미파, 친일민족반역자였다. 그 정부와 군경에 의해 4·3학살의 그늘에 숨은 주동자 미군의 지휘 아래 수만 명의 도민이 학살된 것이다. 제주는 죽음의 섬, 역사에서 사라진 섬.

그로부터 오늘날까지 반세기에 가까운 세월이 흘렀다. 한국 민주화운동의 물결을 타고 지금 4·3 진상규명을 위한 목소리가 고조되고 있지만 죽음에 가까운 망각의 끝자락 땅밑에 얼어붙은 기억의 지상 부활은 요원하다.

K와 동행한 두 사람은 1983년에 완결된 『화산도』 제1부, 1986

년부터 잡지에 연재 중인 『화산도』 제2부의 담당자로, 한국 그리고 제주 역시 초행이지만 4·3사건에 대해서는 무지하지 않았다. 『화산도』가 4·3사건을 주제로 하는 문학작품이라는 데 깊은 관심을 갖고 있었고, 제주 땅을 밟은 지 얼마 안 되었지만 광주와의 온도차를 체감할 수 있었다.

8·15해방 후에 일본에서 돌아온 언기 형은 시게타에게, 두 사람은 삼 형제처럼 K를 가운데 두고 지켜주시더군요, 라고 말했다.

"그런가요? 부두에서는 인파가 혼잡해서 K씨도 난감해했었는데, 저희는 말도 모르고 부두 밖으로 나온 다음에도 함께 움직이지 않으면 서로 놓치게 되니까요. K씨에게 의지해야죠. K씨가 행방불명 되면 저희 두 사람은 미아가 되거든요."

"미덥지 못한 걸 의지한 셈이군. 42년 전의 산지항, 거기가 산지항이었어. 그 당시의 부두를 생각하면 지금의 부두는 별세계야. 누구든 미아가 돼. 어딘지 도통 모르겠더라고."

서울에서도 집회 등에서 K와 동행한 일본의 친구들은 경호원이냐, 한국이 그렇게 위험한 곳인가? 좀 비꼬는 듯 일그러진 표정으로 무슨 기자인 듯했지만 그런 말을 했었다. 하긴 집회 등에 참석할 때마다 K의 양 옆구리를 다지듯이 두 사람이 서 있었다. 어쨌든 한국 정부로부터 기피인물로 지정됐으니 당사자로서는 적진 속에 있는 것처럼 긴장할 수밖에 없다.

"K씨는 말이에요, 서울에서도 그랬지만, 갑자기 차가 달려오는데 인도에서 차도로 뛰어들기도 했어요. 마치 아이처럼요. 주위에

주의를 기울이지 않아요. 밖을 걸을 땐 참 난감합니다. 서울 차들은 폭주를 하거든요."

"그래요?"

K는 갑자기 무슨 그런 얘기를 하나 하고 고개를 갸웃거렸지만 이내 떠오른다. K씨, 위험해요! 인도에서 차도로 발을 내디딘 자신의 손을 잡으며 야단을 쳤었다. 맞아, 한두 번이 아니었군. 교통사고를 막아주는 보디가드다. 주위에 주의를 기울이지 않았다기보다는 42년 만에 서울 거리에 서서 옛 기억을 더듬으며 과거 속으로 발을 들여놓곤 했던 것이 인도를 벗어나 차도로 발을 내딛기도 했던 것이다. 42년 전과 현재가 이중으로 겹치며 끌려 들어가곤 했다. 42년 전의 지금이 소용돌이치는 카오스였으니 발이 붕 떠 있는 느낌이었다.

"서귀포 부시장인 영구는 네 전화에 겁을 먹고 있었는데 제주에서 『화산도』가 테마로 삼는 4·3폭동은 금기야. 제주엔 공비들한테 피해 입은 사람들도 많잖나."

"형님, 공비라든가 폭동이라든가. 공비는 그만두시오. 게릴라라고까진 하지 않더라도 산부대라 해야 합니다. 유격대예요. 4·3폭동이니, 폭도니, 제주 사람들한텐 입버릇이 된 듯합니다. 형님도 그걸 당연시 쓰고 계시니까요. 제주는 광주하고 달라요. 서울에서도 극우는 차치하더라도 4·3폭동이니 공비니 하지 않습니다."

"알겠네. 호텔 로비에서 목소리가 크다."

"목소리가 안 커도 들립니다. 계엄령은 옛날얘기고, 저는 일본에서 온 한번 지나가는 사람일 뿐이고, 현지 사람이, 그러니까 형님들이 말이죠, 그 현지 사람들이 할 수 없는 말을, 끼어들어 지껄이다 체포라도 되지 않는 한 이 땅을 떠납니다. 42년 만에 돌아온 고향에서 이런 말을 하다니……. 내일 예정된 제주대 강연에서 제가 할 얘기의 내용을 당국은 대충 예상하겠지만 금지할 순 없습니다. 거기에도 와 있을 겁니다."

"그래, 알겠다. 영구 일은 좀 놀랐는데, 영구는 그렇게밖에 할 수 없지. 대응을 말이야. 그럴 수밖에……. 그게 제주의 사정이고, 세상이지. 4·3에다가 6·25. 난 6·25가 끝나고 제주에 왔으니까 여기서 살아남은 사람들은 그저 어떻게든 먹으면서, 굶지 않는 게 사는 거였어. 해방 후에 독립한 조국이라 생각하고 일본에서 돌아온 사람들이 다시 제주를 탈출해서 일본에 밀항해 갔지만, 일본에 도착하고서도 체포돼서 나가사키長崎의 오무라大村 수용소에 수용됐다가 한국으로 강제송환되기도 했잖나. 한국에서는 사형이 기다리고 있지. 제주에서 친척은커녕 부모, 형제라도 적이 되고, 서북토벌군하고 경찰이 서로를 죽이게 하고 말이야. 서북, 서북청년회는 자네도 잘 알고 있을 테고. 공비 탓이야. 슬픈 일이라고. 빨갱이 딱지가 붙은 자네가 일본에서 서울, 광주, 그리고 여기 고향 제주로 42년 만에 왔네. 서귀포 시청에 직접 전화를 걸었으니 영구도 어안이 벙벙해서 인사가 나오지 않을 법도 하네. 그게 제주야. 자네는 자네 나름대로 쓸쓸하겠지만 세상 돌아가는 사정이 그러니 이해해 줘야지."

"아니, 저도 그립고 반가운 마음에 잠시 통화한 것뿐이고, 이해고 뭐고……. 잘 알겠습니다. 괜히 전화해서 미안한 마음이에요. 영구 얘기는 그만하지요."

"제주에서도 『화산도』가 읽히고 있지만 서울하곤 달라. 베스트셀러가 된 소설이라도 제주에서는 화제로 삼지 않네. 이번 봄에 정부가 한때 금서로 지정했다가 풀렸으니 더 그래. 『화산도』가 테마로 삼는 4·3폭동은 제주에서 금기 아닌 금기고, 아직 광주처럼 움직이고 있지 않고. 4·3을 입에 담는 게 법에 저촉되는 건 아니지만 도민의 감정이란 게 있네. 제주는 공비 피해자도 많고, 도민끼리 마을이 둘로 쪼개져 대립하고 분열하고 있는 게 실상이야."

"예. 일본에서 온 제가 말하는 건 외람되지만 공공연히 말하는 사람이 없잖아요. 서울에서도 『화산도』가 화제가 된 게 크지만, 겨우 4·3이 일부에서 공공연히 화제에 오르고 있습니다. 저는 대학 등의 강연에서 4·3을 얘기해 왔으니까요. 내일 제주대 강연회에서도 물론 얘기할 겁니다. 아까 공비라고 하셨는데, '공비'는 원래 일본어입니다. 제2차 세계대전 중 중국 동북지방 구만주에서의 항일 게릴라를 일본군이 명명한 것이지요. 제주도의 게릴라가 공산비적共產匪賊입니까? 게릴라나 빨치산이 아니라도 좋으니 공비, 그 말만은 쓰지 말았으면 합니다. 미래를 위해서는 적어도 산부대라 해야 옳다고 생각합니다."

"지난해 군사정권의 민주화 선언, 그리고 12월 대선을 통해 민주화운동이 활성화됐지만, 제주는 서울이나 광주와는 다르네. 제

땅의 동통 247

주엔 언제까지 머무나?"

"일주일에서 열흘 정도입니다."

"성묘는 어떻게 할 생각이지?"

"예, 그걸 생각하고 있는데, 잘 모르겠어요. 조상들 묘 관리는 인구에게 맡기고 있습니다."

"인구……. 자네가 제주에 오면 같이 삼양동에 가겠다고 연락해 뒀는데, 인구는 집에 있으면서 부재중이라 할 거네."

"집에 있으면서 부재중이라니요? 그게 무슨 말씀이요? 삼양동에 오지 말라는 말입니까?"

"자넬 피하고 있네. 자네가 찾아갈 시간엔 인구가 집에 없는 셈이니까 성묘는 단념하게. 꽤 멀고 말이지. 예전에 어머니를 따라서 외할방하고 외삼촌, 그러니까 내 어멍의 오라방, 자네 아방이지, 거기 산소는 한두 번 가봐서 알 수 있는 곳이 아니야. 중산간 지대 산중턱 어딘가에 있는데, 성묘는 단념하는 게 좋겠네."

"……"

"그게 4·3이야. 쓸쓸하게 생각지 말게."

"쓸쓸하게 여기고 자시고……. 그런 문제가 아니잖수. 4·3, 4·3……."

"여기선 너무 과격한 말은 주의하는 게 좋아."

"예, 일본에서 온 놈이 뭘 필요 이상으로 얘기할 수 있겠습니까. 얘기할 필요가 있는 것, 고향 사람들이 분명히 입밖에 못 내는 걸 얘기할 겁니다. 정뜨르 얘기 같은 거요."

"뭐? 정뜨르? 비행장 말하는 건가?"

"예, 내일 강연에서도 그렇고 『제주신문』 인터뷰에서도 그렇고, 이건 누군가 확실하게 형태가 있는 발언을 할 필요가 있습니다. 계엄령은 옛날얘기고, 전 일본에서 온 그저 한번 지나갈 뿐인 나그네 같은 존재니까 무책임한 입장일지도 모르지요. 하지만 내일 제주대 강연에서 제가 얘기하는 걸 당국은 대략 예상하고 있겠지만 막을 순 없습니다. 거기까지 시대가 진척됐다는 거겠지요."

과격한 말······. 제국호텔에서 한국대사관 한 참사관이 한 이 말, 과격한 말이 나올 것 같으면 제 얼굴을 떠올려 주십시오. 언기 형이 말한 과격한 것과 참사관이 말한 그것은 어떻게 다른가. 제국호텔에서 만난 참사관의 손에는 K의 한국입국허가증명서가 들려 있었다.

제주에서는 일반적인 말로 그것을 대신할 말이 없겠지만 언기 형은 공비, 폭동, 폭도······. K의 귀에 거슬리는 말을 남기고 8시가 넘어 동부행 버스를 타고 이웃 마을인 화북동으로 돌아갔다. 직업은 공무원이 아니다. 시내에 있는 고무제품협동조합의 고문이라고 한다. 정년이 지났다는 것 같다. 공무원이라면, 제주도청이나 시청 직원이라면 서귀포 시청의 영구와 마찬가지로 부두에 나오지 않았을 것이다. 부두에는 멀리 한라산을 향해 카메라를 든 K를 가로막은 공안이 있었지만, 그 밖에도 사복 경찰이 여러 명 붙어 있었을 터다. 김포공항에서의 환영 현수막을 펼친 환영회에서 공항 경찰과 충돌이 있었던 것처럼 부두의 여객터미널 앞에서 환영회를 했더라면 금세 경찰 출동, 최루탄이 날아올지도 모른다. 매운 냄새. 지금 제주에서 그건 있을 수 없다. 있어선 안 되고, 조용해야만 한다.

바다가 보이는 방에 돌아와서는 K의 방에 모여 냉장고에서 맥주를 꺼내 건배. 엄청난 총알택시와 평범하지 않은 엔진의 폭발음을 냈던 쾌속정 여행으로부터의 해방을 위해 건배를 한 뒤 각자의 방으로 돌아갔다.

K는 연일 계속된 수면 부족으로 지쳐 있었다. 잘 버텼다고 안도하면서 서울에 도착한 이래 비로소 심신이 해방된 시간을 맞을 수 있었다. 그것은 잠이었다. 밖은 바다, 밤바다. 고요한 바다다. 바람이 없는, 바람이 많은 제주도.

다음 날 아침, 10시 반에 마중 나온 고창 교수의 주선으로 호텔을 신제주시 경사 지대에 단독으로 서 있는 산뜻한 P 호텔로 옮겼다. 바다 쪽으로 제주국제공항 활주로 전체가 보이지는 않지만, 활주로 북동부 말단의 광활한 부지 주변이 보였다. 그곳은 과거 집단 사형장으로 무수한 천여 구는 될 학살 유해가 묻혀 있다. 그 근처로 시선이 닿자 속이 따끔따끔하고 입에서 시큼하고 쓴맛이 느껴진다.

흰 벽에 아담한 P 호텔은 시내 중심부에서 떨어져 있어서인지 간밤에 묵었던 호화로운 관광호텔과는 달리 일본인 관광객이 없어 좋았다. 부두에서 탄 택시의 기사는 K 일행을 관광객 수준으로 대했다. 42년 만의 고향에, 학살의 섬으로 기생관광차 오는 사람도 있을까. 구시가지의 호화 관광호텔이 즐비한 그 주변에는 특별한 요릿집이 있는데 거기서 여성과 식사를 함께 하고 나서 호텔로 이동한다고 한다. 관광지로 개발 중인 제주는 특히 일본인 관광객에게는 무비자로 갈 수 있는 곳으로 친숙하고 간편한 유흥지이자, 특별 요릿집은 그들이 주 고객이다. 관계 여성은 7, 8백 명. 대부분 육지에서 온 여성들로 제주 출신들은 육지로 나간다고 한다. 기생관광, 매춘관광이다. 남도, 낙원, 봄철 신혼여행의 섬……. 과거 학살의 섬. 관광객도 그렇고 일반적으로 드나드는 사람들은 학살의 섬 따위 얘기는 모른다. 호화호텔 로비의 화려한 샹들리에 아래로 이어지는 땅밑에는 학살 유해가 묻혀 있다.

엘리베이터에 K가 같이 타고 있는데도 일본인 관광객이 웃으며 상대 여성을 '품평'하거나 로비에서 일본인 관광객이 여자 허리에 팔을 두르고 잘 들리게 잡담을 나누며 성큼성큼 걸어가는 모습은 꼴사납다.

녹색 융단이 깔린 호화호텔 몇 분의 일 정도의, 로비에 관광객이 없는 P 호텔의 공기는 시원하다.

K의 방은 5층의 남향이었다. 그 남향의 창을 열었을 때, 아이고 하며 놀란 것은 무려 저 멀리 한라산이 보이는 게 아닌가. 정면 저편의 푸른 하늘을 배경으로 한라산이 뚜렷하게 능선을 그리며 웅장하고 아름다운 산세를 드러내고 있었다. 사시사철 구름에 가려 있는 경우가 많다는 한라산이 북면을 깎아지른 깊은 계곡의 그림자를 드러내며 우뚝 솟아 있었다. K는 잠시 우두커니 선 채 시선을 좁힌다. 저 중턱쯤에 있는 관음사가 정상으로 가는 등산로인데, 그

관음사로 오르는 등산로가 산천단.

시게타와 다야마는 각각 5층 호텔 방에 남았고, 두 사람은 시내를 구경할 예정. K는 고 교수의 차를 타고 제주대로 향했다. 차는 한라산을 횡단해 넘어가는 아스팔트 도로를 달려 고원지대의 멋진 자연 속 대학 캠퍼스로 향한다. 고 교수는 친정부 성향이 강한 대학에서 몇 안 되는 민주화 투쟁을 이어온 소장 정치학자.

"산천단. 그렇습니까. 옛날의 그 산천단 말씀이지요? 별로 안 머니까 먼저 그리로 안내하겠습니다."

"옛날엔 이런 아스팔트 길은 생각할 수도 없었지. 돌투성이 산길이었지 말이야. 이 길을 따라 쭉 올라가면 산천단촌이 있었고……."

"산천단촌이요? 마을인가요?"

"농가가 열 채 정도 모여 있었네. 4·3 때 정부군의 초토화 작전으로 불타 버렸다지."

"……"

차는 고원지대의 횡단도로를 똑바로 달리다 잠시 후 정차.

"여기가 산천단입니다."

"뭐?"

울창한 거목들이 깊은 그림자를 드리우고 있지만, 주변은 넓게 펼쳐진 녹지였다.

"여기가 산천단이라……."

"예."

"내가 찾는 산천단이 아니야. 산천단이 새로 생겼나? 소나무 거목이 있긴 한데, 아무것도 없는 곳이야, 여긴. 여긴 산천단 아닐세."

예전의 산천단을 모르는 듯하다. 아니 모르는 것이다. 고 선생은 여기가 산천단이 아니라고 수상쩍어하는 K를 이해할 수 없다는 듯 바라봤다. 이상한 일이다.

산천단은 성내, 그러니까 구시가지에서 올라오는 경우 한라산 중턱에 있는 관음사로 가는 도중의 중계지로, 주변은 수목으로 덮인 언덕이었다. 그 언덕 아래는 벼랑 옆으로 길이 나 있었고, 그 길가의 더 낮은 경사를 이룬 평지에 열 집가량의 농가로 이뤄진 산천단 마을이 있었다.

벼랑은 바위산 암벽으로, 마을 길에서 갈라진 벼랑 끝 좁은 언덕길을 올라가면 높이 20여 미터의 여덟 그루 7백 년 된 곰솔이 울창하게 서 있는 평지의 수림이 나온다. 일찍이 바위산 동굴에 한 노인이 살고 있었다. 작은 키에 근육질 몸, 돌덩이처럼 딱딱해 보이는 머리가 눈에 띄는 노인이다. 잠자리는 동굴 입구 옆 바위 바닥에 대자리 한 장 깐 것이 이불 대용이었고, 눈이 깊이 쌓이는 엄동설한 속에서도 허름한 저고리와 바지를 입고 기거했다. 게다가 맨발이었다. 갈라진 발바닥이 구두처럼 단단하고 두껍다. 동굴에 있을 때는 늘 목탁을 두드리며 독경만 외기 때문에 사람들은 노인을 가리켜 목탁영감이라 불렀다.

『화산도』에 산천단 동굴의 목탁영감이 나오는데, 이방근도 그렇고 손아래 친구인 남승지 역시 기회가 있을 때마다 목탁영감을 만나러 가곤 했다. 이방근의 누이인 유원도 오빠와 동행하여 그 기이한 구름 위 노인과 손을 잡은 적도 있었다. 성내 이방근네에서 걸어 올라가는 데 여섯 시간, 내려오는 데 네댓 시간 걸린다.

조선 시대, 더 거슬러 올라 신라 시대 때부터 한라산신제, 천제天祭를 한라산 정상 백록담에서 지내는 것을 대신하는 장으로서의 제단을, 조선 시대 때 산천단에 마련한 신성한 구역으로, 여덟 그루의 곰솔 거목은 신목神木이다.

지금 눈앞에 펼쳐진 야초지에 우뚝 솟아 있는 것은 그 주변만이 울창한 여덟 그루의 곰솔 거목과 덤불뿐이고, 작은 언덕과 골짜기, 바위산도 그렇고 산천단 마을도 그렇고 4·3 당시 정부 토벌군의 섬 전체에 대한 초토화 작전으로 소각됐다 하더라도 동굴이 있는 바위산이 사라졌다는 건…….

차 밖으로 멍하니 서 있는 K 앞에 펼쳐진 야초지는 역시 산천단이 아니었다. 어찌 된 일인가. 어디에 와 있는 건가. 이것이 만약 산천단이라면 여기 있는 K는 K가 아니다. K는 자신의 과거가, 이 땅에 발을 딛고 서 있는 자신의 존재가 부정당하는 듯한 현기증에 휩싸였다.

머리 위 높이 하늘을 가릴 듯한 울창한 가지들은 과연 무엇이란 말인가. 이것이야말로 산천단의 신목……산천단.

K는 머리를 두세 번 좌우로 흔들며 가장 가까운 곰솔 쪽으로 다가갔다. 그리고 덩굴에 가려진 거대한 줄기에 상체를 기대고 두 팔을 벌려 안아 보았다. 줄기의 반에도 미치지 못한다. 아이고, 역시

이거다. 산천단이다. 조사한 적이 있는데 사람 가슴 높이에서 줄기 둘레가 대략 6미터는 된다고 한다. 거대한 비늘 떼 같은 껍질을 한 줄기의 한쪽은 담쟁이덩굴이 반대편 줄기 쪽으로 휘감겨 있지 않았다. K가 접한 나무껍질이 드러난 쪽은 북쪽에 면해 있어 항상 바람 많은 섬의 북풍을 맞고 있기 때문일 것이다. 해안 지대의 수목이 산 쪽으로 꺾여 있는 것은 강한 바람 때문인데, 그 수목들을 풍경수風傾樹라 부른다.

"아이고, 갑시다. 이제 떠납시다."

"선생님, 왜 그러십니까?"

"아무래도 어젯밤에 너무 많이 잤는지 머리가 좀 멍하네. 옛날 성내에서 산천단까지 6킬로미터는 되지 않소?"

"예, 선생님. 잘 아시네요. 머리가 멍하신 것 같진 않습니다."

"옛날엔 돌이 아주 많고 길에 튀어나와 있어서 성내에서 걸어가면 여섯 시간은 걸렸소. 반나절이야. 지금 세상에 걷는 사람이야 없겠소만, 옛날엔 다들 걸어 다녔지……."

K는 그 이상 얘기하지 않기로 했다. 서로 서먹해질 뿐이다. 10년이면 강산도 변한다는데, 42년……. 산천단의 소멸. 아니 눈앞에 우뚝 솟은 여덟 그루의 곰솔 거목. 수령 7백 년, 높이 20여미터, 줄기 둘레가 6미터인 신목의 존재야말로 산천단. 그러나 옛날의 그 산천단은 아니다. 산천단은 어디로, 산하는 어디로 갔는가.

산천단으로 가는 길, 이런 아스팔트가 아닌 돌부리 무성한 한라산 기슭으로 향하는 험난한 길을 이방근이, 유원이 그리고 남승지가 걸었다. 남승지는 게릴라 대원으로서 동굴 밖 소나무 숲까지 울려오는 목탁영감의 낭랑한 독경 소리를 들으며, 이방근은 동굴 입구에 등을 굽혀 들어간다. 에헴, 환영을 표하는 목탁영감의 헛기침. 헛기침이 동굴을 울린다.

산천단 동굴 앞에 이방근이 서 있었다. K가 이방근처럼 서 있었다. K가 산천단에 서 있었다. K 앞에 『화산도』에 묘사된, 아니 실제로 존재하는 산천단이, 산천단의 바위산이, 계곡이, 작은 언덕이, 고원지대가 펼쳐져 있었다. 거기에 이방근의 그림자가 있다.

이방근은 살인을 범할지도 모른다. 그리고 실제로 살인을 범했을 때는 그 자신이 바위산 동굴 옆에서 스스로 목숨을 끊을지도…….

왜 살인을……? 그의 내부에서 희미하게 태동하는 무언가가 막연한 살의의 조짐인가? 그것은 『화산도』 제1부 후기*에 쓴 바와 같은 막연한 예감이다.

"그러면 이제 소설이 끝난 지금, 등장인물 몇 사람을 소설의 세계에서 이 후기 속에까지 끌어내보기로 하자. (…중략…) 이 소설 마지막까지 소파에 앉아 술만 마셔대는 이방근은, 유다가 아무래도 유달현이 아니라 자기 친척인 정세용의 모습을 띠고 나타났다

---

* 이 「후기」의 번역은 『화산도』 5(실천문학사, 1988, 315~319쪽)에 실린 이호철·김석희의 번역을 따랐다. 여기서 '부스럼영감'은 '허물영감'을 말하고, 번역본 「후기」에는 '제12장 5절'로 번역되어 있으나, 원문은 '제12장 6절'이다. 참고로 이 「후기」는 김환기·김학동의 번역으로 완역된 『화산도』(전12권, 보고사, 2015)에는 실려 있지 않다.

는 느낌에 사로잡히는데, 그때 정세용의 주위에서 부스럼영감과 박산봉의 그림자가 서로 뒤얽히며, 마치 신방 같은 이상한 춤을 추는 것을 보고, 이방근은 오싹 소름이 끼친다." 그것은 신방 같은 이상한 춤. 검은 두건을 쓰고 칼을 휘두르는 망나니 관리의 모습이 아닌가.

"이방근은 제12장 6절, 양준오의 하숙에서 남승지를 만났을 때, 살인을 부정하면서 이렇게 말하고 있다.

"……하지만 인간은 남을 죽이기 전에 자기 자신을 죽이지 않으면 안 돼. 즉 자살할 수 있는 인간은 남을 죽이는 일이 없을 걸세. 남을 죽이기 전에 스스로를 죽이지. 즉 자살을 하는 거야……"

그렇다면, 이방근의 마음속에 있는 살의와 그 실현은 그의 논리에 모순되고, 그것을 허물어뜨리게 되지 않는가. 애당초 나는 이 소설을 쓰기 시작할 때, 이방근이 언젠가는 자살하지 않을까 하고 생각했지만, 만약 그가 남을 죽임으로써 자살하지 않고 계속 살아간다면, 그것은 또 그것대로 소설의 세계에서 그 나름대로의 진전을 기대할 수 있을 것이다."

"선생님, 어떠십니까?"
"산천단, 바뀌었어. 하늘에 우뚝 솟은 곰솔 여덟 그루를 만난 것만으로도 다행이오. 이렇게 우뚝 솟은 여덟 그루 곰솔 군은 산천단에만 있잖소. 감사합니다."
우뚝 선 곰솔 군 사이를 빠져나왔다. 맞은편으로는 가지 않았다.

작은 잡목림이 그늘을 드리웠고 키가 큰 잡초들이 우거져 있었다.

해는 중천이었고 바람이 거의 없는 따뜻한 날씨였다. '주석비사 走石飛沙', 바람 많고 돌 많은 섬치고는 드문 일이다. 한국에 지난 두세 달간 이어진 가뭄 탓인 듯싶다. 돌이 구르고 모래가 날리는 바람이 휘몰아치며 거친 바다는 밤낮으로 포효한다. 겨울철 바닷바람은 칼날이 되어 사람의 뺨을 도려낸다. 그런 바람이 불지 않는 아스팔트 길 위는 아지랑이가 피어오를 것 같았다.

"가시죠."

K는 한라산을 마주 보고 섰다. 바짝 육박해오는 한라산을 한참 바라보니 마음이 편안해진다.

두 사람이 탄 차는 한라산을 등지고 강연장인 제주대로 향했다. 아직 정오 전. 강연은 오찬을 마친 오후에 열린다. K는 차내 뒷좌석에서, 아니야, 아니야, 으음, 고개를 젓다가 끄덕였다. 산천단의 바위산 동굴에 사는 목탁영감, 아득한 야초지에 서서 여기에 동굴이 있는 바위산이 우뚝 솟아 있었어....... 이것은 마치 꿈같은 얘기로, 실제로 꿈을 꾸었는데, 꿈에 바위산 동굴이 있는 산천단이 나왔다는 것은 그 바위산의 원형이 있었기 때문이다. 꿈속에서, 무에서 산천단을 창조하기는 어렵다. 있을 수 없는 일이다.

차는 중간에 아스팔트 도로를 우회전, 동쪽의 대학 캠퍼스를 향해 일직선으로 달린다.

강연은 서울에서도 있었다. 강연을 위해 한국에 온 것은 아니다. 42년 만에, 너무 긴 세월 때문에, 또한 고국이기 때문에 고국에 온 것이다. 그리고 『화산도』 취재를 위해. 개개인에 대한 취재가 아닌, 한국 땅을 밟고, 산야의, 바다의 냄새를 맡는 것, 또 산천단 신목의 껍질을 만지고 느끼는 것이 그야말로 취재. 말로 하는 것이 아니다.

제주에는 말이 없다. 관광 개발도시, 카지노의 도시 서귀포 부시장 영구처럼, 말이 나오지 않는다. 섬 전체 땅밑에 흩어진 무수한 학살 시체처럼, 말은 반세기 넘게 지하에 가라앉아 있다. 호화호텔 로비의 밝은 샹들리에 불빛처럼 말이 나비처럼 난무한다. 음악이 흐른다. 정액이 흘러내린다.

제주에는 말이 없다. 기억이 말살되어 말이 없다. 허위의 말이 날갯짓하여 친숙한 말이 됐다. 빨갱이의 씨라고 임산부의 배를 가르며 학살을 자행한 제노사이드. 4·3의 사실은 공포 때문에 기억되지 않는다. 기억이 말살된 곳에 역사는 없다. 역사가 없는 곳에 인간은 존재하지 않는다. 막강한 권력에 의한 기억의 타살. 다른 하나는 공포와 싸우는 도민 스스로 그 기억을 망각 속에 내던져 죽이는 기억의 자살.

말이 안 나온다. 말이 몸에서 떨어지지 않는다. 말이 떨어지려 해도 무서운 고통 때문에 몸에서 떨어지지 않는다. 제주도 동단 우도 절벽의 그늘진 모래사장에서, 토벌대에게 윤간당해 죽은 여인들의, 죽어도 울음을 죽이는 그 소리가 바닷바람을 타고 마을에 닿았다. 피투성이가 된 반나체, 전라의 여자들. 달빛이 반사되는 파도가 치는 곳에서 해초인가? 머리칼처럼 흔들리는 긴 음모. 달빛에 얼굴이 드러난 아름다운 여인들이 죽임을 당했다. 살아남아 홀로 돌아온 여자는 입을 닫았다. 그리고 벙어리가 됐다. 말이 안 나온다. 절벽 아래 모래사장에서 살해당한 여자들, 그리고 홀로 살아남은 이. 그 노인이, 토벌대들의 윤간에서 유일하게 생존한 노인이 이미 수십 년 전 일인데도 체험한 증언을, 심신의 경련을 일으켜 말하지 못한다. 말할 수 없다, 말할 수 없다고 발버둥질하고 가슴을 쥐어뜯으며 실신한다.

과거 여성의 몸에 가해진 고문의 폭력이, 지금 시공을 초월한 그 신체에 고통을 재현시키기 위해, 말이 육체를 떠나지 않고 거절한다.

말을 놓아라⋯⋯말이 들러붙은 찌그러진 육체에서 말을 떼내자. 말을, 아이가 태어나도록 몸에서 떼어냅시다. 두탕, 두탕 탕⋯⋯. 신방이 노래하고, 신방이 춤을 춘다. 달빛이 반사되는 해변에서 신방이 춤을 춘다. 말을 놓아라.

아직 땅속 깊이, 한없이 죽음에 육박해가는 깊은 망각 속에 기억은 얼어붙어 있다. 겨우 이제야 서서히 민주화의 진전과 함께 눈부신 지상으로, 기억은 말을 실어 분출하고 있다.

집회는 강당을 가득 메운 2백여 명 학생들의 〈잠들지 않는 남도〉 대합창과 열렬한 환영 속에 고 교수의 사회로 진행됐다. 서울 신촌의 심야, 대학가 일대에 울려 퍼진 대합창이 요란하게 메아리치듯 겹친다.

K는 고향 땅에서, 젊은이들 앞에 선 강연장에서, 목이 메어 얼른 말을 꺼낼 수 없었다. 침을 삼킬 침묵이 필요했다. 40여 년 만에 찾아온 고향, 금기의 땅에 두 다리를 딛고 4·3사건에 대해 얘기하는

것은 일 년 전만 해도 상상할 수 없는 일이었다. 그리고 한국에서, 하물며 제주에서 공공연히 입 밖에 낼 수 없는 얘기였다. 그동안 철저히 은폐됐던 대학살이 민주화 투쟁 속에서 이제야 조금씩 드러나기 시작했지만, 금기의 베일은 걷히지 않았다.

강당은 학생들로 가득 찼지만 군데군데 빈자리가 보였다. 어느 집회나 앉을 자리가 없어 서서 듣던 서울의 강연회와는 온도 차가 확연했다. 그만큼 참가한 학생들은 의식적이었다.

강연회에는 반공연맹 간부와 반공 이데올로기 선전 잡지『관광××』*의 사장 등 극우 인사도 참가. 강연 후에 K를 붙잡고 집요하게 이런저런 얘기를 하며 놓아 주지 않는다. 우선 인터뷰 요청이 아닌 강요, 떨어지지 않는다. 간신히 인터뷰가 아닌 대화를 겸해 하루 이틀 사이 P 호텔에서 다시 만나기로 하고서야 떨어진다. 민주화의 진전과 더불어 반공 최후의 아성인 제주도반공연맹이 위기감에 쫓기는 듯했다. 상대는 자리에서 일어나 악수를 위한 손을 내밀었다. K는 순간 당황했지만 악수에 응했다. 께름칙한 느낌이었다.

서울 집회에서는 이런 반공분자들이 참석도 하지 않았거니와

---

* 월간관광제주사가 '제주 관광의 전문 교양 종합지'를 내세우며 1984년 10월의 창간호부터 1991년 12월까지 발행한 『월간 관광제주』(1992년 1월부터 종간하는 1993년 2~3월 합병호까지는 『월간 문화제주』로 지명을 변경하여 발행)이다. 1988년 12월 30일 발행된 49호에 「40年前 피의 그날, 그 現場을 간다⑧ '火山島' 작가 金石範 아-니 愼洋根 씨 그는 4·3에 대해 얼마나 알고 있나」라는 발행 겸 편집인인 박서동(朴瑞東)의 글이 실려 있다.

강연장에서 공공연히 그런 언행을 할 수도 없었을 것이다. 그들은 하루 이틀 사이에 꼭 도지사와 제주시장을 만나 줄 수 없겠냐며 그야말로 애원하듯 말했는데, 그들의 시나리오는 K가 도지사와 제주시장의 초청에 응해 도의 국장이 운전하는 차로 이동하는 것인데, 게다가 반공연맹 사무국장과 우익단체 간부가 동행한다는 것이다. K와 동석한 고 교수에 따르면 마중차를 운전하는 도의 국장은 제주도가 아니라 반공연맹의 사무국장, 4·3 당시의 경찰 출신 토벌대의 반공투사라는 것. 산부대게릴라를 적마赤魔라 부르며 도민을 학살한 과거의 반공평화십자군. 그들과 함께 대통령이 임명한 도지사를 만나면 어떻게 될까. 제주도반공연맹 등의 조직은 K를 그 길로 유도하고자 한다. 그것을 빨갱이인 K의 전향 증거로 반공잡지 등에 대서특필, 떠들썩하게 써댈 것이다. 도지사 등이 K의 방문을 기다리는 것은 고맙지만, 나는 한국 정부의 기피인물이다, 민선 도지사라면 예를 갖춰 인사차 방문했을 거라고 한마디 덧붙였다.

에, 예? 뭐라고? 민선의 의미를 모르는 건지, 잘 알아듣지 못했지만, 두 사람은 얼굴을 마주 보고 있었는데, 내일 P 호텔로 전화를 하겠다, 하루 이틀 사이에 '커피숍'에서 만나기로 하고 자리를 떠났다.

강연회, 그리고 총학생회 간담회를 마치고 고 교수의 안내로 구시가지 성내 밖 화북동으로 향했다. K의 두 동행자는 신시가지의 제주 향토음식점 거리 근처에 가 있을 것이다.

화북동에 있는 활어회 가게로 이끌려갔다. 바다 쪽으로 돌출된 고상식 가게 창가에서 저녁놀로 물든 잔잔한 바다를 바라보며 이게 40여 년 만의 고향 바다인가 하고 멍하니 바다의 너울, 앞바다의 파도를 상상한다. 고요하고 아름다운 바다가 신기하면서도 동시에 그 마음은 사치스러운 불안이 된다. 강풍에 송두리째 잘려나갔나 싶더니 이내 큰 무더기가 되어 육박해오는 파도 너울. 앞바다에서 해안으로의 돌진, 암벽에 크게 부서지는 거친 파도의 파편이 만들어내는 흰 연기……. 지금, 고요한 바다다. 그렇지 않으면 자리를 떠야 한다.

제주 바다에서 잡힌 옥돔과, 날카로운 산미에 독특한 냄새가 콧구멍에서 정수리로 뚫고 나갈 듯한 홍어회를 초장에 찍어 입에 넣는다. 그리고 제주의 명물 전복, 수심 20미터 아래 바위 밑에 붙어 있던 전복과 소라를 찾기 위해 해녀들은 폐내 공기를 모두 소비해 생사의 기로를 넘나들기도 한다고 한다.

상 위의 해산물은 그야말로 이 섬 해녀들의 손을 거친 것들인 것이다.

옥돔은 참기름을 살짝 발라 소금구이를 하면 술안주로 안성맞춤이다. 『화산도』의 이방근은 서재 소파에서 젊은 친구들과 술자리를 가질 때 부엌이가 숯불에 구운 옥돔 몸통과 머리, 꼬리지느러미를 즐겨 먹는다. 남승지와 양준오는 물론 유원 아씨까지도 바삭바삭한 옥돔 꼬리를 소리 내 씹어 먹는다.

일본의 생선가게에서는 옥돔을 찾아보기 힘들다. K는 이방근을 흉내 내는 것은 아니지만 아내가 백화점 지하에 있는 슈퍼 등에서 옥돔을 사오면 우선, 우와 하고 환성을 지른다. 아내는 꼬리지느러미가 반달 모양으로 휘어질 때까지 노릇노릇 잘 구워내는데, 참기름이 스며들어 향긋한 흰 살점을 제주 바다를 떠올리며 술안주로 삼는다.

저녁놀로 물든 해안가 횟집에서 회를 안주 삼은 건배는 반공 십자군 전사, 반공연맹 간부와 대면하고 남은 불쾌한 기분을 말끔히 씻어내 주었다. 적마를 소탕하는 반공 십자군 전사, 반공연맹××······. 이름만 들어도 구역질이 난다.

그렇다 치더라도 바다가 아름답고 너무 고요하다. 해안에 서자 앞바다에서 거대한 이를 드러내고 덤벼드는 노도의 너울은 사라진다. 이것은 마치 바다의 산천단이다. 석양에 물든 고요한 바다의 눈부심은 K에게 뭔가 알 수 없는 감정을 느끼게 했다. 바람 많은 풍다(風多)의 섬에 바람이 없다. 풍파가 일지 않는, 크게 감싸주는 듯한 대기의 상태. 해녀와 어부들은 이 잔잔한 바다에서 오랜만에 위험 없는 바닷일을 할 수 있을 것이다. 해저 10미터, 15미터의 어장은 일상 잠수 지역으로 더 깊이 잠수할 때도 있다. 생사의 갈림길인 20미터 해저까지 가슴이 터질 듯한 큰 숨을 들이마시고 3분간 무호흡으로 소라와 전복을 찾다가 겨우 바위 틈새에 달라붙은 전복을 만난다. 그것을 빗창을 밀어 넣어 떼어내는데 거기가 저승의 입구가 되어 전복과 함께 빨려 들어갈 수도 있다고 한다.

과거 4·3봉기 당시 정부토벌군에 의한 육상 봉쇄를 뚫기 위해 해녀들이 해안마을 간의 연락원 역할을 하기도 했다. 그녀들은 기름종이에 싼 비밀문서를 옷에 꿰매고 바다를 헤엄쳐 조직 간 연락을 취했다고 한다. 해녀들은 육지에 오르면 해안마을에서 중산간 마을, 심지어 한라산의 게릴라^{산부대} 아지트까지 식량을 운반하는 역할을 하기도 했다. 그리고 4·3 당시의 희생자는 학살과 동시에 여성에 대한 '서북'토벌대의 강간, 능욕은 40년이 지난 오늘날에도, 4·3병이 그것이지만, 죽은 자뿐만 아니라 산 자에게 깊은 칼날이 박힌 채 남아 있다. '서북'이 주체인 반공평화십자군, 반공연맹의 조직원은 지금 얼마나 있을까. 연배가 있는 사람 중에는 당시에 범행을 자행한 자가 허다하게 있는 게 아닐까. 그들은 한국의 민주화 진전에 위기감을 느끼며 최후의 발악적 행동을 취하고 있을 것이다.

그들이 K에게 악수를 청한다. 하, 참나……. 그건 좀 기다려 주시오……. 아니, 실제로, 인사였겠지만, 상대편 쪽에서 손을 내밀어 왔던 것이다.

4

밤, 꿈을 꿨다. 제주에서, 실제로 그렇지만, 산천단으로 안내받는 꿈을 꿨다. 오전에 같이 이동했던 젊은 고 선생이 아니었다. 호텔 문 앞에 서 있던 흰 한복을 입은 연배가 있는 안내인이었다. 산천단은 걸어서 가야 하는데 멀어서……. 지팡이를 짚은 안내인은 말했다. 길은 아스팔트기도 했고 중간에 돌부리가 튀어나온 울퉁불퉁한 길이기도 했다. 또 돌담으로 둘러싸인 초가집이 나오기도 했고 풀이 무성한 평지가 나오기도 했다. 그곳은 고 선생이 안내해 준 아스팔트 길과 같았다. 여덟 그루의 곰솔은 보이지 않는다. 여기는 그렇지 않다. 지팡이를 든 안내인도 산천단은 아직 더 가야 한단다. 이윽고 안내인이 지팡이를 내민 맞은편에 울창한 숲이, 그리고 그 맞은편에 바위산 그림자가 보였다. 산천단이란다. 과연 산천단……머리 위에서 목소리가 들렸다. 길은 오르막이었지만 마치 내리막을 걷듯 몸이 가볍게 떴다. 바로 저기에 산천단이 있는 것처럼 나아간다. 바위산의 모서리가 나간 동산 같은 산천단……. 그런데 바로 저기에 보였던 바위산을 향하고 있었는데 바위산이 가까워지지 않는다. 좀처럼 나아가지 않는가 싶더니 내리막길이 아닌 언덕길을 헐떡이며 오르고 있었다. 아, 언덕길이 있었구나. 어느새 동산처럼 둥그스름한 옛날 그대로 울퉁불퉁한 바위산의 산천단……. 산천단……. 꿈의 천장에서, 꿈의 밖, 천장 맞은편에서인 듯한 목소리가 울린다. 산기슭 일각에 계곡이 옆에 흐르는 바위산이 다가왔다. 이곳은 수십 년, 40년도 더 된 옛날에 몇 번 와 본 적 있는 산천단…….

널찍한 야초지에 곰솔 거목이 우뚝 솟아 있는 것만 산천단이라면 꿈에 바위산과 골짜기, 언덕길은 나오지 않을 것이다. 여기는 어디인가……. 꿈속인가……. 지금 꿈속에서 몸이 빠져나간 것인가. 여기는 어디인가……. 꿈 밖으로 고개가 나와 있었던가. 깨어

있는 내 손이 목덜미에 닿은 것을 알 수 있다. 고개가 꿈 밖으로 나와 있는 것 같다. 어둠 속에 이불을 덮은 자기 어깨의 두툼한 그림자가 바위산 그림자 같다. 아니, 바위산 보이는 이곳이 산천단. 깊은 기억이 있었기에, 꿈에 옛날 그대로의 모습으로 나오는 것이지, 바위산과 골짜기, 언덕길은 꿈이 멋대로 만들어낸 것이 아니다. 그것은 산천단. 그래, 맞다. 그것이, 바로 여기가 산천단……. K는 그리운 마음이 되살아났다. 목탁영감이 살던 동굴, 그 바위산 아래 있던 동굴이다. 40년도 더 지난 옛날, 산천단 동굴에 들른 K의 머리를 쓰다듬으며 일본은 이 전쟁에서 이길 수 없다고 하며 고구마를 먹으라고 K의 손에 들려준 동굴의 주민 목탁영감, 디오게네스……. 산천단은 결코 한라산 기슭 고원지대 야초지에 선 여덟 그루의 곰솔 거목 덤불이 아니다.

  K가 꿈에서 산천단의 현실과 만난 것은 과거가 부활한 현실이다. 꿈에 현실, 사실이 되살아났다. 꿈이 현실로 바뀌자 어느샌가 흰 한복을 입은 안내자의 모습이 사라지고 없었다.

  꿈의 천장에서, 꿈 밖의 천장 너머에서 울려온 듯한 목소리, 산천단은 하늘의 소리. 사라지지 않은 바위산 동굴이 있는 실제의 산천단. 목탁영감의 숭배자 이방근은 실재하는 바위산과 함께 되살아났다. 산천단과 함께 존재하는 그는 꿈의 현실에 반드시 나타난다. 오……. 확실히 전방에 꿈의 염력이 하나의 형태가 되어 이방근의 그림자가, 뒷모습이 보인다. 산천단 벼랑 끝 동굴 쪽으로 돌지 않고 그대로 마을 길로 가면 근처에 계곡이 있고 물이 흐르고……. 그렇다. K는 꿈을 꾸고 있었다. 꿈과 현실의 아슬아슬한 경계까지 왔다. 꿈의 동굴에서 밖으로, 침대 위로 나왔다. 두 눈을 깜박이며 손가락을 가져가니 눈물로 젖어 있었다. 이방근……. 꿈 속에서 이방근처럼 보였던, 멀리서 등만 보이고 사라진 남자는 과연 이방근이었을까. 꿈에서 나왔을 때, 눈이 눈물로 젖어 있었던 것은, 산천단으로 가는 장신의 남자는 이방근이었다, 왠지 그렇게 느껴졌기 때문일 것이다. 이방근이 꿈 밖으로 나왔다.

『화산도』의 세계에서, 산천단이 아닌, 성내 다방 2층에서 관덕정 광장을 바라보고 있는 이방근의 시선을 따라가 보자.

"이방근은 식산은행 옆에 위치한 차와 식사를 파는 현해의 2층 창가에 외투를 입은 채 앉아, 팔을 테이블에 받치고 손에 턱을 괸 채 창밖을 내다보고 있었다.

광장을 사이에 두고 우체국 맞은편, 페인트가 벗겨진 흰색 벽 1층 건물의 문은 열려 있었지만, 한동안 오가는 사람의 모습은 보이지 않았다. 건너편 왼쪽 옆의 일거리가 없는 소방서, 그리고 무장 경찰이 모인 바리케이드 왼편으로 보이는 경찰서의 콘크리트 벽을 따라 죽 늘어서 있는 잘린 머리들의 대열. 관덕정 앞에 인간의 얼굴 모습을 남긴 채 바짝 말라버린, 안면이 이쪽을 향해 늘어서 있는 머리의 무리. 바람에 봉발蓬髮이 돌에서 자란 머리처럼 곤두서서 물결치는 것을 알 수 있었다.

수많은 머리통이 나뒹굴고 있는 광장 한구석에 쌓아 올린 흙 부대 바리케이드에서 경찰들이 읍내 거리를 향해, 여기 현해 쪽을 향해 총을 겨두고 있다. 좌우의 바리케이드는 중앙 출입구 돌기둥이 정문 안쪽 도청까지 이어져 있고, 옛 일본 황민화 정책의 소산인 벚나무 밑에도 시체가 나뒹굴고 있다.

 벚나무가 늘어선 통로 좌우로 지방법원과 정뜨르 미군기지 내 사형집행의 출발지점, 고문치사의 현장인 제주경찰서 유치장, 일제의 유용한 유물인 다다미 바닥의 무도관. 이곳이 매일 아침, 트럭으로 정뜨르 미군기지 활주로 동북단의 사형장으로 수용자들을 실어나르는 출발장소다.

 성내 외곽 신작로의 전신주를 잇는 전선에 사람의 목을 대롱대롱 매단 제등 같은 사자死者의 행렬도 있고, 특히 여자의 목은 긴 머리카락이 헝클어져 있어 행인들은 그 밑을 피해 다닌다.

 유리 한 장을 사이에 두고 이방근은 커피를 한 모금 홀짝이고, 담배를 태우면서 창밖의 공간을 눈에 넣었다. 뜬 눈에 펼쳐진 공간을 똑똑히 유지해야 한다. 관덕정 광장이 그 피를 빨아들이고 있는 머리가, 수를 늘리면서 광장 주변을 메워가는 가운데, 바람이 싣고 온 검은 베일이 광장을 덮어, 그곳은 커다란 어둠의 공간, 분지가 됐다. 인적이 드문, 지프와 트럭이 지나가는 광장의 공백에, 사방의 도로, 골목에서 사람들이 줄지어 모습을 보이기 시작했다. 무슨 깃발을 든 집단도 있다. 그렇다, 이미 비가 내리고 있던 광장은 질퍽거리는 공백지대. 광장 주변은 동원된 군중으로 가득 찼다. 이윽고 경찰서가 있는 도청 구내 정문에서 죽창 끝에 꽂힌 머리통을 짊어진 패잔 게릴라 대열이 까마귀 울음소리에 쫓기며 걸어 나왔다. 어깨에 짚어진 죽창을 타고 흘러내리는 비에 섞여 떨어지는 동지들의 피. 둥글게 원을 그리듯 광장 주위를, 보조를 맞춰 가며 대낮 망령의 행진을 반복한다. 까마귀들이 죽창 끝 머리통 위에 내려앉는다. 그 반동으로 머리통이 꽂힌 죽창이 어깨에서 벗겨져 땅바닥에 떨어뜨리는 이도 있다…….

 이방근은 일단 눈을 감고 마른 지면 광장의 공백을 바라다본다. 그 군중 속에 이방근은 없었지만, 하녀 부엌이가 호령을 붙이는 '서북'과 경관들의 움직임을 잘 살피고 있었다.

 이 섬에서 일상화된 이 풍경들. 공개처형, 전라의 시아버지와 입산 게릴라 아들의 아내인 며느리를 마을 광장으로 끌고 나와 강제 구경꾼이된 마을 사람들 앞에서 성교를 시키는 능욕의 고문. 중학교 교정 연단에 벌거벗긴 여교사를 세워놓고 학생들 앞에서 이 여자는 빨갱이, 인간 찌꺼기라며 채찍질하다 총살해 버리는 '서북'……. 이런 일들을 일상의 당연지사로 받아들이는 감각이 아니면 여기 섬사람들은 견디며 살아갈 수 없다. 쏟아지는 눈처럼 안으로 안으로 가라앉는 슬픔. 살인자의 신경보다 더한 무감각을 지니고 있지 않으면, 마음의 핵이 산산조각나고 말 것이다. 돼지같이 되더라도 살아가지 않으면 살육자를 이길 수 없다.

 이방근은 휴지를 꺼내, 입안의 들러붙는 침을 뱉었다. 구역질 때문이 아니었다. 혐오인가. 뼛속까지 스며드는 추위처럼 발밑을 마비시키면서 기어오르는 공포인가. 위액이 아닌, 시큼하게 들러붙는 침을 삼키지 못하고 입 밖으로 뱉은 것은 구역질 때문이 아니었지만, 혐오감도 아니었다. 그리고 공포의 탓도 아니었다. 공포로 얼어붙은 정신에 혐오감이란 감정의 움직임을 판단할 능력은 없다. 슬픔 때문이다. 사람들의 발산할 방도가 없는, 안에 묻혀 얼어붙을 뿐인 슬픔. 안으로 안으로 내리고 또 내려 바다으로 깊은 바다 밑 바닥으로 무의식 속에 쌓여 가는 슬픔. 재떨이에 뭉친 휴지를 버린 이방근은 커피를 마시고, 혀끝에 니코틴의 쓴맛이 녹아 스며들어 번지는 담배를 피웠다.

소나 돼지라면 식용이라도 되지만, 존재하지 않아도 되는 무가치한, 아니 유해한 것, 미점령군이 입에 담는 해충 구제destroy. 신성한 대한민국의 존립에 30만 제주도민의 존재는 필요 없음……

공포가 분비하는 체액이 투명하게 응축되어 서서히 공기보다 무겁게 기화하면서 분지의 광장을 메우고 있었다. 광장의 베일을 한 장 젖히면 거기에 있는 것은 얼어붙은 공포의 광경, 정신이 얼어붙는 광경. 끈적끈적한 피가 달라붙은 머리의 대열은, 사람들의 기를 빨아들여 땅으로 보낸다. 공포 앞에서 정신은 불능이 된다. 증오도 분노의 감정도 정의도 일체의 정열이 시들고, 살의도 사라진다.

잘린 모가지를 양배추처럼 노상에 내던지고 죽은 자를 살육하는 그들은 스스로 '적마赤魔'를 쓰러뜨리는 반공평화십자군의 전사, 반공·민주주의입국, 반공사회질서의 정의 구현이라는 명분 하에 살육을 자행한다. 죽이는 욕망, 범하는 욕망을 한없이 완수한다. 그것은 총탄을 맞고 죽는다고 하는 물리적 현상이 된다. 왜 죽이는

가, 죽이면 안 되는 것인가 하는 번거로운 서생 같은 문답은, 박장
대소, 발밑에 짓밟혀 안개처럼 흩어지고, 아득히 먼 곳에서 총성이
울린다. 현해 2층 창문 너머 맞은편에 보이는 경찰서 바리케이드
의 총구, 이방근의 시선을 스치고 움직인다……."

 일본에서 산천단에 가는 꿈을 꿀 일은 없을 것이다. 그리고 이
방근의 그림자를. 산천단은 현실의, K의 육안으로 둘러본 야초지
의 곰솔 여덟 그루……. 그리고 꿈속의 계곡이 흐르는 바위산에 위
치한 산천단……. K는 두 개의 산천단에 화가 났지만 어쩔 수 없었
다. 이방근은 뒤쪽에 산천단을 향해 가는 이의 낌새를 알아채지 못
했는가. 꿈에서 낌새는 통하지 않는가. 여하간 꿈이든 실제든 제주
에서 산천단으로 가는 길을 밟은 것이다. 그리고 실재하는 산천단
꿈을 꾸었다.

 호텔 3층에 위치한 식당에서 아침 식사를 하며 가볍게 해장술
로 맥주 한 병을 마셨다. 남향으로 난 창문 너머로 보이는 푸르스
름하고 얇은 베일을 쓴 한라산의 모습에 가슴을 쓸어내린다. 아이
고, 오늘도 한라산이 보인다. 산정 근처에 푹 패이고 융기한 것이
탐라 계곡이다. 한라는 신성한 산. 제주도민의 신앙인 영산靈山으로
계곡의 정적을 깨고 큰소리를 내면 금세 안개가 피어오르고 사람
은 산속에서 길을 잃는다. 정상에서 중턱으로 내려가면 관음사, 그
관음사로 올라가는 입구에 위치한 산천단. 동굴이 있는 바위산 뒤
편 잡목림으로 둘러싸인 가파른 산길……. 아니, 꿈속 현실의 연장
이다. 지금의 실제는 사라진 산천단. 실재했던 흔적을 지우듯 동굴

이 있는 바위산도 산천단 터도 사라지고 없었다. 정뜨르의 국제공항 활주로 아래 파묻힌 학살 유해는 그대로다. 지금 민주화가 현재 진행형으로 진행되고 있고, 머지않아 활주로의 지각변동이 일어나 지표에 균열을 일으킬 것이다.

조선 시대 문무수련장이었던 관덕정은 20세기 문명의 빛 아래 학살의 장소가 됐지만, 지금은 광장의 지형도 바뀌었고, 주위가 3단 계단으로 이뤄진 원형극장 공간은 연극이나 음악회 등의 행사 장소로도 쓰인다. 인접한, 예전에 경찰서와 도청이 있던 관공서 구내는 조선 시대의 관아가 복원되어 있어, 어제 대학에서의 강연회 후 고 교수의 차를 타고 바닷가 횟집으로 가는 길에 잠시 내려 둘러봤다. 불그스름한 갈색 대문에 들어서니 주변이 완전히 다른 세상이다. 마치 수백 년 전, 그야말로 성곽 안 무인 관아에 들어온 것 같은 착각에 빠졌다. 입고 있는 것은 조선 시대의 관복이 아니다. 양복이다. 잠시 후 현기증이 났고, 되살아난 옛 관아의 역사가 살아 숨 쉬는 거리에 빠졌던 발을 빼어내듯 대문에서 빠져나왔다. 눈앞은 관덕정 원형극장의 계단으로 가는 길이었다.

바닷가 횟집에서 식사를 한 다음 날 오후, 같은 신제주의 시내 호텔로 마중 나온 양훈 기자의 안내로 K의 고향이자 구시가지 동쪽에 위치한 삼양동 친척 집에 들렀다. 환영받지 못할 것을 알면서도 하는 의례적인 방문이었다. 언기 형과 동행. 예상했지만, 인구는 부재중이었다. 하지만 그의 어머니 등과 잠시 얘기를 나눌 수 있었다. 한 시간 후, 신문사 차량이 올 때쯤에 밖으로 나가니, 마침 바닷가 쪽에서 낮술을 마신 듯 비틀비틀 걸어오는 인구와 마주쳤고, 잠시 선 채로 얘기를 주고받았다. 그것뿐이었다. 42년 만의 재회. K는 차에 올라탔다. 신문사에서 진행된 인터뷰에서는 누구도 지금까지 언급한 적 없었던 금기, 국제공항 땅밑에 방치되어있는 학살 유해에 관한 얘기가 나왔다. 동석한 4·3 담당 기자와 편집국장은 서로 얼굴을 맞대고 고개를 끄덕였다.

양훈 기자는 4·3특별취재팀을 편성, 내년 4월부터 수년에 걸쳐 4·3학살 피해자의 유족, 숨은 피해자, 희생자를 추적·조사하기 위해 관계자 청취조사 후 제주신문에 연재를 시작한다. 그래서 스태프들이 긴장하고 있는 겁니다. 이건 신문사로서도 획기적인 사업으로 사운을 걸고 있습니다. 요즘엔 경찰의 노골적인 탄압이나 백색 테러는 없지만, 반공세력의 최후 발악이 있을 수 있어서요. 그리고 긴장의 지속과 공포에 대해서도 얘기했다. 과음하거나, 밤에 몇 번이고 가위에 눌려 공포의 외침을 지르며 침대에서 굴러떨어지거나……. 박장대소, 서로 얼굴을 바라보며 웃기도 했지만, K는 크게 고개를 끄덕이며 악수를 했다.

도민 스스로가 8·15해방 후 수십 년간 군사정권의 공포정치로 위축, 친정권적인 반공·입국의 정신으로 보수화된 것이 지금의 제주입니다. 그것을 기반으로 반공연맹 등이 연명하고 있습니다. 제주도민들은 좌경 이념에는 등을 돌립니다. 가혹한 살해의 역사 속에서 연명하는 것만으로도 힘들었습니다…….

시게타가 먼저 일본에 돌아간 후 다야마와 이틀에 걸쳐 제주를 일주했다. 첫날은 날씨가 흐려지더니 눈이 내렸다. 운전수_{한국에서는 운전수라 하지 않고, 기사님이라는 존칭을 붙여 부른다}는 일본어가 아주 능숙하고 4·3 당시에는 게릴라 토벌대의 길 안내를 한 경험자로, 관광 안내를 겸해 게릴라와 관계가 있는 곳을 천천히 둘러볼 시간은 없었지만 잠시 들러 상당히 반게릴라적인 설명을 했다. 게릴라를 공비라고 부른다. 이 공비라는 호칭은 섬사람들의 몸에 스며들어 익숙해져 버렸을까. 그것이 아직 이 사회에서는 신변의 안전, 면죄부이기도 하다.

먼저 산천단, 예전의 바위산과 절벽, 동굴과 작은 마을 모두 여덟 그루의 곰솔만 남기고 사라졌다. 산천단에서 내렸다. 꿈에 나온 산천단은 환영이 기억으로 굳어진 것일까. 그 환영은 어디서 온 것일까. 꿈속의 산천단은 과거의 현실이요, 산천단이 실재하는 증거라고 K는 곱씹어 생각했다.

군락을 이루고 있는 곰솔 사이를 지나 그 뒤편으로 가니 주변 지형이 평지가 아닌 잡초로 뒤덮인 완만한 경사를 이루고 있었다. 아아, 이거, 여기야……. 어딘가에서 보이지 않던 지형들이 서로 맞물리며 눈에 들어왔다. 지형에 높고 낮은 기복이 있고 앞쪽에 본 적이 있는 듯한 약간 높은 지대의 잡목림이 보였지만 바위산 절벽은 보이지 않았다. 절벽이 있다면 훌륭한 산천단이다.

"큰 여덟 그루 곰솔이 서 있는 이곳이 산천단이라면, 옛날엔 이 주위에 바위산 절벽이 있었는데 말이지. 동굴도 있었고."

운전수는 깜짝 놀라며 무슨 말인지 도무지 이해가 안 된다는 듯한 표정을 지었다. 지금까지 이런 질문을 받아본 적이 없는 것이다.

저기가 절벽과 동굴이 있던 장소인 걸까? 야초지의 경사면을 가만히 응시하던 운전수가 아이고…… 하고 작게 외쳤다.

"듣고 보니 그렇습니다. 그래요. 맞아, 저기에 바위산 절벽이 있었어요. 동굴이 있었죠……."

K는 운전수의 핏기가 사그라드는 듯한 얼굴을 바라봤다. 운전수는 반복해, 절벽이 있었고 동굴이 있었어……. 큰 구멍이 있었어…….

"어라? 벼랑도 있었고 동굴도 있었다……?"

벼랑도 동굴도 있었다. K는 생각지 못하게 느닷없이 눈앞에 벼랑과 동굴이 나타난 것 같은 흥분되는 얘기에 그 말의 저편에서 뭔가 섬뜩한 것이 날아오는 듯한 풍압을 느끼며 목소리를 높였다.

운전수 말로는 태평양전쟁 말기 이 근처에 육군병원이 세워졌으나 일본군 철수 후 병원 터에 묻혀 있다는 금을 대신할 만한 포금砲金 발굴을 위해 바위산을 폭파, 지형도 바뀌고 동굴도 없어졌다는 것이었다. 참으로 어처구니없고 맥이 빠지는 얘기라 믿기 어려웠지만 부정할 근거도 없었다.

다만 육군병원이 있었다는 것은 충분히 수긍할 수 있는 얘기다. 당시 오키나와沖繩에 상륙한 미군의 북상을 예상, 제주에서 방어하기 위해 섬 전체의 요새화가 진행됐고 7만 5천 일본군이 제주에 배치됐으니 육군병원이 두세 곳은 있어야 했을 것이다.

언제 폭파됐는지는 알 순 없지만 일본이 패전하며 일본군이 철수한 이후의 일일 것이다. 제주도일본육군병원에 대해서는 나중에 알아봐야겠지만 있었던 것이 당연하고, 없었다고 하면 오히려 이상한 일이다. 금을 대신할 만한 포금 발굴을 위해 지형이 바뀌었다는 것은 충격이었지만 산천단이 사라진 사실의 증명이 됐다. K는 지난 며칠간 자신의 정신상태에 대한 의혹과 불안감, 바위산 절벽과 동굴이 있는 한라산신제의 장이기도 한 산천단이 세월의 저편에서부터 K의 머리가 만들어낸 환상도 아니고 무서운 착각도 아님을 확인할 수 있었던 것은 다행이었다.

두 사람은 예전에 절벽이 있던 뒤편의 잡목림 안쪽 관음사로 올라가는 길목까지, 사람이 걸어간 흔적이 없는 무성한 들풀밭까지 가봤다. 거기서 산기슭으로 이어지는 경사진 오솔길이 나온다. 제주대 고창의 차로 왔을 때는 곰솔 거목의 그림자 아래까지 바위산 절벽이 사라진 것에 마음을 빼앗기고 반신반의, 벼랑이 소멸한 사실에 머리가 혼란스러운 상태에서 그 자리를 떠났었다. 한라산 횡단도로를 한참 달리다 삼거리에서 관음사 쪽으로 우회전, 동쪽으로 핸들을 꺾어 올라갔으나 공사 중이라 통행 금지.

한라산 등산로 입구인 성판악으로 향한다. 성판악은 벚꽃 원시림 밀생 지대지만, 며칠 전 산불이 나서 등산로 진입이 금지돼 있었다. 물론 비도 내려 등산로에 들어설 생각은 없었다. 세 사람은 쉼터에 들렀다. 다야마와 운전수는 커피를, K는 유자차를, 그리고 서비스로 내어 준 아름다운 빛깔의 오미자차를 마시며 싸늘한 몸을 녹였다. 표고 천 미터에 가까운 데다가 우천의 냉기가 몸에 스민다. 손님은 K 일행 세 사람뿐. 어라……? 음악이……여기는 어딘가. 라디오방송인지, 레코드인지, 어디선지 알 수 없지만, 음악이 맑은 산 공기 속으로, 쇼팽의 조용한 피아노곡이 흘러나오고 있었다. K는 긴장, 잠시 넋을 잃고 있었는데 아, 여기는 한라산 산중이구나, 정신을 차린 듯 눈을 다시 떴다. 쇼팽의 녹턴, 42년 만의 고향 땅 산속에서 녹턴. 창밖은 비 내리는, 오름이 우뚝 솟은 산기슭의 고원지대. 그 너머는 바다가 펼쳐져 있겠지만, 비 때문에 수평선이 보이지 않았다. K는 눈물이 차오르는 것을 느꼈다.

또 다른 녹턴이 어디선가 들려왔다. 고개를 들어보니 라운지 중이층 베란다 커튼 너머의 방에서 쇼팽의 녹턴이 흘러나오고 있었다. 한국입국허가증명서를 지참해준 한국대사관 한 참사관과 만난 제국호텔 라운지에서, 계단을 서너 단 오른 참사관이 건넨 인사말. "저기, 부탁이 있습니다. 한국에 가시면 당연히 여러 곳에서 인터뷰를 하시고 강연도 하시겠지만, 그, 말씀 도중에 과격한 말이 나올 것 같으시거든 부디 지금 입국허가증명서를 건네드린 제 얼굴을 떠올려 주십시오."

그리고 한 참사관은 새삼 악수를 청했다. K는 상대방이 내민 오른손을 물끄러미 응시한 채 무시했다. 악수는 약속이었다.

한국 입국 이후 서울과 광주, 제주에서도 '과격'한 얘기를 하면서 참사관의 얼굴이 언뜻이라도 떠오른 일은 없었다. K는 제국호텔을 나와 혼잡스러운 역으로 향하는 길에 호텔 중이층 발코니 커튼 너머 방에서 들려온 쇼팽의 곡은 잊지 못할 것 같은 느낌이 들었다. 지금 한라산 중턱 성판악 쉼터에서 그때의 녹턴이 지금의 녹턴과 하나의 흐름이 되어 참사관의 말을 씻어냈다. K는 헤어질 때 약속을 뜻하는 악수에 응하지 않았다. 약속하지 않았다. 그때 이미 애써 입국허가증명서를 가지고 와 준 참사관과 적대적이었다. 적대해서는 안 되는 이에게 적대적으로 대했다. 그렇게 됐다.

사흘 후 『관광××』의 사장과 반공연맹 간부들이 호텔 '커피숍'으로 찾아왔다. 그리고 지금 도지사와 제주시장이 K의 방문을 기다리고 있으니 차가 오면 꼭 동행해 달라며 지난번처럼 다시 강요해, 말이 다르지 않냐며 성을 냈더니 겨우 물러선다. 『관광××』와는 인터뷰가 아닌 잡담 정도로 얘기를 나누고 헤어졌다. K는 현지의 작가 오성과 동석했는데, 좀체 떨어지지 않는 이들에 대응하느라고 부단히 애를 먹었다.

『화산도』는 베스트셀러가 되어 인세로 5백만 원2백만 원 미지급. 잔고을 두 민주단체, 김명 시인이 관계하는 곳에 2백만 원, 다른 곳에 백만 원을 기부했다. 공표하지는 않았지만 필요한 일이다. 그것을 『관광××』의 박 사장이 어디서 들었는지 인세가 꽤 들어왔다고 하는데 얼마냐고 집요하게 물어댔다. 발행 부수도 꽤 신경 쓰고 있는 것 같았다. 5백만 원이라고 대답하니 큰돈이다, 그래서 그 돈은 어

땅의 동통

디에 썼느냐고 묻는다. 경찰의 유도신문 식이다. 만약 민주단체에 전액 기부했다고 하면 금세 어떤 형태로든 이것이 확대 과장, 본인의 허락 없이 『관광××』 등에, 정부의 기피인물 좌경 작가 K가 좌경 단체에 자금 제공 등……과 같은 날조 기사를 만들어 낼 것이다. 어쨌든 정면충돌을 피하고 이들 반공세력권 밖으로 벗어나야 한다.

나를 부자로 생각하는 것 같은데 그렇지 않다. 일본의 아파트는 아직 내야 할 돈이 남아 있고 빚도 있다. 이런 사정을 너무 이것저것 아무렇지도 않게 묻는 것은 일본에서 온 손님에게 실례라는 정도로 온화하게 응하며 마무리해야 한다. 어쨌든 적당히 대응하면서 이들 반공연맹 관계자에게서 떨어져야 한다. 그들은 옆에 형태를 보이지 않더라도 그림자처럼 따라다닌다. 40년째 이어져 온 비밀경찰국가의 체질이 당장 사라질 리 없다. 발밑을 조심하지 않으면 어떤 함정에 빠질지 모른다.

20일 아침, 다야마는 K를 혼자 남기고 떠나는 것을 크게 신경 쓰면서 일본으로 향했다. K에게 예정을 앞당겨 다야마와 함께 출발할지, 다야마가 출발을 늦출지의 문제였다. K를 홀로 남겨두는 것을 심히 염려했지만, K는 걱정할 필요 없으니 일본에서의 일을 우선하라며 예정대로 공항으로 배웅했다.

한국의 반공풍토 속에서 상대를 매장하기 위해 '공산주의자', '적마' 딱지를 붙이는 것이 40여 년의 전통이고 정치기술이지만 그것이 아직도 살아있다는 것이다. 제주도에는 여전히 반공풍토가 무거운 공기처럼 짙게 깔려 있었다. '공비', '폭동', '폭도', '적마' 등이 일상어로 쓰이고 있었고 시민들도 그것을 이상하게 여기지 않는다. 이상하지 않으니까. 이상하다고 하는 것은 빨갱이기 때문일 것이다.

여하간 빨리 제주를 벗어나고 싶다. 나는 혁명을 하기 위해 온 것이 아니다. 42년 만의 고향이니까. 그리고 『화산도』 취재를 위해 온 것이다. 모레는 이 섬을 떠난다.

K는 서울로 출발하는 22일 전날, 제주에 도착해 하룻밤 묵은 탑동의 해안가 호화호텔 근처 관덕정 주변을 둘러보러 갔다. 그때 청년 두 명이 K 선생님……하며 말을 걸어왔다. 천으로 된 큰 숄더백을 어깨에 멘 두 사람은 자신들은 한 연구 동아리의 멤버로 어젯밤 시민회관 집회에 참석해 선생님 말씀을 들었습니다. ……어째서 선생님은 계속 일본에 사시는 건가요? 제주에는 돌아오시지 않는 건가요? 제주는 연배 있는 사람들이 정부 주도의 시세에 순응하며 젊은이들이 하려는 일에는 뒷짐을 지고 일체 관여하려고 하지 않습니다. 선생님은 제주로 돌아오셔서 여기서 생활해 주십시오. 그리고 저희 후진들을 지도해 주십시오. 30분쯤 길 한가운데 서서 얘기를 나누다 보니 주변이 완전히 어둑어둑해졌다. 하지만 K는 그저 고개만 끄덕일 뿐 대답을 내놓을 수가 없었다. 제주가 보수적이고 연장자들이 친정부적이라는 것은 일본에 와 있는 제주 유학생들에게 들은 적이 있지만, 저녁놀로 물든 성내 길거리에서 만난 두 청년에게 꼭 제주로 돌아오시라……라는 말을 들었을 때는 견

디기 힘들고 가슴이 쑤시도록 아팠다. 이대로 불행한 이 고향 땅에 머물러야 하는 게 아닐까. 그게 답이다. K는 내일 오전 제주를 떠난다고 했다.

"예, 선생님, 건강하셔야 합니다."

K는 두 청년과 뜨겁게 악수하고 그들이 어둑해진 길을, 큰길이 있는 관덕정 쪽으로 가는 것을, 보이지 않을 때까지 배웅했다.

서울로 이동할 때 오 작가가 볼일이 있다고 하여 동행하게 됐다. 그는 공항 탑승 게이트에서 어제 봤던 사복이 우리가 서 있던 검색대까지 따라붙었다고 했다.

"그래요? 방송국 승합차를 따라온 사복 말씀하시는 거죠? 마지막까지 수고가 많네요. 하지만 이만 안녕이군요."

마지막까지라는 것은 어제 오후 성내 동쪽에 인접한 사라봉 오름을 배경으로 한 '4·3' 특집 TV 인터뷰 촬영이다. 오 작가의 사회로 진행됐는데, 호텔 앞에서 예닐곱 명이 방송국 승합차로 출발하려고 했을 때 남자 하나가 운전석으로 달려와 강압적으로 태우라며 끼어들었고, 겨우 밀쳐내 문을 닫았다. K는 무슨 일인가 싶었는데 미행을 붙은 사복이었다. 바로 다른 차로 승합차를 쫓아오는 듯했다. 승합차는 예정을 변경. 사복들은 원래 인터뷰 예정지인, 초토화 작전으로 불타 없어진 무인의 곤흘마을에 가서 K 일행을 찾아 다녔다고 한다.

어제의 사복이란 바로 그 남자인데, 오 작가와도 안면이 있다고 했다. 오 작가는 검색대까지 따라온 사복의 팔을 붙잡고 자, 같이 가서 K 선생님께 인사를 드리는 게 어떻겠냐고 하니, 사복은 깜짝 놀라며, 어떻게 그럴 수가 있겠습니까? 돌아가겠습니다……하며 작가의 손을 힘껏 뿌리치고 달려갔다고 한다.

매일 호텔에서 아침부터 밤늦게까지 줄곧 담당 사복 한 명이 붙어 있었고, 제주를 일주하는 택시기사도 그 사복에게 마크를 당하고 있었다. 호텔 '커피숍'에 K와 만나기 위해 드나들던 반공연맹 사람들과도 사복은 긴밀한 '통신' 관계였고 K는 완전히 포위되어 있던 셈이다. 체포하지도 살해하지도 못하는 애물단지 K가 제주를 떠나니 사복들도 그렇고 상부의 당국도, 아이고 끝났구나 했을 것이다.

5

22일 11시경 출발 비행편으로 오 작가와 함께 서울로. 약 한 시간 만에 김포공항에 도착.

서울 국제공항 활주로 아래 40년 전에 학살당한 서울시민의 유해가 그대로 묻힌 채 있다면 어떻게 될까. 있을 수 없는 일일 것이다. 서울에서는 있을 수 없는 일이 제주에서 40년간 도민의 학살 유해가, 한둘이 아닌 수백, 수천에 이르는 불명의 유해가 활주로 아래 땅밑에 방치된 채 오늘날까지 이르렀다. 4·3사건은 없었다. 학살은 없었다. 그것은 공산주의자, 빨갱이들이 지어낸 큰 거짓말,

헛소문이다. 오랜 세월 권력의 거짓말이 사실이 되어 이 섬을 지배해왔다. 관광의 섬으로서 대량학살의 시체 위로 부활하고 있는 제주. 그 세월 동안 K는 이 고향 땅에 없었다.

거기에 역사는 없었다. 있어야 할 역사는 말살됐고, 기억을 잃은 시체처럼 제주국제공항 활주로 아래 방치된 무수한 백골이 되어 매몰됐다. 그리고 아무 일도 없이, 즉 4·3사건 따위는 없었던 것과 같은 생활의 현실이 과거로부터 계속되는 역사가 되어 왔다.

망각에 역사는 없다. 화석화된 기억, 죽음에 가까운 망각에서 어떻게 탈출할 것인가. 그것은 인간의 재생과 해방 그리고 자유로 가는 길이다. 민주화 투쟁의 길로 들어선 한국. K는 다시 서울에 왔다.

이상하다. 빈 컨베이어 벨트를 타고 덜덜 흔들리며 온 것은 K의 가방이었다. 이 가방만 특별 취급된 것이 틀림없다. 전화를 걸고 오겠다며 수하물 수취대를 떠나 있던 오 작가가 돌아와, K가 그 얘기를 하자 가방 속을 살핀 것이 아니냐고 한다. K가 다시 가방을 보니 지퍼 손잡이가 망가져 있었다. 점보기에 수백 명의 만원 승객이 탔고, 그것도 서울-제주 국내선에서 K의 가방만 눈에 띄었던 것이다. 이미 제주공항에서 별도 취급해 출발 직전에 알아봤는지도 모르고, 제주공항 경비 당국에서 서울에 연락을 취해 뒀을지도 모르는 일이다.

한편 K의 한국 체류 중에 반공단체를 제외한 한국의 신문잡지에서 4·3'폭동'이 사라지고 '사건', '민중봉기', '항쟁' 등으로 표기가 바뀌기 시작한 것은 민주화와 더불어 저널리즘의 역사와 진실을 향한 접근 자세가 보다 명확해졌기 때문이라고 할 수 있다.

'(공산)폭동', '(공산)폭도'가 일상의 생활어가 된 제주는 그만큼 4·3학살의 후유증, 4·3병으로부터 도민들이 아직 해방되지 못했음을 보여주는 징표이기도 했다.

관광의 섬으로서, 학살당한 죽은 자들의 시체 위에 부활하고 있는 제주. 학살 유해가 묻힌 밭은 결실이 좋다. K는 그 긴 세월 동안 이 고향 땅에 없었다. 일본은 안전지대다. 바로 지금, 제주를 떠나 고향의 산 한라산을 외면한다.

제2차 세계대전 이후 최초의 대량학살 제노사이드가 동아시아의 한반도 남단의 외딴 섬 제주도, 미군 점령하에 닫혀 버린 밀도에서 세계에 알려지는 일 없이 자행됐다. 4·3의 역사는 땅밑에, 바다 밑에 매장, 말살되어왔다. 학살자들을 언제쯤 인도적 범죄로 국제법정에 세울 수 있을까.

명동역 근처 P 호텔에 들러 짐을 놓고 나온 K는 제주로 출발하기 전에 약속한 일본의 A지 기자와 명동대성당의 넓은 돌계단 위에서 만났다. 42년 만의 조국, 고향 방문에 대한 인터뷰였는데, 굳이 차가운 돌계단에 앉아 뺨을 찌르는 찬바람을 맞으며 얘기를 나눴다. 한국 체류 22일, 사흘 후에 일본으로 떠난다. 우리말을 할 줄 아는 기자라 일본말과 우리말을 반반 섞어 대화한다. 기가 막힌다……. 숨이 막힌다. 숨을 쉴 수 없다. 말이 안 나온다, 굉장히 터무니없고 어이가 없다……. 기가 막힌다……가 충분히 통했다. 기자는 고개를 떨궜다. 왜 42년인가. 돌아보자, 뒤돌아봐도 과거는 없다. 42년이 지금이다. 한국에 체류한 22일과 42년간의 전개가 무엇인지 확실히 포착할 수 없다. 42년의 결과로서 22일이 생성됐는가. 아니면 22일을 위해 42년이 있었던 것인가. 이 같은 시간 감각의 전도가 K의 머리를 혼란스럽게 하고, 언덕 위의 밝은 햇빛 속으로 현기증과 함께 유인한다. 눈앞은 연일 시위로 파열된 매운 최루탄 냄새가 어제의 냄새가 가시지 않고 떠도는 가운데 혼잡해지는 명동 거리.

신문기자와의 인터뷰를 마치고 안국동의 선학원을 찾을 생각으로 최루탄 냄새가 물을 뿌린 도로로 가라앉은 명동 거리를 걸어갈 때, 아, 저건 '서북'……아니, 그렇지, 남산 기슭에 위치한 테러단 소굴의 저택 응접실에서 언뜻 본, 커피를 내온 여자……문난설文蘭雪. 엷은 팥색 원피스를 입은, 뒤태가 아름다운 여자가 이방근의 시선……아니, 나, K의 시선을 끌어 몇 미터 앞으로 걸어갔으나 인파에 섞여 보이지 않았다. 저것은 문난설의 뒤태를 꼭 닮은 여자. K는 멍하니 그 자리에 우뚝 서 있다가 인파를 벗어나 차도 쪽으로 나왔다. 『화산도』에서 여기로 나온 것은 아니다. K의 착각이다. 착각에도 가슴이 뛰는 걸까. 저것은 문난설, 이방근의 운명의 여자, 문난설이다. 게다가 눈앞의 멀지 않은 곳에서 실제로 현실의 문난설을 K는 본 것이다. 그 순간 K는 이방근이 되어 있었던 것일까.

8월 15일. 대한민국 성립 당일 오후에 제주에서 서울에 도착한 이방근은 반정부 전단을 뿌리다 체포되어 종로경찰서에 구금된 여동생 유원의 신원을 인수하기 위해 남대문통 식당에서 숙부 이건수李健洙를 만났다. 대한민국, 미국에서 돌아온 이승만을 수반으로 하여 친일파로 정권의 토대를 다진 미국의 괴뢰 매국노정권. 이방근은 숙부과 약속한 영계백숙 식당으로 가던 도중에 남대문통에서 우연히 나영호羅英鎬를 만났다. 일제시대 도쿄 유학 시절의 학우이자 같이 서대문형무소에 투옥된 경력이 있는 문학청년. 그때 그의 뒤쪽, 골목 끝에서 그를 기다리고 있는 듯한 하얀 양장을 입은 여자에게 이방근은 움찔하며 시선을 사로잡혔다. 저 여자다, 저 여자, 그때 커피를 내왔던, 신기한 느낌이 감도는 아름다운 여자. 입가에 희미한 미소를 머금고 약간 비스듬한 자세로 이방근을 물끄러미 바라보다가 옆으로 돌아섰다. 그것은 꽤나 의식적인 행동이었다. 문학자인 나영호는 그녀가 자신의 팬이고, 이름은 문난설, 조선 시대 여류시인 허난설헌과 같은 한자를 쓴다고 소개했다. 순간 입가가 움직이며 생긴 표정과 동시에 검게 빛나는 눈의 움직임은 이방근을 똑똑히 의식하고 있었다. 그러나 그녀는 초면인 것처럼 행동했고 이방근 역시 마찬가지였다. 실제로 초면이나 마찬가지였다. 추상화에 나올 법한 얇은 소재의 원피스를 입은 그녀의 풍성한 허리선과 뒤태……. 남산 동쪽 기슭 주택가에 있는 저택의 응접실.

K는 명동에서 택시를 타고 가다가 언덕길이 있는 것을 확인한 다음에 하차해 안국동 언덕을 올라갔다. 지금은 완전히 마을의 형태가 변했는데, 이 근처에 1948년 당시 건수 숙부의 집이 있었다.

8월 15일 당일 남대문통에서 나영호와 동행한 신비롭고 아름다운 여인 문난설을 만났는데, 이방근은 새삼스레 뭔가 운명적인, 숙명적인, 어딘가로부터의 텔레파시처럼 느껴졌다. 음, 설마. 언덕길이 없어지는 일은 있을 수 없다. 하지만 제주에서는 산천단 동굴이 있는 바위산과 언덕길이 사라졌으니. 지금은 포장된 언덕길을 올라 오른쪽 골목으로 들어가면 여동생 유원이 사는 건수 숙부의 집이다. 언덕길과 주변 동네의 모습은 아파트, 고층 주택이 들어서 있어, 한옥이 늘어서 있던 예전의 모습과는 확연히 달라져 있었다. 토담이 이어진 언덕길 왼편은 옛날과 마찬가지로 건물이 없었다. 토담 너머 공간은 광장인가 운동장일 것이다. 전방 좌측, 토담이 끊어진 부근에 커다란 주홍빛 건물, 가까이 가봤더니 예전의 선학원이었다. 옛날에는 목조 선사였지만 눈앞에 우뚝 솟은 것은 4층짜리 주홍빛 원색을 칠한 철근 가람으로, 자동차 한 대가 지나갈 정도의 입구에 들어서자 정장을 한 많은 부인들이 정면의 높은 계단을 내려오고 있었다. 불공양이 행해지고 있는 모양이다. 옛날에는 불공양과는 관계가 없었던 곳이지만, 이를테면 선학원의 이름은 변함이 없지만 속화(俗化)되어 선사는 아니게 됐을 것이다. 선학원은 태평양전쟁 말기에 K가 잠시 머물던 곳이기도 하다.

 예전의 넓은 마당은 인접한 아파트와 학교로 잘려나갔고, 담장으로 분리된 좁은 마당의 왼쪽 구석에 마른 가지를 차가운 하늘로 내민 은행나무 교목이 서 있는 것이 눈에 들어왔다. 아, 저 나무구나. 여름이 되면 정원 가득 시원한 그늘을 드리웠다. K는 잠시 나무 그늘이 없는 그 고목 앞에 서 있다가 그곳을 떠났다. K는 일본이 패전한 1945년 여름, 은행나무가 안마당에 짙은 그늘을 드리우고 있던 7월에 그곳을 떠났다.

선학원은 과거 독립운동의 지하조직 아지트기도 했고, 그해 3월 일본에서 중국으로 탈출하려는 뜻을 품고 경성서울에 온 K의 뜻을 알고 머물게 해 준 기ᄒ 선생님은 지하조직 ××동맹의 간부였다. 선학원에는 승려로 변장해 거처를 두고 있었다. 주지 역시 승복 아래 조선독립의 투지를 숨기고 있던 동지였다.

K는 전쟁 말기인 그 무렵, 기 선생님의 제자인 '장'을 선학원에서 만나 하룻밤 꼬박 조선독립을 얘기하고 헤어진 적이 있었다.

당시 유행하던 발진티푸스로 입원, 퇴원 후에 일본에 다시 돌아간 K는 일본 패전 후 재차 조국에 돌아와 장과 재회했다. 그리고 함께 수 명의 학생들과 공동생활을 했던 곳이 남산 서쪽 기슭의 후암동이었다. 예전의 미사카도오리三坂通.

당연히 한국전쟁으로 인해 많은 곳이 폐허가 됐고 이후 많은 변모를 이뤄온 서울인만큼 K가 예전에 머물렀던 후암동 인근 역시 그대로일 수 없다는 것을 알면서도 K는 지도를 믿고 후암동을 찾아갔다.

옛날에 기거했던 곳 근처인 듯한 언덕길 사거리 모퉁이에, 아아, 이건, 이런 곳에……. 소방서 감시탑이 그대로 남아 있고, 완전히 변해버린 서쪽 기슭의 동네 풍경을 보며 그 자리에 우두커니 서 있었다. 예전의 뒷산은 없어지고 산 중턱 위까지 깎아지른 일대는 주택가, 고급주택이 들어서 있었다.

8·15해방 후 일 년이 지난 1946년 여름. K는 한 달 예정으로 여름방학을 이용, 학자금을 마련하기 위해 일본으로 밀항, 그대로 일본에 머물렀다. 그리고 결국 한 달 뒤 귀국하겠다는 약속이 42년, 장은 20여 통의 편지를 K에게 계속 보내다가 1949년 5월 아마 이승만 정부의 테러 경찰에게 체포됐을 것이다. 5월 4일 자 편지가 마지막이 됐다. ……K여, 자네는 언제까지 일본에 있을 작정인가. 언제 조국으로 돌아올 건가. 이제 조국에 돌아오지 않는 건가……. 편지의 한 구절. 나의 동무 '장'이여, 적의 총 앞에 선 동무를 그대로 두고 나는 등을 돌린 인간인가, 동무여, 자네는 스물두 살에 이승만의 총검에 살해당했다. 나와 동갑이었지.

나는 이제 예순셋이 되어 예전 후암동 사거리 언덕 근처에서, 우리가 살던 집 뒷산의 나무로 둘러싸인 돌계단을 올라 주변을 머릿속으로 찾고 있다. 스물두 살의 장이여, 한국은 해방된 지 40년, 드디어 민주화의 단계에 들어섰다…….

나는 자네와 헤어진 지 42년 만에 서울로, 학살의 섬 제주로, 조국이기 때문에, 고향이기 때문에, 『화산도』 취재를 위해 왔네. 사람들은 조국으로 돌아왔다, 귀국이라고 하지. 가슴이 아프다. 2, 3일 후면 일본으로 떠나는 인간이다. 장이여, 편지에 쓴 자네의 목소리가 들려온다. 반복해 메아리치듯 들려온다. ……K여, 자네는 언제까지 일본에 있을 작정인가. 언제 조국으로 돌아올 건가. 이제 조국에 돌아오지 않는 건가…….

K가 서 있는 곳은 남산 서쪽 기슭의 후암동. 40여 년 전, 동갑인 장 등과 함께 공동생활을 하던 집이 있던 곳. 당시 소방서의 유물인 감시탑 맞은편 사거리에 식민지 시대 그대로의 붉은 우체통이 있었다. 스무살의 K는 언덕 위에서 사거리의 우체통 앞을 지날 때 원형의 머리를 한 몸통에 한 손에 얹고는, 그것을 쓰다듬고 지나가는 것이 버릇이었다. 그냥 지나가다가 중간에 뭔가를 두고 온 것을 깨닫곤 했는데, 그것이 우체통 머리를 쓰다듬는 것이면 반드시 되돌아가 우체통 머리를 쓰다듬고 나서 다시 길을 걸었다. 언덕을 내려가야 노면 전차 정류장이 나오는데, 그래서 전차 시간에 늦을 때가 있었다.

　　K는 감시탑이 있는 사거리 언덕 꼭대기에 우뚝 솟은 남산타워 _{일본 메이지 천황을 제신으로 봉안하여 모시는 조선신궁이 있던 곳}를 목표로 언덕길을 올라 사거리 전신주 옆에서 남산을 올려다봤다. 중턱까지 건물이 적목세공처럼 늘어서 있고 삼림에 가려진 산의 형태는 보이지 않았지만, 여전히 타워가 보이기 때문에 K가 살던 집 뒷산 디딤돌 계단이 있던 부근까지 대충 짐작을 하고 올라갔다. 뒷산 돌계단을 올라 400미터 정상으로 가면 전방 북쪽 저편에 석조로 된 장중한 과거의 조선총독부, 현재의 미중앙군정청 건물이 북한산, 삼각산을 배경으로 서 있다.

　　　　남산제일봉방분　　　南山第一峯放糞
　　　　향진장안억만호　　　香震長安億萬戶

조선 말기 방랑시인 김삿갓金笠의 시. 시에 나오는 남산은 서울이다. 한성이 아닌 개성의 남산인데, 그것을 서울한성의 남산에 가탁한다.

장은 주위를 둘러보고 나서 미군정청에 내 똥냄새요, 닿거라, 뿌웅 하고 한마디 곁들여 둘이서 크게 웃곤 했다.

숲 냄새가 풍긴다. 지금 K 앞에 있는 것은, 늘어선 주택을 털어내고 짙은 녹음으로 덮인 남산 기슭이다. 옛 뒷산의 디딤돌 계단 근처에서 크게 벗어나지 않았을 것이다. 타워 기슭에 그늘을 드리운 숲의 녹음이 보인다.

주변에 인기척이 전혀 없다. 뒷산의 녹음 깊숙한 곳은 아니지만 조용하다. 귀가 고요함에 호응하듯 찡하고 이명 같은 울림이 있었지만, 그 맞은편, 멀리 저편에서 멜로디가, 뭔가 멜로디……가, 아아, 트럼펫 소리가 울려왔다. 들린다. 남산에서, 디딤돌 계단 위에서 들었던 트럼펫 소리. 남산 중턱쯤에서 해질녘 공기를 가르는 듯한 트럼펫의 울림. 꽤 멀지만 또렷하게 그 팽팽한 울림이 사라져가면서 들려온다.

지금 남산 서쪽 기슭의 동네 언덕길 사거리에 서서 『화산도』의 이방근과 함께 트럼펫 소리를 들었는데, K가 1946년 봄, 남산의 디딤돌 계단에 서서 문득 들었던 울림 같기도 했다. 머나먼 42년의 저편, 구름 저편에서 들리는 트럼펫 멜로디, 맑은 공기층을 가르며 울려오는 트럼펫의 얼음 빛 같은 멜로디에 흠칫하며 서 있었다. 아, K는 5, 6초 아니 10초, 20초, 소리의 세계로 사라진 자기 존재를 확인하듯 여기가 어디냐? 서울, 후암동. 맞다, 남산 서쪽 기슭의 후암동, 왜 그러는 거냐. 아무것도 아니다, 그저 여기에 서 있을 뿐이다. 8·15해방 이듬해인 1946년이자, 1988년인 지금. 여기는 일본이 아닌, 조선.

이봐, 이방근, 남산 동쪽 기슭의 '서북' 합숙소 같은 양옥 저택에 가겠지. '서북'의 '호출'을 받고. 이방근은 잔디정원에서 불꽃처럼 하늘을 태우는 저녁놀을 온몸으로 받으며, '서북'에 대한 분노에 몸서리치고 있었다. 그것은 저택 출입구를 막 나왔을 때였던가.

이방근이 '서북'의 합숙소인 듯한 저택에 발을 들여놓은 것은 남산 동쪽 기슭인 필동 인근이었다. 조선총독부의 고급관리들이 살던 고급주택이 늘어선 인근의 서양식 건물. 이방근이 검은 외제차로 끌려갔던 곳.

이방근이 '서북'에게 이유를 알 수 없는 호출을 받고 마중 온 고급승용차로 남산에 끌려간 것은 1948년 4월 중순. 남측만의 5·10 단독선거, 단독정부 수립을 앞둔 어수선했던 때였고, 이방근이 일을 보러 여동생 유원이 기숙하고 있는 안국동 이건수 숙부댁으로 제주에서 상경해와 어느 정도 정리가 됐을 무렵이었다.

'서북' 고영상高永相 사무국장의 대리인으로부터 이유를 알 수 없는 호출 전화가 있었고, 생각지 못하게 마중 온 검은 외제차로 '서북' 합동합숙소라는 곳으로 향했다. 탈북, 남하, 반공테러조직, 제주도4·3봉기의 게릴라 토벌 선봉 부대, 공산주의 완전 타도, 반공십자군, 이승만 직속 청년테러조직. 고영상은 과거 일제시대의 특고特高 출신, 일제에 대한 철저한 충성분자……. 이방근은 일제시대, 서대문형무소 투옥 중에도 다카기高木 특별고등경찰형사, 즉 특고의 이름은 익히 들어 알고 있었다. 당시 도쿄에 있던 조선인 유학생들 사이에서도 그렇고, 제주에서도 이름이 잘 알려진 다카기는 조선인 특고였다.

　거기에 혼자 가는 것은 맹수가 우글거리는 정글에 홀로 맨손으로 들어가는 것과 같다. 가면 그대로 돌아오지 못하는 일도 있다. 그럴 확률이 높다.

　차는 남산 동쪽 끝에 가까운 작은 언덕 아래 펼쳐진 주택가로 들어섰는데, 정원수의 녹음이 우거진 세련된 저택들이 즐비한, 자갈이 깔린 완만하게 굽은 경사를 조약돌을 튀기며 나아가, 산기슭에 있는 양옥 풍의 저택 문을 통과했다.

　거기서 이방근은 고영상과 마주하게 되는데, 테이블에 대치하듯 앉은 이방근은 무슨 용건으로 '호출'하신 건가요……라고 말문을 연다. 여기까지 와 주셔서 고맙소. 이 선생이 서울에 오신 김에 한 번 뵈면 어떨까 싶었소. 어떻게 자신이 상경한 것을 알았느냐는 물음에는 그것은 알 수 있는 일이라는 사무적인 대답이 돌아올 뿐이었다. 알아? 어찌 알지? 미행인가요? 우리는 미행을 하지 않소. 필요에 따라 알 수 있는 겁니다.

　이승만 대통령의 친위대이기도 한 반공테러단 단원들이 응접실을 에워싸는 살기 어린 공기 속에서 고영상은 잡담이 섞인 애국 연설을 십여 분간 이어갔다. 반공 십자군, 공산주의 완전 타도. 반공

입국, 반공 남북통일 구호가 반복적으로 나온다.

테이블에 커피를 가져다준, 이방근이 첫눈에 반한 아름답고 신비스러운 여자. 이방근은 감히 무시무시한 테러조직 간부 합숙소에 혼자 갔던 것이다. 그 응접실의 살기 어린 공기였기에, 그 여자의 모습과 윤곽이 그림처럼 똑똑히 뇌리에 박혀 있는 것은 아닐까. 서른 살 안팎의 양장을 한, 몸매의 선이 늘씬하고 아름다운 여자가 커피를 내어와 이방근을 어리둥절하게 했다. 추상적인 꽃무늬를 배치한 검붉은 색에 얇은 원단의 원피스 차림을 한 그녀는 가볍게 허리를 굽혀 미소까지 지으며 손님에게 인사를 했는데, 교양 있어 보이는 이 여자는 과연 누구일까. 커피를 나르는 그녀가 응접실에 나타났을 때, 순간 고영상 등이 자세를 바로 고쳤다. 단순히 시중을 드는 여자는 아니다. 이방근은 응접실을 떠나는 그녀의 풍성한 허리선과 뒤태를 눈 가장자리에 담았다.

"과연 이 선생은 훌륭하십니다. 장관급 인물이라도 여기에 일단 발을 들여놓으면 몸에 경련을 일으키곤 하는데 이 선생은 당당하게 계시는군요. 어젯밤에 밤샘이라도 하셨나요? 순간이지만 꾸벅 조셨던 것 같은데."

"그랬습니까? 실례했습니다."

이방근은 고개를 가로젓고 나서 담배를 한 대 문다. 고영상이 라이터를 들고 팔을 뻗어 불을 붙여준다.

어젯밤 밤샘이란 무엇일까? 어젯밤에는 무엇을 하고 있었는가? 그래, 여동생 유원과 함께 시 공관에 고려교향악단 연주회를 들으러 갔다. 그리고 무슨 밤샘인가. 나는 무슨 유도신문이라도 받고 있는 건가. 이방근은 가볍게 고개를 저으며, 미행이……. 응접실 벽가에는 테러단 무리 대여섯이 어깨에 힘을 주고 서 있었다.

'호출' 전화를 걸고 차로 데리러 온 고영상 사무국장의 대리라는 남자 말로는 한 시간이면 된다는 것이었다. 여기서 5시 넘어서는 출발하고 싶다, 이쪽에 올 계획은 없었고 선약이 있다고 운전수에게 얘기해 두었다.

저녁 예정시간에 집에 돌아오지 않을 시에는 숙부와 상담, 여동생 유원에게 나름의 절차를 밟으라고 했다.

이방근이 5시에 자리에서 일어서겠다 하자, 느닷없이 벽 쪽에서 여럿의 웃음소리가 터졌다. 야, 이 새끼야! 한 사람이 고함을 질렀다.

"여기가 어딘 줄 알고 제멋대로 입을 놀리나. 네가 돌아가고 돌아가지 않고는 우리가 정해. 네 놈 사상이 안 고쳐지면 열흘이고 한 달이고 못 돌아가. 한 번 맛을 봐 볼 텐가? 응? 캭, 퉤!"

제주의 '서북' 간부들과도 접촉한 경험이 있어 이들의 폭력성을 짐작하긴 했지만, 본부인 이곳도 마찬가지다.

남자는 자기 손바닥에 침을 뱉었다.

"가만히 있게! 자네가 나설 자리가 아니야. 이분은 손님이시잖나, 가끔은 주먹을 숨겨 둬야지. 그리고 그 주먹에 침은 왜 뱉나? 이것들은 교양이 부족해서 말이지, 쓸데없이 바로 손부터 나가려고 한다니까. 하지만 공산주의의 침략으로부터 조국을 지키는 열정과 애국심만은 그 누구에게도 뒤지지 않소. 나는 일제 때부터 고등 경찰을 해오면서 공산주의자들도 많이 접했는데, 그들은 이상한 인종이오. 주의나 사상 같은 관념 앞에서는 피와 살을 가진 인간이라는 것을 잊어버리죠. 으음, 고문 앞에서는 인간이 돼 비명을 지른다니까요. 정직하게 말이죠. 개중에는 고문 곤봉이 부러질 때까지 버티는 센 놈도 있는데, 그런 분에겐 머리를 숙일 수밖에요."

그리고 고영상은 북측 인사들과 면식이 있는데 이방근과 이렇다 할 관계가 없는 한 인물의 이름을 대며 체포됐다고 강하게 한마디 덧붙이면서 계속 반복하던 반공 입국 얘기를 끊고 이방근을 정중히 문간까지 바래다주었다. 신기한 느낌의 아름다운 여자는 보이지 않았다. 이 테러리스트 소굴에 왠지 아쉬움이 남는 것은 그 아름다운 여자 때문일까.

저택 마당에 넘쳐흐르는 하늘을 가득 채운 불꽃의 반사, 마치 화재의 불빛이 반사된 것처럼 붉게 비친 노을이 이방근의 뺨을 비추며 손을 붉게 물들이고 있었다. 어디선가 팽팽한 긴장감이 감도는 트럼펫 울림이, 꽤 멀지만 또렷하게 그 팽팽한 울림이 노을 속에 들려왔다. 이방근은 한동안 시뻘겋게 노을 지는 하늘을 바라봤다. 왜, 큰 분노가 불꽃 기둥이 되어 하늘로 솟구치지 못하는가.

운전수가 뒷좌석 문을 열고 차 밖에서 기다리고 있었다.

서울을 떠나기 전 마지막 날 밤, K는 김명 시인, 정윤 교수가 권한 신촌의 예술극장 한마당에서 공연 중인 〈대통령 아저씨 그게 아니어요〉를 관람. '誤ㅍ공화국의 도덕적 폐륜', 錢全가, 利李가, 즉 錢, 利 부부전두환, 이순자 부부가 꾸민 정치, 사회적 음모의 덫에 스스로 빠지는 희극이 연출된 정치 풍자극. 2백 수십 명을 수용 가능한 반달형 콜로세움식 소극장. 입석까지 나오는 만원. 고골리 『검찰관』 풍의 차원 높은 작품으로, 출연자들의 열연에 장내는 긴장과 폭소의 연속, 포복절도, 눈물이 날 정도로 웃음을 자아냈다. 울적하고 굴종적인, 개운치 않은 제주의 정치 풍토와는 대조적이었다. K는 연일 맑은 날씨에 보기 드물게 산세를 뽐내던 한라산 아래 섬사람들의 우울함을 느낀다.

내일은 돌아간다. 어디로? 일본⋯⋯. 일본에 간다. 일본 W시에 있는 집으로 돌아간다. 내일은 42년 만인 이 땅에 없다. 22일과 42년. 이것을 수치로 비교하는 것은 이상하다. 서울에 존재하는 42년 만의 K와 지금의 K, 이 격차의 연결은 무엇을 의미하는가. 아니, 격차는 없다. 현재에서. 그 일체였던 42년 전의 현재가 사라진다. 격차가 사라진다. 지금 사라지고 있다⋯⋯. 지금까지의 존재가 사라진다. 어떻게 해야 할지, 모르겠다. 모른 채로 사라진다. 레일이 깔려 있다. 레일은 밤을 지나 내일이 된다. 내일, 서울을 떠난다. 그렇다, 잠의 내부를 지나는 것이다.

뭔가가 두렵다. 이 눈앞의 현실이, 내일 밤이면 이제 없어진다. 이 마지막 밤의 현실이 내일 밤으로 이어지지 않는다. 내일 밤은 내 주위에서 모든 것이 사라진다. 42년도 사라진다.

내일은 분명 점보기를 탄다. 단절로 향하는 내일로, 시간을 잇는다. 새로운 단절이 움직인다. 점보기의 작은 창을 통해 아래를 내려다보니 보석이 반짝거리는 듯한, 찬란한 서울 밤거리의 빛이 없다. 아무것도 없다. 그저 허공에 떠서 날고 있다. 주위는 끝없이 멀리까지 진공 같은 허공……. 머리가 핑 돌며 눈을 떴다. 꿈을 꾸고 있었던가.

"선생님, 많이 피곤하시지요. 내일은 출발입니다."

"출발? 그래, 출발……. 제주에 다녀왔지……."

진공 같은 허공 저편이 제주였다.

K가 머무는 동안 풍다, 주석비사, 성난 파도가 갯바위 틈새를 쳐대는 섬의 날씨는 감사하게도 너무도 온화했다. 사실, 제멋대로인 바람이었지만, 성난 파도가 몰아치는 거친 바다도 보고 싶었고, 뺨을 때리는 바람도 맞고 싶었다.

K는 관람 후 신촌 인근의 아바이 순대집에서 회식, 환담을 나누며 심한 허탈감에 휩싸였다.

두 사람은 K를 명동의 P 호텔까지 바래다준 뒤 각자 돌아갔다.

K는 취해 있었다. 의자에 잠시 몸을 묻었다가 고쳐앉아 옆에 놓인 냉장고에서 맥주를 꺼내 잔에 따른다. 손에 든 잔을 고개와 함께 크게 기울인다. 22일간 아침까지 계속된 음주를 마치는 마무리 음주, 잘 있거라, 서울이여.

여기는 호텔 방. 취기가 바다 물결이 되어 흔들린다. 위아래 눈두덩이가 겹친다. 무언의 중얼거림이 흔들리는 취기에 올라탄다. ……죽은 자들로 저희 죽은 자를 장사하게 하고 너는 나를 좇으라……. 아니다. 이것은 성경에 나오는 예수님의 말씀. 죽은 자는, 모든 죽은 자는 산 자 안에서만 산다. 이방근이 남승지와 양준오, 그리고 여동생 유원에게 한 말. 죽은 자는 산자 안에서만 산다. 무슨 말인가. K는 이방근의 말을 떠올리며 섬뜩함을 느낀다. 이방근이여, 그게 무슨 뜻인가. 제주의 학살당한 인간은 기억도 죽임을 당하고 모든 것이 사라졌다. 산 자 안에 사는 것은 기억된다는 것이 아닌가. 즉, 죽는다는 거지. 죽어서 산 자의 기억이 되어 그곳에서만 산다. 그런데 죽은 자는, 이 죽은 자는 누구를 말하는 것인가. 혹시 유언, 말하는 본인이 그 죽은 자가 되는 건가?

이것은 K가 생각해온 어쩐지 께름칙한 것이지만, 이방근은 양준오를 만나 살인을 부인하며 이렇게 말했다.

"사람은 남을 죽이기 전에 자신을 죽여야만 한다. 따라서 가장 자유로운 사람은 타자를 죽이기 전에 자살한다."

즉, 죽은 자가 된다고 하는 말일 것이다. 제주에서 고 교수의 안내로 찾아간 산천단. 동굴과 벼랑, 바위산이 사라져 야초지가 된 산천단의 곰솔 거목 여덟 그루 아래 섰을 때, K는 옛 바위산 아래 산천단을 생각하며, 살인을 부인하면서 살의를 품고 그 틀을 넘고자 하는 이방근에 대해 생각했었다. 우선은 1948년 8월, 이승만 정권 성립 후인 11월, 제주는 정부군에 의한 학살의 압정 아래 있었지만, 이방근은 일본으로 향하는 복심 한대용韓大用 선주의 한일호로 부산에 기항. 일본으로 유학 아닌 밀항을 보내는 여동생 유원을 배웅하기 위해서였다. 동시에 이름을 숨기고 변장한 밀항자, 성내 조직 캡인 유달현柳達鉉이 경찰 정세용의 앞잡이 유다, 스파이가 되어 조직을 팔고 큰돈을 소지한 채 일본으로 도망 밀항을 꾀하며 승선했었다. 이를 알아챈 이방근은 선상에서 유달현을 심문. 유달현의 정체를 알고 격앙된 사람들이 사나워지는 밤바다 위 밀항선 닻에 유달현을 내건 채 방치. 결과적으로 살해에 이른다. 그러나 정세용 살해로는 향하지 않는다. 살의뿐인 것이다. 아니, 그것만으로 참고 있는 것인가. 섬 전체는 도민 살육을 전개하는 정부토벌군의 살의로 가득 차 있었다.

부산에 내린 이방근은 일본으로 밀항하는 여동생과 헤어진 후 문난설과의 재회를 위해 서울로 향했다. 그런데 여기까지는 현재 진행 중인 『화산도』에 나오지 않는가. 그 후에는 어떻게 될까.

K는 『화산도』 속에 이방근의 그림자로서 들어가 있지만, 이방근은 아직 살인을 하지 않았다. 왜 죽이느냐고 문답한다. 정세용 살해의 근거는 유달현을 스파이로 삼아 그가 캡인 성내 조직을 전멸시킨 것, 1948년 4월 말 4·28평화협정 파괴의 음모를 꾸몄고 다시 전투를 개시. 대학살의 단초를 여는데, 정세용 살해는 게릴라 측이 계획 중인 정세용 납치, 산중 게릴라 아지트에서의 인민재판 사형 판결에 맡기면 된다. 아마도 이방근은 그 인민재판에 증인으로 서게 될 것이다.

『화산도』 제1부 「후기」에 나오듯 이방근이 설령 살인을 범하더라도 자살을 하지 않고 계속 살아간다면 그것은 그 나름대로 소설의 진전을 바랄 수 있을 것이다. 자유로운 인간은 남을 죽이기 전에 자신을 죽이지 않으면 안 된다. 이방근은 과연 자신의 이 논리적 모순을 견뎌낼 수 있는가. 살인을 하고서도 그것을 딛고 살아남을 수 있는가. 죽은 자는 산자 안에서만 산다. 그 죽은 자가 이방근본인이 아니게 될 것인가.

이방근은 거듭 생각한다. 죄상이 있지만 죽일 수는 없다. 거기에 도덕적 이유는 없을 것이다. 법의 이름으로 사형을 선고하는 재판관의 살인에 재판관 자신이 정의를 얼굴에 드러내고 버틸 수 있는 것은 명분의 우산 아래 있기 때문이다. 그것은 때로 도피가 되기도 한다. 살인이 악이라면, 재판이든 전쟁이든 마찬가지다.

죽일 수 없는 이유는 살인의 결과를 견딜 수 없기 때문이다. 생명에 대한 경외인가. 바보 같은 일이다. 전쟁터라는 아수라장에서 살해당하는 쪽이 생명에 대한 경외를 생각할 여유는 없다. 살인의 결과를 견디기 어려운 답이 없는 이유, 살인을 피하려고 하는, 거기에서 벗어나고자 하는 의식 심층부의 공포를 동반한 그림자의 움직임이다. 도덕적인 것에 압력을 가하면서…….

섬 전체에 대한 초토화 작전. 대학살의 공포에서 벗어나기 위해서라며 대항 축으로서 살해, 4·28 평화협정의 파괴자인 정세용 살해가 필연적으로 육박해온다. 살해의 결과는 어떻게 되는가. 대의 명분이 있을 수 있는가. 남는 것은 살인자라는 존재의 무게를 견딜 수 있느냐이다. 살인자를 부정할 수 있을까…….

이방근은 이렇게 눈에 보이지 않는 시간의 컨베이어 벨트를 타고 뒤돌아서 있지만 결국 앞으로 나아간다. 살해를 초월해 머무를 수 있을까. 아니면 산 자는 죽은 자 안에서만 산다, 그것은 자신의 죽음이 아닌가. 『화산도』의 세계에, 그리고 현지 제주에 발을 들여놓은 K는 그것을 추구해야 한다. 그 자리가 서울이요, 제주요, 산천단……. 수령 7백 년 된 곰솔 거목 여덟 그루. 1948년 가을, 제주 전체에 대한 초토화 작전의 전화를 뚫고 온 것이다.

42년 만의 고국, 분단된 한반도의 남반부, 서울. P 호텔 숙박. 마지막 밤, 연극 관람 다음 날인 11월 25일 오후 6시, K가 탄 KAL기는 김포공항을 날아올랐다. 다이아몬드가 아닌 무수한 극채색 보석을 아로새긴 듯 한없이 슬프도록 아름다운, 멀어져가는 서울.

6

어제는 서울에 있었는데 다시 서울에서 제주로 돌아왔구나. 어젯밤에는 내가 옛날에 살았다는 집에 묵었는데 그 집의 모양은 알 수 없다. 그저 집이라는 것뿐인가. 풀이 무성한 야초지를 나온 곳이 돌부리가 튀어나온 시골길이었고, 좁은 길을 따라 현무암 덩어리를 쌓아 올린 검은 돌담이 쭉 이어진 길 건너편은 큰 키의 곰솔 군이 늘어선 그 아래로 이어져 있었다. 그곳은 무슨 일인지 사람들의 왕래로 떠들썩했다. 무엇 때문에 떠들썩한지 알 수는 없다. 하지만 돌담을 따라 걷고 있는 나를 부르는 듯하다. 앞서 흰옷을 입고 걷는 사람이 진 만장기가 휘날리고 있다. 산천단, 산천단, 에헤, 에헤라, 산천단. 사람이 떠들썩했던 것은 만가의 울림이, 태탱, 탱탱, 대대댕, 두둥······. 상여는 어디인가, 설마 이방근이 들어 있는 건 아니겠지. 상여는 없다. 안 보인다. 시골길의 돌출된 돌부리에 걸려 몸의 균형을 잡으려고 했지만, 하필 디딤돌 계단으로 이어지는 바람에 그대로 쓰러져 움직이지 못한다. 몸이 산산조각 분해되듯 계단이 사라진 땅으로 빨려 들어간다. 여기는 어디······. 남산······. K는 산천단이 아님에 안심한다. 산천단에 만장기라면······누군가의 장례. 설마, 이방근······. 장례는 어딘가로 사라졌다. 몸이 움직이지 않는다. 가위에 눌린 것은 아니다. 손이 움직인다. 손이 움직여 지면을 어루만진다. 돌투성이가 아닌 이불······? 잠자리인 것 같다. 어찌 된 일인가. 서울에 있던 것은 어젯밤이다. 그리고 제주에 갔었던 것 같다. 그것이 꿈이라면 그 꿈은 잊었지만 지금 깬 꿈은 그 연속이 아닐까.

  손의 움직임, 목의 움직임과 함께 머리가 움직이며 호흡을 한다. 서울의 호텔인가. 바다 밑바닥 같은 반투명한 공간에 떠오른 것은, 여기는 내 방, 호텔 방이 아니다. 내 방인 듯하다. 이 혼돈으로 가득 찬 머릿속 공간. 무서운 기세로 꿈의 덩어리가 움직였고, 소낙구름이 빠른 속도로 달리듯 피어오른다. 영화 필름의 빨리감기처럼 움직이며 꿈의 그물에서 벗어나지 못하고, 올라타 있는 꿈의 현실이 압도적이다. 깨어났을 때, 꿈에서 깨어난 그 움직임의 안팎, 꿈 밖의 현실은 무엇인가. 그 경계선이 녹아 몽롱······, 지금 실제로 눈을 뜨고 있는데, 그 현실과 꿈의 현실이 단절, 인식의 현기증. 바다 밑에서 눈을 뜬 후 떠오르는 듯한 신비로운 감각……. 꿈의 베일을 쓴, 꿈의 바깥이다.

그것을 아내가 실제로 증명해 준다. K는 고국행 한 달 전쯤 인근 동네에서 이곳 아파트 6층으로 이사했다. K가 자고 있던 현관 옆 6첩 방에도 정리하지 못한 짐들이 벽 둘레에 어수선하게 쌓여 있었다. 다가오는 42년 만의 고국행 일정에 쫓겨 제대로 정리할 여유가 없었다. 이삿짐, 특히 책 종류를 정리하는 것은 여간 힘든 일이라 아내 혼자서는 할 수 있는 일이 아니다.

그 짐의 현실 앞에서 환영이 아닌 아내가, 현재의 현실이 꿈의 잔상이 아님을 실증하고 있다.

"이상한 소리 좀 하지 말아요. 어젯밤에 서울에서 나리타로 도착하는 비행기 타고 돌아왔잖아요. 집에 도착한 게 열한 시쯤이에요. 서울에서 여섯 시 출발이라고 했으니까. 바로 돌아왔던 거죠. 피곤하다, 피곤하다 하면서 세수만 하고 옷 갈아입은 다음에 바로 잠들었으니까. 희한하게도 술은 안 마시고……."

비행기로 나리타 도착, 공항버스를 타고 게이세이京成 나리타공항 역으로. 9시 15분 출발 특급열차는 텅 비어 있었다. 닛포리에서 환승 하차. 게이힌도호쿠선京浜東北線을 타고 W시로. 그렇다. 그렇게 무사히 돌아온 것이었다. 몽롱한 머리에 생각의 절차라는 길이 조금 생기는 듯했다. 그 길을 따라가면 된다. 그래서 침대가 아닌 이불 위인가.

이것이 돌아온 첫날밤의, 꿈이 지나갔던 발자국이 사라지기 직전에 꿈 밖으로 나온 꿈의 형태인데, K의 잠속을 누비는 꿈의 도량은 그날 오후에도 사라지지 않았다. 잠에 들면 그대로 꿈길 속으로 들어가는데, 거기서 주고받는 말은 우리말이고, 그리고 제주인 듯한 장소에서 낯선 이와 초가집 돌담 옆에서 제주말을 섞어가며 이야기를 나누기도 한다.

말도 그렇고 풍경도 그렇고 일본은 전혀 없었다.

꿈에서 깨어난 후가 몹시 지친다. 꿈을 꾸고 난 후, 잠을 자고 난 후는 마음 편한 여행 후, 밤 전체가 그렇듯, 그렇지 않으면 안 되는데 K의 머릿속은 밤잠 속에서 헤집어진다. 꿈의 통로 같은 곳을 지나고 나서, 그곳에 꿈의 형태가 나타난다. 사람이기도 하고 초가집이기도 하고, 이름 모를 무수한 가지를 사방으로 뻗친 큰 나무의 그림자기도 하다. 그림자 속에서 움직이는 남녀의 모습. 실타래처럼 서로 당기는 우리말 소리, 그 목소리가 끊겨 꿈 밖으로 나오고 목소리가 들려 잠에서 깬다.

꿈에서 깨어났을 때 그곳은 내 방 같았지만, 꿈이 현실이고 방 같은 곳에 있는 자신이 그 꿈의 방 안에서 나온다. 그곳은 꿈이 아닌 현실의 공간이지만 현실감이 없다. 꿈의 막이 떨어지지 않은 것이다. 잠시 멍하니 있는 것은 이 현실과 비현실의 갭, 단절을 메우는 작용이었다.

이삼 일이 지나고 나서야 비로소 동굴 밖 세계로 나온 것처럼 텔레비전을 보고 신문의 표제 정도를 주워 읽었다. 하지만, 텔레비

전도 그렇고 아내와의 대화도 일본어였기 때문에 꿈속의 우리말 뿐인 세계와 단절이 심해 머릿속 어딘가가 금이 가는 것 같아 무척 괴로웠다.

한국에서는 통화를 하든 텔레비전을 보든, 택시를 타든 어디를 가든 우리말. 우리말 세계에 푹 빠져 지낸 수십 년 만의 시간은 그 얼마나 심신을 충족시켰던가. 그러나 K는 매일 그런 꿈을 바란 것은 아니다. 꿈은 강제로 배후에 무슨 힘이 있어 의무적으로 꾸는 것이었다.

K는 매일 계속해 꿈을 꾸었다. 누군가가 꾸게 하는 듯했다. 그 매일, 첫 하루를 포함한 열흘 동안 한국에 있을 뿐인, 그곳은 서울이고 제주기도 했지만 다른 장소는 일절 나오지 않는 꿈을 꾸었다. 꿈의 대부분은 솟구치는 듯한 꿈의 기운이 넘쳐 사라지지만 그곳은 서울이요, 제주였다. 그리고 우리말만으로 이뤄진 언어 공간에서 깨어난 그곳이 한국이 아니라는 사실이 매일 꿈꾸기를 거듭할수록 큰 균열을 보이기 시작했다.

꿈의 끝, 눈을 뜨기 직전이었던가, 전화벨이 시끄럽게 울렸다. 머리맡의 수화기를 든다. 여보, 전화예요……날카롭고 낯익은 여자의 목소리. 뭐야, 꼭두새벽부터. 중얼거리는 자신의 목소리를 들은 K는 서울의 호텔 침대 위에서 눈을 뜨면서, 아, 지금 것은 꿈이었음을 깨달았다.

"여보세요, 여보세요……."

K는 우리말로 말했다.

"여보세요, 누구시죠?"

"나요, 나."

"아이고, 어머니, 어쩐 일이세요? 어머니······."

어머니가 전화로 무슨 일인가. 어머니는 오사카의 시골 마을에서 혼자 살고 계신데. K는 침대 위에서 몽롱한 상태로 수화기를 움켜쥔 채 눈을 뜨니 그곳은 호텔 방이 아니라 서울에서 돌아온 자신의 방인 듯하고 수화기를 쥐고 있는 감촉만 남아 있었다. 전화벨 소리에 서울의 호텔 침대 위에서 깨어나 어머니와 한두 마디 주고받다가 전화가 끊어졌는데 그것이 꿈이었다. 꿈속에서 꿈을 꾸다가 깬 것이었다.

K는 머리맡의 좌식 책상 위 스탠드에 불을 켰다. 방의 절반이 정리되지 않은 채 이삿짐으로 채워져 있는 것을 호텔 침대가 아닌 이불 위에서 둘러봤다. 창문 커튼 너머로 빛이 희미한 것을 보니 아직 새벽인 것 같다.

꿈속에서 꿈을 꾸고 그 꿈에서 깼으니, 그것을 떠올려 반추하는 것만으로 온몸이 축처진다. 꿈을 떠올리는 것도 꿈 자체인 것 같고, 밤낮으로 꿈 바다를 떠돌고 있는 것인가. 밑바닥 없는 꿈의 빈 어둠 속으로 빨려 들어간다······. 꿈속에서 꿈을 꾼다. 꿈 자체가 스스로 표현, 꿈이 층에 층을 더해 꿈이 넘쳐나 도망친다. 깨어났을 때는 꿈을 잊고 있다.

열흘 밤낮 연속으로 한국에 있는 꿈을 꾼 것은 한국에서의 22일을 압축한 것이다. 그러나 그 22일로 고국이 부재했던 42년이 탕

감되지는 않는다는 표시였다. 꿈의 틀을 벗어나 날뛰는 것은 생명의 꿈에 의탁한, K의 신음을 넘어선 부르짖음이었다. 꿈은 뚜렷한 의지를 갖고 있었다.

한국에만 있는 꿈의 연속은 60여 년간 일본에서 살아온 현실에 적대적이었다. 꿈 자체가 현실이었다. 깊디깊은 어둠을 헤쳐 밤에서 빠져나온 보다 진실한 현실. 꿈이야말로 사실, 하는 수 없이 살아온 너의 가상仮象이라고, 그 빛 아래 뚜렷이 비춰냈다.

열흘째 이어지던 꿈에 처음으로 일본의 거리 같은 곳이, 그리고 일본어가 나왔다. 꿈에서 깨고 나서 그렇구나, 여기는 일본이다, 내가 살고 있는 W시라는 것을 재확인하고 드디어 불확실한 현실과의 연결고리가 생긴 느낌이 들었다.

그 후 한 친구와 만났다. 얼굴을 마주하며 악수를 하고 나서 마치 K가 적국에 다녀온 것처럼 얘기가 흘렀다. 친구와 지인들은 K의 한국행을 사상적 배신으로 여겼다.

"오랜만이야. 그동안 한국에 잘 다녀왔네. 남조선, 한국에 다녀왔지. 몇십 년, 42년 만에. 요전에 만나고 벌써 몇 달 지났지?"

"42년 만에 한국에 다녀오니 바보가 됐나? 자네가 남조선에 가기 전에 만났잖나. 두 번이나. 처음엔 나랑 둘이었고, 다음엔 넷이 만났었지. 분단 조국, 북과 대립하고 있는 남쪽 한국으로 갔다가 어쨌든 무사히 돌아온 셈이군. 이쪽 신문에도 서울에서의 인터뷰 기사가 실렸고, 광주항쟁, 광주학살 희생자들의 망월동 묘지에 참배하는 한국 신문 보도도 읽었네. 자네의 한국행을 변절자라고 비판했던 사람들도 다시 생각하게 되지 않았을까?"

"으음, 한국에 가기 전의 일이군. 사면초가라고 다들 나에 대해 그렇게 말했었지. 앞으로도 변하지 않을 거야, 조직은. 타락 분자의 말로를 보면 알잖나. 반통일, 반공 국가 한국행이야. 이 K를 반공 혁명, 반북, 민족반역자라고 난리야. 우리 형도 네가 언제까지고 조직과의 대립을 멈추지 않으면, 자살하겠다고 나를 위협했으니까. 형은 재일상공회. 조직에 대한 충성분자니까."

K는 오랜만에 향기가 콧속을 감싸는 커피를 마시자 머리가 맑아졌고, 눈앞에 막을 치고 있던 옅은 안개가 좌우로 벌어지며 사라지는 느낌이 들었다.

친구와 얘기를 나누다 보니 대화의 말, 말의 분절이 뚜렷해졌고, 상대방의 얼굴과 전체 윤곽, 음영이 확연해지는 것 같았다. K는 눈을 깜박이며 막 깨어났을 때처럼 눈을 크게 떴다. 그 눈은 친구를 보고 있었다.

"오늘은 분명히 보이는군."

"뭐가 분명히 보인다는 건가?"

"바깥 풍경이……."

"바깥 풍경?"

"계속 집에 틀어박혀서 바깥 공기를 맡지도 못했고, 바깥 풍경을 보지도 못했어. 좁은 방안에서 천장하고 벽하고만 마주하고 있었거든."

"천장은 또 무슨 얘긴가?"

"천장? 그건 밤에 잘 때도 그렇고 낮잠 잘 때도 천장은 눈에 들어오잖나. 하하하."

"뭐야, 혼자 웃고."

"둘이 웃을까? 얘기하고 있자니 내가 이상해져서. 그래도 뭔가 제정신이 돌아오는 것 같네."

"제정신? 이상한 얘기를 하는군."

상대는 K의 얼굴을 곰곰이 들여다봤고 함께 웃었다. 쓴웃음을 짓고 있는 것 같다.

친구와 헤어지고 역 앞에서 집으로 돌아가는 K의 발걸음은 역 앞으로 향했던 한두 시간 전과는 달리 뒤꿈치가, 발바닥이, 즉 신발 밑창이 땅을 확실히 밟고 있는 느낌이 들었다. 뭐지, 이게 열흘 동안 이어진 꿈 이전의 이 두 다리의 상태인가 하고 몇 번인가 멈췄다 움직였다 반복하다가 다시 발을 내디디며 마치 퇴원 후에 보행 연습이라도 하듯, 동네 사람들과 발을 맞추듯, 늦가을 오후의 햇살을 등에 업고 걸어갔다. 발밑이 탄탄해진 느낌이었다.

열흘간 이어진 꿈의 굴레에서 벗어나 일상으로 돌아온 뒤 다시 한국행을 떠올리기도 하고 연재 중인 『화산도』 집필도 다시 시작했다. 또 고국 방문에 관한 기행문 집필을 시작해야 한다. 사람을 만나야 하는 일도 많다.

꿈에서 깨어나 백주의 외부로 나오게 되면 갑자기 바빠지기 때문에 그 전에 먼저 한국입국허가증명서를 내준 한 참사관을 만나야 한다. 기분이 많이 상해서 연락을 기다리고 있을 터였다.

7

 K는 서울에서 제주로 갈 때 당연히 아버지, 조부모의 산소에 들러야 한다고 생각했었다. 성내에서 동쪽 중산간 지대에 자리 잡은 그곳으로, 산소의 벌초 등 관리를 맡기고 있는 인구에게 안내를 받을 생각이었지만, 서귀포시 부시장 영구의 태도나 삼양동을 방문했을 때 K를 피한 인구의 의식적 부재를 보고 성묘는 포기했었다. 신문사 차가 마중을 나와 언기 형과 마당에서 밖으로 나왔을 때 해안으로 통하는 완만한 경사길을, 낮술을 마신 듯한 까무잡잡한 얼굴을 붉힌 인구가 휘청거리며 걸어와 마주치게 됐다. 그의 아버지도 그랬지만, 춘풍태탕春風駘蕩. 마을 회의가 있었다고 했지만, K를 피하기 위한 구실이었을 것이다. 쉰 살로 마을의 장로 격이다.
 인구의 아버지는 한의사로, 방 한쪽은 벽에서 천장에 이르기까지 한약재 서랍 찬장으로 가득하다. 30분 정도 앉아 있기만 해도 한약 냄새가 온몸에 스며든다. 거기서 한의사 일 외에는 종일 손님과 바둑판을 사이에 두고 바둑을 둔다. 바둑 두기가 끝나면 손님들과 술잔을 기울이고, 바람 소리, 바닷소리가 들려오면 방을 나서 바닷가를 거닌다. 의료비에는 무관심하고 늘 얼굴을 붉히고 있는 한의사로, 40여 년 전 옛날 인구가 열 살 무렵인, 지금의 인구와 비슷한 연배인 부친. K에게는 당숙이 된다.
 "지금 오나?"
 "예, 늦엉 죄송허우다."

"난 볼일이 있어서 이제 가야 하네."

"예……."

언기 형의 말로는 K의 제주 입도에 앞서 경찰이 여러 차례 찾아와 K와 어떤 관계인지, 마지막으로 만난 게 언제고 몇 살 때인지 끈질기게 조사했고, 지난 며칠간은 언제 K가 제주에 도착하는지 경찰서와 신문사의 전화가 끊이지 않아 인구는 상당히 화가 나 있는 상태라는 것이었다.

그렇겠지. 그걸로 된 거다. 인터뷰한 제주신문에 따르면 전화는 하지 않았다고 한다.

형님, 사삼4·3, 사삼, 젊은 친구들이 떠들고 있을 때 형님은 마치 불쏘시개로 바다를 건너온 것 같소. 왜 제가 이런 일로 경찰서와 신문사로부터 이렇게 시달려야 하는 겁니까. 마을 사람들이 뭐라 생각하겠습니까. 저를 빨갱이, 적마의 친척이라 하겠지요. 이 마을은 공비한테 몇 번이나 습격을 받았습니다…….

그렇겠지, 그렇고말고. K는 인구의 말에 어떤 대답도 할 수 없었다. 그래, 그래, 고개만 끄덕일 뿐이다. 다만 젊은이들을 선동하기 위해 고향에 온 게 아니다. 4·3 강연을 하는 것이 선동은 아니다. 공항 활주로 아래의 학살 유해를 발굴하기 위해……. 4·3의 목소리를 땅에 묻어서는 안 된다.

성묘는 언젠가 다시 기회가 있을 것이다. 적마, 빨갱이 같은 호칭이 없어졌을 때 하자. 한국 재방문은 힘들겠지만, 언젠가 다시 그날이 반드시 온다. 그것은 공항 활주로 아래 땅밑 학살 유해를 발굴하는 날이기도 하고, 그 목소리는 이미 올라오고 있다. 서울뿐만이 아니다. K는 제주에서의 신문 인터뷰에서도 당연지사라 얘기했다. 침묵은 금기에 영양분을 준다.

 돌담으로 둘러싸인 마당 입구에 팽나무 고목이 옛날 그대로 큰 그림자를 드리우고 서 있었다. 수령은 백수십 년 정도.

 K의 증조부가 조천朝天에서 삼양三陽으로 이사해 왔을 때 심었다고 하니 대략 계산해 보면 그렇게 된다. K의 아버지는 파락호, 몰락 명문가의 한량으로 서른 살이 갓 넘은 나이로 생애를 마쳤지만, 어릴 때는 이 팽나무에 올라 시를 읊고 문장을 암송했다고 한다. 아버지의 여동생인 고모가 일본에서 온 소년 K를 데리고 팽나무 앞에 서서 양 갈래로 갈라진 담쟁이덩굴이 기어가는 큰 가지를 가리키며 얘기했었다. 할아버지가 사형제라, 아버지 대의 사촌들은 꽤 있었지만, 친형제는 여동생 하나였고 K의 할아버지는 서른 중반도 못돼 요절했기 때문에 소년이었던 아버지는 고독했을 것이다.

 제주 최고의 명문가였으나 구한국舊韓國의 멸망, 식민지화와 함께 몰락, 수구파 일족은 새 시대에 적응할 줄 몰랐다. 교육도 구태의연하고 품위는 높아 일할 줄을 모른다. 다 그렇게 되는 것은 아니지만 아버지는 한량이 됐다. 일해서 돈을 버는 게 아니었기 때문에 늘 돈이 없다. 가진 돈은 탕진, 파락호 한량.

 한때는 서당의 훈장을 하기도 했지만, 제사 때 위패나 지방 쓰는 법만 배우면 충분하고, 요즘 세상에 그 이상의 한문 소양은 필요 없다며 학생들을 가르치지 않아 결국 부모들이 반발해 오래가지 못했다. 훈장 일을 착실히 하면 등록금 대신 마을 사람들이 한 달에 한두 말 곡식을 가져오니 생활은 충분히 할 수 있었을 텐데 훈장을 그만두고 말았다고, 고모 아들인 언기 형이 일본에 왔을 때 얘기했었다.

그리하여 아버지는 한량 생활을 시작하는데, 내기 바둑에서 크게 진 대가로 문중 소유의 종전宗田 일부를 팔아넘기고 말았다. 그리고는 집에 들어오지 않는다.

그것을 친척들이 다시 되사왔다. 나라가 망하지 않았다면 과거에라도 응시했을 텐데 그리되지 못했으니 대장부가 술은 마셔야 할 것이고 생활하는 데도 돈이 필요할 테니까 하고, 시대 탓으로 돌리며 K 아버지의 백부, 숙부 친척들이 아버지를 용서했다고 한다.

두 아이의 어머니로 과부였던 K의 어머니와 만난 것은 그 무렵이었을 것이다. 조선에, 조선뿐만 아니라 유교의 가르침에 기반한 칠거지악, 남자가 일방적으로 아내와 이별할 수 있는 일곱 가지 이유의 훈訓이 있다. 그중 하나는 아이가 생기지 않으면 헤어진다. 즉 남자아이를 낳지 못하는 아내, 여자는 집을 나간다. 이를테면 여자는 남자를 낳기 위한 물건이고 남자는 씨를 뿌리는 역할을 한다는 것.

아버지를 만나 K를 임신한 어머니는 그로부터 반 년 정도 후에 세간의 눈을 피해 고향마을을 버리고 일본 오사카로 떠난다. 그리고 고향 사람들이 모여 사는 이카이노에 쪽방을 얻어 K를 낳는다. 제주에서의 일인지, 오사카로 이주해서인지, 꿈에서 K를 임신하고 부른 배에 기절할 정도의 무서운 낙뢰 소리가 친 적이 있었다고 어머니에게 한마디, 어릴 때 들은 기억이 있다.

K의 아버지는 어머니가 일본 오사카에서 남자아이를 낳았다는 소식에 매우 기뻐했다고 한다. 기생 송 씨와 생활할 때는 몸이 다소 병약해져 있었지만 그래도 어떻게든 일본에 가려는 움직임이 있었는지 그것을 짐작한 송 씨가 필사적으로 말렸다. 그리고 K가 태어나고 이삼 년 만에 아버지는 할아버지보다 일이 년 더 오래 산 셈인 36세에 세상을 떠났다. 송 씨도 그 뒤를 따르듯 곧 세상을 떠난다.

아버지의 일본행이 이뤄지지 못한 게 다행스러운 일이었을지도 모른다. 일본행을 강행했더라면 송 씨는 차치하고 도착하자마자 병상에 누워 K의 어머니에게 설상가상 이중 삼중의 고생을 시켰을 것이다. 아버지의 일본행은 실현되지 않았지만, K와 K의 어머니에 대한 그의 사랑이 얼마나 초현실적으로 강력했는지, 아버지 스스로 발한 죽음의 소리가 텔레파시가 되어 바다 넘어 오사카까지 닿았다는 것이다.

더위가 엄습해오는 늦봄의 골목 그늘에서 아직 두 살도 안 된 아이가 쪼그려 앉아 있다. 아이고, 아이고, 슬픈 목소리로, 귀여운 목소리로 억지 울음소리를 낸다. 나무토막으로 골목의 흙을 파서 긁어모으며 작은 만두 모양 산을 만들어 작은 두 손으로 두들겨 굳히며, 아이고, 아이고, 어른 흉내를 내며 운다. 골목 한쪽 쪽방에서 한복을 입은 어머니가 아이의 기묘한, 들어본 적 없는 억지 울음소리를 듣고 밖으로 나왔다. 아이고, 너는 도대체 뭘 하는 거니? 어머니의 목소리도 아이의 귀에 닿지 않는다. 아이는 그저 작고 둥근 모양의 산을 만들며, 아이고, 아이고, 탁탁, 이내 무너져 버릴 흙을 쌓고는 작은 손으로 두들겨 굳히며 아이의 목소리로 어른이 우는 소리를 흉내 낸다. 신기한 일. 아직 젖먹이에 불과한 아이는 죽은 이의 산소를 본 적도 없다. 태교, 뱃속에서라도 본 적이 있는 것인가. 신기하기도 하고 어처구니없기도 한 어머니는 불길한 예감에 서둘러 아이를 끌어안아 집 안으로 데리고 들어갔다.

스무 살의 K가 어머니 앞에 앉아 있었다. 8·15해방 후 조국에 갔다가 이듬해 여름방학에 일본에 잠시 머물기 위해 왔을 때인데 (그렇게 잠시 왔다가 다시 조국에 가기까지 42년이라는 시간이 걸렸지만), 어머니는 한마디, K가 이카이노 골목에서 산소를 만든 얘기를 했다.

어머니의 불길한 예감으로부터 몇 달 후, 당시 오사카와 제주 사이를 오가는 정기선을 타고 온 고향 사람이 아버지의 부음을 어머니에게 알렸다. 어린 K가 우는 시늉을 하며 산소를 만들던 바로 그 날음력 6월 ×일 아버지가 유명을 달리했다. 불쌍한 아버지는 두 살배기 젖먹이에 의해 타향 땅에서 극진히 묻힌 것이었다. 어머니가 그 후 고향에 남겨둔 두 아이를 데리러 귀향했을 때는 아버지와 얼굴을 마주할 수 없었다.

광접막탐화	狂蝶莫探花
삼춘금삼과	三春今三過
운래부봉익	運來附鳳翼
풍순과홍모	風順過鴻毛

미친 듯이 날아다니는 나비야, 꽃을 찾지 마라. 봄은 지금 이미 지나간다. 운은 봉황의 날개와 함께 오고, 바람은 기러기의 털을 없듯 순하다.

'탐화광접探花狂蝶'은 꽃에서 꽃으로 난무하는 나비. 여러 여자를 찾아다니는 엽색꾼을 일컫는 성구成句로서 스스로를 자조하는 정취도 있다. 또 탐화探花는 과거시험에서의 갑과甲科 급제자에 대한 호칭으로 가문의 종자宗子인 아버지의 사촌 형이 구한말 매관매위, 탐관오리 시대에 뒷돈을 쓰지 않고 과거에 응시했다가 낙제한 것에 대한 비유기도 하다. 명문가의 종자로서 낙제의 실의는 가늠하기 어려울 정도다. 안타깝게도 20대 중반에 울화병으로 요절했다. '막탐화莫探花'는 망국의 탐관오리로 향하는 길, 당대의 과거 급제자가 되지 말라라는 뜻을 담고 있을 것이다.

K의 아버지는 참판공參判公, 종이품從二品, 공조참판工曹參判, 한성부漢城府 우윤右尹, 경연특진관經筵特進官 등등을 역임한 자의 증손이었으며 그 외의 일족은 고위의 현위자顯位者를 거느린 제주 최고의 명문가였다.

나라는 망했어도 산하는 남아 있어, 식민화와 문명개화에 적응하지 못한 몰락 가문이었다. 인구를 비롯한 친척들에게는 수구·보수의 가풍이 남아 있고, 게다가 4·3봉기 당시 게릴라들의 삼양동 습격 시 약간의 피해도 있었으며, 반공입국과 북진통일을 지향한 이승만 정부 이래 국시의 영향, 4·3학살의 공포가 4·3병으로 살아있는 만큼 K의 제주도 입성에 대해 K 본인이 생각했던 것보다 거부감이 크다는 것을 알 수 있었다. 부친과 조부의 묘소에 안내받을 상황이 아니었다. 당국과 마찬가지로 K가 빨리 섬 밖으로 나가 주길 바라는 것이었다. 언기 형이 한 얘기다. 아무런 대접도 하지 않겠지만 섭섭하게 생각지 마라.

언젠가 적마, 공비라는 호칭이 사라지고 없어졌을 때 성묘를 하자. 가문과 친족의식이 강한 인구는 그땐 웃는 얼굴로 K를 맞이하고 나서서 성묘를 안내할 것이다. 지금까지도 조부모, 그리고 아버지의 무덤 관리를 맡아 주고 있으니까. 그걸로 족하다. 다시 한국에 입국하는 것은 여전히 힘들겠지만, 또 다른 그날은 반드시 찾아올 것이다. 그것은 공항 활주로 아래 학살 유해를 파헤치는 날이고, 그 소리는 이미 터져 나오고 있다. 서울뿐만이 아니다. 제주에서도 그 목소리가 나오기 시작했다.

이방근이 관덕정 광장 앞의 건물 2층에 위치한 다방 현해에 앉아 창문으로 광장 주위에 늘어선 피로 얼룩진 잘린 모가지를 바라보며 느끼는 공포의 광경이 있다. 1949년 1월 3일. 거기에는 얼어붙은 공포의 광경. 공포 앞에서 정신은 불능이 된다. 증오도, 분노의 감정도, 정의도, 모든 것이 열정이 시들고 살의도 사라진다. 잘린 모가지를 양배추처럼 길거리에 내던지며 죽은 자를 살육하는 그들은 적마를 쓰러뜨리는 십자군 전사라 자칭하고, 반공·민주주의 입국, 반공·사회질서의 정의 구현을 명분으로 살육한다. 죽이는 욕망, 저지르는 욕망을 끝없이 완수…….

공포……. 그 4·3(정신)병이 낫지 않은 제주 친척들의 K를 대하는 태도는 당연하다. 서울 등지에서 민주화의 뜨거운 기세가 퍼지고 있으니 영원히 4·3 당시처럼 절해고도, 봉쇄된 밀도는 있을 수 없다.

제주를 떠나기 전날 해질녘에 구시가지 성내에서 만난 두 청년. 시민회관에서 선생님의 강연을 들었습니다. 어째서 선생님은 일본에 계속 사시고 제주에 돌아오시지 않는 건가요. 제주는 연배가 있는 사람들이 정부 주도의 시세에 순응하며 젊은이들이 하려는 일에는 뒷짐을 지고 일체 관여하려고 하지 않습니다. 선생님은 제주도로 돌아오셔서 여기서 생활해 주십시오. 그리고 저희 후진들을 지도해 주십시오. 몇몇 강연회에 참석한 대부분이 청년들이었다는 사실이 42년 만에 고향 땅을 밟은 K에게, 이방근의 깊은 분노와 슬픔의 중얼거림을 물리칠 만한 기쁨과 힘을 실어줬다. 이것이 제주에서 서울로 떠나기 전날, 11월 21일 해질녘의 일이었다.

그리고 며칠 후 김포공항에서 일본으로 출발. 42년 만의 고국, 한반도의 남반부. 비행기는 하늘의 어둠을 난다. 수령 7백 년, 높이 20여 미터의 곰솔 군. 제주 섬 전체에 대한 초토화 작전의 전화를 뚫고 견뎌온 것이다. K는 갑자기 머리를 흔들며 두 눈을 뜬다. 옆자리는 일본인 승객, KAL기는 나리타공항행. 제주공항행 상공으로 착각하고 있었다. 눈을 감는다. 엔진의 굉음이 울린다.

나리타 도착. 사철과 JR을 환승해 약 두 시간 만에 집에 도착한 그 날 밤 잠에서, 철저한 현실 부정의, 꿈과 현실의 경계를 알 수 없게 되는 이세계로 들어간다. 40여 년의 세월을 넘어 60년에 이르는 자이니치로서의 삶을 부정하는, 신체적으로도 내동댕이쳐지고 짓눌린 듯한 꿈의 열흘을 보낸 것이었다.

그리고 자기 자신에게 무어라 설명할 방법은 없지만, 아직 정리되지 않은 짐 하나를 끄집어내 오랜 세월 그곳에 잠들어 있었을 어머니의 사진을 밝은 공기 속으로 꺼내야 한다고 생각했다.

짐 속의 어머니 사진, 뭐지? 스스로도 고개를 갸웃거린다. 제주에 다녀와서 그런가. 제주의 바닷바람, 산바람, 들바람을 쐰 체감이, 이제는 둘째 형이 관리하는 오사카 교외의 작은 언덕에 자리한, 풍수지리가 좋은 가족 공동묘지를 겸한 어머니 묘소로 생각이 미친 것이다.

액자에 넣어놓고는 왜 벽에 걸지 않았는가. 짐 속에 잡다한 것들과 함께 넣어둔 그 사진을 고국, 제주행의 여파로 빛 속으로 꺼낸 것인가.

아내의 방 서랍장에서 밑에 깔린 묵직한 짐을 빼냈다. 목례를 하고 나서 엄숙한 마음으로 짐 뚜껑을 열면, 사진 속 어머니의 시선을 마주할 줄 알았는데, 거기에 있는 것은 옛날 연하장, 편지 등이 담긴 갈색 봉투, 무슨 서류 뭉치들이었다. 거기에 어머니의 사진 액자가 있는 줄 알았는데 전혀 아니었다. 뒤죽박죽된 짐 위에 어머니 사진이 있으리라고 생각했지만, 예상이 빗나가 다행이라는 생각이 들기도 했다.

"뭐지, 이건. 없잖아. 옛날에 어머니 사진을 액자에 넣어 뒀었잖소. 그건 어디로 갔지?"

"어머니 사진은 거기 없어요. 무슨 옛날 서류라도 찾는 줄 알았네요. 사진은 따로 사진만 보관해 뒀어요."

"아, 참, 어디에 있나?"

아내는 거실 책장 하단 구석에서 큼직하고 두툼한 사진첩을 빼냈다. 가족사진 등 크고 작은 사진이 끼워져 있는 페이지의 한 페이지 전체를 차지하는 어머니의, 저고리를 입고 계신 어머니의 사진이 나타났다. 의외로 통통한, 아직 젊고 아름다운 얼굴이었다. 환갑의 어머니 사진을 환갑이 된 아들이 보고 있다. 머리카락이 검다. K는 한참을 바라봤다.

"어머니……."

K는 한 마디 중얼거리고는 무거운 앨범의 페이지를 덮는다.

"액자 그대로 짐 속에 넣은 거 아니었어?"

"당신은 참 이상한 소리를 하시네요. 왜 액자에 든 어머니 사진을 잡다한 서류가 든 짐 속에 넣겠어요?"

"하긴 그렇긴 하네."

착각이라 해도 착각의 대상이 이상하다.

"액자 사진은 벽에 걸어놨었는데 그걸 떼서, 뗀 건 기억하죠? 그리고 사진만 앨범에 넣었었는데……. 저 장롱 위에 흑백 백제관음 사진이 든 액자가 원래 어머니 사진이 들어있던 액자잖아요."

"응, 맞네. 저 백제관음 액자가 그랬었지……."

용케도 자못 진지하게 어머니 사진을 액자째 짐 속에 넣었다고 믿고 있었다. K는 안심했다. 그렇지. 다른 짐하고 같이 그냥 넣어뒀을 리가……. 짐을 열어보니 결코 막 넣은 것이 아니다. 땅밑의 어머니 묘는 무덤이고, 벽에서 뗀 액자의 사진을 그대로 고요하고 어두운 곳, 짐 속에 모시려는 마음이 아니었을까. 이 모든 것이 착각이었다. K는 혼자 웃었다.

"뭘 웃어요?"

아내도 웃는다.

사진은 환갑잔치 때 어머니를 중심으로 한 가족사진 속 어머니의 상반신을 늘린 건지, 어머니 독사진이었는지는 잊었지만 40여 년 전에 찍은 것이다.

그로부터 십여 년 후에 어머니는 돌아가셨다.

장례 때, 2층 방에, 관 속에 어머니는 누워 계셨다. K는 미리 스케치북과 4B인가 6B 연필을 준비해 놓았다.

큰형은 단정하고 고요하게 막 잠드신 듯한, 임종하신 어머니의 얼굴을 이마에서부터 부드럽게 쓰다듬고 차가운 손을 가볍게 잡았다.

K는 어머니의 왼쪽 어깨 옆에 앉아 차분하게 심지가 굵고 부드러운 연필로 어머니의 노쇠하고 움푹 패인 눈, 코와 이마가 전등불빛으로 그늘진 어머니의 얼굴을 데생하기 시작했다. 얼마나 그리고 있었나, 30분 정도였나, 모르겠다. 옆에 있던 둘째 형은 자리를 비우고 두 채 옆에 있는 집으로 돌아갔는데 거기에 있는 어머니의 방에서 울었는지도 모른다. 좋은 데생이었다. 이 지상을 떠난

직후에 기묘하게도 산 자를 진정시키는 정적을 자아내는 죽은 자의 얼굴.

"아이고, 어머니······."

K가 읊조렸다.

옆에 앉아 완성된 어머니의 초상을 한참 동안 바라보던 큰형이 갑자기 K에게서 스케치북을 뺏더니 데생한 것을 반으로 찢고 다시 겹쳐서 찢어 버렸다. K는 멍하니 있었다. 그리고 무참히 찢긴 종이조각을 한참 동안 바라보고 있자니 분노가 맹렬히 치밀어올랐다. 둘째 형네를 향해, 계단을 내려가 어머니가 사시던 두 채 옆에 있는 둘째 형네로 뛰어갔다.

힘차게 현관문을 열고 들어서 바로 옆 부엌에 있던 형수에게 불을 뿜듯 말을 던졌다.

"형수님, 식칼 좀 주시오. 형님을 죽여야겠소. 돌아가신 어머니 얼굴을 애써 그렸는데 그걸 뺏어 찢어 갈겨 놨으니······."

갑작스러운 일에 형수는 두 손을 가슴에 올리곤 안 돼, 안 돼, 흔들면서 그런 식칼 따위는 없다, 이게 도대체 무슨 일이냐며 당황해했다.

둘째 형이 눈앞에 서 있었다.

"바보 같은 짓 하지 마. 인마, 미쳤어? 진정해. 무슨 그런 소릴 입에 올려. 인마, 어머니가 돌아가셨어······."

K는 그 자리에 주저앉아 목청껏 울었다. 아이고! 아이고······.

그 후, 큰형은 도쿄로 이주, 고토江東 지구에서 비닐 공장을 경영

하는 한편 조직의 지구 상공회 고문을 맡았다.

K는 당시 현재의 사이타마埼玉 W시가 아닌, 인접한 K시에 살고 있었다. 조직의 신문기자 일을 하며 큰형과는 가끔 만났다. 어느 날 큰형 집에 가보니 방에 어머니 사진이 걸려 있었다.

해마다 음력 8월 어머니 제삿날 밤에 제단에 지방과 함께 어머니의 사진을 올린다. 물론 평소 방에 사진을 걸어 두는 것도 일반적인 일로 그다지 이상하게 여길 일도 아니지만, K는 형에게 말했다.

"형님, 어머님 사진을 방에 걸고 어머니와 얼굴을 마주하는 게 아무렇지 않소? 어머니가 고생하신 건 말로 표현 못 하죠. 저는 어머니 환갑 때 사진을 잠시 걸어뒀었는데 어머니 얼굴을 보기가 힘들어서 뗐어요. 사진은 그냥 안 보이는 데 보관하고 있고요."

유민流民, 디아스포라인 재일조선인은 일반적으로 고난의 생활을 벗어날 수 없었지만, K의 어머니는 특히 큰형이 젊었을 때부터 노동운동에 몸을 담아 고생이 많았다. 큰형은 오사카에서 도쿄를 오가며 조직 활동에 분주, 유치장과 형무소 생활을 거듭했는데 도쿄에서 체포되면 어머니가 홀로 기차를 타고 일본어가 서툰데도 면회를 다니시곤 했다.

그런 형에게 어머니 사진을 운운하는 말 한마디가 타격이 됐는지 다음에 형네 가보니 어머니 사진이 없었다. K는 가슴이 아팠다. 형도 참 대단하구나 싶었지만, 왠지 모르게 슬픈 얘기다.

열흘간의 꿈은 두들겨 맞고 쓰러진 뒤의 심신 회복과 같은 자유를 가져다주었지만, 꿈의 흔적은 사라지지 않고 살아있었다. 그것은 신체성을 초월한 사상화思想化였다. 열흘이나 이어진 꿈에서는 말과 사람, 경치 모두 한국의 제주와 서울이었다. 일본의 편린은 한 조각도 나오지 않았다.

이를테면 자이니치의, 60년에 이르는 K의 자이니치로서의 삶, 존재인 자신에 의한, 보이지 않는 자신에 의한 부정이었다. 처음에는 꿈에서 한국이 온몸에 스며들어 깨닫지 못했지만, 몇 번이고 반복해 꿈을 떠올려 보니 너무나 당연하다는 듯 모든 것이 그럴듯한 곳, 그리고 제주, 바다……로 가득 차 있었다. 자꾸만 꿈의 그물망에서 빠져나와 사라져간다. 숨이 막힐 듯 빈틈이 없다.

자신이 계속해 꾼 꿈이, 자신이 현재 사는, 자기 자신인 자이니치에 대한 부정. 이것은 일과성 꿈으로 사라지는 것이 아니었다. 수면 중에는 꿈의 감옥에 갇힌 듯 강제적으로 꾸게 하는 꿈을 떠나 생각할 여지가 없었지만, 열흘이 지나 일단 일상의 자신으로 돌아와 다시 꿈을 반추해보니 왠지 모르게 화가 나기 시작했다.

자이니치의 부정, 자기 존재성의 부정, 꿈꾸는 자신을 부정하는 수면 중의 일들. 꿈 밖의 자신이 도저히 할 수 없는 꿈속의 일들을 자신이 하고 있다. 확신범이다. 꿈 밖의 자신인가. 꿈속의 자신인가. 그것은 꿈 자체다.

그것이 꿈 밖으로 나와 꿈의 발생원인 K의 존재를 위협한다.

꿈은 뚜렷한 의지를 가지고 일본에 있는 K를 계속 범하며 가위에 눌리게 한다. 또 지금 있는 현실의 일본과 크레바스처럼 균열을 일으킨다.

줄곧 한국이 나오는 연속적인 꿈은 60여 년을 일본에서 살아온 현실과는 적대적이었다. 꿈 자체가 현실이었다. 깊디깊은 어둠을 뚫고 밤에서 나온 보다 진실한 현실. 꿈이야말로 진실. 너의 존재 욕구인 것이다. 꿈은 이 60년의 현실이 원치 않는 거짓된, 어쩔 수 없이 살았던 가상이라고 그 불빛 아래에 분명히 비춰주었다.

열흘간의 꿈은 의식화된 욕망, 즉 심층에 있는 조선이 표현된 것으로 욕망이 부상해 의식화되고 인식이 된다. 가상, K의 존재가, 자이니치라는 존재가 가상이라고 각인한 꿈은 그 자체로 진실한 현실이었다. K는 60여 년의 인생을 살며 겨우 심층의 자신, 꿈속의 자신, 진실과 만났다는 생각이 강하게 들었다. 현실의 자신과 그것을 가상이라고 하는 꿈의 자신이 분열, 이 분열과 꿈이 표현으로 향한다. 꿈은 K의 심층에 펼쳐진 개아 즉 K를 넘어선 보편, 조선 지맥地脈의 뿌리에 닿는다.

가상은 일상 속 K의 현실과 K의 심층에 있는 꿈의 분열, 유령처럼 실체를 벗어난 것이 아니다. 그래도 가상의 인식이 변화한 이미지. 그것은 실체로부터의 분열이며, K라는 존재의 이분화, 일종의 니힐리즘일 것이다. 니힐리즘은 삶이 가치도 없고 의의도 없다는 인식에서 비롯되지만, 『화산도』의 이방근은 그렇게 보이지 않는 니힐리스트다. 배신자를 핵으로 하는 학살자에 대한 두려움을 넘어선 이방근의 철저한 증오, 그리고 개인에 대한 살의로의 이행에는 그의 니힐리즘이 자리한다. 젊은 친구에 대한 끝없는 사랑과 대비되는 증오.

괴멸한 한라산의 젊은 게릴라들, 몇백 명인지 알 수 없는 게릴라, 산부대 구출을 위해 전 재산을 투입해 입수한 십여 톤급의 기범선으로 반혁명이라는 비판을 받으며 일본으로 탈출, 밀항시킨다. 이는 섬 청년들에 대한 이방근의 사랑이요 헌신이다. 그리고 거기에 학살자에 대한 증오와 복수심이 담겨 있을 것이다.

복수, 이방근은 이 말을 좋아하지 않는다. 그러나 학살이 끊이지 않고 괴멸해가는 섬에서의 증오와 살해를 실행하는 일은 이방근의 생존과 같은 뿌리에 있는 니힐리즘, 악마적 니힐리즘의 표현이다.

학살당한 소년 앞에 니힐리즘은 견딜 수 있을까.

태아까지 빨갱이로 간주하여, 임신한 여성의 배를 갈라 빨갱이의 씨를 멸종시킨다. 가스실이나 폭격으로 단시간에 죽이는 것이 아니다. 도마 위에 놓인 생선과 고기를 잘게 다지듯, 산 인간의 살과 마음을, 존재를 거대한 도마 위에서 난도질하는 살육, 자유민주주의 옹호라는 명분을 내세워 개개인의 심신을 세분화한 대량학살, 참수한 도민의 머리를 심심풀이로 공놀이하듯 차는 토벌군.

마을 사람들을 마을 광장으로 강제 동원, 수백 명의 어린이, 노인을 포함한 사람들 앞에 끌려 나와 한라산에 입산한 게릴라의 아버지, 그리고 또 한 명은 게릴라가 된 아들의 아내. 둘 다 전라. 총검 앞에 선 두 사람은 광장 한가운데로 끌려가 땅에 누워 성관계를 강요받는다. 며느리의 몸 위에 시아버지가 올라타야 한다. 밧줄 울타리 밖 군중의 웅성거림. 얼음 같은 침묵. 울음소리든 웃음소리든 새어 나오면 광장으로 끌려 나올 것이다.

　백 명의 죽음은 비극이지만 백만 명의 죽음은 통계에 불과하다. 1960년 아르헨티나에서 체포, 2년 뒤 이스라엘에서 교수형에 처해진 나치 잔당 아이히만이 한 말.

　이방근이 제주의 모든 것을 목격한 것은 아니다. 관덕정 광장에서 펼쳐진 토벌군에 의한 게릴라 포로들의, 죽음의 행진. 죽창 끝에 게릴라의 잘린 모가지를 꽂아 어깨에 메고 빗속을 행진한다. 그것을 구경하라고 강제 동원된 성내의 주민들. 거기에는 반드시 이방근 집안의 하녀 부엌이의 모습이 있었다.

　정부 토벌군에 의한 한라산 게릴라 포위 작전이 진행됐고 1949년 11월 계엄령이 내려졌다. 이후 섬 전체에 대한 초토화 작전, 해안 5킬로미터 밖 중산간 마을 소각, 산천단 마을, 그리고 한라산 중턱에 있는 도민 신앙의 본산 관음사 전소, 곳곳의 해안마을이 초토화 작전의 대상이 되어 전멸. 제주의 하늘은 불길로 시뻘겋게 물들었고, 제주 바다는 그것이 반사되어 피의 파도가 일렁이는 바다가 됐다.

　제2차 세계대전 이후 최초의 제노사이드. 봉쇄된 절해고도에서 미군 지휘하 이승만 정부군에 의해 행해졌다.

　대한민국의 존립을 위해 제주도 섬 전체에 휘발유를 뿌리고 불을 질러 30만 도민을 몰살하라.

　이방근은 제주도학살, 가스실이나 공중폭격처럼 보이지 않는 살육이 아니라, 한 사람 한 사람의 개별적인 죽음을 본다. 이방근이 살의를 품는 대상은 학살자들의 집약체로 향한다. 성내 조직의 명단을 경찰에 팔아넘긴 유다 유달현은 밤바다에서 밀항선 돛대 위에 매달린 채 죽었다. 그리고 유달현을 경찰의 스파이, 앞잡이로 쓴 정세용에게 이방근의 살의가 향한다.

정세용은 무엇보다 4·28[1948] 게릴라와 주둔군의 정전평화협정을 음모공작으로 파괴, 쌍방의 전투 재개, 학살, 섬 전체 초토화 작전의 단서를 만든 이승만 대한민국의 공로자. 외가 친척이자 어머니가 생존해 계신다면 불가능한 행위로 향하는 이유는 무엇일까. 이방근은 정세용을 죽일 개인적 이유가 없다.

이방근은 학살의 섬에서 인간의, 자신의 살인 행위에 대해 생각하지 않을 수 없게 됐지만, 살인과 자유, 자유로운 정신은 살인을 범하지 않는다. 타자를 죽이기 전에 자기 자신을 죽인다. 그러므로 죽이지 않는다. 이는 일단 살해라고 하면, 이방근의 존재와 관련된 문제이며, 그런 그가 자기 내부의 테제를 넘어 살의의 영역에 들어간다. 영역에서 살인으로의 비약, 자유로운 정신은 살인에 앞서 자살한다. 자살하지 않는다. 할 수 있을까.

자유로운 정신은 무너진다. 살인은 자기 자신에 대한 살해로 향하는 것이 아닐까.

죽은 자는 산 자 안에 산다……. 이는 이방근이 남승지와 동생 유원 등에게 한 말로, 자기 죽음에 관해 생각지 않았을 리 없다. 죽은 자는 산 자 안에 산다. 유원도 남승지도, 그리고 양준오도 무언가를 느끼지 않았을까.

양준오는 이방근의 뜻을 따르지 않고 게릴라로 입산할 것이다. 이윽고 게릴라의 괴멸. 여동생 유원과 남승지는.

이방근은 제주의 현장에 있는 사람으로, 패잔 게릴라 구출작업을 하면서 제주를 떠나려고 하지 않는다.

서울을 떠나 제주에서 이방근과 함께 살고 싶은 문난설에게, 난설이여, 제주는 난설이가 바다를 건너와 함께 살 곳이 아니다……라며 물리치고 자신은 이 괴멸의 섬에 남는다.

8

K는 1946년 여름 한 달 예정으로, 장과 그렇게 약속하고 서울을 떠났다. 그리고 그대로, 너는 언제 조국에 돌아오느냐, 이제 돌아오지 않는 것이냐……라는 장의 편지에 답하지 못한 채 일본에 살아남아, 이번 42년 만의 고국, 서울, 제주행이었다.

서울, 남산 서쪽 기슭, 후암동, 예전에 살았던 곳의 돌계단을 오르면 얼마 안 가 4백여 미터의 남산 정상, 서울 일대가 사방으로 펼쳐진다. 전방, 북쪽에 우뚝 솟은 북한산 자락에는 옛 조선총독부, 현재의 미중앙군정청, 곧 다가오는 1949년 5월 남측만의 단독선거로 이승만을 대통령으로 한 대한민국 정부가 옛 조선총독부의 웅장한 석조 전당으로 옮긴다. 오른편, 동쪽으로 대하의 한강이 흐른다.

미 점령군 지배하의 한국 서울에서 장은 동지들과 함께 남측만의 5·10 단독선거 반대 투쟁 중에 죽었다. 몇 번인가 조국을 떠나 K처럼 일본으로 건너가려고 했지만, 끝까지 조국에 발을 디딘 채 스러져 갔다. 조국을 떠나 약속대로 한 달 뒤 귀국하지 않은 K에게 보낸 장의 22통의 편지는 모두 장문으로, 1949년 5월 4일자 편지가 마지막 편지가 됐다. 아마 그의 22살 생명과 함께.

 무척 그립다. 너와 내가 헤어져 이미 4년. 철없이 뛰놀던 때가 무척 그립다. 그 시절에 한솥에 밥을 지어먹던 동무들은 뿔뿔이 헤어져 서울에 남아 있는 동무는 영선 형과 윤이, 나뿐이다. 모두 다 꿈같다.
 그런데 K야! 나는 너에게 고백하지 않을 수 없는 게 한 가지 있다. 대체 무엇일까? 양심적으로 너에게 고백해야만 할까? 나는 죄악 같아서 입밖에 내지 못하겠다. 바쁜 이 때에 한 여자를 사랑하고 있다! 길게 쓰지 않으련다.
 그리 신통치도 않은 여자지만 나를 사랑해 주고 나와 같은 생각을 가지고 있기 때문에 나도 모르는 사이에 마음이 쏠렸는데 아마도 장차 ─. 모르겠다.
 이 정도만 알아 두어라. 언제 오지 않으려느냐? 한번 돌아오려무라. 사랑의 두 팔 속으로, 고국은 기다린다. 너 같은 정열의 청년을 수없이……
 다시 쓰마. 이만.

서울에서

3월 28일

遠程行人(원정 행인) 白鹿雅兄前(백록 아형 앞)

(제21신 1949년)

그런데 나의 도일 건에 대해서는 대단히 감사하다. 무어라 할 수 없다. 그러나 K야! 꿈에서 깨라. 조국은 나 같은 자도 하나 빼놓지 않고 부른다. 내 이제 어찌 가겠나. 이 이상 쓰지 않으련다. 짐작해서 알아라. 작년, 일 년 전과는 퍽 다르다. 너의 그 심정과 나를 위한 모든 수고는 참으로 고맙다. 그러나 조국을 생각해라. 개와 고양이 손이라도 빌려서 건설할 때다. 많은 동지들을 두고 나 혼자 어떻게 간단 말이냐? 이는 민족 전체에 대한 죄다. 작년과는 다르다. 대한민국……. 우리의 나라를 건설하는 자는 우리 대한의 청년밖에 없다. 여하간 가고 싶은 마음을 억제하고 너한테 이런 글을 쓰는, 아니 쓰지 아니치 못하는 내 심정과 조국을 생각해다오. 길게 써 무엇하리. 내 대신 많이 배워 가지고 와라. 여하간 나 자신 지금 대단히 분주하고 정말 그야말로 안비막개다. 그러나 네 말대로 누구든지 다시 오거든 나한테 직접 연락하도록 해 다오.

그리고 나의 애인 건, 나는 진심으로 사랑한다. 그 여자를. 그러나 그녀는 출신 계급으로 보아 너무도 귀엽게 자라고 고생을 그리 잘 모르는 여인. 참으로 곤란할 때가 많다. 그러나 뜻을 같이 하겠다고 하며 그 심정이 매우 아름답다. 그런데 내 대신 그녀가 너한테로 가겠다고 하는데 어떻게 하면 좋을까? 물론 경제적으로 네 힘을 많이 입어야겠지만 그리 곤란하지는 않으니 다소간 가지고 갈 수 있으리라. 어떤 고등여학교를 5년 다녔는데 성적은 국민학교에서부터 일등이었고, 음악, 현재 모음악학교 성악과를 다니고 있는데 어떻게 하면 좋을지! 그러나 그 문제는 다시 알리지, 너무 근심 마라. 내 일로만 해도 불안하기 짝이 없는데. 다시 다음에 알리지. 이제는 상당히 깊이 들어가 끊을래야 끊을 수 없는 처지. 이는 우리 둘 사이에서 그렇게 된 것이 아니라 부모 입회하에 상의적으로 성립된 것이다.

그러나 결혼한 것도 아니고 (시대가 시대니만큼) 그저 나와 그녀 사이에 사랑의 서광이 왔다갔다 할 따름이다. 동오는 20년, 영선 잘 있다. 그러면 자주 비행기편으로 소식 전해다오. 부탁한다. 잘 있거라. 동오 생각을 해라. 아니 모든 우리 동무를. 그러면 이만 다시 네 회답 받아보고 다시 쓰마. 회답 늦은 것을 용서하라.

5월 4일 밤
(제22신 1949년)

K는 답장을 써서 보냈는데 당시에는 오사카에서 서울까지 한 달, 본인이 받고 바로 답장을 보내도 왕복 두 달이 필요했다.

K는 그 답장 내용을 거의 잊었지만, 사업에 실패한 형님 집에 얹혀살고 있던 K에게는 장의 애인을 돕는다는 것은 생각지도 못한 일이었다. 애인이 어떻게든 도일을 결행한다면 어떻게든 해내자고 적어 답장을 보냈었다.

장으로부터 답장이 도착할 무렵인 두 달이 지나고 또 한 달, 두 달이 지나 가을이 됐지만, 편지는 오지 않았다. 1949년 5월 4일 자 편지가 마지막 편지가 됐다. 그 편지에 동오는 20년이라고 적혀 있었는데, 20년이라는 것은 징역을 말하는 것이고, 그것은 사형을 의미했다. 장도 체포됐고, 음악학교에 다닌다는 그의 애인도 둘 다 어딘가의 형장에서 총살당했을 것이다.

9

열흘 동안 이어진 한국만 나오는 꿈의 실체는 자이니치를 가상으로 간주하는 심층의 진실한 존재의 욕망이다, 라는 인식을 가져다주었다. 그 열흘 동안 이어진 꿈의 원천인 한국행 입국허가증명서를 건네준 것은 한 참사관이었다. 설령 한 참사관에게 한국입국허가증명서의 부산물로 열흘 연속 이어진 꿈 얘기를 해도 그가 믿을 리 만무하지만, 그럴 수 있다고 인정해도 의미를 이해할 수 없을 것이다. 이것은 K의 망상으로밖에 받아들일 수 없는 것이다.

아내는 낮에 계속 한국만 나오는 꿈을 꾸는 것이 무슨 병인가 하는 생각도 들었지만, 식사 등 일상생활에 이상이 없어 K의 말대로 불안한 열흘 동안의 경과를 기다렸다. K가 꾸는 꿈의 내용은 알 수 없었지만, 그 꿈을 K의 말대로 받아들이고 있었다.

22일간의 한국행이 없었다면 열흘간의 꿈은 꾸지 않았을 것이다. K의 심층, 꿈속의 조선이 진실이고, 자이니치가 가상이라는 실존적 인식이 나오지 않을 것이다. 왜 자이니치의 존재를 부정하는 가상의 인식이 나오는 것일까. 꿈을 채우고 넘치는 서울과 제주는 잃어버린 조국의 대가로서의 식민지 조선이자 그 조각으로서의 자이니치 디아스포라다. 42년 만의 고국행, 한국대사관의 입국허가증명서, 그 대변자인 한 참사관. 제국호텔에서 그가 건네준 입국허가증명서에 모든 것이 달려 있었다. 그야말로 일일천추─日千秋의 마음이 담긴 한국행이 실현. 그 연장으로서의 열흘간의 꿈, 만약 그에게 이 얘기를 한다면 40여 년 만의 한국행 쇼크가 낳은 백일몽적 망언으로 받아들일 것이다. 쓴웃음을 지으면서. 입국허가증명서의 효과가 이 정도라니.

주일한국대사관. 가상의 존재. 가상이 존재하는가. 나는 가상을 상대로 관리하고 있는 것이 아니다. 열흘간 밤낮으로 계속된 꿈을 진지한 표정으로 말하는 것 자체가 이상하다. 스스로 이상한 것을 모르는 것이 이상하다는 증거. 작가라는 자는 눈에 보이지 않는 이상한 것을 생각하는가. K는 유령의 존재를 믿고 있는 것이 아닌가. 설령 한 참사관이 K를 그렇게 생각해도 무리는 아닐 것이다. 체포, 구금한 반정부 분자의 머릿속까지 감시하겠다는 박정희 군사독재정권의 KCIA를 잇는 안기부국가안전기획부 직속의 한 참사관.

K가 이삼일 내 만날 참사관에게 꿈자리 얘기를 하지 않더라도, 잡지에 쓰게 될 한국, 고국에는 한국을 떠난 뒤의 꿈자리에 관한 얘기도 나올 것이다. 말로 하면 황당무계한 얘기를 문장으로 쓴다.

열흘간의 꿈, 22일간의 한국행을 잇는 꿈의 공간에서 나온 지

일주일 만에 처음 제대로 된 외출. 버스와 전철을 타고 군중이 오가는 큰 역의 큰 계단을 오르내린다. 점멸하는 네온사인, 선회하는 겨울 하늘이 자아내는 빛의 화살을 맞으며 도착했다.

 비현실적 공간의 낯선 불투명함을 느끼며 꿈의 계단을 오르듯 역 계단을 오르내려 개찰구를 무엇인가에 밀리듯 통과, 혼잡한 구내로 들어간다. 끓는 듯한 군중이 소용돌이치며 꿈틀거리는 이케부쿠로池袋 역 밖은 겨울 밤하늘. 점멸하는 네온사인, 선회하는 빛의 방사. 꿈과 달리, 사물의, 사람의 얼굴 윤곽이 활짝 열린 두 눈으로 또렷이 들어온다. 시선이 엇갈리면 반응의 파동이 인다. 현실이구나. 혼잡, 소음의 파도에 발을 헛디뎌 혼잡하게 오가는 사람들에게 휘말려 쓰러지면 짓밟힌다.

 눈앞, 악수를 할 수 있는 거리에 다다랐을 때 상대의 모습이 하나의 입체가 됐고, 새로운 눈에 맞는 안경을 쓴 것처럼 윤곽이 잡힌다. 눈이 풍요로워지는 순간이다. 만족한다.

 한식당 벽가의 4인용 테이블. K가 약속한 5시 정각이 되기 전에 난방이 잘 된 가게 안으로 들어서자 민구가 일어나 인사를 했다. 근시인 사람의 버릇이기도 하지만 대면할 때 상대방을 들여다보듯 응시한다. 흐릿한 윤곽을 되돌리기 위해서다.

 K가 한국행 전에 제국호텔에서 한 참사관을 만났을 때와 달리 민구의 얼굴이 굳어 있었다. 거리의 찬바람을 쐬어서가 아니다. K는 코트를 옷걸이에 걸며 내심 그럴 수밖에 없겠지 생각하고 고개를 끄덕였다. 분노가 담긴 표정이다. 이런 노골적인 민구의 표정은

본 적이 없다.

"한 참사관은 오는 거지?"

"예. 오지 않겠습니까?"

민구는 대답하면서 입구를 향해 일어섰다. K는 몸을 돌려 일어서며 가볍게 인사를 하고 한 참사관이 K의 맞은편 자리에 앉기를 기다렸다가 앉았다.

"수고 많으십니다."

"예, 잘 다녀오셨나요?"

"예, 덕분에 무사히 다녀왔소."

서로 악수를 청하지 않았다.

한 참사관은 코트를 입지 않았다. 비서 겸 경호원이 운전하는 검은 승용차를 타고 왔다. 근처에 있는 광장 한쪽에 주차해 있을 것이다.

일단 맥주 두 병. 여러 접시에 밑반찬을 내온 점원 앞에서 K는 민구에게 적당히 주문하라고 말한다.

K가 병을 들어 한 참사관에게 맥주를 따른다. 잔을 빼려고 하는 민구에게도 괜찮으니 받으라 하고 맥주를 따른다. 그리고 자작을 하려고 하자 당황한 민구가 양손으로 K의 잔에 맥주를 따른다. 서로 거품이 일렁이는 맥주잔을 들고 건배를 하지 않은 채 입으로 가져간다. 초장을 찍어 먹는 천엽이 테이블 위에 놓였고, 갈비 등 고기류가 불판 위에 지글지글 소리를 내며 올려진다.

한 참사관은 무표정한 얼굴로 아무 말도 없었고 민구 같은 팽팽한 긴장감도 없었다. 무거운 분노가 마음을 가라앉히고 있을 것이다. 망설임.『계간S』지 멤버를 상대로 전원 전향시켰을 때와의 차이. 도쿄의 대사관으로 들어오는 K의 한국 내 언행 추적 보고. 남의 저택에 들어와 제멋대로 돌아다니고 있는 난입자. 한국이 아닌 조선적. 보증하며 한국에 보낸 주일한국대사관의 한 참사관. 큰 고래 포획의 실패. ……말씀 도중에 과격한 말이 나올 것 같으시거든 부디 지금 입국허가증명서를 건네드린 제 얼굴을 떠올려 주십시오……. 악수를 청하기 위해 내민 그의 손을 뿌리쳤다……. 무시했으니 뿌리친 것과 진배없다. 사람의 진심을 짓밟는 인간이다……. 간청하는 말도 그렇고, 한 참사관의 전체를 떠올리지 않았던 것도 모른다. K는 아마 그것을 기행문에 쓸 것이다.

불판에 탄내가 나자 민구는 급한 마음에 고기를 젓가락으로 집어 각자의 접시에 올린다.

K도 할 말이 없다. 맥주를 조금씩 마시며 고기를 먹는다. 한 참사관의 기대를 전적으로 저버렸으니. K는 상대와 약속을 한 것이 아니지만, 상대는 그것을 기대하고 있었을 것이다. 42년 만의 한국행 얘기는 한마디도 나오지 않는다. 22일간의 한국행, 그 풍요로운 바다의 얘기는 사막으로 변했다.

22일간의 한국 체류가 연장된 버전인 열흘간의 꿈 얘기라도 한다면 터무니없는, 소설가가 지어낸 말도 안 되는 얘기라도 재미가 있을 테니 어두운 분위기를 조금은 움직일 것이다.

"저기, K 선생님. 여쭙고 싶은 게 있는데요. 이번에 한국에 다녀오신 건 한 참사관이 힘써 주신 게 큽니다. 여하간 덕분에 42년 만에 다녀오신 셈이지 않습니까. 한국에 가시기 전에 신문 소식란에 한국행 기행문을 쓰고 싶다고 나와 있던데 기행문을 쓰시는 건가요?"

민구의 말투가 왠지 따지는 투다.

"아직 안 썼는데, 쓸 거네."

K는 단정적으로 말한다.

"하아……. 어떤 걸 쓰시나요?"

"어떤 거라니? 그게 무슨, 뭘 묻고 싶은 거지?"

"아니, 긴 건지 아니면 연재물인지, 단편 정도인지 그런 의미입니다."

"정도……. 난 소설을 쓰는 게 아닐세. 뭔 말이 그런가. 단편이니 연재니. 아마 긴 글이 되겠지."

K는 대각으로 시선을 보내며 말했다.

"그리고?"

"그리고……는 무슨 뜻이세요?"

"얘기는 그게 다인가? 할 얘기가 있으면 하게."

"……"

"자네는 한 참사관 대신, 대신할 셈으로 나와 얘기하고 있는 건가?"

"아닙니다. 제 의견이에요."

"민구 씨, 그만하십시오."

"한 참사관님은 K 선생님을 신뢰하셨고, 제가 K 선생님 대리로 서류를 준비하고 수속도 밟고, 영사관 창구, 창구가 아니라 직접

한 참사관님께 부탁해서 축복스럽게도 K 선생님의 42년 만의 한국행이 실현된 게 현실입니다. 그렇지 않습니까? 한 참사관님은 K 선생님을 신뢰하셔서 입국허가증명서를 만들어 직접 제국호텔까지 나오셨고, 또 제가 동행해서 K 선생님께 건네드렸지요."

응, 맞아……라고 말하듯 K는 고개를 끄덕였다.

"민구 씨, 그만하시오."

한 참사관이 오른편에 앉은 민구를 보고 다소 의외라는 듯 말했다. 얘기가 어떻게 흐를지 대강 예상이 된다.

무엇을 위해 만났는가. 42년 만의 한국행을 위한 입국허가증명서를 발행한 한 참사관에 대한 감사를 겸한 인사가, 상대는 완전히 배신당한 입장이었고, 민구는 배신자를 알선한 당사자였다. 반한·반정부적 언행으로 현지의 반정부 민주세력을 격려하며 서울, 광주, 제주를 돌고 온 '기피인물'이었다. 아마 『계간S』지 멤버를 일거에 포섭하는 데 성공, 그때 놓쳤던 K의 한국행을 K의 전향 과정으로 만들어 큰 고래를 포획한 훈장을 기대했는데, 반전의 결과가 돼버려 한 참사관은 직책 추궁에서 벗어날 수 없게 되는 것일까.

K가 다시 한국에 입국하는 길은 막혔지만 가령 K 자신이 한국 국적 취득을 신청하고 충성을 서약한다면 K의 한국에서의 앞길은 태평, 크게 열리게 될 것이고 동시에 한 참사관의 승진길도 더욱 활짝 펼쳐질 것이다.

세 사람은 얼마 지나지 않아 자리에서 일어났다. 6시가 되지 않았다. 탁상에 모두 3분의 1 정도가 남은 맥주병이 두세 병, 그리고 주문한 음식 대부분이 남아 있었다.

K가 계산대 앞에서 계산했다. 당연하듯 계산했다. 예의랄까 답례로서 당연한 일이었지만, 이것이 K의 전향을 명시한 한국행이었다면 이 당연한 일은 일어나지 않았을 것이다. 이변이 일어난다. K는 둘과 헤어져 돌아갈 수 없다. K가 당연하게 계산을 할 여지가 없어진다. 당연한 것은 상대측으로 바뀐다. 열흘간의 꿈 이후, 술을 마시지 않은 K를 롯폰기六本木 인근의 2차 장소로, 그리고 고급 클럽……. 그 속박에서 벗어난 지금이 얼마나 고마운 일인가.

K는 역을 향해, 두 사람은 역전의 광장 주차장으로 발걸음을 옮긴다.

K는 한 참사관에게 오른손을 뻗었다. 그는 순간 K의 손을 바라봤고 주저 없이 손을 뻗어 악수했다.

K는 제국호텔에서 헤어질 때 상대가 뻗은 악수의 손길을 무참할 정도로 거부했었다.

"감사합니다."

"잘 먹었습니다."

K는 민구에게 손을 뻗었다. 민구는 한발 물러선 채 고개를 숙이며 손을 뻗어 악수에 응했다.

K는 광장을 건너 빌딩가 인도에 섰다가 조금 떨어진 택시 승차장으로 방향을 틀었다.

이케부쿠로에서 W역으로 가는 전철은 환승 때 앉을 수 있었지만, 북상하는 귀가 전철은 퇴근 시간이라 초만원, 꿈의 껍질에서 나온 지 얼마 되지 않은 K는 짓눌려 그저 하나의 물건 덩어리가 되고 말 것이다. K는 네댓 명 뒤에 서서 택시를 기다리며 민구의 두 얼굴을 떠올렸다.

한국행 건으로 그에게 절차 관계를 상의했을 때가 그랬다.

한국에 다녀오고 싶은데……. 한국에, 한국에 말입니까? K 선생님이……. 선생님, 그거, 저한테 무슨 농담하시는 건 아니시지요?

그때 놀라 하면서도 서서히 새겨지는 민구의 옅은 미소가 잊히지 않는다.

조선적에 대한 한국 입국 허가 후 두 차례까지 조선적 상태로 출입국이 가능하며, 이후에는 조선적을 포기하고 한국 국적으로 바꾸는 것이 암묵의 전제, 서약이 된다. 이른바 정치적 전향으로의 길이다. 그 상담과 수속, 한국대사관과의 교섭……. 민구의 눈앞에서 생각할 수 없는 일이 벌어졌고, 그가 그 일체를 서포트하는 일을 맡게 됐다. 그때 그 기쁨의 표정과 조금 전의 광대뼈가 굳게 일그러진 표정. 둘로 갈라진 그 얼굴을 떠올리며 미안하다, 어쩔 수 없다……. K는 쓰디쓴 침을 삼키며 택시에 몸을 실었다.

10

K는 1991년 10월, 한국 재방문을 위한 입국허가를 신청했지만 두 달 가까이 이유 없이 지연되다가 막판에 입국을 거부당했다. 두

번째 한국행은 조선적 상태로 입국 허가가 나오는 것이 관례인데, 담당 영사는 사유를 명확히 밝히지 않았고 계속 얼버무리다가 거부를 통보했다. 이제는 그것만으로 지긋지긋, 갈 마음을 잃고 말았다. 그럼에도 간다, 소설을 쓰려면 가야 한다.

K에게 배신감을 느낀 한 참사관은 K에게는 절대 입국 허가를 내주지 않겠다고 단언했던 모양이다. 하지만 인책사임, 아프리카의 한 나라로 영사관 임명, 멀리 좌천된 것에도 상당한 영향을 미쳤다.

K는 조선적자의 한국 재방문 허가의 의미를 알게 됐다. 다만 재방문이라고 해도 '자신들당국의 의견을 수용하는 사람'이니 K의 의견과는 맞지 않는다.

남한이 고향인 재일조선인은 수십 년 만에 고국 방문을 마치고 일본에 돌아가면 다시 반복적으로 가고 싶어지기 마련이다. 그리고 이른바 금단의 나무 열매, 재방문을 거듭해 조선적을 벗어나기에 이른다. 동료였던 『계간S』지의 멤버들도 그렇고, 무난한 전향 안내다. 북측 조직의 관계자라면 몰라도 남쪽이 고향임에도 조선적을 고집하는 것이 북과 대립하고 있는 K 같은 인물이라는 게 이상하다, 그렇지 않은가, 모르겠다……가 된다.

여러 가지 '포섭 공작'을 타고 나름의 구실을 만들어 한국 국적으로의 길을 갈 것인지, 속 시원히 스스로 한국 국적 취득을 신청할 것인지, 둘 다 마찬가지로 결국 한국 국적으로 가는 길이다.

1996년 11월, 한국 정부 측으로부터 입국 요청을 받은 세계한인

문학인대회도 K가 입국 신청을 한 것도 아닌데 한국대사관 측이 참가 후 국적 변경이라는 조건을 요구했다. 그것은 얘기가 다르다. 무조건이 아니었던가. K는 받아들이지 않았다. 결국에는 대회 참가를 우선시해야 한다고 하여 8년 만에 한국을 재방문하게 됐다.

『화산도』는 종국을 향해 달려가고 있었다. '화산도'라는 허구의 시공간과 제주의 현실 간의 동시성. 천지가 불길에 휩싸여 수평선까지 붉게 비친 바다에 둘러싸여 괴멸, 학살의 종언, 죽음의 섬. 아직도 죽음의, 폐허의 여진이 서린 섬, '화산도' 제주 땅에, 불꽃의 빙하 위에 이방근 등과 함께 서고 싶다. 그리고 거친 바다를 등지고 한라산을 바라보고 싶다.

11월 10일, 이틀에 걸친 문학인대회 일정을 마치고 서울에서 제주로 이동했다.

이튿날인 11일부터 12일까지 소형 버스로 게릴라 전적지, 도민 학살터, 섬사람들이 숨어 있던 동굴에 발을 들여놓았다. 어떤 동굴에서는 기어서 입구의 좁은 바위틈을 들어가 천장이 높은 동굴 속 어둠으로 내려갔다. 동굴에서 수십 명의 마을 사람들이 몇 달 동안 혈거 생활을 했다고 한다. 당시의 식기 파편 등이 남아 있었다. 현지 일정에 쫓겨 이러한 부분적인 4·3 유적과 대면한 충격을 충분히 내재화할 수 없었지만, 제주를 떠나 시간과 장소에 거리를 두고 나서, 멀리 떨어진 후에야 가슴에 동통을 느꼈다.

동통은 일종의 신체적 변화라고 할 수 있는 비정상적인 느낌. 성욕은 아니지만, 성욕의 원형 같은 것의 부풀음이 몸속에서 동통을 동반하며 흔들린다. 몸이 바닥에서 불타고 있고, 아이를 밴 듯 몸 전체가 열을 띤 그 신체 감각에서 나오는 만다라 모양처럼 요동치는 공간의 부풀음에, K가 대화하는 사람들, 이방근 등의 무리 안에 그림자인 K가 선다.

게릴라들이 뼈를 묻은 땅의 동통. 지령地靈이 고국 땅을 밟은 K의 몸으로 옮겨와 이윽고 K 안에서 재를 뒤집어쓴 불꽃처럼 계속 타오르고 있을 것이다.

게릴라의 유적, 그 뼈, 도민의 뼈가 묻힌 고향 땅을 걸으며 받은 충격. 제주도 대지의 혼, 에너지 같은 것이 K를 뒤흔들며 어떤 상태를 만들었다고, 지인이 말했다. 오키나와 사람들과 함께하면 그런 얘기 많이 듣습니다. 그것은 개아를 넘어선 것, 혼이랄까, 그것이 오키나와의 춤이 되고 노래가 되고……. 동굴 안 죽은 자들의 영혼이 내게 씌었다는 말인가……. 씌었다기보다는 죽은 자들이 묻힌 대지의 혼, 지령이라 해도 좋을 것 같습니다. 지령이요 땅의 혼, 제주도의 지령.

42년 만의 고국행을 마치고 나서 일본에서의 열흘 동안 이어진 꿈은 고국 제주도의 지령이 K의 존재가 갈라진 틈에서 만들어낸 동통인가.

한국에서의 22일 동안은 꿈꿀 시간조차 없었다. 연일 계속되는 과음, 수면시간 세 시간 안팎의 수면 부족, 망쇄, 긴장의 연속. 작은 머리와 심장 속에 한계치에 이르는 긴장의 불꽃이 튀는 고국 땅과의 접촉이었다. 42년이 22일로 압축된 시간으로부터 해방된 열흘간 꿈은 재일동포 K의 심층, 조선 땅의 동통이었다.

1949년 봄, 끝을 향해 가는 『화산도』의 공간인 현실의 제주는 폐허로, 학살의 종언과 함께 공허, 그저 그을린 산이 있고, 피로 물든 바다가 있으며, 인간의 잔상과 혼이 안으로 가라앉아 죽은 살아남은 사람들의, 섬사람들의 그림자가 꿈틀대고 있었다. 폐허에 선 이방근도 같은 생존자지만 결국 스스로 죽음으로 향한다. 전체 만천 장에 이르는 소설의 마지막 권인 제7권은 이미 탈고, 교정 단계로 『화산도』의 세계는 성립되어 있었다.

도항이 자유롭다면 다시 한번 마지막으로 현지의 옛 폐허 공간 위에 이방근과 함께 서고 싶었지만, 입국 여부도 알 수 없고, 오히려 『화산도』 공간의 움직임에 방해가 될 것 같아 단념. 교정지로 『화산도』 세계 속 공간의 움직임을 쫓는다. 계절은 깊은 눈으로 덮인 혹한의 2월. 한라산의 게릴라 아지트에서 남승지 등 게릴라들 앞에서 친척인 경찰 간부 정세용을 사살. 그리고 4월, 게릴라 토벌대의 포로가 된 남승지를 구출, 강제로 섬 밖 탈출, 일본으로 밀항을 시킨다. 탈출을 완강히 거부하는 남승지에게, 돼지가 돼서라도 살아남아라, 탈출이 이방근의 지상명령이었다. 승지야, 모든 것이 끝났다. 양준오는 어디로 갔는가. 왜 지금 승지와 함께 준오는 탈출할 수 없는가. 죽은 양준오를 짊어진 승지는 이 저주받은 섬에서 나간다. 패잔 게릴라 남승지가 포로가 되어 하산, 성내 수용소에 연행되는 것을 이방근의 공작으로 석방. 이방근의 집에서 고문의 상처를 치료받던 중 게릴라로 입산한 양준오의 소식을 묻는 이방근에게 마음의 준비를 하고 있던 남승지가 한마디, 처형당했다고 답했다. 이방근은 처형당했다는 한마디에 머리가 혼란스러웠지만, 토벌대에게 체포되어 처형당한 것이냐고 되물었다. 하지만 그건 아니라는 남승지의 대답. 자신이 담당하는 성내 지역을 흐르는 병문천 상류에서 성내 그룹과 아지트에서 접선했을 때 양준오를 찾았지만 부재하여 아지트 책임자에게 캐물었더니, 조직의 식료확보투쟁, 촌민에 대한 식료강제제공약탈 등 게릴라의 투쟁방침을 비판, 책임자의 반론에 자기비판을 거부, 아지트를 떠나려고 한 결과 반당적 기회주의, 투항, 패배주의 분자로 간주되어 사살당했다는 대답에 이방근은 할 말을 잃었다. 재차 처형 사실을 확인하자 이방근은 목소리를 높였다. 아, 하늘아, 무너져 내려라. 정세용이 아니다. 조직이니 뭐니 떠들어대더니 도대체 당이 존재하는 것인가. 실재하고 있는가. 실체가 없는 유령의 당이 반당, 반조직으로 동지들을 죽인다. 내 그리 양준오의 입산에 반대했건만……. 양준오의 입당과 미군정청 내 비밀당원을 권유하는 공작은 남승지의 담당이었다. 지금 남승지는 양준오의 뼈를 이 땅에 묻은 채 이 땅을 떠나 바다로 나간다. 그래, 죽은 양준오를 짊어지고 승지는 이 저주받은 섬에서 나가는 것이다.

죽은 자는 산 자 안에 산다……는 남승지와 여동생 유원에게 한 말이었지만, 이 죽은 자는 이방근 자신이었던 것이 아닐까. 누구도 그렇게 생각하지 못했겠지만, K는 결과적으로, 그것이 이방근의 자기 자신에 대한 예언이었던 것처럼 느껴진다. 그리고 그 예언을 향한 첫걸음, 발판, 자살 전의 살인. 그리고 마지막 단계에 접어든 『화산도』의 공간. 제주의 현실 공간이 일체가 된 학살.

"이방근은 토벌의 종식과 동시에, 자기 자신도 서서히 종식으로 향하고 있다는 기묘한 감각의 일상 속에 있었다. 그리고 살육이 끝남에 따라, 살인자로서 학살의 공포에 맞서 견딜 수 있었던 평형감각이 흔들리고, 무너지는 것을 의식했다. 새로운 상황과의 관계에 의한 자기 붕괴이고, 이제는 살인자라는 존재만이 남아 있었다. 그것은 정세용을 사살한 뒤의 소나무 숲에 쌓인 눈 위의 공백이었다. 이대로라면, 난 살인을 반복하게 된다. 어떻게 하면 거기에서 벗어날 수가 있을까."

이방근은 목숨을 구걸하는 정세용을 무시하고 옆에 서 있던 남승지의 손에서 권총을 빼앗았다. 친척 형에게 무슨 짓을, 인민재판장인 섬의 조직책임자 강몽구康蒙九의 질책, 처형은 우리 게릴라가 한다. 이를 뿌리치고 이방근은 상대의 왼쪽 가슴에 총을 쏘았다. 눈 위로 퍼지는 화약 냄새.

손으로 교살한 것은 아니지만, 이방근은 총알이 상대의 육체를 관통하자마자, 피를 뿜는 강렬한 마찰이 몸에 전해지는 것을 느꼈다. 그것은 그 자리뿐만이 아니다. 며칠이 지나고 또 몇 달이 지나도 살인의 감촉은 이방근의 몸에서 사라지지 않았다. 죽인 후에 남는 공허함, 발밑이 부드럽게 무너져 바닥이 없는 구멍으로 떨어진다. 견디기 힘들다. 구멍이 무너지는 가장자리를 잡고 기어오르지 않으면……. 구멍 주위의 가장자리는 잡은 손과 함께 계속 무너진 다……. 그리고 산천단 동굴에 다다른다.

　살인자의 존재가 자신. 나는 살인자인가. 결과적으로 살인자가 아닌가. 살인 전에 자살도 하지 않은 살인자……. 인간 존재의 결말이 올 데까지 온 느낌이다. 제주 땅의 동통에서 용솟음친 이방근의 움직임에 그림자로서의 동반자 K에게는 보이지 않는 데가 있다. 이방근의 움직임이 그 나름의 형태를 띠며 나올 것이다. 이방근은 1949년 6월, 나흘 뒤인 22일 배편으로 서울에 가기로 약속을 하고 19일에 자살을 하는데, 살인자가 된 현재의 자신은 문난설과 만나지 못한 채 산천단 언덕 위에 선다. 어떻게든 살아남아 문난설과 함께 절대적이며, 유일한 삶의 길을, 살인자의 존재를 스스로 짊어지고 내디딜 수는 없었는가. 산천단 동굴이 있는 바위산을 오르는 길밖에 없었는가. ……이방근이여, 문난설의 전화를 받고 나흘 뒤 배편으로 서울에 간다고 했는데 진정 너는 갈 생각이었느냐. 아, 가고말고. 그러니까 난설이와 약속을 했었다. ……저는 어째서, 이렇게 될 줄 몰랐던 걸까요. 아니요, 알고 있었어요. 같은 집에 살지 못하더라도 같은 서울에, 같은 제주에 있을 수 있다면 이렇게 고통스럽지는 않을 텐데, 선생님은 제주가 굳이 서울에서 와서 살 곳이 아니라고 말씀하신다. 이방근은 이 땅에 살지만 문난설은 오면 안 된다고. 아직 서울에 오신 지 보름도 채 되지 않았는데, 저는 그런 선생님을 만나기가 두려웠지만, 그래도 선생님이 서울을 떠나시는 게 확실해지기 전까지는 무서움을 몰랐어요. 선생님은 한라산이 우뚝 솟은 제주로 간다. 그리고 그곳을 떠나지 않는다. 아, 아, 아이고……. 그래, 난설아, 눈물을 닦고, 진주 같은 눈물을……. 황진이의 시를 본뜬 것이라고. 옛날, 사백 년의 옛날, 지금의 문난설에게 보내는 시, 사랑에 고금은 없다. 눈물이 진주라면 흘리지 않고 모아두었다가 십 년 후에 만날 임을, 구슬성으로 맞이하건만 눈물 흔적이 없음을 슬퍼한다. 난설이의 눈물이 진주라면 명주 손수건에 싸서 내 가슴에 간직하고 싶다. 흔적도 없이 사라져도 사라진 흔적을 가슴에 간직하리…….

문난설은 이방근이 서울에 도착할 예정이던 그날 밤, 모습을 보이지 않는 이방근의 목소리를 찾아 제주에 전화를 걸었고, 거짓인지 사실인지 믿을 수 없는 이방근의 죽음을 알게 됐다.

이방근 스스로, 돼지가 돼서라도 살아남아라. 남승지에게 했던 그 말. 섬 밖 탈출을 거부하는 남승지를 격려하기 위해서였을까.

성내에서 산천단으로 가는 6킬로미터 경사의 돌투성이 마을 길을 따라 동굴이 있는 바위산에 다다르면 거기에 무엇이 있을까. 여덟 그루의 곰솔이, 우거진 신목이 우뚝 솟아 있기 때문일까.

이방근은 동굴의 주인인 목탁영감이 없다는 것을 알고 있었다. 토벌대가 섬 전체 초토화 작전에 따른 소각 때 산천단 마을 언덕의 동굴에 불을 지르지 않았다고는 볼 수 없다. 노인은 어디로 갔는가. 마을이 불에 타기 전에 산골 깊은 계곡의 동굴이 있는 바위산으로 올라갔는가. 구름 위 신선. 노인이 산천단에 있었다면 목탁영감의 대갈일성大喝一聲. 이방근은 자살하지 못하고 하산해야 했을 것이다. 노인과 바위산 동굴에서 함께 바위 위에 자리를 깔고 밤을 지새웠다면 다음날은 죽음의 폐허인 한라산 기슭의 고원 저 멀리 강렬한 빛을 반사하는 초여름 부동의 바다를 바라보며 권총 방아쇠에 감싼 손가락을 떼었을 것이다. 아니면 산천단을 떠나야 한다.

산천단 언덕 위. 그것이 가야 할 길이었던가. 문난설의 목소리를 뿌리치고,

"동굴 앞으로 돌아온 이방근은 길가의 돌 위에 앉아서, 몇 개의 오름 무리가 솟아 있는, 초록과 불탄 자리가 얼룩을 이룬 고원 경사면의 드넓은 공간을 바라봤다. 여기서는 배후의 절벽 그늘이라 한라산은 보이지 않았다. 아득히 눈 아래로 성내의 칙칙한 읍내 모습이 나지막하게 펼쳐져 있었다. 오른쪽 산지 언덕으로부터 서서히 솟아오른 사라봉 너머는 깎아지른 절벽 아래로 바다다.

살육자들이 승리자로서 서울로 개선한 뒤, 폐허의 광야를 가로질러가는 바람 속에 허무가 있는가. 섬을 뒤덮은 시체가 허무를 부정한다. 죽음의 폐허에 허무는 없는 것이다. 아득한 고원의, 보다 저 멀리, 초여름의 햇볕에 반짝이는 부동의 바다가 보였다.

파란 허공에 총성이 울렸다."『화산도』 종장

『화산도』는 현실의 역사가 없었던 곳에, 없었기 때문에 성립한 하나의 우주. 과거를 얼음에 가두고 죽음에 가까운 망각에 밀어 넣은 현실에 대치하는 환상의 현실, 역사가 없는 곳에 쓰인 역사다.

1998년 8월, 제주에서 '4·3' 50주년 국제 심포지엄이 열렸다. 제주 '4·3' 50주년 기념 국제학술대회. 8월 21~24일. 오키나와를 포함한 일본, 타이완, 한국에서 각각 110명, 60명, 130명, 총 300명이 참가했다.

K는 참가할 생각이 없었지만, 지난해 1997년 한국의 대통령선거에서 김대중 정권이 실현되며 8월에 심포지엄 참가를 결정하고 지난번과 마찬가지로 민구를 통해 한국대사관에 타진했으나, 절대 K를 입국시키지 않겠다는 것이었다. 실무 담당은 영사관이었지만, 상사가 K 때문에 아프리카로 좌천됐다가 주일대사관으로 복귀한 한 참사관이었다. 그는 K의 조선적 포기, 한국 국적 취득, 비정치 활동 서약을 조건으로 내걸었다. 즉 K에 대한 복수이자, 항복 요구였다. K는 실소했지만 당연한 일이기도 했다. 김대중 민주정권이 들어서도 이런가라는 생각도 들었지만, 새 정부가 출범하고 얼마 지나지 않은 점도 있을 것이다.

입국 거부가 현실이 되자, K는 대회 전날인 8월 20일에 참석을 대신하는 메시지를 보냈다.

"4·3이 폭동이고, 그에 대한 역대 정부의 대응이 정당했다고 한다면 왜 그 도리에 맞지 않는 사건을 반 세기 동안 어둠에 계속 숨기며, 밝은 빛 속에 드러나는 것을 두려워한 것일까요.

'지배자들은 과거가 영원히 소멸한 것으로 여겼고, 또 그렇게 해왔다. 그들은 과거를 얼음에 가둬 영원히 땅속에 묻힌 것으로 생각해왔다.'

이것은 『쇼스타코비치의 증언』에 나오는, 소련에서 스탈린 시대 동안 마지막까지 격렬한 예술활동을 지속한 쇼스타코비치의 아픈 고백 중 한 구절입니다.

인민에 반대하는 지배자들은 그랬고 과거에 한국에서도 그랬습니다. 과거는 영원히 사라졌을까요. 아닙니다. 지배자들은 그렇게 되길 기대했겠지만 그렇게는 되지 않았습니다. 지금 4·3의 과거가 현재형으로 되살아나 앞으로 나아가고 있습니다.

기억을 잃은 인간은 시체와 같다고 합니다. 지배자들은 사람들의 기억을 송두리째 없애버리고 죽음에 한없이 가까운 망각으로 몰아냄으로써 우리를 기억이 없는 시체처럼 취급했고 그렇게 만들어 왔습니다.

그러나 4·3 반세기. 우리는 지배자들이 이 땅속 깊이 묻어온 망각으로부터 우리의 기억을 되살리며 일어섰습니다."

그런데 대회 첫날인 8월 21일 저녁 7, 8시쯤 K는 현지 사무국으로부터 뜻밖의 전화를 받았다. K의 입국 거부에 대한 참가자 일동의 거센 항의가 있었고 외교부 장관 앞으로 항의 서한 「K 선생 입국 거부에 항의하며」가 만장일치로 채택. 바로 그날 대회에 참가한 국회의원들이 서한을 들고 서울로 날아가 정부에 전달했다.

제주에서 걸려온 전화는 대회 집행위원장을 맡고 있는 '고문대장'이 별명인 시인 김명으로, 입국을 포기하지 말고 마지막까지 힘을 내달라, 즉시 출발할 수 있게끔 준비를 해두라는 것이었다.

청와대와 입국 허가 주무 부서인 외교부, 입국을 절대 반대하는 안기부 간 갈등으로 아슬아슬한 협상 끝에 입국은 괜찮을 거라며 그런 생각으로 준비를 해달라는 상황보고가 거듭됐다.

주일한국대사관의 여권 담당 영사로부터 입국 허가가 나왔다는 정중한 전화가 걸려온 것이 23일 일요일 오후 5시 반. K는 다음 날인 24일 새벽, 한국대사관에 가서 임시입국허가증을 받아, 나리타공항 오후 1시 50분 출발 부산 경유 편으로 오후 6시 전에 제주공항에 도착. 배웅 나온 지인들과 함께 호텔 리셉션장으로 향했지만, 학술대회 마지막 날 밤늦게 도착한 K는 회의에 참석하지 못했다.

리셉션장에서는 극적으로 입국한 K가 기자회견을 마친 후 참석자들에게 늦게 도착한 간단한 경과보고를 겸해 인사말을 한다. 학술대회 주최자에게 미리 보낸 메시지가 K의 대회 찬조연설, 스피치를 대신하고 있어 어느 정도 형태를 갖출 수 있었던 것 같았다. K는 모든 것이 끝난 것 같은 느낌이 들었다. 한두 시간밖에 자지 못한 상태로 현해탄을 건너와 완전히 녹초가 되어 있었다. 굳이 말하자면 패자가 아닌 승자의 해방된 피로였다.

호텔 대정원으로 밀려오는 밤바다 냄새. 방파제 밖 암벽에 부서지는 파도가 바람을 타고 들려온다. 바다내음으로 가득한 밤.

K가 '4·3' 40주년이 되는 1988년 11월, 42년 만에 밟은 고국 한국에서의 강연과 인터뷰 등에서 정뜨르 제주국제공항 땅밑의 학살 유해 발굴을 호소한 지 10년이 지났지만, 공항 활주로 동북단의 과거 사형장이었던 공항 부지, 집단사형집행장, 학살당한 시체를 묻은 곳에서 흙을 한 줌도 파내지 못했다.

4·3의 역사는 지워진 채 화석화된 기억 그대로 햇살을 보지 못하고 있다.

학술대회가 끝난 다음 날, K는 김명 시인, 비디오 영화작가 김동과 공항 펜스가 이어진 해안 쪽 제방 위를 바닷바람을 맞으며 걸었다. 바다를 등지고 한라산을 향해 서면 한눈에 1.8킬로미터의 활주로가 뻗어 있는 공항이 눈에 가득 들어온다. 바다 쪽 상공에서 들려오는 정보기의 굉음.

"대체 시체들이 묻혀 있는 건 어디쯤인가?"

K가 활주로에 시선을 보내며 묻는다.

"활주로 끝부분에 넓은 부지가 있잖소. 그 근처가, 당시 사형장이 아니었나?"

김명이 김동을 돌아보며 손가락을 가리켰다.

"예, 그렇습니다. 당시엔 공항 전체가 미군 기지였고 캠프가 있었습니다. 그 동북단 해안 가까운 곳에 매일 아침 일찍 제주경찰서 감방에서 체포된 사람들이 재판도 없이 트럭에 실려 와 죽임을 당했지요. 저기 활주로 아래에도 시체가 있다고 하는데, 그게 3천 평쯤 되는 광대한 부지라 어디에 있는지 특정하기 어렵지만, 저기 근처에 사형장이 있었던 건 틀림 없는 것 같습니다."

김동은 공항 해안가에 촌락이 있는 정뜨르마을을 취재 겸해 몇몇 지인들을 찾아다니며, 연세가 있는 그 부모님들과 친척들한테 지금까지 절대 입에 올리지 않았던 일들을 한마디도 놓치지 않고 인터뷰하고 있었다.

"지금까지 절대로 사형장에 관한 얘기를, 지하에 암매장된 망자에 대해 말하지 못했지만, 지금은 조금씩 조용한 목소리로 저 근처에 죽은 사람들이……라고 장소를 가리키며 얘기하는 분들이 계십니다. 죽은 자를……이라고 말하는 건 살해당한 사람들을 묻는 데 동원된 분들입니다. 공항 정비 공사 때 사람 뼈가 나왔거든요. 1960년대 초 공항 활주로를 공사할 때였지요. 땅속에서 많은 뼈가 나왔는데 군사독재정권 당시에는 문제 삼지 못했어요. 정뜨르마을은 밤낮으로 죽은 사람들을 안고 잠들며 살아가는 곳입니다……."

정뜨르마을은 밤낮으로 죽은 사람들을 안고 잠들며 살아가는 곳. 정뜨르마을 사람들은 잠 못 이루는 밤, 바닷소리, 들판을 지나는 바람 소리를 타고 떠도는 망자들의 목소리를 들을 것이다.

옛날에는, 일제시대 때도 '4·3' 같은 대학살은 없었다.

K는 사적인 일이지만 아버지와 선조들 무덤의 벌초 등 일체를 맡기고 있는 친척 인구를 기분 좋게 만날 수 있었던 것이 큰 기쁨이었다.

10년 전 '4·3' 40주년인 1988년 11월, 반공풍토가 격심했던 그때. K가 42년 만에 귀향했지만, 인구를 비롯한 친척들에게는 말로 표현 못 할 애물단지의 도래였다. 하지만 이번에는 그렇지 않다. 연락을 받고 호텔로 찾아온 인구는 우선 K의 조부모 산소는 모두 풍수지리적으로 따져서 중산간 경사진 곳에 사각으로 돌담을 치고 모셨다고 말했다. 인구의 아들이 운전하는 소형차로 안내를 받을 수 있었다. 다음날 서울로 이동을 앞두고 있었기 때문에 꽤 멀리 떨어진 아버지 산소에는 언젠가 재방문할 그때 찾아뵙기로 했다.
재방문 입국 허가는 확실할 것이다. 이번 K의 입국을 절대 반대하며 저지하려고 한 안기부가 꺾였으니 그럴 것이다. 한 참사관에게는 미안하지만 어쩔 수 없는 일.

입국을 저지당한 K가 아파트 6층 방 베란다에 서서 아득한 '4·3' 50주년 학술회의장인 제주 하늘을 소망하는 것을 (아마 그런 감상적인 행동을 하지는 않겠지만) 어떻게 볼까. 한 참사관은 그것을 유쾌하게 여길 것인가. 결과는 그렇게 되지 않았다. 이를 한 참사관과 K의 싸움이라고 한다면 K가 이긴 것이다. K와 한 참사관의 배후인 한국 정부 권력과의 싸움이다.

이번 입국으로 1988년 11월 42년 만의 귀향 때 못다 한 조부모 묘소에 성묘, 인사를 드릴 수 있었던 것만으로도 K는 50주년인 4·3의 해방을 향한 전진과 함께 제주에 온 보람이 있었다고 크게 만족했다.

바다울림, 땅울림과 함께 제주는 4·3해방으로 나아가고 있다. 영원히 침묵할 것 같던 동토는 깊은 땅울림과 함께 녹기 시작하고, 한없이 죽음에 가까운 뒤틀린 기억 뭉치가 풀어지며 불덩어리가 되어 분출, 정뜨르 땅은 갈라지고 찢기며 그 틈새로 내리쬔 햇살과 함께 나타난 백골들. 서로 모양을 이루며 이어져 해골들이 떼를 지어 춤추기 시작할 것이다. 춤을 추기 시작한다. 두탕탕, 두탕두탕, 두탕탕…….

죽은 자여, 춤춰라, 뼈를 이어 해골이 되어 춤춰라. 죽은 자는 살아 땅 위에 있는 이들 안에 산다. 춤춰라, 죽은 자들이여, 말하라. 한 잔 먹세그려, 또 한 잔 먹세그려…….

한 잔 먹세그려, 또 한 잔 먹세그려. 꽃 꺾어 산算 놓고 무진 무진 먹세그려.

이 몸 죽은 후면 지게 위에 거적 덮어 주리어 매여 가나.

어욱새 속새 덥가나무 백양 숲에 가기곳 가면, 누른 해 흰 달 가는 비 굵은 눈 소소리 바람 불 제, 뉘 한 잔 먹자 할꼬. 하물며 무덤 위에 잔나비 파람 불 제 뉘우친들 어찌리.

만가輓歌 못지 않은 권주가勸酒歌, 장주가獎酒歌. 한 잔 먹세그려, 또 한 잔 먹세그려…….

춤춰라, 춤춰라, 죽은 자의, 해골의 춤을 춰라. 둥둥, 두둥둥…….

신방이 찾아온다. 죽은 자들의 해원, 원한을 풀어주기 위해, 해원굿. 흰 치마저고리에 붉은 연지를 바른 신방이 머리 위 높이 하늘과 땅을 잇는 긴 띠 같은 흰 천을 휘날리며 죽은 이의 혼을 풀기 위해 하얀 버선발로 땅을 차고 춤추며 찾아온다. 한라산 서쪽 끝자락에 우뚝 솟은 어승생악 골짜기는 99곡谷, 골짜기가 하나 모자라기 때문에 왕도 호랑이도 태어날 수 없다는 힘없는 민초들이 모여 사는 섬이오……. 신령을 부르는 신간을 흔들어 풀밭에 치맛바람을 일으키고 흰 버선발로 성큼성큼 춤추듯 걸으며 주창을 이어간다. 두둥, 두둥, 두둥둥, 깊디깊은 땅밑 나무들이 우거진 숲, 커다란 팽나무 그늘의 호숫가. 말이 나오지 않습니다. 말이 몸에서 떨어지지 않아. 놈들에게 당한 일을 말하고 싶어도 몸만 떨리고 죽을 듯 아파 말이 떨어지지 않아. 말문이 막힌다. ……오호, 두둥, 탕탕, 아이고, 나지막하게 오열하는 소리를 끊어 땀에 젖은 볼을 붉게 물들인 신방은 몸을 사납게 흔들며 두둥, 두둥둥……, 치맛자락을 크게 휘날리다 딱 멈추더니 두 다리를 허공으로 차올리며, 호호호, 높이 뛰어오르는 동작을 세 번 반복하고, 두둥, 두둥, 좌우로 빙글빙글 계속 돌며, 어지러운 입춤, 두 손을 벌리고 몇 번이고 회전, 또 거꾸로 돌기, 급회전을 반복…….

정방폭포에서 죽은 이들, 집단 학살당한 이들의 낙하하는 시체로 붉은 거품을 뿜어 피가 고이는 용소는 만조로 부풀어 올랐습니다. 해가 지고 밤의 어둠에도 용소 암벽과 나무들은 학살로 흩어진 피로 새빨갛게 물들었고 보름달이 겹겹이 물든 검붉은 핏빛을 비췄습니다. 바다에 핏빛을 띤 보름달이 빛나고……. 아이고, 아이고.

한라산 곳곳에 묻힌 이들의 살은 썩어 까마귀 먹이가 되고, 아이고, 아이고, 살은 썩어 문드러져, 흙이 되고 뼈가 된 혼백아, 구름 타고 바람에 떠도는 혼이여. 천 갈래로 찢겨 까마귀 먹이도 못 된 원혼이여. 허공을 헤매는 혼이여. ……피투성이 꿈의 노래, 유채꽃밭에 뿌립시다. 신혼 밤의 아직 뜨거운 사랑도 모두 잃고, 죽어 나비가 됐다는 여동생의 눈물로 새긴, 한라산 황야의 들장미 향기. 향을 피우며 적는 몇 글자 초혼의 노래……. 무자년1948 4월, 오름마다 꽃 피고 게릴라의 봉화, 쓰러진 고함 소리. 지금 맨발에 찢긴 짙은 녹색 저고리, 장밋빛 치마, 여동생의 때 묻지 않은 피 같은 한이 흔들리는 사랑……. 바람이든 역사든 허무하게…….

죽은 자는 생도 사도 아니다. 죽은 자는 우리, 살아서 지상에 있는 우리 안에 산다. 그리고 소생한다. 죽은 자이자 산 자, 유명을 잇는다. 이어도 사나, 이어도 사나, 이어도는 바다 끝, 세상 끝, 막다른 곳, 이어도 사나, 백의의 긴 두 소매를 휘날리며 신방이 고원을 달려간다. 백조가 하늘을 향해 뛰어오르듯 땅을 박차고 달려간다.

치잉, 치잉……. 사람 키를 메우는 흰 억새 숲의 바람을 불러 웅성거리는 녹슨 쇠붙이 부딪히는 듯한 소리, 치잉, 치잉. 섬사람은 4·3으로 죽은 이들의 슬픈 목소리라며, 멀리서 웅성거리는 흰 억새 숲의 바람 소리를 듣는다. 치잉, 치잉, 한라산 산록의 흰 억새 숲을 건너는 바람 소리. 치잉, 치잉…….

땅이 갈라지고 찢기며 죽은 자가 지상으로 소생한다. 죽은 자가 춤을 춘다. 허허, 해골이 손을 잡고 춤을 춘다. 허허, 한 잔 먹세그려, 또 한 잔 먹세그려, 이어도 이어도 사나 이어도 사나.

これだけは書かなければ

4

대담 — 이것만은 꼭 써야 한다

한반도 역사의 해방공간을 해방시킨다

오카모토 아쓰시* 선생님께서 최근 발표한 세 편의 소설「소거된 고독」,「보름달 아래 붉은 바다」,「땅의 동통」을 수록한 작품집이 이번에 쿠온^CUON**에서 간행됩니다.

이번 선생님의 신작을 읽고 데뷔 때부터의 필력과 필세筆勢가 전혀 쇠퇴하지 않았다는 점이 매우 감동적이었습니다. 서른두 살이셨을 때「간수 박 서방」과「까마귀의 죽음」을 발표***하고 나서 60년 넘게 긴장감을 늦추지 않고 계속

---

* 오카모토 아쓰시(岡本厚). 1954년생. 이와나미서점(岩波書店) 전 대표이사 사장. 잡지『세카이(世界)』전 편집장. 편집자로서 김석범의『고국행(故国行)』과『전향과 친일파(転向と親日派)』,『과거로부터의 행진(過去からの行進)』등을 담당. 저서에『북한과 어떻게 마주할 것인가 — 동북아시아의 평화와 안정을 위해(北朝鮮とどう向きあうか−東北アジアの平和と安定のために)』(かもがわ出版, 2003) 등이 있다.

** 2007년 일본 도쿄에서 설립된 출판사로서 드라마, 영화, K-POP 등을 통해 한국을 접한 일본어권 독자들에게 한국문화의 정점인 '문학'을 소개하기 위해 설립했다. 한강의『채식주의자』, 박경리의『토지』등을 번역출판했고, 출판 외에 번역콩쿨 개최, 북카페 '책거리' 운영, 에이전트 업무(한일 서적 중개) 등도 병행하고 있다. 쿠온의 김승복 대표는 2019년부터 시작된 'K-BOOK 페스티벌'의 실행위원장을 맡아 한일 양국의 문단과 출판계의 상생, 연대를 위한 구조 만들기와 가치 창출에 힘쓰고 있다.
「[인터뷰] 일본에서 한국 책 알리는 김승복 쿠온출판사 대표」(『KF NEWSLETTER』vol.241, 한국국제교류재단, 2024.1(https://www.kf.or.kr/kfNewsletter/mgzinSubViewPage.do?mgzinSubSn=27174).

*** 김석범은「간수 박 서방」(1957.8),「까마귀의 죽음」(1957.12),「똥과 자유」(1960.4),「관덕정」(1962.5)을 발표한 후 이 네 편을 모아 1967년에 신코쇼보(新興書房)라는 작은 출판사에서 첫 작품집『까마귀의 죽음』을 간행했다. 그리고「관덕정」발표 이래 7년 만에「허몽담」(1969.8)을 발표한 후 이 작품을

써오셨다는 걸 새삼 느낄 수 있었습니다. 또 지금 '이것만
은 꼭 써야 한다'며 분출된 어떤 힘을 느낄 수 있었습니다.
그것은 '쓰지 않으면 살아갈 수 없다'라고 해야 할 내부의
열입니다. 그게 대체 뭘까 싶습니다. 대표작 『화산도』* 등
의 테마인 제주4·3사건이하 '4·3'으로 약기이 일어났을 때 현지
에 있지 못한 통한의 심정, 그것이 선생님께서 글쓰기를
하시는 원동력이 아닐까 생각합니다. 선생님은 이번에 이
작품집으로 쓰고 싶으신 걸 다 써냈다고 느끼고 계신 것
같습니다만.

김석범 맞습니다. 제가 4·3만을 테마로 삼고 있는 건 아니지만, 여
하간 이번 세 편의 소설에서도 '이것만은 꼭 써야 한다'는 걸
썼다고 생각합니다.

더해 1971년 고단샤(講談社)에서 신판 『까마귀의 죽음』을 내놓는다.
* 분게이슌주(文藝春秋)에서 전7권(1983.6·7·9월, 1996.8·11월, 1997.2·9
월)으로 간행된 『火山島』는 재일조선인문학을 이끌어온 김석범 문학을 대
표하는 대하소설이자 연재소설이다. 첫 번째 연재는 분게이슌주가 발간하
는 문예잡지 『분가쿠가이(文學界)』(1976.2~1981.8·1980.12월호는 휴재)
에 「해소(海嘯)」라는 제목으로 66회 진행되었다. 그 후 3장 분량이 가필되
어 『火山島』라는 제목으로 3권이 간행되었다. 두 번째 연재 역시 『文學界』
(1986.6~1995.9월호, 1989.1·3월호는 휴재) 지면을 통해 「화산도 제2부(火
山島 第二部)」라는 제목으로 110회 이어졌다. 김석범은 1983년 간행된 제3권
(제1부)까지의 『火山島』로 1984년 제11회 오사라기 지로상(大佛次郎賞)을,
1997년 완결된 전7권 『火山島』로 1998년 제39회(1997) 마이니치예술상(每
日芸術賞)을 수상하며 그 문학성을 인정받았다. 한국에서는 1988년에 제3권
까지가 다섯 권의 형태(실천문학사, 이호철·김석희 역)로 번역·출판되었고,
2015년 10월, 전12권(보고사, 김환기·김학동 역)으로 『火山島』 전권이 번역·
출판되었다. 참고로 『火山島』는 일본에서도 같은 해 같은 달, 이와나미서점에
서 주문형 출판 형태로 복간되었다.

저는 음악이나 그림과는 다른, 평론과도 다른, 문학이라는 예술로 표현을 해온 사람입니다. 그런데 소설을 쓰려면 역시 열정passion이란 게 필요합니다. 이론 따위는 관계없어요. 젊은 사람이 가진 화산처럼 폭발하는 열정이 없으면 문학을 쓸 수 없습니다. 상상력을 지탱하는 게 바로 그 열정이지요.

그리고 제 상상력은 내가 재일조선인으로 태어났다는 사실, 일제에 의해 억눌리고 억눌린 피압박민으로서의 조선인과 재일조선인에 관한 것들로 향한답니다.

일제의 한반도 침략도 밉지만, 식민지 시기에 지배자의 심부름을 하며 동족을 팔아넘긴 친일파도 밉습니다. 친일파에 대한 제 증오심은 아주 크지요. 이 친일파 문제를 청산하지 못한 대한민국의 역사에 큰 문제가 있습니다. 지금 2021년 12월 당시의 문재인 대통령 역시 그것을 뿌리부터 부정할 수 없는 건, 그렇게 하면 미군정과 친일파를 발판 삼아 정권을 장악한 이승만부터 시작되는 국가의 역사를 부정하는 꼴이 되고 말기 때문입니다.

역사문제가 될 테지만, 일제로부터 조선이 해방된 후 비합법 정권에 의한 남북분단이 형성되기까지의 해방공간은 역사적 현실입니다. 그리고 그 해방공간은 한국 사학자들도 쉽게 다루지 못하는 주제예요. 그래서 문학을 통해서 이 해방공간을 해방시키고 이승만을 부정하며 대한민국 역사의 정통성을 그 성립부터 되묻고 역사를 다시 쓰는 것이지요. 4·3이라는 주제가 그것을 할 수 있는 계기가 된 것입니다.

오카모토 아쓰시 4·3이 일어난 게 1948년 4월 3일이고, 이승만에 의한 대한민국 수립 선언은 같은 해 8월 15일에 있었습니다. 한국은 이른바 해방공간을 내쫓는 모양새로 국가로서 성립했다고 할 수 있습니다.

김석범 왜 4·3이라는 학살사건이 일어났을까. 4·3은 이승만이 자신의 권력을 확립하기 위해 반공 이데올로기를 합리화하는 과정에서 수만 명의 제주도 사람들이 죽임을 당하고 희생된 사건입니다. 한국에서는 50년 넘게 그 역사가 말살되었고 사람들은 침묵을 강요당해왔습니다.

이승만은 이른바 '좌 vs 우'라는 이데올로기 투쟁으로 몰고 갔지만, 해방 후 미군정에 의한 탄압과 남조선 단독선거 강행에 반대하며 섬에서 봉기한 건 공산당원보로당만이 아닙니다. 일반 민중, 섬사람이에요. 그들이 하고자 한 건 민족 독립을 위한 해방 투쟁의 일환이며, 남북의 분단을 막고 조국을 통일하는 것이었습니다.

그 희생자들의 기억을 원래대로 돌려놓아야 합니다. 저는 4·3 당시 현지에 있지 못한 게 죄스러운데, 적어도 문학을 통해 마음으로 그러한 작업을 해왔다고 생각합니다.

오카모토 아쓰시 현지에 있지 못했던 게 죄스럽다는 마음을 갖고 계시군요.

김석범 현지에 있지 못했기 때문에 결핍이 있습니다. 저는 텅 비어 있어요. 하지만 텅 빈 자기 안에 흡수시켜야 합니다. 그런 목표가 없으면 소설을 계속 쓸 수 없지요. 거기에 제 상상력의 기본이 있습니다.

오카모토 아쓰시 선생님은 「땅의 동통」 중에 이런 구절을 쓰고 계십니다.

동통은 일종의 신체적 변화라고 할 수 있는 비정상적인 느낌. 성욕은 아니지만 성욕의 원형 같은 것의 부풀림이 몸속에서 동통을 동반하며 흔들린다. 몸이 바닥에서 불타고 있고, 아이를 밴 듯 몸 전체가 열을 띤 그 신체 감각에서 나오는 만다라 모양처럼 요동치는 공간의 부풀음에, K가 대화하는 사람들, 이방근 등의 무리 안에 그림자인 K가 선다.

대단한 문장이에요. 역사의 밑바닥에 파묻히는 열과 에너지, 욕망의 원형 같은 것들이 주인공의 육체를 통과하며 분출하고 있어 마치 만다라 같은 세계가 그려집니다. 한국어로 말하자면 '한恨'이라고 할 수 있을까요? 바로 그게 선생님을 계속 추동해왔고, 소설이라는 형태로 표현되어 온 거라는 느낌이 듭니다.

김석범 '한'이란 건 개인의 것이 아니라 개아를 초월해 역사적·민중적으로 축적된 감정입니다. 분명 김석범 문학의 토대를 이루고 있는 것입니다.

정신의 분열을 통합해 사자^{死者}의 목소리를 전한다

오카모토 아쓰시 「땅의 동통」은 선생님께서 1988년 11월, 42년 만에 고향 제주를 방문했을 때의 체험을 바탕으로 하는 작품입니다. 선생님의 기행문 『고국행』이 이와나미서점^{岩波書店}에서 간행된 게 1990년이었지요. 『세카이^{世界}』에는 1989년에 연재했었고, 제가 편집을 담당했던 「현기증 속의 고국^{眩暈のなかの故国}」을 제목을 바꿔 출판한 책이었습니다.

왜 연재 때 타이틀을 「현기증 속의 고국」으로 제안했냐면, 어딘가 역에서 처음 원고를 건네받았을 때 선생님께서 마치 두둥실 떠 있는 상태에서 꿈을 꾸고 있는 듯한 표정으로 나타나셨기 때문이었어요. 「땅의 동통」을 읽으면 알 수 있는데, 그때는 한국에서 돌아와 열흘간 현기증 같은 걸 느끼면서 보내셨었지요?

김석범 '현기증 속의'라는 건 결코 문학적인 의미가 아니에요. 진짜 그랬습니다.

오카모토 아쓰시 일본에 돌아오고 나서도 꿈속에 한국어가 나오고 한국에서의 기억이 등장하는 등 무시무시한 상상에서의 왕복이 계속됩니다.

선생님의 정신 속에는 다양한 것들이 분열된 형태로 존재하는 것 같아요. 예를 들어 현재와 과거, 일본과 조선 / 한국, 일본어와 조선어 / 한국어, 한국 본토^{陸地}와 제주도, 사실성과 허구성, 남과 북, 그리고 현지에 머물면서 직접 체험한 것과 현지에 있지 않았기에 쓸 수 있었던 것……. 이러한 분열의 틈새를 오가며 어떻게든 균형을 잡으려고 할 때 생기는 마음이 현기증이나 꿈으로 표현되고 있는 게 아닐까 싶습니다.

소설 「보름달 아래 붉은 바다」에 영이라는 인물이 등장합니다. 한국전통춤을 추는 재일조선인 여성인데, 이런 말을 합니다. "춤은 제 일본어와 우리말 두 개로 쪼개진 '나'를 하나로 만드는 말이에요." 저는 선생님의 문학 또한 현기증이나 꿈속에서 '두 개로 쪼개진' 걸 융합하고 있다고 생각했습니다.

김석범 소설가는 머리를 쓰는 일인데, 서사의 디테일이 여러 가닥으로 갈리고 생각이 여러 방향으로 분열되다 보면 머릿속이 뒤죽박죽돼 조현병 같은 상태가 돼요. 게다가 지금 같은 사회에선 살아 있는 현실이 너무 복잡해져 있기 때문에 소설가가 아니더라도 누구든 분열적인 상태가 될 수 있습니다.

『화산도』 같은 대하소설을 쓰고 그 후에도 『과거로부터의 행진』*과 『바다 밑에서』** 등 장편을 써왔지만, 이대로 내

---

* 이와나미서점의 잡지 『세카이』에 2009년 4월부터 2011년 12월까지 32회 연재된 「과거로부터의 행진(過去からの行進)」은 2012년 이와나미서점에서 단행본 상·하권으로 간행되었고, 한국어판은 김학동의 번역으로 2018년 보고사에서 간행되었다.
** 『세카이』에 2016년 10월부터 2019년 4월까지 24회 연재된 「바다 밑에서(海の底から)」는 2020년 이와나미서점에서 단행본으로 간행되었고, 한국어판은 서은혜의 번역으로 2023년 도서출판 길에서 간행되었다.

정신이 분열돼 버리는 건 아닐까라는 공포를 지금도 느낍니다. 허구의 세계가 두 동강 날 것 같은 소설도 있는데, 어떻게든 힘을 내 써내면 상상력으로 분열이 통합돼 세계는 원래대로 돌아가는 것입니다. 그게 결코 안락한 건 아니지만요.

저는 이 작품집 마지막에 수록된 「땅의 동통」을 써냄으로써 분열적인 게 깨끗하게 중층화되었고, 인간 정신의 통합성이나 전체성이 완성되었음을 느꼈습니다. 옛날 사람들이 말하는 '깨달음'과 같은 쾌감을 지금 느끼고 있습니다.

오카모토 아쓰시 '깨달음'이군요. 그런데 외람되지만, 선생님은 글쓰기를 하지 않았더라면 젊었을 때 세상을 떠나셨을지도 모른다는 생각을 하게 됩니다.

김석범 맞아요. 글쓰기를 하지 않으면 엉망입니다. 글쓰기를 했기 때문에 살 수 있었습니다. 신기한 일인데, 소설을 쓰지 않았더라면 이만큼 오래 살 수 없었을 거예요.

오카모토 아쓰시 젊으셨을 때를 돌이켜봐 주셨으면 하는데요, 선생님은 전쟁 중이던 1945년 3월에 출생지 오사카大阪에서 제주도로 건너가 '징병검사'를 받으셨고, 돌아오는 길에 서울에 들러 그대로 대한민국임시정부가 있는 중국 충칭重慶으로 망명하려고 하셨었지요. 그런데 일본에 돌아왔다가 일본이 패전한 그해 8월 15일 직후에 다시 서울로 가셨습니다.

김석범 해방 직후 서울에 있었을 때는 아직 술도 마실 줄 모르는 청년이었습니다. 이듬해 여름에 모든 짐을 두고 한 달 예정으로 일본에 돌아왔고, 다시 조국에 돌아가지 않아 목숨을 건졌지요. 지금까지도 정신적으로 큰 힘이 되어주는 존재가 있습니다. 서울에 머물렀을 때 함께 조선독립을 논하기도 했고 제가 서울로 돌아오기를 기다려 주었던 장용석이라는 친구예요. 그 친구는 한 달에 한두 통씩 편지를 보내왔고, 아마도 총살당했다고 여겨질 때까지 이어졌습니다.

1952년, 북한에 관계하는 네댓 명 규모의 지하 활동 그룹이 있었는데, 저는 거기에 합류하기 위해 센다이仙台에 갔습니다. 하지만 석 달도 채 견디지 못하고 도쿄東京로 도망쳤어요. 조직을 떠난 그 시기가 제게 있어선 정신적으로 가장 위험할 때였고, 그것을 극복하는 힘이 된 건 장용석에게 받았던 편지였습니다.*

오카모토 아쓰시 이 책에 수록된 소설 중에는 그 장용석 씨가 보내온 편지도 등장하고, 센다이를 떠날 때 엇갈린 재일조선인 청년이 다이너마이트로 자살하는 이야기도 나옵니다. 독립운동에 합류하지 못했던 것, 내전 상태인 한국에 있지 못한 것, 그리고 4·3을 만나지 못한 것도 모두 우연한 일인데, 그러한 1940년대 후반부터 1950년대에 걸친 체험이 말하자면 김석범 문학의 원점이라고 생각합니다.

즉, 선생님은 작품을 통해 사자들이 말할 수 없었던 것들

---

* 김석범이 친구 장용석으로부터 받은 국제우편 편지 22통은『金石範評論集 Ⅱ 思想·歷史論』(明石書店, 2023)의 '자료 1「장용석이 김석범에게 보낸 편지」(資料 1「張龍錫から金石範への手紙」)'에서 확인할 수 있다.

을 말하고 있는 것입니다. 소설로 재현되는 '굿' 장면 등을 읽으면 4·3의 시공간에서 죽임을 당한 수만 명의 희생자, 땅밑에 묻히고 바다 밑에 내던져진 무수한 사자들의 목소리가 들려오는 듯합니다. 그러한 느낌이 60년 넘게 이어져 온 선생님의 표현 활동을 지탱하고 있는 게 아닐까 싶습니다.

인간의 죽음이란 무엇인가 대하소설『화산도』를 둘러싸고

오카모토 아쓰시 선생님의 첫 작품집『까마귀의 죽음』은 1967년에 신코쇼보新興書房에서 간행됐습니다.

김석범 소설「허몽담虛夢譚」을 잡지『세카이』에 쓰게 한 다무라 요시야田村義也*라는 이와나미서점의 편집자가 고단샤講談社에『까

---

* 다무라 요시야(1923~2003)의 정장은 그의 저서인『글자 '노(の)' 이야기(のの字ものがたり)』(朝日新聞社, 1996)에서 확인할 수 있다. 다무라 요시야는 김석범 문학 외에도 수많은 재일조선인 문필가들의 저작을 담당했고 장정을 만들었다. 예를 들어 김사량(『김사량전집』전4권, 河出書房新社, 1973~1974), 이회성(『임진강을 향할 때(イムジン江をめざすとき)』, 角川書店, 1975), 안우식(『천황제와 조선인』, 三一書房, 1977), 김태생(『뼛조각(骨片)』, 創樹社, 1977), 윤학준(『시조(時調) - 조선의 시심(詩心)』, 創樹社, 1978), 김달수(『김달수소설전집』, 전7권, 筑摩書房, 1980), 강재언(『일조(日朝)관계의 허구와 실상』, 龍溪書舍, 1980), 김시종(『광주시편(光州詩片)』, 福武書店, 1983), 정대성(『조선의 음식(朝鮮の食べ物)』, 築地書館, 1984), 김찬정(『고시엔의 이방인』, 講談社文庫, 1988), 양석일(『족보의 끝(旅譜の果て)』, 立風書房, 1989), 고사명(『살아가는 것의 의미·청춘 편』, 제1~3부, ちくま文

마귀의 죽음』 신판 간행을 의뢰해준 덕분에 1971년에 신판이 간행됐고, 그게 어떤 의미에서 소설가로서의 출발이 됐습니다. 고단샤 편집자가 '일본문학에 이런 작품이 있냐'며 놀라워했었다고 합니다.

오카모토 아쓰시 다무라 씨는 장정가로서 김석범 선생님 책의 장정도 맡으셨었지요. 정말 특징 있는 좋은 장정이었는데, 그분은 선생님의 문학을 이해하고 작품을 간행하기 위해 다른 출판사에 의뢰하기도 하고 정말 애를 많이 쓰셨던 것 같습니다. 선생님은 일본 문단과 관계를 맺지 않고, 쓰는 소설 역시 일본문학과는 상당히 다른 방향성을 가지고 있으니까요.

김석범 저는 일본문학의 문단이란 게 어떤 건지 잘 모릅니다. 일본문예가협회나 일본펜클럽에도 가입하지 않았지만, 저를 간과하지 않은 몇몇 편집자들의 도움을 받아 책을 낼 수 있었습니다. 다무라 씨가 화를 냈었지요. "당신은 왜 이 『까마귀의 죽음』을 파묻힌 채로 내버려 두냐"고요. 그리고는 자기한테 맡기라고 하더니 혼자 고단샤에 가서 출판을 제안한 거였습니다.

庫, 1997), 강신자(『기향노트(棄郷ノート)』, 作品社, 2000). 김석범의 『까마귀의 죽음』과 『화산도』의 장정 역시 물론 그의 작품이다. 『까마귀의 죽음(鴉の死)』의 장정에 대해 『글자 '노(の)' 이야기』에서 다무라는 표제의 "노(の)"라는 글자에 대해 "까마귀(鴉)"와 "죽음(死)"이라는 "센 한자 사이에 낀 "노(の)"라는 글자를 어떻게 해야 할까? 결국에는 작품의 냉엄한 비극과 공포를 새의 부리처럼 표현하고자 판목에 새겨 만들었다"라고 술회하듯, 예술성의 진면목을 보여주는 그의 장정은 김석범 문학의 기념비적 존재라 해도 과언이 아니다.

오카모토 아쓰시 참고로 다무라 씨는 후에 『세카이』의 편집장을 맡은 인물입니다만, 잡지의 사회과학적인 노선과는 다소 다른 부분에서 힘을 발휘하는 독특한 재치가 있어, 기록문학 작가인 우에노 에이신上野英信, 1923~1987의 『땅속의 우스개地の底の笑い話』이와나미신서, 1967 등을 담당하기도 했습니다. 오키나와沖縄와 조선에 관해서도 열정을 갖고 있었습니다.

『화산도』는 4·3이라는 끔찍한 학살 사건이 일어나는 와중의 인간군상을 그린 소설로, 선생님께서는 사건 당시에 제주에도 서울에도 계시지 않았지만, 상상력을 통해 사자의 목소리를 현실의 그것으로 들었기 때문에 그런 대하소설을 끝까지 쓸 수 있었던 것 같습니다. 따라서 『화산도』는 허구인 동시에 허구가 아니라고도 할 수 있을 것입니다.

소설가이자 시인인 이시무레 미치코石牟礼道子, 1927~2018의 『고해정토-나의 미나마타병苦海浄土-わが水俣病』고단샤, 1969(고단샤문고, 2004)이라는 미나마타병 환자를 테마로 한 작품이 있지 않습니까. 처음에 대다수 독자는 그걸 르포르타주로 읽었지만, 이시무레 씨는 취재한 증언을 쓴 게 아니었습니다. 이시무레 씨는 "왜냐하면 저한테는 그렇게 들리거든요"라고 말씀하셨습니다. 『고해정토』는 바로 미나마타병 환자가 말하고 싶어도 말하지 못하는 걸 전하고 있는 것입니다. 『화산도』 역시 말할 수 없는 죽은 자의 목소리를 산 자인 작가의 입을 통해 들려주는 작품이 아닐까요?

김석범 『화산도』는 소설입니다. 역사적인 인물이 등장하는 역사소설이 아니라는 의미에서요. 주인공 이방근李芳根 역시 가공의 인물이에요.

4·3이라는 역사적 사건을 배경으로 하고 있지만, 배경에 있는 큰 기둥은 친일파 문제와 해방공간의 상황에서 그것을 남북 어디에서도 그 누구도 근본적으로 쓸 수 없었던 형태로 쓰려고 한 소설입니다. 이는 친일파에 의한 해방공간 부정이 4·3의 도민 학살로 이어졌고, 이승만이 4·19 학생혁명으로 실각해 하와이로 도망간 뒤 박정희, 전두환 독재정권하에서 많은 젊은 저항자들이 죽어간 한국의 역사를 예언하는 것이기도 합니다.

내셔널리즘과는 다른 '민족정기民族正氣'로써 오욕의 역사를 정화해야 합니다. 그런데 한국 현대사에서 해방공간은 여전히 존재하지 않는 '공백'이에요. 앞으로 한국에서 역사 연구가 진행되면 언젠가 밝혀질 거라고 생각합니다만.

오카모토 아쓰시 일본어로 쓰여진 『화산도』. 한국 제주도의 비극, 한국 현대사의 실상을 전하는 이 장편소설이 민주화된 한국에서 한국어가 되었고, 최근에는 완역되어 한국의 젊은 세대 독자들에게도 널리 읽히고 있다고 들었습니다. 생각할수록 정말 신기한데요, 선생님이 현지와 멀리 떨어져 있었고, 복잡다단한 마음으로 일본에서 살아냄으로써 비로소 쓸 수 있었던 소설이라고 생각합니다. 이런 작품은 일본에서도 찾아볼 수 없고 한국에도 북한에도 없을 것이고, 세계적으로도 유례가 없지 않을까 싶습니다.

김석범 『화산도』는 일본에 있지 않았다면 쓸 수 없었던 작품이에요. 원한의 땅에서, 좋은 작품을 쓸 수 있었다는 겁니다.

오카모토 아쓰시 『화산도』에 대해 여쭙고 싶은데, 주인공 이방근은 허무주의자이자 방탕아로 읽히는 부분도 있습니다. 부유한 제주도 유력자의 아들로, 말하자면 안전한 입장이었다고 할 수 있습니다. 하지만 마지막에는 경찰 간부로서 학살하는 쪽 정부군에 붙은 친척을 배신자로 규정하며 처형하고, 결국 권총 자살로 생을 마감하게 됩니다. 잡지 연재가 마감될 때의 마지막 장에서 이방근은 아직 살아 있었지만, 수정·가필된 단행본에서는 스스로 목숨을 끊습니다.

이 점에 대해선 여러 논의가 있을 수 있다고 생각되는데요, 저는 거기서 그가 자살하지 않았다면 그는 허무주의자인 채로 끝나 버리지 않았을까 생각합니다. 하지만 4·3의 시공간에 죽음이 일상이 되었을지라도, 또 상대가 아무리 비열한 악인이라 할지라도, 사람을 죽인 다음에 자신도 죽음을 선택하지 않는다면 그 역시 결국 다른 학살자와 같아지고 만다. 이방근은 자살함으로써 인간의 인간성을 지켜낸 게 아닐까. 허무주의자가 아니라 휴머니스트가 된 게 아닐까. 저는 그렇게 느꼈습니다. 선생님의 인간관이 그 부분에 담겨 있다고 느꼈습니다.

김석범 마지막 장의 장면은 물론 제가 쓴 거지만, 이제는 제가 쓴 게 아니라 할 수 있습니다. 「땅의 동통」 중에서 '작가 K'의 생각으로서 썼는데, 죽은 자는 산 자 안에 산다, 역시 이방근에게

는 다른 사람을 죽이고도 살아낸다고 하는 길은 없었던 것
일까요……. 왜 그가 한라산 기슭, 산천단 바위 동굴 옆에서
자살했는지, 작가인 저로서도 알 도리가 없습니다. 다만 자
살한 바위 동굴 앞에서는 뒤쪽 절벽의 그늘이 된 한라산은
보이지 않았다고 썼습니다. 이방근은 자살하는 자신을 한라
산에게 보이고 싶지 않았다는 생각도 듭니다.

오카모토 아쓰시 역사적으로 볼 때, 비슷한 극한 상황은 세계 곳곳에
있었고, 지금도 있습니다. 4·3 뒤에 일어난 한국전쟁, 베트
남전쟁, 팔레스타인, 걸프전, 아프간전쟁……. 앞으로도 일
어날 거예요. 이러한 극한 상황 속에서 인간은 어떻게 살 것
인가라는 물음이 그 마지막 자살 장면에 담겨 있다고 생각
합니다. 인간은 인간을 배신해도 되는 것인가, 인간을 죽여
도 되는 것인가. 모두가 서로를 죽이고 있으니까, 자신도 그
렇게 해도 되는 것인가.

김석범 으음, 잘 모르겠네요. "인간은 다른 사람을 살해하기 전에 자
신을 죽이지 않으면 안 돼. 즉 자살할 수 있는 인간은 살인을
하지 않아. 따라서 가장 자유로운 인간은 다른 사람을 죽이
지 않겠지. 살해하기 전에 스스로를 죽이는, 즉 자살할 것이
기 때문에."*『火山島』 제12장 6절* 이건 이방근이 자살에 대해 얘기
하는 부분인데, 자신을 죽이기 전에 다른 사람을 죽였으니
그의 논리는 무너진 셈입니다. 인간의 죽음이란 무엇인가.

---

* 김석범, 김환기·김학동 역, 『화산도』 4, 보고사, 2015, 329쪽.

저는 아직도 모르겠습니다.
한 가지 말할 수 있는 건 인간은 살 기력이 없으면 죽는다는 겁니다. 거기에 논리는 없어요. 이방근은 논리가 아니라 살아갈 기력, 생명의 열정을 잃었다고 할 수 있을까요? 죽기 직전에는 그 사람 안에 열정이 있었습니다. 그게 없으면 권총을 쥘 기력을 유지할 수 없었을 겁니다. 자신을 죽이는 것이기 때문에 당연히 비상한 긴장감도 있었을 거라고 봅니다.
그리고 이방근이 자살한 날 밤, 일본에 건너간 여동생 유원有媛과 남승지南承之가 그의 모습을 꿈속에서 보게 됩니다. 신기한 일인데, 친한 사람이 먼 곳에서 죽었을 때 꿈에 나타나는 체험을 저도 실제로 한 적이 있습니다.
이방근은 바위 동굴 옆에서 마지막으로 여러 생각을 하면서 고원 너머 부동의 바다를 바라보고 있었지요. 결코 멍하니 있었던 건 아닙니다. 그야말로 다이아몬드처럼 투명한 그 정신이, 멀리 떨어져 사는 두 사람에게 '쪼개진 꿈'으로 동시에 전달된 겁니다. 유원과 남승지는 두 번째로 재회했을 때 각자가 꾼 꿈에 대해 얘기를 나눕니다. 그건 기적 같은 일이에요.
과학에서는 알 수 없는 영감, 텔레파시라 할 수 있는 영감, 인스피레이션이 아닌 영적 교신. 인류가 경험해온 객관 세계, 자연 세계의 대우주는 한 사람 한 사람 개개인의 소우주 속에 들어있기 때문에 사람끼리는 어딘가에서 통하고 죽은 자의 정신은 산 자들 안에서 계속 사는 겁니다.

보편화를 향한 고투 '일본어문학'을 쓴다

오카모토 아쓰시 선생님은 1970년대에 '일본어문학'이라는 개념을 논하셨지 않습니까. 김석범 문학의 핵심에는 '일본문학이 아니라 일본어문학이다'라는 것이 있습니다만, 이 점에 대해 지금 어떻게 생각하시는지요?

김석범 재일조선인문학은 일본문학의 일부로 여겨져 왔는데, 그 일본문학에는 상위문학과 하위문학이 있고, 재일조선인문학은 상위의 문학이 아니라 하위의 문학으로 간주되어 왔습니다. 일본의 전후戰後에도 오랫동안 이어진 일본의 지배의식에 의한 재일조선인 귀화정책, 즉 전전戰前의 식민지지배 사상의 반영입니다.

저는 제 문학을 일본문학이 아니라, 어디까지나 일본어로 쓰여진 문학이라고 생각합니다. 일본어로 쓰면 일본문학이라는 건 언어속문주의, 언어 내셔널리즘입니다. 게다가 문학은 언어라는 조건만으로 이루어지는 게 아닙니다. 사상이나 철학, 여러 가지 문화적인 것을 포함하고 있는 종합적인 표현으로, 언어만으로 문학의 '국적'을 결정할 수는 없습니다.

일본어 안에 그 일본문학을 넘어서는 보편적인 게 있는지에 대해 1972년에 간행한 『언어의 굴레－재일조선인 문학과 일본어ことばの呪縛－「在日朝鮮人文学」と日本語』*에서 물음을 던졌지만, 그에 대한 반론은 없었습니다. 일본 문단이 이상한 눈으로 봤을 뿐이에요.

문학 연구자인 고모리 요이치小森陽一의 정의에 의하면, '일본문학'이란 단일한 국민·언어·문화를 일체의 것으로서 파악하는 도식 아래 만들어지는 개념입니다.小森陽一, 『〈ゆらぎ〉の日本文学』, NHKブックス, 1988 이 '일본 국민'에는 전후의 재일조선인이 포함되지 않습니다. 게다가 『화산도』라는 4·3을 역사적 배경으로 삼고 있는 제 장편을 '일본문학'이라고 할 수 있을까요? 그것이 속한 전통 속에 『화산도』의 뿌리가 있는가 하면, 역시 거기에는 뿌리가 없기 때문에 이질적인 문학이라고 할 수 있습니다. 다만 말은 일본어를 사용하고 있다는 것입니다.

말에는 보편적인 측면과 민족적인 측면이 있습니다. 국경을 초월해 국제화하면서도 보수적·폐쇄적이기도 한 것이 언어의 본성입니다. 자연과학적인 개념 등은 민족적인 것이 아닌 말의 보편적인 측면을 가진 것이고, 그것과는 다른 문학으로 말하자면 상상력, 형상적인 이매지네이션의 힘을 통해 일본어를 보편화할 수도 있다고 생각합니다.

---

* 한국어판은 오은영의 번역으로 2022년 보고사에서 간행되었다.

오카모토 아쓰시 선생님은 『언어의 굴레』에서 재미있는 것을 쓰고 계십니다.

> (나는-인용자 주) 조선인으로서 일본어로 쓰려고 한다. 조선인으로서라는 것은 '일본어' 이전에 나는 '조선'에 관련되어 (일본인이 일본과 관련되는 것처럼이라는 의미인데 이 경우 재일조선인으로서 일본에 관련되는 것도 포함해서) 있다는 것을 의미한다. 그리고 거기에서 나는 될 수 있다면 나를 먹어 버리는 일본어의 '일본화'라는 위장을 물어뜯는 '불가사리_{쇠를 녹여 마셔 버린다는 기괴한 모습을 한 상상 속의 동물}'가 되고 싶다.*

지배자로부터 강요받아 조선인을 일본인화하는 말을 역으로 물어 찢는다는…….

김석범 그것밖에 방법이 없습니다. 물어 찢는 것밖에 도망갈 길이 없는 것입니다. 하지만 그게 언어의 굴레로부터의 해방으로 이어집니다. 『화산도』를 완성하고 나서, 『까마귀의 죽음』으로 시작되는 제 소설은 일본문학사에 들어가지 않는, 전혀 이질적인 일본어문학임을 확신했습니다.

오카모토 아쓰시 오히려 세계문학에 들어갈지도 모르지요.

김석범 일본의 문단은 제 문학을 수용할 수도 인정할 수도 없겠지요.

---

* 김석범, 오은영 역, 「언어와 자유-일본어로 쓴다는 것」, 『언어의 굴레』, 보고사, 2022, 88쪽. 金石範, 「言語と自由-日本語で書くということ」, 『ことばの呪縛』, 『金石範評論集Ⅰ 文学・言語論』(明石書店, 2019)에 재수록되어있음.

오카모토 아쓰시 하지만 선생님은 언어의 굴레로부터 해방돼 글쓰기를 계속 이어옴으로써 다양한 분열을 통합했고, 일본의 문단을 포함해 일절 타협하지 않았습니다.

김석범 '반反권력'을 평생에 걸쳐 잘 실천해왔다고 생각해요. 조국의 '남'과 '북', 일본의 문단과도 거리가 있고, 말하자면 사면초가지요. 해방 후 서울에서 생활하다가, 일본에 갔다 한 달 후에 돌아오겠다는 친구와의 약속을 지키지 못했지만 오래 살아서 문학으로 평생을 싸워 왔습니다. 절대로 타협하지 않았어요. 권력에 맞서 싸우지 않으면 저한테는 살아갈 힘이 나지 않습니다. 저는 어떻게 보면 강한 사람이에요. 다소 센티멘털한 것으로는 꺾이지 않아요. 소설 쓰기를 계속하면서 정신력이 강해진 겁니다.

역자 후기

2011년 12월 3일, 도쿄에 위치한 재일한인역사자료관이 주최한 강연회 '한국강제병합 101년째에 생각하는 것, 전하고 싶은 것'에서 처음 작가 김석범의 육성을 들었다. 그는 "100년째든 101년째든 중요치 않습니다. 지금까지 무슨 일이 있었는지, 그 일들이 지금 어떤 상태인지, 드러난 것들을 응시해야 합니다", "일본은 과거청산을 하지 않았습니다. 더 중요한 문제는 한국도 과거청산을 하지 않았다는 사실이에요", "한일조약도 그렇고 국교정상화라는 것도 다 얼토당토않은 말에 불과해요. 따라서 한일조약을 파기하고 한국, 북한, 일본 3자가 새롭게 조약을 맺어야 합니다"라는 발언을 했다. 당시 갓 유학 생활을 시작했던 나에겐 매우 파격적인 발언이었다. 나는 여든 중반을 넘긴 노작가의 강인한 눈빛과 목소리에 압도되었고, 역사 인식을 되돌아보라고 촉구하는 그의 모습은 여전히 나의 뇌리에 선명히 박혀 있다.

극한 상황 속 인간사의 희로애락을 담아내는 김석범의 문학은 어둡고 아팠다. 물론 그 어둠과 아픔 사이에 사랑과 우정, 재미와 웃음이 있지만, 그의 작품을 읽는 일은 슬픔과 고통을 수반한다. 그가 만들어낸 요철 같은 표현에 주저도 하고 걸려 넘어지기도 했지만, 그것을 견뎌내며 완주한 독서행위는 인간 존재의 근원을 사유케 하는 긍정적인 힘을 부여해 주었다. 김석범 문학을 읽는 것은 나를 둘러싼 과거와 현재를 어떻게 마주하며 앞으로 나아갈 것인가라는 삶의 자세를 묻는 시간이기도 했다. 이 소설집에 수록된 세 작품 역시 그러했다.

이 소설집에 수록된 첫 번째 작품 「소거된 고독消された孤独」은 2017년 10월, 슈에이샤集英社의 월간 문예지 『스바루すばる』에 발표된 소설이다. 주인공인 90세의 현역 소설가 K는, 과거 '요나키소바'라는 야식 라면 장사를 소재로 발표했던 세 편의 작품을 비교해 읽으면서 자신이 왜 그런 소설을 썼고, 같은 줄거리의 소설을 반복해 쓰는 과정에서 소거된 '고독'이라는 단어에 담긴 의미는 무엇이었는지 고민한다. 삶의 전환점이 되었던 만남과 사건을 반추하는 K의 내면의 흐름을 점묘하는 이 소설은 자신의 삶의 궤적을 회상하며 성찰하는 자기 검증적 작품이라 할 수 있다.

두 번째 작품인 「보름달 아래 붉은 바다満月の下の赤い海」는 『스바루』 2020년 7월호에 발표된 소설로, 재일조선인으로서의 실존 문제와 더불어 작가 자신이 천착해온 4·3을 기억하고 애도하는 문제를 되짚는 작품이다. 「소거된 기억」과 마찬가지로 작가 김석범과 등치 관계라 볼 수 있는 노작가 K가 주인공으로 등장하며, 그의 지인인 영이라는 젊은 여성과의 『바다 밑에서, 땅 밑에서』라는 작품을 둘러싼 대화, 영이와 K의 삶이 하나의 서사로 어우러지며 자기 실존과 4·3을 애도하는 방법을 사유케 한다. 이 작품은 6장으로 구성되어 있는데, 5장에 K가 최근 발표했다는 소설 「보름달 아래 붉은 바다」가 서사의 또 다른 축으로 제시된다. 액자소설로 제시되는 「보름달 아래 붉은 바다」는 『화산도』의 부엌이를 주인공으

로 삼은 소설이다. 1949년 6월 19일, 한라산의 산천단 동굴 앞에서 권총 자살로 생을 마감한 이방근의 사체를 수습한 부엌이는 이방근의 사후 일 년 후인 1950년 6월 19일 아침 산천단에 가서 제사를 지내며 그의 삶을 추억하고 그의 죽음을 애도한다. 특기할 점은 이 소설이 이방근의 일주기에서 열흘 정도 지난 1950년 7월 초, 보름달이 뜬 산지항 앞바다에서 500명의 해상학살이 극비리에 이뤄졌다고 하는 '소문'에 관한 이야기로 시작된다는 것이다. 한국전쟁이 발발하고 한 달이 채 되지 않은 1950년 7월 초에 발생한 해상학살을 점묘하는데, 과연 그러한 해상학살이 단 한 차례에 불과했을까. 바다 밑 어디에도 해상학살의 증거는 남아 있지 않다. 하지만 그것을 수행한 이들, 목격한 이들, 전해 들은 이들, 즉 산 자의 기억이 무형의 증거가 되어, 사적이면서 집합적인 기억으로 증언된다. 액자소설로 담긴 작가 K의 「보름달 아래 붉은 바다」에는 제주의 한 수용소에서 산지항으로 이동한 후, 보름달이 뜬 여름 밤바다 선상 위에서 전라의 남녀 500명이 추를 매단 채 바다로 내던져지는 모습이 그려진다. 이 해상학살은 약 세 시간에 걸쳐 이뤄졌다고 하는데, 그 시간 동안 그들은 무슨 생각을 했고 어떤 감정을 표현했을까. 글로 표현되지 못한 그들의 몸짓과 목소리를 상상하는 것, 추를 매단 채 밤바다의 어둠 속으로 내던져진 그들이 파도에 휩쓸리고 바위에 부딪히며 흘렸을 피와 그것이 만들어낸 '보름달 아래 붉은 바다'를 공론화하고 역사화해야 한다는 작가의 사명이 이 액자소설에 담겨 있다.

세 번째 작품인 「땅의 동통地の疼き」은 『스바루』 2022년 5월호와 6월호에 발표된 소설이다. 4·3과 제주도를 시공간적 무대로 하는 『화산도』를 집필한 작가 K가 1988년에 이룬 42년 만의 한국행과 1996년, 1998년의 한국행을 둘러싼 에피소드, 산천단에서 『화산도』의 주인공 이방근과 조우하며 그의 시선을 통해 다시금 4·3의 기억과 역사를 사유하는 K의 의식의 흐름이 서사의 축을 이루며 전개되는 작품이다. K는 4·3의 희생과 기억, 그 역사의 바로 세우기가 그저 4·3만의 일이 아니고, 4·19와 5·18 등으로 이어지는 한국 현대사의 '깊은 광맥' 속에 침잠해 있는 '죽음 안에 밴 영원한 침묵'을 대상화하고 발화하게끔 하는 주체의 감성과 문학적 상상력을 통해 비로소 시작될 수 있다고 말한다.

이들 작품은 그간의 김석범 문학과는 궤를 달리하는 부분이 있다. 그것은 이들 작품에 주인공으로 등장하는 작가 K가 『까마귀의 죽음』, 『화산도』, 『바다 밑에서, 땅 밑에서』, 『만월』 등을 쓴 소설가로 설정되어 있기 때문에 K와 김석범을 등치 관계로 볼 수밖에 없다는 점이다. 김석범은 일본이라는 담론공간에서 주로 일본어라는 표현언어를 통해 조선인과 재일조선인의 이야기를 형상화해온 작가로, 일본근대문학의 사소설이라는 전통을 따르지 않는 이질적인 일본어 작가로 활약해왔다. 김석범은 자서전의 양식이 통합된 형태로서의 『보름달 아래 붉은 바다』를 통해 자신의 실감을 중심으로 한 개인의 삶을 넘어, 4·3을 둘러싼 사회적·역사적 문맥 등을 총체적으로 다뤘다. 이를 통해 '인간의 자유와 해방' 정치 권력의 '억압'과 '통제'로 소거된 죽은 자들의 목소리를 소생시키는 '생존의 미학'을 펼치며 차별화된 '투쟁'과 '구제'의 글쓰기를 해온 작가라는 점을 명확하게 드러낸다.

김석범은 이 소설집을 통해 사실과 허구, 현실과 꿈, 의식과 무의식, 개인과 집단, 기억과 망각, 가해와 피해, 땅과 바다, 땅 위와 땅 밑, 바다 위와 바다 밑, 삶과 죽음, 작가와 소설텍스트라는 경계와 틈새를 의식하고 그것을 오가며 자기 성찰과 동시에, 그 어딘가에서 이어지는 '인간의 자유와 해방'을 위한 '수맥'과 '광맥'을 찾는 역사성과 비판 정신을 담아낸 글쓰기를 했다는 점에 있어 이질적인 사소설 혹은 복합적인 자전적 글쓰기의 세계를 구축했다고 할 수 있다.

중요한 것은 4·3을 직접 체험하지 않은 김석범이 4·3의 당사자와 그들의 기억을 만나며 그것을 바탕으로 한 상상력을 통해 4·3의 공론화와 작품화를 반복했고, 그 특수성은 기억과 역사를 대하는 삶의 자세와 그 문제라는 데 있어 보편성을 획득한다는 점이다. 이러한 기억과 역사를 횡단하는 이 소설집 읽기를 통해 김석범이라는 작가의 본연성에 한 걸음 더 다가설 수 있으리라 기대된다.

김석범 선생님께는 형용할 수 없는 은혜를 입었다. 1925년생이신 김석범 선생님. 2024년 7월 28일, 선생님을 사이타마현埼玉県 와라비시蕨市 자택으로 찾아뵈었다. 거동이 많이 불편해지시고 수척해지셨지만, 변함없는 것은 여전한 눈빛과 창작을 향한 열정이었다. 김석범 선생님은 2024년 『스바루』 2월호와 8월호에 각각 단

편소설「명순과 기준ミョンスンとキジュン」,「만덕이 유령マンドギのユーレイ」을 발표하여 많은 독자에게 놀라움을 안겼는데, 또 새로운 단편을 집필 중이라고 말씀하셨다. 신념을 관철해온 자세와 창작에 대한 집념, 무엇보다 말살당한 기억을 해방시키고자 하는, 처절한 울부짖음이라 할 수 있는 4·3에 대한 반복적 재현은 현재진행형이다. 선생님의 건강을 기원한다.

  마지막으로 번역을 허락해주신 김석범 선생님과, CUON의 김승복 대표님, 번역 출간을 흔쾌히 수락해주신 소명출판의 박성모 사장님과, 편집을 담당해 주신 이희선 선생님을 비롯한 편집부 여러분께 감사의 말씀을 드린다.

2025년 8월

조수일